R O M A N C E

JOANNE HARRIS

NA CORDA BAMBA

TRADUZIDO DO INGLÊS POR

TERESA CURVELO

TÍTULO ORIGINAL
HOLY FOOLS
© 2003, Joanne Harris

1ª edição: Novembro de 2003
Depósito legal nº 199557/03
ISBN 972-41-3585-3
Reservados todos os direitos

ASA Editores, S.A.

SEDE

Av. da Boavista, 3265 – Sala 4.1
Tel. 22 6166030 • Fax 22 6155346
Apartado 1035 / 4101-001 PORTO
PORTUGAL

E-mail: edicoes@asa.pt
Internet: www.asa.pt

DELEGAÇÃO EM LISBOA

Horta dos Bacelos, Lote 1
Tel. 21 9533800/09/90/99 • Fax 21 9568051
2695-390 SANTA IRIA DE AZÓIA • PORTUGAL

Para Serafina

PRIMEIRA PARTE

JULIETTE

1

♥

5 de Julho de 1610

Tudo começa com os actores. Sete, seis homens e uma rapariga, ela vestida de lantejoulas e rendas e eles com roupas de couro e seda. Estavam todos de máscaras, perucas, empoados e maquilhados; Arlequim e Scaramouche, o Médico da Peste de nariz comprido, a recatada Isabelle e o devasso e libertino Géronte, com as unhas dos pés douradas reluzentes sob o pó da estrada, com os sorrisos esbranquiçados traçados a giz, e umas vozes tão ásperas e tão doces que me despedaçaram o coração mal os vi.

Chegaram sem se fazerem anunciar, num carro de saltimbancos pintado de verde e dourado, com os painéis laterais esfolados e escamados, mas a inscrição de letras escarlates ainda legível para quem a soubesse ler.

Actores Universais de Lazarillo!
Tragédia e Comédia!
Feras e Maravilhas!

As palavras surgiam engrinaldadas a toda a volta com uma parada de ninfas e sátiros, de tigres e olifantes, em tons de carmesim, rosa e violeta. Por baixo, a dourado, escarrapachavam-se orgulhosas estas palavras:

Actores do Rei

Não acreditei, embora fosse voz corrente que os gostos do velho Henri eram os do homem comum, preferindo um espectáculo com feras ou uma *comédie-ballet* à mais sublime tragédia. Ora eu própria dancei para ele no dia do seu casamento, sob o olhar austero da sua Marie. Foi a minha hora de máxima glória.

Em comparação com a nossa, a trupe de Lazarillo não valia nada, mas apesar disso achei a exibição mais nostálgica e comovente do que a perícia e arte dos actores justificava. Talvez fosse uma premonição; talvez uma visão fugaz de tempos passados, antes de os saqueadores da nova Inquisição nos imporem uma sobriedade forçada, mas enquanto eles dançavam, num torvelinho resplandecente de púrpuras, escarlates e verdes sob o sol, julguei vislumbrar as flâmulas orgulhosas e vistosas de antigos exércitos avançando no campo de batalha, numa atitude de desafio perante os renegados e apóstatas da nova ordem.

As Feras e Prodígios do letreiro não passavam de um macaco enfiado num casaco vermelho e de um pequeno urso preto, mas, para além das canções e da mascarada, havia um devorador de fogo, malabaristas, músicos, acrobatas e até uma bailarina que dançava sobre uma corda, pelo que o pátio rejubilava com a sua presença e Fleur ria e soltava gritinhos de prazer, e eu sentia-a abraçada a mim através do tecido castanho do meu hábito.

A bailarina era morena e de cabelos encaracolados, com argolas de ouro nos tornozelos. Enquanto a observávamos, saltou para cima de uma corda esticada segura numa das extremidades por Géronte e na outra por Arlequim. Ao toque agudo do tamborim, eles atiraram-na ao ar, ela descreveu um salto mortal e voltou a aterrar na corda com a mesma perícia com que eu, em tempos, era capaz de o fazer. Ou quase. Nessa altura, eu fazia parte do *Théâtre des Cieux* e era *Ailée*, a Donzela Alada, a dançarina do Céu, a Harpia Voadora. Quando subia para corda esticada lá no alto, nos meus dias triunfantes, ouvia-se um murmúrio, fazia-se silêncio e a assistência — damas afáveis, cavalheiros empoados, bispos, mercadores, funcionários, cortesãos e até o próprio rei — empalideciam e olhavam espantados. Ainda hoje recordo o rosto dele — os caracóis empoados, os olhos ardentes — e a vaga ensurdecedora de aplausos. É verdade que o orgulho é um pecado, embora pessoalmente nunca tivesse percebido porquê. Haverá quem diga que foi o orgulho que me arrastou para onde estou hoje — que me arrastou para baixo, se quiserem, apesar de dizerem que acabarei por subir. Sim, quando chegar o Dia do Juízo Final dançarei com os anjos, como me costuma dizer Sœur Marguerite, mas ela é uma criatura louca, desgraçada, crispada, cheia de tiques, que transforma a água em vinho com uma mistela que guarda numa garrafa escondida debaixo do colchão. Julga que eu não sei, mas no nosso dormitório, apenas com um pequeno espaço a separar as nossas camas estreitas, ninguém consegue guardar os segredos durante muito tempo. Isto é, ninguém excepto eu.

A Abadia de Sainte Marie-de-la-mer ergue-se no lado ocidental da meia-ilha de Noirs Moustiers. É um edifício que se estende irregularmente à volta de um pátio central, com anexos de madeira ao lado e nas traseiras. Tem sido o meu lar durante os últimos cinco anos, que é de longe o período mais longo que permaneci em qualquer lugar. Eu sou Sœur Auguste — quem era dantes não interessa; pelo menos, por enquanto. A abadia é talvez o único refúgio onde o passado pode ser deixado para trás. O passado, porém, é uma doença insidiosa. Pode ser transportado numa lufada de vento; no som de uma flauta; nos pés de uma bailarina. Apercebo-me agora, demasiado tarde como sempre; mas não me resta mais nada senão ir em frente. Tudo começa com os actores. Quem sabe onde irá acabar?

O número da bailarina funâmbula chegara ao fim. Seguiram-se as acrobacias e música, ao mesmo tempo que o chefe da trupe — o próprio Lazarillo, como presumi — anunciava o final do espectáculo.

— E agora, boas irmãs! — A voz dele, treinada nos teatros, derramava-se pelo pátio de uma ponta à outra. — Para vosso prazer e morigeração, para vosso entretenimento e deleite… os Actores Universais de Lazarillo orgulham-se de apresentar uma Comédia de Costumes, uma história verdadeiramente tumultuosa! Apresento-lhes — fez uma pausa exagerada par dar maior ênfase e dramatismo, tirando o tricórnio de longas plumas — *Les Amours de l'Hermite!*

Um corvo, ave negra prenunciadora de desgraça, levantou voo sobre as nossas cabeças. Durante uma fracção de segundos, senti no rosto a impressão fria e trémula da sua sombra e, com os dedos, fiz uma figa contra a má sorte. *Tch-tch, desaparece!*

O corvo manteve-se impassível. Esvoaçou desajeitadamente para a borda do poço, no centro do pátio, e vislumbrei uma chispa impudente no seu olho amarelado. Por baixo dele, a trupe de Lazarillo prosseguia, imperturbável. O corvo empertigou a cabeça num movimento rápido e untuoso na minha direcção.

Tch-tch, desaparece! Uma vez vi a minha mãe afastar um enxame de abelhas selvagens apenas com essa expressão. Mas o corvo limitou-se a abrir o bico, em silêncio, mostrando um pedaço de língua azulada. Reprimi o impulso de lhe atirar uma pedra.

Aliás, a peça ia começar: um clérigo malvado pretendia seduzir uma bela rapariga, que se foi refugiar num convento, ao mesmo tempo que o amante, um palhaço, tentava libertá-la, disfarçado de monja. Foram descobertos pelo perverso pretendente, que jurou que se não podia ter a rapariga, então ninguém a teria, sendo surpreendido pela súbita chegada de um macaco, que saltou para a cabeça do vilão, permitindo que os amantes fugissem.

A peça era banal e os actores estavam exaustos por causa do calor. Os negócios deviam estar a correr muito mal, pensei eu, para virem até àquele sítio isolado. Um convento numa ilha pouco mais pode oferecer do que comida e alojamento — e nem sequer isso, se as regras forem rigorosamente cumpridas. Talvez tivesse havido problemas no continente. Os tempos estavam difíceis para toda a espécie de itinerantes. Fleur, porém, gostou do espectáculo, batendo as palmas e soltando gritos de incitamento ao macaco que não parava de guinchar. Ao lado dela, Perette, a nossa mais jovem noviça, que se assemelhava mais a um macaco, com o seu rosto pequeno e vivo e a cabeça penugenta, assobiava excitada.

A actuação aproximava-se do fim. Os amantes estavam juntos de novo. O sacerdote malvado foi desmascarado. Eu sentia-me ligeiramente atordoada, como se o sol me tivesse dado volta à cabeça e, nesse momento, pareceu-me avistar alguém por detrás dos actores, um vulto recortado em contraluz. Reconheci-o de imediato; não havia qualquer hipótese de confundir o modo de inclinar a cabeça, ou a sua postura, ou a longa sombra projectada no chão duro e branco. Reconheci-o, apesar de só o ter visto durante um breve segundo: Guy LeMerle, a minha ave negra de mau agoiro. Em seguida, desapareceu.

É assim que começa: com os actores, com LeMerle e o pássaro de mau agoiro. *A sorte roda como a maré*, costumava dizer a minha mãe. Talvez fosse chegada a altura de rodarmos, como dizem alguns heréticos que o mundo roda, trazendo as sombras rastejantes aos lugares onde antes havia luz. Talvez não se passasse nada. Mas enquanto os dançarinos saltavam e cantavam, cuspiam fogo dos lábios pintados de vermelho, distribuíam sorrisos afectados por detrás das máscaras, davam saltos acrobáticos, folgavam exuberantes, se exibiam pretensiosos e calcavam o pó com os pés dourados ao som do tambor e da flauta, pareceu-me distinguir a sombra que se aproximava sub-reptícia, cobrindo com a sua longa e negra asa os saiotes escarlates e o tinido do tamborim, os guinchos do macaco, os trajes multicolores, as máscaras, Isabelle e Scaramouche. Senti um calafrio, apesar do sol do meio-dia e do calor que se desprendia das paredes caiadas de branco da abadia. O princípio inexorável da força da impulsão. A lenta procissão dos nossos Últimos Dias.

Não devo acreditar em sinais e augúrios. Tudo isso pertence agora ao passado, ao *Théâtre des Cieux*. Mas porquê ter visto LeMerle, entre todas as pessoas possíveis, e depois de todos estes anos? Que significado tinha? A sombra que me perpassou pelos olhos desvanecera-se e os actores chegavam ao final da sua pantomina, faziam vénias, suavam, sorriam, atiravam pétalas de rosas sobre as nossas cabeças. Eram mais do que merecedores do alojamento para a noite e provisões para a jornada.

Ao meu lado, a gorda Sœur Antoine batia palmas com as suas mãos sapudas, com o rosto enrubescido pelo esforço. Tomei de súbito consciência do cheiro a suor, da poeira que se me infiltrara nas narinas. Senti uma palmada nas costas; era Sœur Marguerite, com o seu rosto atormentado numa expressão a meio caminho entre o prazer e a aflição, a boca trémula, repuxada num esgar de excitação. O cheiro forte e desagradável dos corpos intensificou-se. E do meio das irmãs alinhadas contra as paredes da abadia, crepitantes de calor, desprendeu-se um grito simultaneamente esganiçado e penetrante e estranhamente selvagem, um *aiiii!* de prazer e de libertação, como se as energias naturais, libertas pelo calor, imprimissem uma espécie de insanidade aos seus aplausos. *Aii! Encore! Aii! Encore!*

Foi então que eu a ouvi; uma voz que se destacava isolada e dissonante, quase perdida numa fúria de aclamações. *Mère Marie*, ouvi eu. *A Reverenda Madre está...* e logo a seguir, de novo o zumbido perturbante do calor e das vozes, seguido mais uma vez pela mesma voz isolada, que se sobrepunha às restantes.

Olhei à volta a tentar perceber donde vinha o grito e vi Sœur Alfonsine, a freira tísica, postada no cimo dos degraus da capela, de braços abertos, de rosto lívido e exaltado. Foram poucas as irmãs que lhe prestaram atenção. A trupe de Lazarillo curvava-se numa última vénia. Os actores deram uma última volta com flores e bombons, o devorador de fogo lançou uma derradeira chama, o macaco deu uma cambalhota mortal. Manchas de pintura escorriam pelo rosto do Arlequim. Isabelle — demasiado velha para o papel e com uma barriga visível — derretia-se sob o calor, com a boca escarlate aberta num esgar esborratado de orelha a orelha.

Sœur Alfonsine continuava a gritar, esganiçando-se para se fazer ouvir por sobre as vozes das freiras.

— Foi um castigo que caiu sobre nós! — pareceu-me ouvi-la dizer. — Um castigo terrível!

Naquele momento algumas das freiras mostraram-se exasperadas; Alfonsine nunca se sentia tão feliz como quando fazia penitência por qualquer coisa.

— Por piedade, Alfonsine, o que é desta vez?

Ela fixou-nos com os seus olhos de mártir.

— Minhas irmãs — disse, num tom mais acusador do que de pesar. — A Reverenda Madre está morta!

O silêncio abateu-se sobre todos nós ao ouvirmos aquelas palavras. Os actores pareciam embaraçados e confusos, como que cientes de que, de súbito, tinham deixado de ser bem-vindos. O tocador de tamborim deixou cair o braço, num retinir áspero de guizos.

— Morta? — Como se não pudesse ser real naquele calor de ferro, debaixo daquele céu pesado como um martelo de forja.

Alfonsine fez um aceno de confirmação com a cabeça. Atrás de mim, Sœur Marguerite começou a entoar uma toada fúnebre. *Miserere nobis, miserere nobis...*

Fleur ergueu os olhos para mim, perplexa, e apertei-a nos braços com uma súbita fúria.

— Já acabou? — perguntou-me. — O macaco não dança mais?

— Acho que não — respondi, abanando a cabeça.

— Porquê? Foi o pássaro negro?

Olhei para ela, alarmada. Tinha cinco anos e via tudo. Os seus olhos são como pedaços de espelho que reflectem o céu — azuis hoje, amanhã de um cinza-púrpura como o bojo de uma nuvem borrascosa.

— O pássaro negro — repetiu, impaciente. — Já se foi embora.

Olhei por cima do ombro e vi que ela tinha razão. O corvo desaparecera depois de entregar a mensagem, e nesse momento tive a certeza de que a minha premonição era verdadeira. A nossa permanência à luz do sol tinha finalmente chegado ao fim. A mascarada acabara.

2
♥

6 de Julho de 1610

Mandámos os actores de volta para a cidade. Partiram com um ar de acusação magoada, como se os estivéssemos a acusar de alguma coisa. Mas não teria sido decente mantê-los na abadia, com a morte presente. Eu própria trouxe-lhes as provisões — forragem para os cavalos, pão, queijo de cabra envolto numa camada de cinzas e uma garrafa de bom vinho, em atenção aos teatros itinerantes de toda a parte — e despedi-me deles.

Lazarillo lançou-me um olhar penetrante no momento em que se virava para partir.

— Tem qualquer coisa que me é familiar, *ma soeur*. Será possível que nos tenhamos encontrado antes?

— Não creio. Vim para aqui em criança.

Ele encolheu os ombros.

— Andamos por muitas cidades. As caras começam a parecer todas iguais.

Conhecia essa sensação, embora não o dissesse.

— Os tempos estão difíceis, *ma soeur*. Lembre-se de nós nas suas orações.

— Sempre.

A Reverenda Madre estava deitada no leito estreito, parecendo ainda mais pequena e ressequida do que em vida. Tinha os olhos fechados e Sœur Alfonsine já substituíra a *quichenotte* pela touca engomada, que a velha madre sempre recusara.

— A *quichenotte* foi-nos muito útil — costumava dizer. — *Kiss not, kiss not*, dizíamos nós aos soldados ingleses, e usávamos a touca de abas reviradas para termos a certeza de que compreendiam a mensagem. Sabe-se lá — e nessa altura os seus olhos tinham um inesperado brilho travesso —, talvez esses saqueadores ingleses ainda se escondam por aí e, se assim for, como é que posso proteger a minha virtude?

Segundo Alfonsine me contou, a Madre tivera um colapso no campo quando estava a cavar batatas. Morrera passado um minuto.

Fora uma santa morte, pensei para mim. Sem sofrimento; sem sacerdotes; sem rebuliço. A Reverenda Madre tinha setenta e três anos — uma idade impensável — e já era uma pessoa frágil quando entrei para o convento há cinco anos atrás. Mas foi ela a primeira a acolher-me aqui, foi ela que me assistiu quando dei à luz Fleur e, mais uma vez, a dor surpreende-me como um amigo inesperado. Ela parecia imortal: um marco imutável neste pequeno horizonte. A afável e simples Mère Marie, que percorria os campos de batatas com o avental dobrado e arregaçado para cima sobre a saia, à maneira das camponesas.

As batatas eram o seu orgulho, porque embora pouco mais se dê bem neste solo calcinado, este produto é muito apreciado no continente e a sua venda — juntamente com a venda do nosso sal e dos potes de salicórnia em conserva de vinagre — garante-nos um rendimento suficiente para mantermos a nossa pouca independência. Isto e as dízimas permitem-nos uma vida bastante próspera, mesmo para quem estava habituada à liberdade das estradas, porque na minha idade é tempo de pôr fim aos perigos e emoções e, de qualquer modo, lembro-me que mesmo com o *Théâtre des Cieux* tanto nos atiravam pedras como doces, que os tempos de vacas magras duravam o dobro dos tempos de vacas gordas, sem falar dos bêbados, dos intriguistas, dos devassos, dos homens... Além disso, tinha de pensar em Fleur, agora como sempre.

Uma das minhas blasfémias — das minhas muitíssimas blasfémias — é a recusa em acreditar no pecado. Concebida no pecado, eu devia ter dado à luz a minha filha com sofrimento e contrição; talvez a devesse ter abandonado numa encosta, tal como os nossos antepassados faziam com as crianças indesejadas. Porém, Fleur foi um motivo de júbilo desde o início. É por causa dela que uso a cruz vermelha das Bernardas, que trabalho no campo em vez de andar em cima da corda, que dedico os meus dias a um Deus por quem nutro pouca afeição e ainda menos compreensão. Mas com ela ao meu lado, esta vida nova está longe de ser desagradável. O claustro, pelo menos, é seguro. Tenho o meu jardim. Os meus livros. Os meus amigos. Somos sessenta e cinco, uma família de certo modo maior e mais íntima do que alguma vez tive.

Disse-lhes que era viúva. Pareceu-me a solução mais simples. Uma viúva jovem e rica, agora com uma filha, que fugia à perseguição movida pelos credores do marido morto. As jóias resgatadas dos destroços da minha carroça em Epinal, deram-me o que eu precisava para poder negociar. Os anos que passei no teatro foram-me úteis — seja como for, eu era suficientemente convincente para uma abadessa provincial que jamais se aventurara fora dos limites da sua costa natal. E à medida que o tempo foi passando, apercebi-me de que o meu subterfúgio era desnecessário. Poucas de nós tínhamos sido movidas por uma vocação religiosa. Compartilhávamos poucas coisas, excepto a necessidade de privacidade, a desconfiança em relação aos homens, uma solidariedade instintiva, que compensava as desigualdades de educação e de fé. Cada uma de nós fugia de algo sem saber ao certo de quê. Como eu disse, todas nós temos os nossos segredos.

Sœur Marguerite, magricela como um coelho esfolado e permanentemente crispada por causa dos nervos e das suas ansiedades, vem ter comigo para lhe preparar uma tisana para afastar sonhos em que, segundo diz, um homem de mãos ardentes a atormenta. Preparo-lhe uma infusão de extractos de camomila e de valeriana adoçada com mel. Ela purga-se diariamente com água salgada e óleo de castor, mas vejo pelo brilho febril dos seus olhos que os sonhos continuam a atormentá-la.

Temos também Sœur Antoine, roliça e corada, com as mãos permanentemente gordurosas dos tachos e panelas, mãe aos catorze anos de um nado-morto. Há quem diga que foi ela que matou o bebé; outros acusaram o pai de o ter feito num impulso de raiva e vergonha. O certo é que come muito bem para quem se sente culpada; tem o estômago permanentemente inchado sob a orla do véu, e o rosto de expressão desamparada e sonhadora apoiado em meia dúzia de papadas trémulas. Aperta contra o peito os pastéis e as empadas como se fossem crianças; no meio destas sombras, é difícil dizer quem é que dá de comer a quem.

Sœur Alfonsine é de uma brancura óssea, com excepção das rosáceas que lhe tingem ambas as faces, às vezes cospe sangue para a palma da mão e vive num estado de perpétua exaltação. Houve alguém que lhe disse que os atormentados possuem dons especiais, que são negados aos que têm um corpo são. Por causa disso, cultiva uma aparência de quem vive alheado deste mundo e viu muitas vezes o Diabo sob a forma de um grande cão preto.

E Perette: Sœur Anne para vocês, mas sempre Perette lá bem no íntimo. A rapariga selvagem que nunca fala, com treze anos ou talvez um pouco mais, encontrada nua junto à costa, em Novembro do ano passado. Durante os primeiros três dias, não comeu nada e permanecia sentada imóvel, no chão da cela, com o rosto virado para a parede. Depois sobrevieram os acessos de fúria, os excrementos espalhados por toda a parte, a comida arremessada às irmãs que a vigiavam, os gritos animalescos. Recusava-se terminantemente a vestir as roupas que lhe dávamos, pavoneando-se nua pela cela gelada, dando ocasionalmente voz aos silvos mudos que assinalavam os seus delírios, os seus estranhos lamentos, os seus triunfos.

Agora era quase possível considerá-la uma criança normal. Nos seus trajes brancos de noviça, é quase bonita, entoando os nossos hinos na sua voz aguda e sem palavras, sentindo-se mais feliz no jardim e nos campos, com o véu atirado para um silvado e as saias esvoaçantes. Continua a não falar. Há quem se interrogue se terá falado alguma vez. Os seus olhos possuem um aro dourado, inescrutáveis como os dos pássaros. O cabelo descorado, cortado rente para a libertar dos piolhos, começava a despontar de novo, espetado à volta do rosto pequeno. Ela gosta de Fleur, e muitas vezes fala com ela naquela sua voz aguda e gorjeante de pássaro e faz-lhe brinquedos com os juncos e os caniços do litoral, com os seus dedos rápidos e hábeis. Eu também sou uma amiga especial, e muitas vezes acompanha-me até aos campos, observando-me enquanto trabalho e cantando para si.

É verdade, tenho outra vez uma família. Somos todas refugiadas, cada uma à sua maneira: Perette, Antoine, Marguerite, Alfonsine e eu; e connosco estão a empertigada Piétè; Bénédicte, a bisbilhoteira; Tomasine, com um olho vadio; Germaine, de cabelos loiros como estriga de linho e de rosto devastado; Clémente, uma beleza inquietante que partilha a sua cama e a senil Rosamonde, mais próxima de Deus do que qualquer uma das mais sãs, na sua inocência de memória ou de pecado.

A vida é simples aqui — ou era. A comida é abundante e boa. Não nos são negados os nossos reconfortos — a Marguerite a sua garrafa e a purga diária, a Antoine os doces. O meu é Fleur, que dorme ao lado da minha cama no seu próprio berço e me acompanha nas orações e nos trabalhos no campo. Um regime frouxo, diriam alguns, assemelhando-se mais a uma excursão de raparigas do campo do que a uma irmandade reunida em contrição, mas não estamos no continente. Uma ilha tem uma vida própria; mesmo Le Devin, do outro lado do mar, é outro mundo para nós. Uma vez por ano pode vir um sacerdote para celebrar missa e disseram-me que a última vez que o bispo veio foi há dezasseis anos, quando o velho Henri foi coroado. Desde então, também o bom rei foi assassinado — foi ele quem declarou que cada lar de França devia ter um galináceo assado todas as semanas e, graças a Sœur Antoine, cumprimos a sua ordem com um zelo mais do que religioso — e o seu sucessor era um rapaz que ainda mal tinha deixado os calções.

Eram muitas as mudanças. Eu desconfiava delas; no mundo lá fora, há vagas agitadas capazes de devastar a terra. Era preferível estar ali, com Fleur, enquanto à nossa volta grassa a dissolução e, por cima de nós, as aves de mau agoiro se juntam em bandos como nuvens.

Aqui, estamos a salvo.

3
♥

7 de Julho de 1610

Uma abadia sem abadessa. Um país sem rei. Há já dois dias que partilhamos a inquietude de França. Louis Dieudonné — Deusdado — um nome forte e requintado para uma criança que sobe ao trono à sombra de um assassínio. Como se o próprio nome pudesse quebrar a maldição e impedir que o povo visse as corrupções da Igreja e da Corte e as ambições imparáveis da regente Marie. O velho rei era um soldado, um governante amadurecido. Com Henri, sabíamos com o que contávamos. Mas este jovem Louis tem apenas nove anos. E os boatos já começaram a correr, ainda mal passaram dois meses depois da morte do pai. De Sully, o conselheiro do rei, foi substituído por um favorito da mulher dos Médicis. Os Condés regressaram. Não preciso de consultar um oráculo para prever os tempos difíceis que se avizinham. Normalmente, estas coisas não nos preocupam, aqui em Noirs Moustiers. Mas, tal como a França, necessitamos da segurança do comando. Tal como a França, tememos o desconhecido.

Sem a Reverenda Madre ficamos ao sabor da maré, entregues aos nossos próprios expedientes, enquanto é enviada uma mensagem ao bispo de Rennes. Contudo, o nosso ambiente de férias está eivado de incertezas. O corpo jaz na capela com as velas acesas e mirra no turíbulo, porque estamos no pino do Verão e a atmosfera está empestada e saturada. Não temos notícias do continente, mas sabemos que a viagem até Rennes demora, pelo menos, quatro dias.

Entretanto, vogamos à deriva. E precisamos de uma âncora: a frouxidão do anterior regime da abadia tornou-se ainda mais lassa até ficar informe e desprovida de sentido. Quase não cumprimos o culto. As obrigações são negligenciadas. Cada uma das freiras dedica-se àquilo que lhe proporciona maior consolo: Antoine à comida, Marguerite à bebida, Alfonsine à lavagem repetida dos claustros, de joelhos, até lhe cair a pele e ter de ser levada para a cela com a escova de esfregar ainda apertada na mão trémula. Algumas choram sem saberem porquê. Outras foram à procura dos actores que permaneceram na aldeia, a duas milhas de distância. Ouvi-as chegar já tarde ao dormitório, na noite passada e, através da janela aberta, ouvi as gargalhadas e senti um cheiro intenso a vinho e sexo.

Aparentemente, pouco mudara. Eu continuo a fazer o que é habitual. Trato das minhas plantas, escrevo o meu diário, vou até ao porto com Fleur, mudo as velas junto do corpo na capela. Esta manhã rezei uma oração minha, sem me dirigir aos santos dourados nos seus nichos, sozinha e em silêncio. Porém, a inquietação cresce dentro de mim de dia para dia. Não esqueci a minha premonição naquele dia em que chegaram os actores.

A noite passada, no silêncio do meu cubículo, deitei as cartas. Mas não me tranquilizaram. Enquanto Fleur dormia no berço ao lado da minha cama, obtive sempre a mesma combinação. A Torre. O Eremita. A Morte. E os meus sonhos não foram tranquilos.

4
♥

8 de Julho de 1610

A Abadia de Sainte Marie-de-la-mer ergue-se numa faixa de terreno pantanoso, cultivável, a cerca de duas milhas do mar. Para a esquerda, estendem-se os pântanos que ficam normalmente alagados no Inverno, arrastando as águas salobras a curta distância do portão de entrada e, uma vez por outra, inundando a cave onde guardamos a comida. À direita, fica a estrada que leva à cidade, por onde passam carroças e cavalos e todas as quintas-feiras um cortejo de vendedores, deslocando-se de mercado em mercado com os seus sortidos de roupas, cestos, peles curtidas e vitualhas. É uma antiga abadia, fundada há cerca de duzentos anos atrás por uma comunidade de dominicanos e paga com a única moeda verdadeira que a Igreja aceita: o medo da condenação.

Naqueles tempos de indulgências e de corrupção, uma família nobre assegurou a sua ascensão ao trono real dando o seu nome a uma abadia, mas os frades foram perseguidos pela desgraça logo desde o início. A peste aniquilou-os sessenta anos após a conclusão da abadia e os edifícios estiveram abandonados até duas gerações depois, altura em que os frades Bernardos tomaram conta dela. Mas deviam ser em maior número do que somos hoje, porque a abadia podia abrigar o dobro das pessoas que aqui estão agora. O tempo e o clima deixaram as suas marcas na bela arquitectura de outrora e muitos dos edifícios estão presentemente inutilizáveis.

No entanto, em tempos deve ter sido esbanjado com ela uma boa fortuna, como se vê pelo excelente chão de mármore da capela e pela única janela intacta de uma belíssima concepção, embora desde então o vento que assola os terrenos baixios tenha contribuído para a erosão da pedra e para a derrocada dos arcos da fachada virada a oeste, pelo que nessa ala o que restou das edificações é praticamente inabitável. Na ala oriental, temos ainda o dormitório, o claustro, a enfermaria e a sala da lareira, mas as instalações seculares estão ao abandono, faltam tantas telhas no telhado que os pássaros se habituaram a fazer lá os ninhos. O escritório do mosteiro também se encontra num estado deplorável, embora seja muito reduzido o número das que sabem ler e, de qualquer modo, temos tão poucos livros que pouca importância tem. Um caos de edificações mais pequenas, sobretudo de madeira, foi brotando à volta da capela e do claustro: a casa do forno, a alcaçaria, os celeiros e uma casa de fumeiro para secar peixe, pelo que em vez do lugar majestoso como era intenção dos frades dominicanos, a abadia assemelha-se mais agora a um aglomerado de cabanas toscas.

Grande parte das tarefas comuns são executadas pelos leigos. É um privilégio que eles pagam em géneros e serviços e também em dízimas, e que nós retribuímos pela nossa parte com orações e indulgências. Sainte Marie-de-la-mer é uma imagem de pedra, que se encontra agora no pórtico da capela sobre um tosco pedestal de grés. Foi encontrada há noventa anos atrás nos pântanos por uma rapaz que andava à procura de uma ovelha perdida: uma massa de basalto enegrecido com cerca de um metro de altura, esculpida grosseiramente sob a forma de mulher. Tem os seios descobertos e os pés pontiagudos escondem-se sob um manto comprido e informe, que levou a que em tempos passados o povo lhe chamasse a Sereia.

Desde a sua descoberta e laborioso transporte para os terrenos da abadia há quarenta anos, tem havido toda uma série de curas miraculosas de pessoas que a ela recorreram, tendo-se tornado muito popular entre os pescadores, que rezam muitas vezes a Marie-de-la-mer invocando a sua protecção durante as tempestades.

Quanto a mim, parece-me ser muito antiga. Não tem nada de virgem, mas antes de uma velha de pele murcha e rugosa, de cabeça pendente pelo cansaço, com os ombros descaídos lustrosos devido a quase um século de manipulações reverentes. Os seus seios pendentes também estão extraordinariamente polidos. As mulheres estéreis ou as que desejam conceber ao passarem ainda os tocam na esperança de serem bem-sucedidas, oferecendo como recompensa pela graça recebida uma ave de capoeira, uma pipa de vinho ou uma canastra de peixe.

No entanto, e apesar da reverência demonstrada pelos ilhéus, pouco tem de comum com a Nossa Senhora. Para já, é demasiado antiga. É mais velha do que a própria abadia, o basalto parece ter mil anos ou mais, pintalgado de fragmentos de mica e de osso. E não há nada que prove que a imagem tivesse alguma vez representado Nossa Senhora. Na verdade, os seios desnudos parecem estranhamente imodestos, como os de uma divindade pagã de tempos remotos. Alguns dos naturais ainda a tratam pelo antigo nome — embora os seus milagres já devessem há muito ter firmado a sua identidade e também a sua santidade. Mas os pescadores são uma gente supersticiosa. Nós co-existimos com eles, mas continuamos a ser tão estranhos para eles como eram os frades dominicanos de outros tempos, uma raça à parte, que tinham de aplacar com dízimas e oferendas.

A Abadia de Sainte Marie-de-la-mer era o refúgio ideal para mim. Velha como é, isolada e em ruínas, é o porto mais seguro que alguma vez conheci. Bastante afastada do continente, em que o único funcionário da Igreja era um pároco que mal sabia ler latim, fiquei numa situação que tinha tanto de divertido como de absurdo. Comecei por ser uma irmã leiga, uma entre uma dezena apenas. Todavia, das sessenta e cinco irmãs, nem sequer metade sabiam ler e menos de uma décima parte sabiam latim. Comecei por ler no cabido. Depois fui integrada nos serviços, com as minhas tarefas diárias reduzidas para poder fazer as leituras da enorme e velha Bíblia na estante de coro da capela. A Reverenda Madre abordou-me com uma reserva inusitada — quase tímida.

Compreendes, as noviças... Tínhamos doze, com idades entre os treze e os dezoito anos. Era indecoroso que elas — que qualquer uma de nós — fosse tão ignorante. Se eu as pudesse ensinar — só umas coisitas. Tínhamos livros escondidos no velho escritório, que poucas podiam estudar. Se ao menos eu lhes pudesse mostrar o que deviam fazer...

Percebi rapidamente. A nossa Reverenda Madre, afável como era e pragmática à sua maneira simples e arguta, tinha-nos ocultado um segredo. Tinha-o escondido durante cinquenta anos ou mais, decorando longas passagens da Bíblia para dissimular a sua ignorância, simulando uma vista fraca a fim de evitar essa prova difícil. A Reverenda Madre não sabia ler latim. Suspeito que nem sequer sabia ler.

Supervisionava as minhas aulas às noviças com atenção, permanecendo ao fundo do refeitório — a nossa sala de aulas improvisada — com a cabeça inclinada para um dos lados como se compreendesse todas as palavras. Jamais aludi à sua carência quer em público quer em privado, pondo à sua consideração questões de menor importância que discutia previamente com ela, e ela demonstrou-me a sua gratidão em pequenas coisas, secretamente.

Passado um ano, tomei os votos a seu pedido e o meu novo estatuto permitia-me participar plenamente em todos os aspectos da vida da abadia.

Sinto a falta dela. A boa Mère Marie. A sua fé era tão simples e honesta como a terra de que cuidava. Raramente castigava — em qualquer caso, não havia muito que castigar — porque considerava que o pecado era uma prova de infelicidade. Se uma das irmãs cometia uma falta, falava com ela com afabilidade, retribuindo a transgressão com o seu oposto: o roubo com ofertas; a preguiça com a suspensão temporária das tarefas diárias. Eram poucas as que não se sentiam envergonhadas perante a sua inabalável generosidade. No entanto, tal como eu, ela era uma herética. A sua fé roçava perigosamente o panteísmo contra o qual Giordano, o meu antigo mestre, costumava advertir-me. Todavia, era sincera. Indiferente às questões teológicas mais complexas, a sua filosofia podia resumir-se numa única palavra: amor. Para a Mère Marie, o amor superava tudo.

Não ames muitas vezes, mas ama para sempre. Era um dos lemas da minha mãe e ao longo de toda a minha vida tem sido a história do meu coração. Antes de vir para a abadia, julgava que tinha percebido. O amor pela minha mãe; o amor pelos meus amigos;

o amor obscuro e complexo de uma mulher por um homem. Mas quando Fleur nasceu, tudo mudou. Um homem que nunca viu o mar pode *pensar* que compreende o mar, mas projecta apenas aquilo que sabe; imagina uma imensa massa de água, maior do que uma represa de moinho, maior do que um lago. A realidade, porém, transcende a imaginação: os odores, os sons, a angústia e o júbilo excedem qualquer comparação com experiências anteriores. Foi o que se passou com Fleur. Jamais, desde o meu décimo terceiro Verão, tinha havido um despertar assim. Desde o primeiro instante, quando a Mère Marie ma levou para lhe dar de mamar, eu soube que o mundo tinha mudado. Tinha estado sozinha sem o saber; tinha viajado, lutado, sofrido, dançado, fornicado, amado, odiado, ofendido e triunfado completamente só, vivendo o dia-a-dia como um animal, sem me preocupar com nada, sem desejar nada, sem recear nada. E de súbito, tudo era diferente: Fleur viera ao mundo. Eu era mãe.

É, no entanto, uma alegria temerária. Claro que sabia que as crianças morrem muitas vezes com pouca idade — tinha visto isso acontecer com frequência nas minhas viagens, de doença, por acidente ou à fome — mas jamais imaginara a dor dessa morte nem a perda terrível que representa. Presentemente, tenho medo de tudo. A ousada e imprudente Donzela Alada, que dançava na corda e voava no trapézio nas alturas, transformou-se numa criatura tímida, numa mãe galinha; agarrada à segurança por amor à filha, quando antes sofria na expectativa de aventura. LeMerle, o eterno jogador, teria troçado com desprezo dessa fraqueza. *Não arrisques nada que não queiras perder.* E no entanto, lamento-o, onde quer que esteja. O seu mundo não tem oceanos.

Esta manhã, praticamente não se celebrou a Hora de Prima; não houve Matinas nem Laudes. Estou sozinha na igreja ao despontar da aurora, uma luz leitosa que se filtra através do telhado por cima do púlpito, onde as ardósias rareiam. Cai uma chuva miúda e os pingos ressoam uma escala de três notas contra a caleira fendida. Vendemos a maior parte do chumbo no ano em que construímos a casa do forno; trocámos metal bom por pedra de má qualidade, o coração do transepto sul por pão, a alma pelo ventre. Substituímos o chumbo por argila e argamassa, mas só o chumbo dura.

Sainte Marie-de-la-mer olha para baixo com os seus olhos redondos e inexpressivos. O tempo desvaneceu as outras feições; uma enorme mulher de pedra, acocorada com esforço como fazem as ciganas para dar à luz. Ouço o mar através das planuras e os gritos das aves pela porta aberta. São, sem dúvida, gaivotas. Aqui não há melros. Pergunto-me se a Mère Marie me estará a ver agora. Pergunto-me se os santos escutam a minha oração silenciosa.

Talvez sejam apenas os gritos das gaivotas que me deixam inquieta. Talvez o odor de liberdade que varre os terrenos baixios.

Aqui não há melros.

Mas é tarde de mais. Uma vez invocado, o demónio que me persegue não desaparece facilmente. É como se tivesse a sua imagem tatuada nas pálpebras e por isso, quer as tenha abertas ou fechadas, vejo-o. Sinto que nunca deixei de o ver, à minha Ave Negra de infortúnio. A dormir ou acordada, ele nunca deixou verdadeiramente de estar presente no meu espírito. Cinco anos de paz era mais do que eu esperava — mais, talvez, do que eu merecia. Mas tudo volta, como dizem os ilhéus. E, tal como o refluxo da maré, o passado precipita-se impetuoso.

5
♥

9 de Julho de 1610

A minha recordação mais antiga é da nossa carroça, pintada de cor-de-laranja com um tigre num dos lados e uma cena pastoril com cordeiros e pastoras do outro. Quando eu era boa representava defronte dos cordeiros. Quando era desobediente, davam-me o tigre como companheiro. Secretamente, gostava mais do tigre.

Nascida numa família de ciganos, tive muitas mães, muitos pais, muitos lares. Havia Isabelle, a minha mãe verdadeira, forte, alta e bonita. Havia Gabriel, o acrobata, e a Princesa Farandole, que não tinha braços e usava os dedos dos pés como se fossem dedos das mãos; havia Janette, a dos olhos negros, que lia a sina, com as cartas chispando como labaredas entre as suas mãos velhas e ágeis. E havia Giordano, um judeu do Sul de Itália, que sabia ler e escrever. Não sabia apenas francês, mas também latim, grego e hebreu. Tanto quanto sei, não era meu parente, mas era de todos eles o que se preocupava mais comigo — gostava de mim à sua maneira pedante. As ciganas chamaram-me Juliette; não tive mais nenhum nome nem precisei.

Foi Giordano quem me ensinou as letras, lendo-me os livros que guardava num compartimento secreto da armação da carroça. Foi ele que me falou de Copérnico, que me ensinou que os Nove Firmamentos não giram à volta da Terra, e que a Terra e os planetas é que giram à volta do Sol. E havia mais coisas, de que eu não percebia tudo, sobre as propriedades dos metais e dos elementos.

Mostrou-me como se fazia pó preto de queimar com uma mistura de nitrato de potássio, enxofre e carvão vegetal e se incendiava com uma mecha de cordel. Os outros puseram-lhe a alcunha de *Le Philosophe* e troçavam dos seus livros e das suas experiências, mas foi com ele que aprendi a ler, a observar as estrelas e a desconfiar da Igreja.

Com Gabriel aprendi a fazer malabarismos, a dar saltos mortais, a dançar numa corda. Com Janette aprendi a deitar as cartas e o uso de plantas e ervas. Com Farandole o orgulho e a auto-confiança. Com a minha mãe a ciência das cores, a linguagem das aves e as fórmulas mágicas para afastar o mal. E depois aprendi a roubar as algibeiras e a manejar uma faca, a lutar com os punhos ou a menear as ancas diante de um bêbado numa esquina de rua e a atrai-lo para um lugar escuro, onde umas mãos impacientes aguardavam para lhe esvaziarem os bolsos e a bolsa.

Percorríamos as cidades e as vilas costeiras e jamais permanecíamos num lugar o tempo suficiente para atrairmos atenções indesejadas. Muitas vezes passávamos fome, evitados por todos excepto pelos mais miseráveis e mais desesperados, denunciados nos púlpitos por todo o país e acusados de todas as desgraças e infortúnios desde secas até colheitas perdidas, mas desfrutávamos da nossa felicidade onde podíamos e ajudávamo-nos uns aos outros consoante o engenho de cada um.

Quando eu tinha catorze anos dispersámo-nos, depois das nossas caravanas terem sido incendiadas por uns fanáticos na Flandres, por entre acusações de roubos e de feitiçarias. Giordano fugiu para o sul, Gabriel dirigiu-se para a fronteira e a minha mãe deixou-me entregue aos cuidados de um pequeno grupo de Carmelitas, prometendo vir buscar-me depois de passado o perigo. Permaneci ali durante cerca de oito semanas. As irmãs eram amáveis, mas pobres — quase tão pobres como nós — e eram, na sua maior parte, mulheres velhas e assustadas, incapazes de enfrentar o mundo fora da ordem a que pertenciam. Detestei aquilo. Tinha saudades da minha mãe e dos meus amigos; sentia a falta de Giordano e dos seus livros; mas sobretudo, sentia a falta da liberdade das estradas e caminhos. Não recebemos notícias de Isabelle, nem boas nem más. Quando deitava as cartas, era sempre uma confusão de paus e de espadas. Sentia um formigueiro desde o cimo da cabeça rapada até à planta dos pés e não havia nada que desejasse mais do que ver-me longe do cheiro de velhas. Uma noite fugi, percorri a pé as seis milhas até à Flandres e mantive-me sossegada durante algumas semanas, vivendo de restos de comida, na esperança de saber notícias da nossa trupe. Porém, naquela altura, a pista tinha-se perdido; as notícias da guerra tinham eclipsado tudo o resto e pouca gente se lembrava de um grupo de ciganos. Desesperada, regressei ao convento, mas encontrei-o fechado, com uma tabuleta da peste pregada na porta. Não havia mais nada a fazer ali. Com ou sem Isabelle, não me restava alternativa: tinha de ir em frente.

E foi assim que me achei sozinha e desamparada, vivendo perigosa e miseravelmente de furtos e do que conseguia apanhar no lixo, enquanto me dirigia para a capital. Durante algum tempo viajei com um grupo de actores italianos, e aí aprendi a língua e os rudimentos da *commedia dell'arte*. Porém, a tendência italianizante começava já a perder a antiga popularidade. Durante dois anos vivemos mediocremente até que os meus camaradas, desanimados e saudosos da pátria, dos laranjais e das montanhas azuis da terra natal, decidiram regressar. Eu podia tê-los seguido. Mas se calhar foi o meu demónio interior que me instigou a ficar, ou talvez a necessidade de não parar. Despedi-me e, sozinha, embora com dinheiro suficiente para as minhas despesas, voltei a dirigir-me para Paris.

Foi lá que vi pela primeira vez o Melro. Conhecido por *LeMerle* por causa da cor do cabelo não empoado, era uma espécie de incendiário no meio dos lânguidos cavalheiros da corte, em permanente desassossego, nunca em total desfavor, mas sempre no limiar de descrédito social. Não tinha nada que chamasse as atenções, privilegiando as roupas sem adornos e as jóias mais simples, mas os seus olhos estavam carregados de luz e sombras como as árvores de uma floresta e o seu sorriso era o mais sedutor que alguma vez vi, o sorriso de um homem que acha o seu mundo delicioso, mas absurdo. Para ele tudo era um jogo. Eram-lhe indiferentes as questões de posição ou de estatuto social. Vivia de crédito perpétuo e nunca ia à igreja.

Era uma displicência perante a qual eu reagia avidamente, vendo nela um reflexo da minha; mas ele e eu não éramos nada parecidos. Eu era uma pequena selvagem de dezasseis anos; LeMerle era dez anos mais velho, perverso, irreverente, irresistível. Naturalmente, apaixonei-me.

Um pinto, ao sair da casca, confunde a mãe com o primeiro objecto que se mova. LeMerle tirou-me da rua, deu-me uma posição; mas sobretudo, devolveu-me o meu antigo orgulho. Evidentemente que o amei e com a adoração incondicional do pinto acabado de sair do ovo. *Não ames muitas vezes, mas ama para sempre.* Não podia ser mais louca.

Ele tinha uma trupe de actores-bailarinos, o *Théâtre du Flambeau*, cujo patrono era Maximilien de Béthune, que viria a ser mais tarde o Duc de Sully, e que era um apreciador de *ballet*. Organizavam-se também outros espectáculos, mas estes sem um carácter tão público e sem o patrocínio da corte, apesar de contarem com a sua assistência. LeMerle seguia uma linha discreta e arriscada de chantagens e de intrigas, roçando os limites da sociedade elegante sem jamais se deixar apanhar no seu fascínio. Embora ninguém parecesse saber o seu nome verdadeiro, considerei-o um nobre — a verdade é que era reconhecido pela maioria. O seu *Ballet des Gueux* constituiu um êxito imediato, apesar de condenado por alguns que o consideraram ímpio. Imperturbável perante os seus críticos, a sua audácia foi ao ponto de incluir membros da corte no seu *Ballet du Grand Pastoral* — com o Duc de Cramail vestido de mulher — e estava mesmo a planear, quando me juntei à sua trupe, o *Ballet Travesti*, que viria a ser a gota que fez transbordar a taça do seu respeitável patrono.

Ao princípio, lisonjeava-o ter-me a seus pés; e divertia-o ver como os homens me olhavam avidamente quando eu dançava no palco. Eu e a trupe de LeMerle representávamos em salões e teatros da cidade. Nessa altura, as *comédies-ballets* começavam a estar em voga: romances populares de temas clássicos, entremeados de longos interlúdios de dança e de acrobacias. LeMerle escrevia os diálogos e coreografava as cenas diárias — adaptando o texto aos gostos de cada auditório. Havia discursos heróicos para o primeiro balcão, bailarinas vestidas com roupas diáfanas para os entusiastas do *ballet*, e anões, acrobatas saltadores e palhaços para o público em geral, que, se assim não fosse, ficaria agitado, acolhendo a nossa actuação com gritos e gargalhadas.

Paris — e LeMerle — tinham feito de mim uma pessoa quase irreconhecível: o cabelo limpo e brilhante, a pele reluzente e, pela primeira vez na minha vida, usava sedas e veludos, rendas e peles; dançava com sapatos bordados a ouro; dissimulava os meus sorrisos por detrás de leques de marfim e de pele de frango. Era jovem; mas apesar de fascinada pela minha nova vida, a filha de Isabelle não se deixava ofuscar por arrebiques e enfeites baratos. Não, o que me cegou foi o amor e quando o nosso barco de sonhos encalhou foi o amor que me manteve ao lado dele.

A queda em desgraça do *Melro* foi tão abrupta como a sua ascensão. Nunca soube ao certo como aconteceu. Um dia o nosso *Ballet Travesti* estava no auge e, no dia seguinte, sobreveio o desastre: a protecção de De Béthune retirada do dia para a noite, os actores e bailarinos dispersos. Os credores que se tinham mantido afastados, acorriam agora como moscas. De súbito, o nome de Guy LeMerle deixou de ser falado; de repente, os amigos nunca estavam em casa. Por último, LeMerle escapou por uma unha negra a cair nas mãos de lacaios mandados pelo famosamente austero bispo de Evreux e fugiu de Paris à pressa, depois de apelar para as escassas boas graças que ainda lhe restavam e levando consigo todos os bens que pôde. Eu acompanhei-o. Chamem-lhe o que quiserem. Ele era um patife convincente, com mais dez anos de experiência do que eu e com uma bela camada de verniz da corte a cobrir a sua vilania. Segui-o; era inevitável. Tê-lo-ia seguido até ao inferno.

Adaptou-se rapidamente à vida de andarilho. Na verdade, tão depressa que perguntei a mim mesma se ele não seria, tal como eu, um aventureiro. Esperava que se sentisse humilhado perante a sua desonra, ou, no mínimo, um pouco moderado. Mas nem uma coisa nem outra. De cavalheiro da corte transformou-se do dia para a noite num actor itinerante, trocando as sedas pelas vestes de couro de um jornaleiro. Adquiriu um sotaque a meio caminho entre a língua requintada da cidade e o linguajar grosseiro da província, que mudava todas as semanas de modo a ajustar-se à província que visitávamos no momento.

Percebi que se estava a divertir, que todo aquele jogo — era assim que evocava a nossa fuga de Paris — o excitava. Tinha saído da cidade ileso, depois de provocar uma série de escândalos impressionantes. Tinha insultado um número significativo de pessoas influentes. E acima de tudo, percebi que tinha espicaçado o bispo de Evreux — um homem de lendário auto-controlo — forçando-o a uma reacção pouco digna, o que, no que dizia respeito a LeMerle, só por si constituía uma vitória importante. Assim, em lugar de se sentir de algum modo vexado, continuava indomável como sempre, e preparou quase de seguida os planos para o seu próximo empreendimento.

Da nossa trupe original restavam agora apenas sete, incluindo eu. Duas bailarinas — Ghislaine, uma camponesa da Lorena e Hermine, uma cortesã já um tanto decadente — e quatro anões, Rico, Bazuel, Cateau e Le Borgne. Há vários tipos de anões. Rico e Cateau eram de estatura infantil, com cabeças pequenas e vozes aflautadas; Bazuel era rechonchudo e querubínico, e Le Borgne, que só tinha um olho, era de proporções normais, com um sólido arcaboiço e braços fortes e musculados — ou seria se não fossem as suas pernas absurdamente curtas. Era um homenzinho estranho e amargo, ferozmente desdenhoso das Pessoas Altas, como nos chamava, mas por qualquer razão tolerava-me — talvez por eu não me apiedar dele — e tinha um respeito ressentido, senão uma afeição genuína, por LeMerle.

— Nos tempos do meu avô, valia a pena ser anão — resmungava, com frequência. — Pelo menos, nunca faltava que comer. Havia sempre trabalho num circo ou numa trupe itinerante. E quanto à Igreja...

A gente da Igreja mudara muito desde os tempos do seu avô. Actualmente a piedade dera lugar à suspeição e toda a gente procurava deitar as culpas dos maus tempos e da desgraça para cima de alguém. Um anão ou um coxo eram sempre uma boa presa, dizia Le Borgne, e gente indesejável como as ciganas e os actores eram excelentes bodes expiatórios.

— Houve tempos — dizia ele —em que todas as trupes tinham um anão ou um idiota para lhes dar sorte. Chamavam-nos os santos loucos. Os inocentes de Deus. Hoje em dia são tão capazes de atirar pedras como de poupar uma côdea para um pobre desgraçado. Já não há qualquer mérito em ser anão. E quanto a LeMerle e às suas *comédie-ballets*... ora! — Contorceu a boca num esgar desagradável. — O riso não assenta bem num estômago vazio. Deixem vir o Inverno, e ele e nós todos vamos saber como é.

Seja como for, nas semanas seguintes, conseguimos atrair mais três actores, membros de uma trupe desmembrada em Aix. Caboche era flautista, Demiselle, uma bailarina razoável e Bouffon, um antigo palhaço que virara carteirista. Viajávamos sob o nome de *Théâtre du Grand Carnaval*, representando sobretudo peças burlescas e pequenos bailados, com os anões dando cambalhotas e fazendo malabarismos, mas embora as diversões fossem bem recebidas, eram a maioria das vezes mediocremente pagas e tínhamos as bolsas quase vazias.

Aproximava-se a época das colheitas, pelo que durante algumas semanas chegávamos a uma povoação de manhã, ganhávamos algum dinheiro a ajudar o agricultor local a apanhar o feno ou a colher a fruta, e à noite representávamos no pátio da cervejaria mais próxima para respigarmos algumas moedas. Ao princípio, as mãos finas de LeMerle sangravam com o trabalho nos campos, mas ele não se queixava. Uma noite, mudei-me para a carroça dele sem dizer uma palavra e ele aceitou a minha presença sem surpresa e sem comentários, como se eu lhe fosse devida.

Era um amante estranho. Distante, cauteloso, abstracto, tão silencioso na paixão como um fantasma. As mulheres achavam-no atraente, mas ele mostrava-se completamente indiferente aos seus avanços. Não era por lealdade em relação a mim. Era simplesmente um homem que, tendo já uma capa, não vê razão para se dar ao incómodo de comprar outra. Mais tarde compreendi como ele era na realidade: egoísta, frívolo, cruel. Mas durante algum tempo, andei iludida; e, sedenta de afecto, satisfazia-me — durante algum tempo — com as poucas migalhas que era capaz de me dar.

Em troca, partilhava com ele tudo o que podia. Ensinei-o a armar armadilhas aos tordos e aos coelhos quando a comida escasseava. Ensinei-lhe as ervas para curar febres e sarar feridas. Ensinei-lhe as fórmulas mágicas da minha mãe; cheguei mesmo a reproduzir algumas das lições de Giordano, e aí LeMerle mostrou-se particularmente interessado.

De facto, contei-lhe mais sobre mim do que tencionava — muito mais, na verdade, do que seria conveniente. Mas ele era inteligente, sedutor e eu sentia-me lisonjeada com a sua atenção. Grande parte do que eu lhe contava eram heresias, uma mistura de saber cigano e dos conhecimentos de Giordano. A Terra... planetas... que giravam à volta de um Sol central. Uma Deusa dos cereais e do prazer, mais antiga do que a Igreja, cujo povo não está sujeito às grilhetas do pecado e do arrependimento. Homens e mulheres como seres iguais — aqui, ele sorriu por considerar tal um ultraje, mas achou preferível não comentar. Nos anos que passaram, presumi que ele tinha esquecido. Só muito mais tarde é que compreendi que com Guy LeMerle nada é esquecido; é tudo posto de lado para o Inverno, os mínimos fragmentos de informação são acrescentados às suas reservas. Fui uma louca. Não procuro arranjar desculpas. E a despeito do que aconteceu, era capaz de jurar que ele tinha começado a gostar um bocadinho de mim. O suficiente para lhe causar uma ou outra angústia. Mas não o suficiente para mim, quando chegou a altura. Muito longe disso.

Nunca soube o seu verdadeiro nome. Ele insinuava que se tratava de um nome aristocrático — era evidente que não era do povo — embora mesmo no auge da minha paixão eu não acreditasse sequer em metade do que me dizia. Tinha sido actor e dramaturgo, segundo dizia, e poeta ao estilo dos clássicos; falava de desgraça e de infortúnio; exaltava-se com a recordação dos teatros apinhados.

Que ele tinha sido actor, eu não duvidava. Possuía o dom da mímica, um sorriso aberto e insinuante, um certo exibicionismo na sua maneira de andar, de colocar a cabeça, que lembravam o palco. Tirava excelente partido das suas capacidades — fosse para vender banha da cobra ou para negociar um cavalo cansado, os seus poderes persuasivos tinham algo de mágico. Porém, não iniciara a sua carreira como actor. Devia ter estudado; lia latim e grego e conhecia alguns dos filósofos de Giordano. Montava a cavalo como qualquer equilibrista de circo. Roubava carteiras como um profissional e distinguia-se em todos os jogos de azar. Parecia capaz de se adaptar a quaisquer circunstâncias, adquirindo novas aptidões e por mais que eu tentasse, era incapaz de penetrar as camadas de ficção, de fantasia e de mentiras descaradas de que se rodeava. Os seus segredos, fossem eles quais fossem, permaneciam seus.

Havia, no entanto, uma coisa. Uma antiga marca na parte superior do seu braço esquerdo, uma flor-de-lis que se foi esbatendo ao longo dos anos até atingir um tom prateado, que, quando o interroguei, ele disfarçou com um sorriso e um pretenso esquecimento. Mas reparei que a partir de então tinha sempre o cuidado de tapar a marca, o que me levou a tirar as minhas próprias conclusões. O meu *Melro* tinha perdido algumas penas nesse encontro e não gostava que lho lembrassem.

6
♥

11 de Julho de 1610

Nunca acreditei em Deus. Pelo menos no vosso Deus; o Deus que contempla o seu tabuleiro de xadrez e move as peças a seu bel-prazer, erguendo ocasionalmente os olhos para o rosto do Adversário com o sorriso de alguém que já conhece o desfecho. Acho que tem de haver algo de horrivelmente imperfeito num Criador que persiste em pôr à prova as suas criaturas, levando-as à destruição, em criar um mundo repleto de prazeres apenas para anunciar que todo o prazer é pecado, em criar uma humanidade imperfeita e esperar que sejamos nós a aspirar à perfeição. O Diabo, ao menos, joga jogo limpo. Sabemos com o que contamos. Mas até ele, o Senhor da Astúcia, trabalha em segredo para o Todo-Poderoso. Tal mestre, tal aprendiz.

Giordano chamava-me pagã. Para ele, não se tratava de um elogio, pois era um judeu devoto que acreditava numa recompensa celestial para os seus sofrimentos terrenos. Para ele, ser pagão significava ser imoral, ímpio, saciar livremente os prazeres da carne, deleitar-se com demasiada frequência com outros encontros fortuitos pelo caminho. O meu antigo professor comia frugalmente, jejuava regularmente, rezava muitas vezes, mergulhando o resto do tempo nos seus estudos. Era um óptimo companheiro — a nossa única razão de queixa era que aos sábados se recusava a participar nos trabalhos no acampamento, preferindo abdicar de uma fogueira mesmo numa noite de invernia do que se dar ao trabalho de a acender. À parte esta peculiaridade, era como todos os outros; e nunca o vi comer carne de crianças, como a Igreja diz que o seu povo faz. De facto, raramente comia qualquer espécie de carne. O que mostra bem como a Igreja pode andar mal informada.

Eu dizia para mim mesma que talvez Giordano também andasse desencaminhado, enquanto me esforçava obedientemente por me parecer mais com o meu mentor. O seu Deus judeu assemelhava-se tanto ao Deus católico — e a Única Religião Verdadeira parecia-me quase indestrinçável da dos heréticos Huguenotes ou Protestantes de Inglaterra. Tinha de haver mais qualquer coisa, repetia insistentemente para mim própria; qualquer coisa para além do pecado e dos rituais solenes, do pó e das devoções; qualquer coisa que amasse a vida de um modo tão indiscriminado como eu a amava.

Os meus treze anos foram para mim uma espécie de despertar. Todo esse Verão foi um langoroso cortejo de delícias: uma nova consciência, uma energia desenfreada, uma sensibilidade exacerbada do paladar e do olfacto. Pela primeira vez, ou assim pensei, reparava realmente nas flores à beira da estrada; no perfume da noite ao cair à beira-mar; o sabor do pão fresco da minha mãe, com a côdea negra do carvão mas macio por dentro da crosta de cinzas. Reparei também no roçar delicioso da roupa contra a pele, nos borrifos gelados da água da corrente quando ia tomar banho… Se isto era ser pagã, então ainda desejava ser mais. O mundo tornara-se maternal quase do dia para a noite e os seus mistérios infinitos. Abri-me às suas iniciações. Cada rebento, cada flor, cada árvore, cada ave, cada criatura enchia-me de ternura e de júbilo. Perdi a virgindade com um pescador em Le Havre e o mundo explodiu numa revelação não menos exaltante para mim do que a que teve São João.

Giordano abanou a cabeça, amargurado e chamou-me desavergonhada. Durante algum tempo apenas me ensinou teologia até me pôr a cabeça à roda e rebelei-me, exigindo o regresso às lições de história, astronomia, latim e poesia. Durante algum tempo, opôs-me resistência. Dizia-me com ar desaprovador que eu era uma selvagem, pouco melhor do que os nativos do Quebeque recentemente descoberto. Roubei-lhe os livros e li atentamente os textos eróticos latinos, com os dedos percorrendo as letras com uma indolência atroz. Com a chegada do Inverno os meus sentidos congelaram e o meu professor perdoou-me, retomando os nossos estudos com o seu habitual abanar de cabeça, amargurado. Mas secretamente, permaneci pagã. Mesmo na abadia, sou mais feliz nos campos do que na capela, o ardor que me atormenta os músculos doridos é como que uma recordação desse Verão em que eu tinha treze anos e era ímpia.

Hoje estive a trabalhar até me doerem as costas. Quando já não havia mais nada para fazer no meio das ervas e dos vegetais, dirigi-me para os terrenos salgados, apesar do brilho ofuscante do sol, com as saias arregaçadas até aos joelhos e os tornozelos atolados no limo e no lodo. Na abadia temos leigos encarregados das tarefas pesadas — a pesca, o abate do gado, curtir as peles e trabalhar nos campo salgados — mas nunca me furtei ao trabalho pesado, que mantém o medo à distância.

Ainda não chegou qualquer notícia de Rennes e a noite passada tive sonhos terríveis, um pesadelo em que todas as cartas que me vieram parar às mãos ostentavam o rosto de LeMerle. Não sei se convoquei todas essas visões por escrever tanto sobre ele no meu diário, mas a história agora iniciada é como um potro desembestado que me escapa das mãos. Não vale a pena tentar detê-lo agora; é preferível deixá-lo correr até cair de exaustão.

Janette ensinou-me a dar atenção aos meus sonhos. Dizia ela que os sonhos são como vagas das marés que nos impelem, onde podemos recolher estranhos despojos, estranhos turbilhões das profundezas para os que os sabem ler. Devo fazer uso dos meus sonhos e não os recear. Só um louco teme o conhecimento.

O nosso primeiro Inverno foi o pior. Durante dois meses o *Théâtre du Grand Carnaval* foi forçado a fazer uma pausa mesmo nos arrabaldes de Vitré, uma pequena cidade de Vilaine. Nevou todo o mês de Dezembro, o nosso dinheiro estava praticamente esgotado, os víveres escasseavam, um dos nossos carros tinha perdido uma roda e não havia esperanças de podermos continuar até à Primavera.

Penso que todos nós tínhamos a certeza de que LeMerle não iria mendigar. Disse-nos que estava a escrever uma tragédia que, quando fosse levada ao palco, iria ser a solução para todos os nossos problemas. Entretanto, vasculhávamos o lixo, andávamos na gatunagem, dançávamos, fazíamos malabarismos e saltávamos com os tornozelos enterrados nos detritos gelados das ruas. As raparigas ganhavam mais do que os homens — às vezes, chegávamos a competir com os anões, passada a novidade. Le Borgne resmungava como sempre e parecia tomar tudo como uma afronta pessoal. LeMerle aceitava todo o dinheiro que conseguíamos arranjar como se não esperasse menos de nós.

Certo dia, com as chuvas e os lamaçais de Janeiro, uma bela carruagem passou pelo nosso acampamento em direcção à cidade e, mais tarde, LeMerle reuniu-nos a todos e disse-nos que nos preparássemos para um espectáculo especial no castelo. Chegámos, lavados de fresco e enfiados nos trajes de bailarinos que tínhamos conseguido salvar na nossa debandada de Paris e deparámos com meia dúzia de cavalheiros reunidos num enorme salão de banquete, onde estava a decorrer um jogo. Havia cartas espalhadas em cima da mesa e apercebi-me do brilho de ouro sob a luz das velas. Havia um aroma a vinho quente com açúcar e canela, a lenha queimada e a tabaco, e LeMerle estava sentado no meio deles com os seus ornamentos da corte e uma taça de ponche na mão. Parecia em excelentes termos com o pequeno grupo; era quase como se estivéssemos de novo em Paris. Pressenti o perigo e soube que LeMerle também o pressentia. Mas era evidente que se estava a divertir.

Um cavalheiro jovem e rubicundo, trajando sedas cor-de-rosa, inclinou-se para a frente e observou-me através de uma *lorgnette*.

— Mas ela é encantadora — disse ele. — Aproxima-te, minha querida. Eu não mordo.

Avancei com os sapatos de cetim sussurrando sobre as pranchas de madeira polida e fiz uma vénia.

— A minha carta, meu amor. Vem cá, pega nela; não sejas tímida.

Sentia-me vagamente desconfortável. Tinha crescido desde que deixáramos Paris e a saia ficava-me mais curta, o corpete mais apertado do que dantes. Lamentava agora não ter tido tempo para fazer os arranjos necessários. O cavalheiro cor-de-rosa fez um sorriso afectado e estendeu-me uma carta de jogar entre o polegar e o indicador. Vi que era a Dama de Copas.

LeMerle piscou-me o olho para me tranquilizar. Pensei que se aquele era um dos seus jogos, eu podia jogar à vontade; a verdade é que os outros pareciam conhecer as regras. O Três de Espadas calhou a Hermine, a Cateau o Valete de Paus e a Demiselle o Ás de Ouros, até ser atribuído a cada um de nós, incluindo os anões, o nome de uma carta de jogar, o que suscitou gargalhadas irreverentes, embora eu estivesse longe de perceber porquê. Fomos então dançar: começámos por umas acrobacias cómicas e depois uma versão simplificada do *Ballet des Gueux* — A Dança dos Mendigos, que tinha sido um enorme sucesso na corte.

De vez em quando, enquanto dançava apercebia-me que as cartas eram atiradas para o centro da mesa, mas o bailado exigia toda a minha atenção. Foi só quando chegou ao fim e se levantaram quatro vencedores para reclamarem os prémios que percebi o objectivo do jogo — e as apostas. Os restantes jogadores, que ficaram com os anões, soltaram umas imprecações humorísticas. Enquanto subia a vasta escadaria que levava aos quartos, sentindo-me apanhada numa armadilha e estúpida, ouvi LeMerle atrás de mim sugerir calmamente uma partida de piquete.

Virei-me ao ouvir a voz dele. Hermine viu o meu olhar e franziu o sobrolho — das quatro bailarinas foi a única que percebeu o que se estava a passar. Sob a luz dourada do candelabro pareceu-me envelhecida, com as maçãs do rosto pintadas luzidias de pintura. Os olhos dela eram duros, azuis e muito pacientes. A sua expressão disse-me tudo o que eu precisava de saber.

O cavalheiro cor-de-rosa pareceu notar a minha hesitação.

— Jogo é jogo, minha querida — disse ele. — E eu ganhei, não ganhei?

LeMerle sabia que eu o estava a observar. Tinha arriscado na minha reacção e também no azar das cartas e, por segundos, eu era para ele uma quantidade negligenciável, uma coisa de interesse passageiro. Em seguida virou-se, já embrenhado no novo jogo, e eu odiei-o. Não por causa do breve momento de contrariedade no canapé. Já tinha passado por coisas piores; e o fidalgote foi rápido. Não, foi por causa do jogo, como se eu e os outros não contássemos mais para ele do que as cartas que tinha na mão, para serem jogadas ou postas de lado consoante as contingências do acaso.

Claro que eu *acabaria* por lhe perdoar.

— Mas Juliette, tu acreditas que eu *queria* fazer aquilo? Fi-lo por ti. Por vocês todos. Achas que vos ia deixar morrer à fome para salvaguardar a minha sensibilidade e o meu pudor?

Eu tinha puxado da minha faca, com a lâmina escura afiada. Os meus dedos latejavam na ânsia de o ferir.

— Não tinha de ser assim — disse eu. — Ao menos, podias ter-me dito.

Era verdade; se ele me tivesse contado quais eram os seus planos eu teria aceite por amor dele.

Os olhos dele fixaram os meus e eu vi que ele sabia.

— Tu podias ter recusado — disse ele. — E eu não te teria forçado, Juliette.

— Tu *vendeste*-nos. — Tinha a voz trémula. — Enganaste-nos e vendeste-nos a troco de dinheiro!

Ele sabia que eu não podia ter recusado. Se tivéssemos recusado os nossos favores naquela noite, na manhã seguinte veríamos LeMerle no pelourinho — ou ainda pior.

— Tu serviste-te de nós, Guy. Serviste-te de *mim*.

Vi que ele estava a avaliar a situação. Eu estava furiosa, mas a minha fúria não ia durar muito. Afinal, eu já não era propriamente uma virgem. Não tinha perdido nada de importante. Fez tilintar o ouro por entre os dedos.

— Juliette, escuta...

Era o momento errado para seduções. Quando estendeu o braço na minha direcção eu ataquei-o com a faca. A minha única intenção era mantê-lo à distância, mas o meu gesto foi demasiado rápido para que ele o evitasse e a lâmina retalhou-lhe ambas as palmas das mãos estendidas.

— Da próxima vez, LeMerle — Eu tremia, mas segurava a faca com firmeza. — Da próxima vez, corto-te a cara.

Qualquer outro homem teria olhado para as mãos golpeadas — o instinto assim o exige — mas LeMerle não. Não havia uma sombra de medo nos seus olhos, nem de dor. Em vez disso, havia surpresa, fascínio, deleite, como se acabasse de fazer uma descoberta inesperada. Era uma expressão que já tinha visto antes no seu rosto, numa mesa de jogo, diante de uma multidão furiosa ou transbordante de triunfo sob as luzes da ribalta. Sustive o olhar dele, desafiadora. O sangue escorria-lhe dos pulsos para o chão, no meio dos dois, mas nenhum de nós baixou os olhos.

— Sim, querida — disse ele. — Acredito que sim.

— Experimenta.

Agora, estava todo coberto de sangue; em contraste com o casaco preto, o seu rosto era cor de cinza. Deu um passo para mim e vacilou. Sem pensar, agarrei-o quando caiu desfalecido.

— Tens razão, Juliette. Eu devia ter-te dito.

Aquelas palavras deixaram-me desarmada, como ele sabia que aconteceria. Depois, ainda com um sorriso, perdeu a consciência.

Liguei-lhe as mãos com betónica e ligaduras de linho. Depois fui buscar aguardente e fiquei a vigiá-lo enquanto bebia, repetindo mentalmente a cena até acabar quase por me convencer que tinha sido ele a sacrificar-se por nós e não o contrário. Claro que fora ele quem correra o maior risco. Além do ouro pago pelo espectáculo — público e privado — LeMerle iludiu os jovens jogadores com uma perícia descarada enquanto Bouffon e Le Borgne revistavam a casa à procura de objectos de valor e acabámos por sair quinhentas libras mais ricos do que à chegada.

Quando as suas vítimas finalmente se deram conta da impostura que ele lhes infligira, já era demasiado tarde. A trupe já tinha abandonado a cidade, embora relatos e rumores do embuste de LeMerle seguissem na nossa esteira durante todo o caminho até La Rochelle e mais longe. Foi o início de uma imensa cadeia de imposturas e embustes, o que nos levou a viajar nos seis meses seguintes sob múltiplas cores e múltiplos nomes. A nossa notoriedade perseguiu-nos durante mais tempo do que contávamos, mas a despeito dos riscos e dos esforços persistentes para a nossa captura, sentíamos pouca ansiedade. LeMerle começara a assumir uma natureza quase sobrenatural no nosso espírito. Parecia ser invulnerável — e, por arrastamento, também todos nós. Se o tivessem apanhado, tê-lo-iam por certo enforcado e provavelmente a nós também, como precaução. Porém, os actores ambulantes não eram raros no Ocidente e, nessa altura, éramos o *Théâtre de la Poule au Pot*, um grupo de saltimbancos da Aquitânia. Tanto quanto era dado saber, o *Théâtre du Grand Carnaval* desfizera-se em fumo. Foi assim que escapámos a essa perseguição — e a outras do mesmo género — e eu perdoei a LeMerle por uns tempos, porque era nova e porque acreditava, naqueles dias inocentes, que havia uma ponta de bem em toda a gente e que talvez um dia até ele se pudesse redimir.

Já passaram mais de cinco anos desde que o vi pela última vez. Demasiado tempo, é certo, para que estas recordações me perturbem tão profundamente. Talvez já esteja morto — depois de Epinal, há todas as razões para o crer. Mas não acredito. Durante todos estes anos tenho arrastado atrás de mim a sua memória e sofrimento como um cão com uma pedra atada à cauda. Eu saberia se estivesse liberta dele.

Hoje temos de enterrar a Reverenda Madre. Tem de ser hoje. O céu é impiedoso na sua luminosidade, nos vastos espaços azuis promissores e no sol abrasador. Ninguém está disposto a assumir a responsabilidade, bem sei, mas o cadáver na capela já está putrefacto, a liquefazer-se no seu banho de especiarias. Ninguém a quer sepultar antes da chegada da sua sucessora. Mas alguém tem de tomar uma decisão.

Não durmo desde a noite de ontem. As minhas ervas não servem de conforto: nem o gerânio nem o rosmaninho me trazem qualquer descanso, e a alfazema não consegue aliviar-me a cabeça. Uma infusão forte de beladona talvez me causasse umas visões agradáveis, mas por agora já me chega de visões. Do que preciso é de descansar. Da janela alta distingo os primeiros laivos da alvorada a abrir o céu como uma ostra. Fleur dorme a meu lado, com a boneca aconchegada debaixo do braço e um dos polegares metido na boca, mas para mim, e apesar do cansaço, o sono é um país longínquo. Estendo a mão para lhe tocar. Faço este gesto muitas vezes, tanto para meu próprio reconforto como dela, e ela reage sonolenta, enroscando-se no semicírculo do meu corpo com um suspiro débil. Cheira a biscoito e a massa de pão quente. Enfio o nariz no seu cabelo junto à nuca, com uma sensação de ternura e de alegria, mas que se converte numa espécie de angústia, como que numa antecipação de uma inimaginável perda futura.

Com os braços à volta da minha filha, volto a fechar os olhos. Mas a minha paz desvaneceu-se. Cinco anos de paz dissipados como fumo num instante... e porquê? Um pássaro, uma recordação, um vislumbre de qualquer coisa pelo canto do olho? E no entanto a Reverenda Madre morreu. E então? Era velha. A sua vida tinha chegado ao fim. Não há razão nenhuma para pensar que *ele* tenha qualquer relação com isto. Contudo, Giordano ensinou-me que *tudo* na vida está interligado, que todas as coisas terrenas são feitas do mesmo barro elementar: o homem, a mulher, a pedra, a água, a árvore, o pássaro. Era uma heresia. Mas Giordano acreditava nisso. Um dia iria descobri-la, dizia-me ele. A Pedra Filosofal que provaria que a sua teoria estava certa, a fórmula de toda a matéria, o elixir dos Nove Universos. Tudo se interliga: o mundo está em movimento à volta do Sol, tudo volta, e qualquer acto, mesmo o mais ínfimo, tem milhares de repercussões. Posso senti-las agora, aproximando-se como os círculos provocados por uma pedra atirada para um lago.

E o *Melro*? Também nós estamos ligados, ele e eu; não preciso que nenhuma filosofia mo venha dizer. Pois bem, que venha. Se tem um papel a desempenhar, que o desempenhe em breve e depressa, porque se o voltar a ver em carne e osso, ele sabe que desta vez o vou matar.

7

♥

12 de Julho de 1610

Sepultámo-la no jardim das ervas. Foi uma cerimónia discreta — plantei alfazema e rosmaninho para suavizar a corrupção do seu corpo e todos rezaram uma oração breve. Cantámos o *Kyrie eleison*, mas desafinadas, porque algumas deixaram-se dominar pela emoção. Esta manifestação de dor surpreende-me — desde que aqui cheguei já morreram mais de uma dezena de irmãs, algumas jovens, e nenhuma delas foi chorada com tanto desespero — e, contudo, não devia surpreender-me. Perdemos mais de um dos nossos. Mesmo o assassínio do rei Henri em Paris, há apenas dois meses atrás, teve menos impacto nas nossas vidas.

Sendo assim, não parece correcto sepultá-la com uma cerimónia tão simples. Devia ter tido um padre e um serviço litúrgico adequado. Mas não podíamos esperar mais tempo; as notícias de Rennes chegam devagar e o Verão acelera a decomposição, provocando doenças. A maior parte das irmãs não faz ideia disto e preferem confiar no poder das orações, mas uma vida inteira nas estradas ensinou-me o valor da prudência. Como a minha mãe costumava dizer, é muito provável que haja demónios, mas os verdadeiros assassinos são a água estagnada, a carne putrefacta e o ar empestado, e a sua sabedoria tem-me sido muito útil.

De qualquer modo, acabei por conseguir convencê-las. Consigo sempre e, de resto, era um enterro simples que a Reverenda Madre teria desejado: sem criptas de pedra, mas um lençol de linho já jaspeado de húmus, depois uma camada de terra húmida e esbranquiçada, onde as nossas batatas se dão tão bem.

Talvez plante batatas por cima da sua sepultura para que estas se misturem com a carne dela no solo e cada articulação alimente um tubérculo, cada osso uma vergôntea, com o sal da sua carne combinando-se com a terra salgada que vai nutrir as raízes na sua vida lívida. Um pensamento pagão, a que faltava solenidade naquele lugar de lúgubres segredos. E, contudo, os meus deuses jamais tinham sido os delas. O senhor do mundo não é certamente este rosto duro e implacável, este sacrifício sem sentido, esta vida sem alegria, esta interminável fixação no pecado... É preferível cultivar batatas do que um céu descarnado e um inferno sem esperança. Mas continuamos a não ter notícias.

Sete dias. A Criação do mundo demorou menos tempo. O nosso mundo permanece no limbo, suspenso na límpida indiferença destes dias de Verão, uma rosa numa redoma. E, no entanto, o mundo lá fora continua a mover-se sem nós; crescimento, declínio, vida, morte movem-se ao seu ritmo normal, como o fluxo e o refluxo das marés, como se Deus tivesse a sua própria agenda. O cheiro do mar penetra pela janela, já impregnado de sombras outonais; as folhas descoloridas adquirem uma tonalidade pardacenta sob o sol e a erva está ressequida e amarelecida. A terra é uma bigorna sob os golpes do Verão, lisa e tremeluzente.

Pelo menos, tenho as minhas tarefas nos campos salgados, com um ancinho de madeira nas mãos para remover a crosta de geada que cobre o limo para um montículo ao meu lado. É uma tarefa simples, que não requer muita concentração e posso estar atenta a Fleur e a Perette que brincam por perto, chapinhando ruidosamente na água quente e acastanhada. Esses dias passados nos campos — que para as outras são um suplício — são o meu prazer secreto, com o sol a bater-me nas costas e a minha filha ao pé de mim. Aqui volto a ser eu ou, pelo menos, aquela parte de mim de que me quero lembrar. Aspiro o cheiro do mar, a exalação forte e intensa dos baixios salgados, sinto o vento agreste que sopra de oeste, ouço os pássaros. Não sou uma dessas irmãs simples e afáveis, que se escondem na sua ignorância com medo do mundo. Também não entro em êxtases como Sœur Alfonsine, arrastando a minha pobre carne para uma paixão de mortificações. Não, deleito-me com o mundo. Os músculos das coxas contraem-se e distendem-se, sinto os bíceps retesarem-se como corda oleada. Tenho os braços nus, a saia arregaçada até à cintura e a touca atirada para a margem lamacenta.

Além de Fleur, o meu cabelo é a minha única extravagância. Cortei-o quando cheguei à abadia, mas voltou a crescer, espesso, vermelho como um pincel de pêlo de raposa e brilhante. É a única coisa bela que possuo. Sou demasiado alta, demasiado sólida, com a pele tisnada pelo sol de muitos Verões a calcorrear as estradas. Se Lazarillo tivesse visto a minha cabeleira, talvez se tivesse lembrado de mim. Mas as toucas das freiras confundem-se todas umas com as outras. Aqui nos campos, posso tirar a coifa. Não há ninguém que possa ver a minha cabeleira solta nem os meus ombros fortes e nus. Posso ser eu mesma; e embora saiba que nunca mais poderei voltar a ser a Donzela Alada, ao menos por instantes posso ser Juliette.

Permaneci durante mais seis anos com a trupe que passou a chamar-se *Théâtre des Cieux*. Depois de Vitré, abandonei a carroça de LeMerle. Continuava a amá-lo — não havia qualquer saída — mas o orgulho impedia-me de ficar. Nessa altura tinha uma carroça minha e quando ele veio ter comigo, como eu sabia que viria, obriguei-o a esperar para ser admitido, como um penitente. Foi uma vingança insignificante mas que alterou o equilíbrio entre nós, e que me deixou satisfeita na altura.

Viajámos ao longo da costa, na esteira dos mercados e das feiras onde se podia ganhar dinheiro. Quando os negócios corriam mal, vendíamos mezinhas para curar maleitas e elixires de amor, ou então LeMerle esfolava os incautos com as cartas ou os dados. Mas a maioria das vezes representávamos: fragmentos de bailados, números de máscaras ou carnavalescos, embora a peça ocasional se fosse tornando progressivamente mais frequente à medida que o tempo ia passando. Eu criei um número da dança na corda com os anões — uma brincadeira de crianças, não passava disso, mas era popular entre os públicos das povoações — e ensinei às minhas companheiras de bailado os movimentos mais simples. O número foi-se tornando mais ambicioso, mas era minha intenção transpô-lo para o arame e foi aí que começou o nosso êxito.

Ao princípio, actuávamos por cima de um lençol com um anão em cada ponta, para o caso de acidente. Porém, à medida que nos íamos tornando mais ousados, dispensámos o lençol e íamos lá para cima, não nos limitando simplesmente a andar sobre a corda, mas dançando, saltando e, por último, *voando* de corda em corda através de uma série de argolas interligadas. Foi assim que a Donzela Alada conquistou asas.

Nunca tive medo das alturas. De facto, gosto das alturas. De uma certa altura, toda a gente parece igual — homens, mulheres, vilões e reis — como se o estatuto social e a sorte fossem um mero acidente de perspectiva e não algo decretado por Deus. Em cima da corda eu transcendia de algum modo o meu lado humano; e em cada espectáculo, acorria mais gente para nos ver. O meu traje era verde e prateado, a minha capa um manto de penas irisadas e na cabeça usava um toucado de plumas, que tornava a minha estatura ainda mais exagerada. Sempre fui alta para mulher — era mais alta do que todos os outros do *Théâtre des Cieux* com excepção de LeMerle — mas com o meu traje de bailarina ultrapassava o metro e oitenta e quando saía da gaiola dourada onde iniciava a minha actuação, as crianças no meio da multidão murmuravam e apontavam com o dedo e os pais comentavam em voz alta que uma criatura assim até era capaz de trepar pelo poste e voar.

A corda estava esticada a cerca de dez metros acima das suas cabeças; lá em baixo, seixos, terra, erva. Eu arriscava membros partidos ou a morte se cometesse um erro. Mas a Donzela Alada não cometia erros. Tinha o tornozelo preso a uma sólida corrente dourada — como se sem ela pudesse bater as asas e voar para longe. Rico e Bazuel seguravam a outra extremidade, tendo o cuidado de se manterem o mais afastados de mim possível. Às vezes eu rosnava e simulava bater com o chicote, pondo as crianças aos gritos. Em seguida os anões soltavam a corrente e eu ficava livre.

Fazia aquilo sem esforço. Mas claro que não era assim; o mais insignificante movimento requer milhares de horas de treino. Naqueles momentos, porém, eu deixava de ser eu. Dançava sobre cordas de seda tão finas que eram quase invisíveis vistas do solo, servindo-me das argolas interligadas para passar de uma para outra, como Gabriel me ensinara em tempos, o tempo de uma vida, na carroça cor-de-laranja com o tigre e as ovelhas. Às vezes cantava e emitia uns sons guturais e estrídulos com a garganta. As pessoas olhavam para cima, para mim, com um temor supersticioso e murmuravam entre dentes que eu devia ser de uma raça diferente, que talvez algures do lado de lá dos oceanos houvesse uma raça de harpias de cabelos fulvos de raposa que planavam nos ares e caíam sobre as presas nas imensidões azuladas a perder de vista. Escusado será dizer que LeMerle não fazia nada para desencorajar esse tipo de ideias. Nem eu.

À medida que iam passando os meses e os anos, a nossa actuação aumentava de popularidade e éramos solicitados desde Paris até à província. Tornei-me arrojada; não havia nada que eu não ousasse. Concebi saltos mais arriscados, voos mais arrepiantes entre os postes, com os outros lá muito em baixo. Acrescentei mais braçadas de corda ao meu número: baloiços, um trapézio, uma plataforma suspensa. Actuava nas árvores e em cima de água. Nunca caí.

As assistências adoravam-me. Muitos acreditavam na ficção de LeMerle, de que eu era de outra raça. Corriam rumores de bruxaria e algumas vezes vimo-nos forçados a abandonar a cidade à pressa. Mas foram poucas vezes; a nossa fama alastrava e, por ordem de LeMerle, voltámos a dirigir-nos para norte em direcção a Paris.

Tinham passado dois anos e meio desde a nossa fuga da cidade. Tempo suficiente, dizia o *Melro*, para o nosso pequeno *contretemps* estar esquecido. Além disso, ele não tinha a ambição de voltar a entrar na sociedade; o rei estava prestes a casar e nós não éramos os únicos a dirigirmo-nos para as celebrações. Todas as trupes do país faziam o mesmo: actores, malabaristas, músicos, bailarinas. Havia dinheiro à nossa espera, dizia LeMerle, e com um pouco de imaginação, um pouco de iniciativa, podíamos fazer uma fortuna.

Nessa altura, porém, já o conhecia demasiado bem para acreditar nessa simples explicação. Voltara a aparecer aquela expressão nos seus olhos — a expressão de perigosa satisfação que ostentava sempre que planeava um empreendimento arriscado e extravagante — e eu fiquei desconfiada desde o princípio.

— Ele quer caçar um tigre com um pau aguçado — costumava dizer Le Borgne. — Pensa que é fácil, mas Deus nos guarde a todos se ele o derrubar.

Claro que LeMerle negava tais intenções.

— Prometo que não farei nenhuma maldade, minha Harpia — dizia ele, mas com o riso tão contido na voz que eu não acreditei.
— Então, estás com medo?
— Claro que não.
— Óptimo. Não é altura para começares a ficar nervosa.

8
♥

13 de Julho de 1610

Era o apogeu da carreira da Donzela Alada. Tínhamos dinheiro e fama; as multidões adoravam-nos e estávamos de regresso a casa. Com a aproximação dos esponsais do rei, Paris viva em perpétuo carnaval; os ânimos estavam excitados, as bebidas corriam abundantes, as bolsas pródigas e sentia-se o odor da esperança e o cheiro do dinheiro e, por detrás de tudo isso, o medo. Um casamento, tal como uma coroação, é um tempo de incertezas. As regras são suspensas. Novas alianças são celebradas e quebradas. Na sua maior parte, pouca importância têm para nós. Observamos os grandes protagonistas no palco de França, esperando apenas que não nos esmaguem. Basta um capricho ou uma fantasia para o fazerem; um dedo do rei é suficientemente pesado para liquidar um exército. Mesmo a mão de um bispo, sabiamente manejada, pode esmagar um homem. Mas nós, no *Théâtre des Cieux* não pensávamos nessas coisas. Podíamos ter lido os sinais se tivéssemos tido essa preocupação, mas estávamos embriagados com o nosso sucesso; LeMerle andava à caça dos seus tigres e eu estava a aperfeiçoar um número novo e extremamente arriscado. Até Le Borgne se mostrava inusitadamente animado e quando, ao entrar em Paris, recebemos a notícia de que Sua Majestade manifestara o interesse em nos ver representar, o nosso júbilo não conheceu limites.

Os dias que se seguiram estão envoltos numa névoa confusa. Já vi reis chegarem e partirem, mas sempre tive um fraquinho pelo rei

Henri. Talvez por ele se mostrar tão alegre naqueles tempos; talvez por ter um rosto afável. Este novo rei Louis é diferente, um rapazinho. Podemos comprar o retrato dele em qualquer mercado, coroado com um halo solar e flanqueado por santos ajoelhados, mas assusta-me a sua cara pálida e a boca em forma de coração. O que é que um rapazinho como ele pode saber do que quer que seja? Como pode governar a França? Mas tudo isso ainda estava para vir; quando a Donzela Alada actuou no Palais-Royal, tínhamos mais segurança, mais felicidade do que já tínhamos gozado desde antes das guerras. Este casamento — esta aliança com os Médicis prova-va-o; vimo-la como um sinal de que a nossa sorte estava a mudar.

E estava, mas não para melhor. Na noite da nossa actuação fomos celebrar com vinho, carne e doces e, em seguida, Rico e Bazuel foram assistir a um espectáculo com feras próximo do Palais-Royal enquanto os outros se embebedavam e LeMerle se afastava sozinho em direcção ao rio. Mais tarde, nessa mesma noite, ouvi-o regressar e quando passei pela sua carroça vi sangue nos degraus e tive medo.

Bati à porta e, não tendo resposta, entrei. LeMerle estava sentado no chão de costas para mim, com a camisa repuxada para o lado esquerdo. Corri para ele com um grito de consternação; estava coberto de sangue. Descobri com alívio que não estava tão ferido como todo aquele sangue fazia supor. Uma lâmina curta e aguçada — não muito diferente da minha — tinha-lhe roçado as costelas, abrindo uma ferida não muito funda com cerca de vinte centímetros. Primeiro pensei que tinha sido assaltado e roubado — um homem em Paris, à noite, para se proteger precisa mais do que de sorte — mas ainda tinha a sua bolsa e, além disso, só um salteador muito inepto é que lhe poderia desferir um golpe tão desajeitado. Como LeMerle se recusou a contar-me o que lhe tinha acontecido, tive de concluir que aquela situação só podia ser por culpa sua e considerei-a um caso isolado de azar.

Mas a má sorte não ia ficar por ali. Na noite seguinte, uma das nossas carroças incendiou-se enquanto dormíamos e só por sorte é que as outras se salvaram. Acontece que Cateau se levantou para ir urinar e cheirou-lhe a fumo. Perdemos dois cavalos, a maior parte do nosso guarda-roupa, a carroça, claro, e um dos nossos: o pequeno Rico, que ficara completamente embriagado durante a noite e não acordou com os nossos gritos. O seu amigo Bazuel tentou entrar lá dentro para o retirar, embora percebêssemos desde o princípio que era inútil, e ficou asfixiado pelo fumo mesmo antes de conseguir chegar perto.

Custou-lhe a perda da voz. Quando recuperou, só conseguia falar em sussurro. Creio que o seu coração se foi abaixo depois disso. Bebia como uma esponja, entrava em disputa com tudo o que se mexesse e representava tão mal que acabámos por ter de o deixar de lado por completo. Quando, passados uns meses, ele optou por nos deixar, ninguém ficou surpreendido. De qualquer modo, como disse Le Borgne, não era a mesma coisa que perder uma funambulista. Era sempre possível substituir os anões.

Deixámos Paris furtivamente e numa disposição sombria. As celebrações estavam longe de chegar ao fim, mas LeMerle estava ansioso por partir. A morte de Rico tinha-o afectado mais do que eu esperava; comia pouco, dormia menos, respondia com brusquidão a quem se atrevesse a dirigir-lhe a palavra. Foi a primeira vez que o vi verdadeiramente irritado. Não tardei a perceber que não era pelo Rico — nem sequer pelo equipamento danificado — mas pela humilhação sofrida, por ter estragado o nosso triunfo. Tinha perdido o jogo e, mais do que qualquer outra coisa, o *Melro* detestava perder.

Ninguém notara nada na noite do incêndio. Porém, LeMerle tinha as suas suspeitas, embora não falasse nisso. Preferiu mergulhar num silêncio perigoso e nem sequer as notícias de que o seu velho inimigo, o bispo de Evreux, tinha sido vítima de uma emboscada por salteadores, alguns dias antes, foi suficiente para o animar.

Depois de Paris, dirigimo-nos para sul. Bazuel deixou-nos em Anjou, mas juntaram-se a nós mais duas pessoas nos meses seguintes: Bécquot, um tocador de rabeca, perneta e o filho de dez anos, Philbert. O rapaz era um funâmbulo genuíno, mas demasiado imprudente; deu uma queda grave algum tempo depois e ficou inactivo durante meses. Apesar disso, LeMerle deixou-o ficar connosco durante o Inverno seguinte e, embora o rapaz nunca mais pudesse participar no número voador, dava-lhe de comer e arranjava-lhe tarefas úteis para fazer. Bécquot mostrou-se grato e eu estava surpreendida, porque os negócios tinham desandado e o dinheiro escasseava. Le Borgne limitava-se a encolher os ombros e a resmungar entre dentes qualquer coisa acerca de tigres. Contudo, não serviu de grande coisa; o rapaz permaneceu connosco mais oito meses, passados os quais LeMerle o deixou entregue a um grupo de franciscanos que se dirigiam para Paris e que, segundo ele, tratariam do rapaz.

Prosseguimos o nosso caminho. Actuávamos nos mercados e nas feiras em Anjou e descemos até à Gasconha, onde também trabalhámos nas colheitas como nos velhos tempos, passando o Inverno num lugar. No segundo Inverno, Demiselle morreu com febres, deixando-nos com apenas duas bailarinas — aos trinta anos, Hermine começava a estar velha para trabalhar na corda e era penoso vê-la. Ghislaine fazia todos os possíveis, mas nunca conseguiu dominar os saltos. Mais uma vez, a Donzela Alada voava sozinha.

Destemido, LeMerle voltou a dedicar-se à escrita de peças teatrais. As suas farsas sempre foram populares, mas as suas peças foram ficando progressivamente mais satíricas à medida que íamos percorrendo a França. O seu tema favorito era a Igreja e por diversas vezes vimo-nos forçados a fazer as malas à pressa quando um clérigo mais zeloso se sentia ofendido. O público, na sua grande maioria, apreciava-as. Bispos perversos, frades lúbricos e religiosos hipócritas sempre atraíram excelentes assistências e quando se somavam anões e uma Mulher Alada, o espectáculo nunca deixava de dar dinheiro.

LeMerle desempenhava os papéis eclesiásticos — tinha conseguido arranjar um sortido de vestes religiosas e um pesado crucifixo de prata, que devia ser valioso, mas que nunca tentou vender, mesmo nos tempos mais difíceis. Quando o interroguei, disse-me que era um presente de um velho amigo de Paris. Mas os seus olhos tinham uma expressão dura e o sorriso repuxava-lhe a boca num esgar. Não tentei indagar mais; LeMerle revelava-se sentimental a propósito das coisas mais estranhas e quando queria guardar segredo sobre qualquer coisa, não havia nada que o fizesse soltar a língua. Mesmo assim, às vezes interrogava-me... especialmente quando tinha fome e faltava comida. Mas logo a seguir, esquecia.

Iam começar as nossas deambulações. Viajávamos para sul no Inverno, para norte no Verão, sempre na peugada das feiras e mercados. Mudávamos de cores nas regiões mais hostis, mas a maior parte do tempo continuávamos a ser o *Théâtre des Cieux* e a Donzela Alada dançava na corda, as pessoas aplaudiam e atiravam flores.

Apesar disso sentia que os meus dias de êxito se aproximavam do fim — houve um ano em que uma rotura de um tendão me afligiu durante um Verão inteiro — e sabíamos que havia sempre a possibilidade de termos de bater em retirada nas peças de LeMerle. Eram indubitavelmente mais arriscadas do que o número da corda; contudo, ganhávamos com elas bom dinheiro, sobretudo na região dos Huguenotes.

Fizemos mais cinco vezes a viagem até ao Sul. Aprendi a reconhecer as estradas, os lugares seguros e os lugares perigosos. Arranjava amantes onde e quando me apetecia, sem que LeMerle levantasse obstáculos. Ele continuava a partilhar a minha cama quando eu queria, mas eu tinha crescido um bocado e a minha adoração servil por ele transformara-se numa afeição mais confortável. Agora conhecia-o. Conhecia as suas fúrias, os seus triunfos, as suas alegrias. Conhecia-o e aceitava-o tal como era.

Também sabia que havia muitas coisas nele que odiava e em que não confiava. Tanto quanto sabia, tinha morto duas pessoas — uma das vezes, um bêbado que se debatia violentamente para reaver uma bolsa roubada, e da outra um agricultor que nos apedrejou nas proximidades de Rouen — ambos os crimes foram executados pela calada e no escuro e só foram descobertos muito depois da nossa partida.

Perguntei-lhe uma vez como é que conseguia conciliar aquilo com a sua consciência.

— Consciência? — Arqueou uma sobrancelha. — Estás a falar de Deus, do Dia do Juízo Final e desse género de coisas?

Encolhi os ombros. Ele sabia perfeitamente que não era disso que eu estava a falar, mas raramente desperdiçava uma oportunidade de me arreliar a propósito das minhas convicções heréticas.

LeMerle sorriu.

— Querida Juliette. Se houver realmente um Deus lá em cima... e se acreditarmos no teu Copérnico, deve estar muito, *muito* lá no alto... e por isso, não confio nas perspectivas que possa ter. Para ele, eu sou um grão de pó. Aqui em baixo, no sítio onde eu estou, as coisas são diferentes.

Não percebi e disse-lho.

— Quero dizer que prefiro ser algo mais do que uma ficha de jogo num jogo de apostas ilimitadas.

— Mesmo assim, matar um homem...
— As pessoas estão constantemente a matar-se umas às outras. Pelo menos sou honesto. Não o faço em nome de Deus.

Conhecendo-o tanto para o bem como para o mal — ou assim pensava — continuava a amá-lo, acreditando como eu acreditava que, apesar dos seus pecados, no fundo tinha um coração bom, fiel a si próprio, que não passava de um melro larápio a cantar uma canção trocista... Era um dos talentos daquele homem. Conseguia fazer com que as pessoas vissem aquilo que queriam ver, os seus próprios reflexos tão fugazes como sombras reflectidas num lago. Eu via nele o meu lado insensato, era só isso. Tinha vinte e dois anos e não tinha amadurecido tanto como julgava.

Até Epinal.

9
♥

14 de Julho de 1610

É uma cidade pequena e agradável à beira do Mosela, na Lorena. Era a primeira vez que fazíamos aquele caminho, porque nos concentrávamos sobretudo nas regiões do litoral. Chegámos a uma pequena aldeia chamada Bruyère, a poucas milhas da cidade. Um lugar tranquilo: meia dúzia de quintas, uma igreja, pomares de macieiras e pereiras meio comidas pelo visco. Se pressenti qualquer coisa de inusitado, não o consigo recordar agora; talvez a mirada cortante de uma mulher à beira da estrada, o gesto tímido de uma criança a cruzar os dedos numa figa, numa encruzilhada. Deitei as cartas, como sempre fazia em qualquer lugar novo para nós, mas só tirei um inofensivo Louco, um Seis de Paus e um Dois de Copas. Se havia ali um aviso, não o vi.

Estávamos em Agosto, e o Verão seco avançava para um Outono prematuro, com a decomposição a tornar tudo ameno e húmido. As tempestades de granizo de há um mês atrás tinham dado cabo da cevada madura e os campos apodreciam exalando um cheiro fétido e pestilento a cervejaria. O calor súbito que sobreveio às trovoadas era abrasador e as pessoas pareciam atordoadas pelo sol, piscando imbecilmente os olhos à passagem das nossas carroças. No entanto, conseguimos negociar um campo para montarmos o nosso acampamento e nessa noite representámos uma breve paródia à volta da fogueira do nosso acampamento, ao som dos grilos e das rãs.

Porém, a nossa assistência era esparsa. Nem mesmo os anões conseguiram trazer um sorriso aos rostos tristes a que as labaredas imprimiam uma expressão cruel e foram poucos os que se mostraram inclinados a ficar até mais tarde. As únicas diversões habituais naquelas paragens eram a forca e a pira, como se ouvia dizer na cervejaria: uma porca tinha sido enforcada uns dias antes por ter comido os bácoros, duas freiras de um convento dos arredores tinham-se imolado pelo fogo numa imitação de Santa Cristina Mirabilis e havia sempre pelo menos uma pessoa no pelourinho, pelo que era improvável que os aldeões de Bruyère, acostumados a divertimentos enérgicos, se deixassem impressionar com a chegada de uma trupe de actores.

Ao ouvir isto, LeMerle encolheu os ombros filosoficamente. Havia dias bons e dias maus e aquelas povoações pequenas não tinham hábitos de cultura. Em Epinal correria melhor.

Chegámos lá na manhã da Festa da Virgem e encontrámos a cidade imersa num ambiente de festejos. Não esperávamos tanto; depois da procissão e da missa, a populaça retirou-se para as cervejarias e para as ruas onde as celebrações já tinham começado. Não era o momento apropriado para uma das sátiras de LeMerle — Epinal era célebre pela sua religiosidade — mas talvez conseguíssemos uma boa receita com uma funâmbula e uma trupe de malabaristas. Avistara já um tocador de tamborim e um flautista sob o portal da igreja, um Louco mascarado com o bastão e os guizos e, estranhamente deslocado, o Médico da Peste, com a máscara negra de nariz comprido sobre o rosto empoado de branco e a capa negra esvoaçante. Para além dessa pequena nota dissonante, tudo parecia perfeitamente normal. Pensei para comigo que talvez estivesse outra trupe na cidade, com quem teríamos que repartir as receitas. Sei que não pensei mais no assunto. Mas devia ter reconhecido os sinais. O Médico negro com os seus trajes de corvo. Os gritos de excitação — quase de medo — à nossa passagem. A expressão no olhar de uma mulher quando lhe sorri de dentro da minha carroça, as figas sub-reptícias que se repetiam ao longo do caminho…

LeMerle cheirou o perigo desde logo. Eu devia ter-me apercebido — havia um brilho temerário nos olhos dele ao mesmo tempo que escrutinava a multidão, um sorriso alargado que devia ter-me advertido. Nesses momentos, costumávamos mandar os anões para se misturarem com os folgazões, distribuindo guloseimas e convites para o espectáculo, mas nesse dia ele fez sinal aos anões para que não se afastassem, enquanto Le Borgne de vez em quando cuspia fogo da parte traseira da minha carroça, como um cometa, e Cateau gritava na sua voz aflautada: «Actores! Venham ver os actores hoje! Venham ver a Mulher com Asas!»

Mas naquele dia eu sentia que as atenções da multidão se concentravam em algo diferente. A procissão da Nossa Senhora estava prestes a começar e havia já muita gente apinhada no exterior da igreja. Viam-se filas de pessoas alinhadas de ambos os lados da rua, algumas com imagens e flores, objectos votivos e bandeiras. Também se viam vendedores: vendedores de empadas de caça, de carne, de fruta e de cerveja. A atmosfera era pesada, impregnada do cheiro a fumo das velas, suor, carne assada, poeira e incenso, couro, cebola, detritos e cavalos. O barulho era quase insuportável. Crianças e estropiados ocupavam as filas da frente, mas já havia demasiada gente e a multidão comprimia-se contra os painéis laterais das nossas carroças, alguns olhavam curiosos as tabuletas pintadas e os galhardetes vistosos, outros gritavam porque lhes impedíamos o caminho.

Começava já a sentir-me atordoada; os gritos dos bufarinheiros, o calor do sol, os múltiplos odores fétidos era demasiado para mim. Tentei voltar para trás para uma rua mais tranquila, mas era tarde de mais. Empurradas pela multidão dos fiéis, as nossas carroças tinham chegado junto dos degraus da igreja quase ao mesmo tempo em que a procissão do Dia da Virgem devia sair. Sem poder recuar nem avançar, observava com curiosidade enquanto a enorme plataforma que transportava a Nossa Senhora emergia da porta principal da igreja para a luz do dia.

Por baixo da plataforma deviam estar umas cinquentas pessoas. E outras cinquenta ao lado, com os ombros tensos sob os varais compridos que a suportavam. Era pesada e balançava ao transpor o pórtico; à medida que avançavam mais um passo, lentamente, os carregadores encapuçados deixavam escapar um suspiro, como se a carga fosse quase insuportável. A Nossa Senhora erguia-se no cimo da estrutura sobre uma pilha de flores brancas e azuis, com o manto bordado resplandecente sob a luz do sol e as mãos untadas de mel e azeite. Precedia-a um sacerdote com um turíbulo e atrás perfilavam-se uma dezena de monges empunhando castiçais e entoando o *Avé* ao som lamentoso de um oboé.

Porém, tive pouco tempo para acompanhar a música. Mal a procissão apareceu ouviu-se um lamento da multidão e fomos empurrados súbita e violentamente enquanto os fiéis se precipitavam para a frente. «*Miséricorde!*» era o grito que se escapava de milhares de gargantas e o fedor a azeite, a carne e a fuligem era opressivo, misturado com o fumo do turíbulo de prata, um odor a cravo-da-índia e a incenso. «Piedade! Piedade para os nossos pecados!»

Eu estava de pé, apoiada no eixo da roda da minha carroça e observava por entre as cabeças da multidão. Começava a sentir um certo mal-estar, porque apesar de já ter assistido antes a cenas de fanatismo religioso, aquilo parecia-me inusitadamente feroz, com uma nota aguda e estrídula de fervor tornando-se mais penetrante quase até aos ossos. Não era a primeira vez, e enquanto protegia com as mãos em concha, quase inconscientemente, a curvatura recente do meu ventre, interrogava-me se não seria altura de abandonarmos a vida que levávamos antes que azedasse por completo. Tinha então vinte e três anos. Já não era uma jovem.

O Médico negro agitou a capa, abrindo uma nesga de espaço entre ele e a multidão, um vazio que lhe permitia avançar, e reparei que a gritaria aumentava à sua passagem e alguns caíam de joelhos atrás dele.

«*Miséricorde!* Piedade para os nossos pecados!» Estávamos demasiado perto da procissão para podermos recuar, e eu segurava o meu cavalo com cuidado, mantendo-o a balançar cautelosamente no mesmo lugar contra a investida da multidão que ameaçava derrubar-nos. A Nossa Senhora passou devagar, oscilando como uma barcaça carregada por entre a multidão. Vi que muitas das pessoas que transportavam o andor caminhavam descalças, como penitentes, embora não fosse hábito no Dia da Virgem. Os monges estavam embuçados como os carregadores, mas reparei que um deles tinha puxado para trás o capuz e tinha o rosto afogueado e vermelho como se estivesse embriagado ou exausto.

Nós mantínhamo-nos imóveis. A plataforma balançou ao passar por nós e, por instantes, de pé sobre o eixo da roda, os meus olhos ficaram ao mesmo nível dos olhos da Virgem, suficientemente perto para distinguir a poeira acumulada durante anos nos interstícios da coroa dourada, a tinta escamada nas faces rosadas. Havia uma aranha na cavidade de um dos olhos azuis e, enquanto eu olhava, começou a descer lentamente pelo rosto. Mais ninguém viu. Depois a imagem passou.

Atrás dela, o delírio ia aumentando, as pessoas caíam de joelhos impelidas pela multidão, arrastando outras consigo. Outras pessoas ocupavam os seus lugares, as fileiras cerravam-se por cima das suas cabeças, abafando os seus gritos. «*Miséricorde!* Piedade para os nossos pecados!»

À minha esquerda, uma mulher contorceu-se para trás no meio da multidão, revirando os olhos. Por momentos foi erguida no ar como uma imagem, flutuando sem qualquer esforço sobre as mãos estendidas, para em seguida resvalar e as pessoas continuaram a avançar.

— Eh! — gritei. — Está ali uma pessoa caída!

Os rostos lá em baixo miraram-me com uma expressão de incompreensão. Como se ninguém me ouvisse. Fiz estalar o chicote por cima das cabeças e o meu cavalo retesou-se e empinou-se, revirando os olhos.

— Está uma mulher ali em baixo! Recuem, por piedade! Recuem!

Mas tínhamos sido arrastados para demasiado longe. A mulher ferida já tinha ficado para trás de nós e as pessoas precipitavam-se em tropel para a frente, olhando espantadas a nesga de espaço que eu abrira. Houve uma súbita acalmia, reduzindo a gritaria a um zumbido, sobre o qual o *Avé* se tornou audível por breves instantes e julguei distinguir nos rostos virados para cima um laivo de esperança, um novo alívio. Foi então que aconteceu a catástrofe.

Se tivesse sido outra pessoa e não um membro da procissão, ninguém teria notado a sua queda. Soube depois que quatro pessoas tinham morrido espezinhadas durante as celebrações, com as cabeças esmagadas nas pedras da calçada pelos pés impacientes quer dos peregrinos quer dos folgazões. Mas a procissão era sagrada, avançando pesadamente no meio de uma multidão mantida à distância graças ao incenso e à adoração. Não o vi cair. Mas ouvi o grito, primeiro uma nota isolada, seguida por um coro de notas, que se erguia numa reacção repentina que extravasava tudo o que tínhamos testemunhado até então. Saltando de novo para cima do eixo da roda, vi o que tinha acontecido, embora mesmo nessa altura não tivesse compreendido o seu significado.

O monge cambaleante na cauda da procissão tinha desmaiado. Devido ao calor, ocorreu-me vagamente, ou aos vapores do turíbulo. Um grupo de pessoas reunira-se em redor do homem caído por terra; vi a mancha esbranquiçada da pele quando lhe abriram o hábito. Ouviu-se um arquejar de sobressalto seguido de um gemido e, em seguida, os sons começaram a distender-se num movimento ondulatório, propagando-se velozmente através da multidão.

No espaço de segundos, os murmúrios converteram-se numa torrente avassaladora, invertendo o fluxo de gente que, em vez de se empurrar na direcção da procissão, recuava com toda a energia de que era capaz, fazendo oscilar os carros nessa contra-onda, com algumas pessoas a tentarem trepar para as carroças para fugirem à multidão no seu desespero de saírem dali para fora. A procissão deixara de ser sagrada; enquanto observava, o cordão de gente vacilou e partiu-se em vários pontos, a imagem de Nossa Senhora guinou para um dos lados, perdendo a coroa no meio da explosão de pânico quando alguns dos carregadores desertaram.

Depois ouvi o grito, o uivo estrondoso de dor ou de terror, uma única voz que se erguia sobre eles como um clarim: *«La peste! La peste!»*

Eu fazia um esforço para ouvir, para distinguir as palavras do dialecto desconhecido. Fosse o que fosse, propagou-se através da multidão como um fogo de Verão. Irromperam brigas aqui e ali enquanto as pessoas tentavam fugir; alguns trepavam pelas paredes dos edifícios que ladeavam a rua — alguns chegavam a saltar das balaustradas da ponte na sua ânsia de fuga. Pus-me de pé para ver o que se passava, mas tinha-me afastado dos outros carros. Um pouco mais à frente, vi LeMerle que fustigava os flancos da égua com o chicote, fazendo-a avançar. Mas a multidão cercava-o de ambos os lados, balançando contra os painéis do carro, levantando as rodas do chão. Alguns rostos avultavam ameaçadores no meio da turba. Os meus olhos cruzaram-se com um deles e o ódio que nele transparecia deixou-me atónita. Era uma rapariga nova, com o rosto redondo distorcido pelo terror e pela aversão.

— Bruxa! — gritou na minha direcção. — Envenenadora!

Fosse o que fosse, era contagioso. Ouvi o grito ressaltar à minha frente como uma pedra na superfície de um lago, adquirindo maior ímpeto à medida que avançava até encontrar algo onde embater. A vaga de ódio transformou-se numa maré, que avançava agora na minha direcção, ameaçando levantar o carro do chão.

Eu debatia-me com o meu cavalo; era um animal pacífico habitualmente, mas a rapariga bateu-lhe com força no flanco e ele empinou-se, agitando no ar os pesados cascos ferrados. A rapariga gritava; eu repuxei os arreios do cavalo para impedir que atropelasse as pessoas à minha frente. Necessitei de toda a atenção e força — mesmo assim, o animal estava em pânico e tive de lhe sussurrar ao ouvido uma fórmula mágica para o acalmar — mas nessa altura já a rapariga tinha desaparecido na multidão e a terrível vaga de ódio continuava a avançar.

À minha frente, LeMerle estava em dificuldades. Vi-o gritar qualquer coisa, mas a sua voz perdeu-se no rugido da multidão e eu estava demasiado longe para perceber o que era. O cavalo dele, uma égua nervosa, estava apavorado; distinguia os gritos de *Bruxa!* e de *Envenenadora!* por cima dos seus relinchos. LeMerle tentava controlá-la, sem êxito; estava sozinho, separado do resto de nós, brandindo o chicote sobre as cabeças da turbamulta, numa tentativa de a manter afastada. A pressão era demasiada para que o eixo do carro pudesse aguentar. Cedeu, virando o veículo, e uma imensidade de mãos puxava com força, ignorando os golpes desferidos pelo chicote de LeMerle. Tinham-no apanhado; não tinha para onde fugir. Alguém atirou um torrão de terra, que o atingiu na face e o fez perder o equilíbrio; algumas mãos estenderam-se para o arrancar do seu poiso. Alguém tentou intervir — um clérigo, talvez — pareceu-me distinguir exclamações desmaiadas clamando *Ordem! Ordem!* quando as duas facções se confrontaram.

Durante todo o tempo eu não parara de gritar o mais alto que podia, tentando desviar as atenções de LeMerle; incitava o meu cavalo a avançar, sem querer saber da gente apinhada à minha frente. Ele viu-me avançar e sorriu, irónico, mas antes de o poder alcançar a multidão cerrara-se à volta dele. Espancavam-no enquanto o arrastavam. Perdi LeMerle de vista.

Quis segui-lo a pé, embora já estivesse muito afastado, mas Le Borgne, que se mantivera escondido dentro do carro enquanto eu abria caminho por entre a multidão, segurou-me o braço.

— Não sejas estúpida, Juliette — murmurou ao meu ouvido, num tom áspero. — Não sabes o que se está a passar aqui? Não ouviste?

Olhei para ele, desvairada.

— LeMerle...

— LeMerle sabe tomar conta de si. — A mão dele apertou-me mais o braço; apesar do seu tamanho, a força do anão era dolorosamente forte. — Escuta.

Escutei. Continuava a ouvir aquele grito, agora rítmico, engrossado pelo estampido de muitos pés, como uma multidão a aplaudir a sua actriz favorita.

— *La peste! La peste!*

Foi só nessa altura que percebi. A explosão de terror; o monge caído; as acusações de bruxaria. Le Borgne viu a minha expressão e assentiu com a cabeça. Olhámos um para o outro e por momentos nenhum de nós disse nada. À nossa volta, a gritaria redobrava.

— *La peste!*

A peste.

10

♥

16 de Julho de 1610

A multidão começava finalmente a dispersar, enquanto eu continuava a debater-me para controlar o cavalo aterrorizado. Bouffon trouxe o cavalo pelas rédeas e colocou-o ao lado do meu; Hermine, cuja carroça se tinha virado ao tentar atravessar a ponte, estava parada olhando desamparada para o que restava de uma roda despedaçada. Não havia sinais dos outros. Talvez tivessem sido levados presos como LeMerle. Ou talvez tivessem fugido.

Não prestei atenção ao aviso de Le Borgne. Saltei para a estrada e corri em direcção à cauda da procissão. Metade dos carregadores já tinham desaparecido, os restantes tentavam equilibrar o andor da Virgem contra a grande fonte de mármore que dominava a praça, evitando que a imagem caísse. Avistei vários corpos na estrada, de fiéis que tinham sido esmagados contra os prédios ou espezinhados. A carroça de LeMerle jazia ali, virada de lado. Do seu ocupante, vivo ou morto, não havia qualquer sinal.

— *Mon père*. — Dirigi-me ao sacerdote com toda a calma que consegui. — Viu o que aconteceu? O meu amigo seguia naquele carro.

O sacerdote olhou para mim em silêncio. Tinha o rosto amarelado pela poeira da estrada.

— Por favor, diga-me! — A minha voz aumentava de tom. — Ele não estava a fazer nada de mal. Estava a tentar proteger-se!

Uma mulher vestida de negro — uma das carregadoras — lançou-me uma olhadela desdenhosa:
— Não te preocupes que ele terá a sorte que merece.
— O que é que disse?
— Ele e os outros da sua laia. — As palavras eram quase ininteligíveis no seu calão espesso. — Vimos vocês a envenenar os poços. Vimos os sinais.

Atrás dela, o Médico da Peste aproximou-se vindo de um beco lateral, com a capa a esvoaçar contra a parede. A mulher de negro viu-o e apercebi-me de novo do gesto secreto dos dedos cruzados em figa.

— Ouça. Eu só quero encontrar o meu amigo. Para onde é que o levaram?

A mulher soltou uma gargalhada amarga.
— Para onde é que achas? Para o tribunal. Dali não escapa ele. Nem nenhum de vocês. Portadores da peste.
— O que é que isso quer dizer? — devo ter feito uma expressão ameaçadora, porque a mulher deu um salto para trás, agitando diante de mim os dedos trémulos cruzados em figa.
— *Miséricorde!* Deus me proteja!

Dei um passo lesto em frente.
— Vamos ver se protege, está bem?

Mas o Médico da Peste pousou a mão no meu ombro e ouvi a sua voz junto ao meu ouvido, abafada pela máscara de nariz comprido.
— Tem calma, rapariga. E ouve o que eu digo.

Tentei afastar-me, mas a pressão no meu ombro era inesperadamente firme.
— Este sítio não é seguro — disse o Médico numa voz sibilante. — O juiz Rémy mandou queimar quatro feiticeiras o mês passado nesta praça. Ainda se podem ver as marcas de gordura nas pedras da calçada.

A voz seca pareceu-me estranhamente familiar.
— Conheço-o?
— Silêncio! — Virou-se, quase sem mexer os lábios pintados de branco.
— Tenho a certeza de que o conheço. — Havia algo naquela boca; um leve esgar torcido, como uma velha cicatriz, que reconheci.

E o cheiro, o cheiro poeirento e alquímico das suas roupas... — Não conheço?

Detrás da máscara do Médico da Peste chegou até mim um som exasperado e sibilante.

— Oh, por piedade, rapariga!

Lá estava outra vez aquela voz familiar, a entoação rápida e precisa de um homem que fala muitas línguas. Virou-se de novo para mim e pude ver-lhe os olhos, cansados e tristes como os de um macaco enjaulado.

— Eles querem deitar as culpas para cima de alguém — murmurou num tom áspero. — Vai-te embora agora. Não fiques aqui durante a noite.

Claro que ele tinha razão. Os actores, os viandantes e os ciganos sempre foram úteis bodes expiatórios nos infortúnios — colheitas más, fome, mau tempo ou peste. Fiquei a sabê-lo na Flandres, quando tinha catorze anos e em Paris, três anos mais tarde. Le Borgne sabia-o... Rico aprendera demasiado tarde. A peste perseguira-nos esporadicamente através de França, mas naquele momento a fase pior tinha acabado. Tinha desaparecido durante o último surto epidémico e pouca gente morria agora com excepção dos velhos e dos enfermos, mas em Epinal este era apenas o último de toda uma série de desastres. Gado que morria de sede, colheitas perdidas, fruta apodrecida, cães raivoso, um tempo inusitado... e agora isto. Alguém tinha de ser responsabilizado. Não interessava que fizesse sentido ou não: a peste demora cerca de uma semana a propagar-se e nós tínhamos chegado ainda não havia uma hora. Além disso, também não se propaga pela água, mesmo que tivéssemos empestado os poços.

Mas eu já sabia que ninguém estava disposto a dar ouvidos à razão. Só acreditavam em bruxaria: bruxaria e envenenamento. Está lá tudo, na Bíblia. Para quê ir procurar noutro lado?

Quando regressei à minha carroça descobri que Le Borgne se fora embora. Bouffon e Hermine também tinham desaparecido, levando com eles tudo o que puderam dos seus haveres. Não os censurava — o conselho do Médico era sensato — mas não podia permitir que LeMerle enfrentasse sozinho a multidão. Chamem-lhe lealdade ou paixão louca, deixei a carroça onde estava, levei o meu cavalo até à fonte e segui o rasto da multidão até ao tribunal.

Já estava apinhado quando cheguei. As pessoas amontoavam-se junto às portas e pelas escadas, acotovelando-se umas às outras no seu frenesim de ver e ouvir. O oficial de justiça da cidade estava de pé em cima de um pódio, tentando fazer-se ouvir por cima do ruído. Flanqueavam-no soldados armados e entre eles, pálido mas confiante como sempre, estava LeMerle.

Senti-me aliviada quando o vi ainda de pé. Tinha o rosto pisado, as mãos atadas à frente, mas alguém devia ter intervindo antes de sofrer danos mais graves. Era um bom sinal; sinal de que havia alguém a controlar a situação, alguém capaz de atender a uma argumentação racional. Pelo menos, assim esperava.

— Minha boa gente! — o oficial ergueu o bastão a pedir silêncio. — Em nome de Deus, deixem-me falar!

Era um homem baixote e roliço, com um bigode luxuriante e um olhar melancólico. Parecia-se com um qualquer vinhateiro ou negociante de cereais com quem nos cruzáramos nesse Verão, e mesmo por cima das cabeças da multidão, a toda a extensão da sala do tribunal e através da mancha de braços levantados, percebi que tremia.

Houve uma certa acalmia, mas o barulho não se extinguiu por completo. Pelo contrário, algumas pessoas levantaram as vozes, clamando: «Enforquem o envenenador!» e «Enforquem a bruxa!»

O oficial de justiça esfregava as mãos num gesto nervoso.

— Boa gente de Epinal, paz! — gritou. — Estou tão empenhado em julgar este homem como todos vós!

— *Julgá-lo!* — gritou uma voz estridente do fundo da sala. — Quem é que falou em julgamentos? Só precisa de uma corda, sargento, e de um ramo para a pendurar.

Ouviram-se murmúrios de aprovação. O sargento acenou com as mãos a pedir silêncio.

— Não podemos andar por aí a enforcar pessoas. Nem sequer sabemos se é culpado. Só o juiz pode...

A mesma voz áspera interrompeu-o.

— E então o mau presságio, hem?

— Sim, e então os maus presságios?

— E então a peste?

Mais uma vez o sargento apelou à calma.

— Eu não posso tomar essa decisão! — A voz tremia-lhe tanto como as mãos. — Só o juiz Rémy o pode fazer!

O nome do juiz Rémy pareceu ter conseguido o que o sargento não foi capaz, e o ruído transformou-se num murmúrio de descontentamento. À minha volta as pessoas faziam o sinal da cruz. Outras faziam figas. Ao erguer os olhos, o meu olhar cruzou-se com o de LeMerle — eu tinha mais meia cabeça do que a maior parte dos homens presentes na sala — e vi que ele sorria. Conhecia aquela expressão; tinha-a visto mais vezes do que as de que me conseguia lembrar. Era a expressão de um jogador ao apostar a última moeda, de um actor prestes a representar o papel da sua vida.

— O juiz Rémy. — As palavras dele ressoaram livremente através da sala do tribunal. — Já ouvi falar nesse nome. Penso que é um homem de fé.

— Duas mil bruxas em nove condados! — A voz áspera vinda da parte de trás da sala fez rodar as cabeças.

LeMerle não perdeu a compostura.

— Então é uma pena que não esteja aqui agora.

— Não tardará a chegar!

— Quanto mais depressa melhor.

Os habitantes da cidade escutavam intrigados, mesmo contra vontade. E agora que tinha a atenção daquela gente concentrada em si, LeMerle exercia um domínio que era difícil ignorar.

— Estes são tempos difíceis — disse ele. — A vossa suspeição tem razão de ser. Onde está o juiz Rémy?

— Como se tu não soubesses! — bramou a voz, mas uma parte da anterior exaltação diluíra-se e várias pessoas levantaram as vozes em protesto.

— Cala-te! Deixa ouvir o tipo falar!

— Que mal é que pode haver em ouvir?

O sargento explicou que o juiz estava fora em serviço, mas esperava-se o seu regresso um dia destes. Quando o provocador voltou a berrar lá do fundo, as cabeças viraram-se furiosas, mas ninguém podia dizer ao certo onde é que ele estava.

LeMerle sorriu.

— Bons cidadãos de Epinal — disse sem levantar a voz. — Tenho todo o prazer em responder às vossas acusações. Estou mesmo disposto a perdoar a forma rude como me trataram — e levou a mão à cara ferida — porque como nos disse Nosso Senhor devemos dar a outra face.

— O Demónio quando quer sabe usar palavras sedutoras! — Era outra vez o provocador, agora mais perto do pódio embora um rosto anónimo no meio dos restantes. — Vamos ver se as palavras sagradas não te deixam empolas na língua!

— Com prazer. — A resposta de LeMerle foi pronta e as vozes que até então se tinham associado ao coro de acusações ergueram-se agora encorajadoras. — Por muito indigno que eu seja, permitam-me que lhe lembre a quem é que este tribunal deve obediência. Não é ao juiz Rémy, mas a um juiz muito mais importante do que ele. Antes de começarmos, juntemo-nos numa prece invocando a Sua orientação e a Sua protecção nestes tempos cruéis. — E com estas palavras, LeMerle retirou a cruz de prata de debaixo da camisa e ergueu-a nas suas mãos manietadas.

Dissimulei um sorriso. Tínhamos de admirar aquele homem. As cabeças inclinaram-se automaticamente enquanto os lábios lívidos murmuravam o *Paternoster*. A maré começava a virar a favor de LeMerle e quando a voz que se tornara familiar voltou a vociferar foi recebida com uma chuva de réplicas irritadas, pelo que mais uma vez se ignorou a identidade do orador. Ao fundo da sala, trocavam-se murros entre vários grupos, cada um acusando o outro de responsável pelo sucedido. O sargento barafustava desesperadamente e LeMerle teve de gritar para impor a ordem.

— Exijo respeito neste tribunal! — rosnou. — Não é assim que o Demónio age, semeando a discórdia para que homens honestos se virem uns contra os outros e trocem da justiça? — Os culpados mergulharam num silêncio envergonhado. — Não foi isto o que sucedeu há apenas poucos minutos, na praça do mercado? Não sois melhores do que simples animais?

No silêncio que se seguiu, nem sequer o provocador se atreveu a abrir a boca.

— O Demónio está dentro de todos vós — disse LeMerle, e a sua voz baixou até não ser mais do que um murmúrio. — Estou a vê-lo. *Tu* — e apontou para um homem corpulento, de rosto vermelho e irado. — O Demónio marcou-te com a Luxúria. Estou a vê-la como um verme enroscado por detrás dos teus olhos. E tu —

dirigia-se a uma mulher de feições severas, na fila da frente, uma das pessoas mais veementes a acusá-lo antes de ele conseguir dar a volta à multidão. — Vejo a tua cupidez e o teu descontentamento. E tu, e *tu* — levantava a voz agora e apontava cada um. — Vejo avareza. Raiva. Cobiça. Orgulho. *Tu* mentiste à tua mulher. *Tu* enganaste o teu marido. *Tu* espancaste o teu vizinho. *Tu* duvidaste da certeza da salvação.

Agora tinha-os na mão. Li-o nos olhos deles. Mesmo assim, bastaria um movimento em falso para se virarem contra ele sem piedade. Ele também o sabia; os olhos brilhavam-lhe de satisfação.

— E *tu*! — Apontava agora para o centro da sala, abrindo uma clareira no meio da multidão com um gesto brusco das mãos atadas. — Sim, tu, que te escondes nas sombras! Tu, Ananias, a falsa testemunha! Vejo-te com maior clareza do que a todos os outros!

Durante breves instantes fez-se silêncio enquanto olhávamos para um espaço vazio. Depois vimos o agitador, que até àquele momento nos conseguira iludir: uma figura grotesca acocorada na sombra. Tinha uma cabeçorra enorme, uns braços simiescos, e o seu único olho faiscava. As pessoas que estavam mais perto dele recuaram e nesse momento a criatura saltou em direcção à janela e baloiçou-se lá em cima dependurado no rebordo, sibilando de fúria.

— Desta vez foste mais esperto do que eu, que o diabo te carregue! — gritou na sua voz roufenha. — Mas ainda não me dou por vencido contigo, Frei Colombin!

— Que Deus nos perdoe!

A toda a volta da sala do tribunal, via-se uma expressão de perplexidade e de repugnância em todos os rostos depois de as pessoas verem a criatura que tinha dado voz às suas suspeitas.

— Um monstro!

— O mafarrico do Demónio!

A criatura só com um olho cuspia fogo da sua boca hedionda.

— Não chegou o fim, Colombin! — berrava. — Talvez tenhas ganho a batalha aqui, mas a luta continua. Noutro lugar!

Em seguida a criatura desapareceu, saltando da janela para o pátio lá em baixo, deixando atrás de si apenas um cheiro fétido a óleo e a fumo para provar que tinha lá estado.

No silêncio aturdido que se abateu, o sargento virou-se boquiaberto para o prisioneiro.

— Santo Deus, eu vi-o! Com os meus próprios olhos, valha-me Deus! O mafarrico de Satã!

LeMerle encolheu os ombros.

— Mas ele conhecia-te — disse o sargento. — Falou como se já se tivessem encontrado.

— Muitas vezes — disse LeMerle.

O sargento ficou a olhar para ele.

— Agradecia-lhe que me dissesse quem é, senhor — balbuciou por fim.

— Vou dizer — volveu LeMerle, esboçando um sorriso. — Mas primeiro, agradecia que alguém me trouxesse uma cadeira. Uma cadeira e um copo de aguardente. Estou cansado e venho de muito longe.

Contou-lhes que era um viajante que decidira vir para Epinal depois de ouvir falar da reputação do seu juiz evangélico. As notícias das suas purgas, disse LeMerle, espalharam-se de costa a costa. Ele próprio tinha abandonado a reclusão num claustro Cisterciense para vir conhecer o homem e oferecer-lhe os seus serviços. Falou de visões e de prenúncios, de prodígios e blasfémias que foi encontrando nas suas viagens. Revelou os horrores do Sabat, dos Judeus e dos idólatras, do massacre de crianças, de poços empestados, de colheitas amaldiçoadas, de ceifas atacadas pela doença, de igrejas atingidas por raios, de crianças mirradas no ventre materno e asfixiadas no berço. Tudo isso ele tinha visto, afirmava. Havia alguém capaz de o negar?

Ninguém o desmentiu. Tinham visto o mafarrico de Satã com os seus próprios olhos. Da sua boca tinham ouvido o seu verdadeiro nome. Com meia dúzia de frases, LeMerle urdiu a trama do Irmão Colombin, um homem tocado por Deus e impelido a aniquilar os filhos do Demónio onde quer que os encontrasse. Pobre, viajando sozinho de terra em terra, ia descobrindo as maquinações do Pérfido por onde passava. A sua única recompensa era a derrota de Satã. Por conseguinte, não era de estranhar que o tivessem tomado por um cigano, uma vez que viajava com um grupo de saltimbancos, fugazes companheiros das estradas. Ao deparar com a gente de Epinal mergulhada na confusão, o mafarrico tentara enganá-los mas falhara, graças ao Senhor, revelando a sua perversidade para sua própria perdição.

Claro que eu tinha reconhecido Le Borgne. Jogar com a voz era outra das muitas habilidades do anão e servira-se dela com êxito em várias ocasiões. Devia ter-se infiltrado na sala de tribunal antes de mim — como muitos da sua espécie, conseguia ser discreto quando queria — fornecendo a LeMerle um aliado secreto no meio da multidão. É uma artimanha muitas vezes usada por prestidigitadores e mágicos; também a tínhamos usado nos nossos espectáculos. Le Borgne era um excelente actor; era uma pena que as suas pernas curtas o impedissem de representar outra coisa que não fossem cenas burlescas e de acrobacia. Prometi a mim mesma ser mais atenciosa com ele de futuro. Tinha um coração leal, a despeito dos seus modos rudes, e neste caso a sua coragem e reflexos rápidos tinham salvo provavelmente a vida a LeMerle.

Entretanto, parecia que mais uma vez LeMerle corria o risco de ficar submerso pela multidão de pessoas que lhe queriam tocar. No entanto, em vez de clamarem o seu sangue, desta vez ansiavam desesperadamente pelo seu perdão. De todas as direcções erguiam-se mãos estendidas, puxando-lhe as roupas, roçando-lhe a pele — vi um homem apertar-lhe as mãos e, de repente, toda a gente naquela sala queria apertar as mão do homem que tinha tocado no homem santo. Como é evidente, LeMerle desfrutava cada minuto que passava.

— Deus te abençoe, meu irmão! Minha irmã.

Gradualmente, de forma quase imperceptível, apercebi-me que o registo da sua voz foi mudando do púlpito para a praça do mercado. Nos seus olhos havia aquele brilho temerário e imprudente. Possivelmente interpretavam esse brilho como piedade. E então, talvez por travessura ou porque o *Melro* jamais resistia a uma aposta, resolveu subir a parada.

— Foi bom para vocês a minha vinda a Epinal — disse-lhes, manhosamente. — Por aqui o ar está cheio de maus espíritos e o céu tresanda a pecado. Se a peste vos atingiu, interroguem-se por que razão. Devem saber que os que têm o coração puro estão a salvo das manifestações do Demónio.

Ergueram-se alguns murmúrios inquietos do meio da assistência.

— Perguntem a vocês mesmos como é que *eu* consigo viajar sem medo — prosseguiu. — Perguntem a vocês mesmos como é que um simples clérigo consegue resistir ao ataque do inferno com tanta confiança durante tantos anos. — A voz dele, apesar de avassaladora, era persuasivamente doce. — Há anos atrás, um santo homem, o meu tutor, descobriu um filtro contra todas as formas de agressão demoníaca: visões diabólicas, súcubos e íncubos, enfermidades e venenos do espírito. O produto da destilação de vinte e quatro ervas diferentes, sal e água benta, que deve ser benzido por doze bispos e usado em quantidades ínfimas... — Seguiu-se uma pausa, enquanto avaliava o efeito dramático das suas palavras. — Ao longo dos últimos dez anos, esse elixir protegeu-me de todos os danos — continuou. — E não conheço mais nenhum lugar onde seja tão preciso como na cidade de Epinal, nos dias de hoje.

Eu devia saber que LeMerle não ia ficar por ali. O que o levava a fazer aquelas coisas?, interrogava-me. Seria por vingança, por desprezo ante a credulidade daquela gente, pela simples glória da sua assumida santidade? Seria a oportunidade de ganhar dinheiro? Ou apenas de ganhar mais um jogo? Ao fundo da sala do tribunal olhei para ele e franzi o sobrolho em sinal de desagrado, mas ele seguia embalado e já não havia nada que o detivesse. Viu o meu olhar de aviso e sorriu irónico.

Mas havia um problema, disse ele à multidão que o escutava. Apesar de estar disposto a dar-lhes gratuitamente o filtro, só tinha um frasco consigo. Podia fazer mais, mas as ervas eram raras e difíceis de encontrar e, além do mais, a necessidade de doze bispos tornava impossível prepará-lo num curto espaço de tempo. Por isso, embora lhe custasse pedi-lo, via-se obrigado a aceitar uma quantia modesta de cada pessoa. E então, se cada um dos bons cidadãos lhe entregasse uma pequena garrafa cheia de água ou de vinho, talvez conseguisse preparar com um conta-gotas uma mistura mais diluída...

Os candidatos era imensos. Formaram bicha na rua até depois do sol se pôr, munidos de frascos e garrafas e LeMerle cumprimentava cada um com solene delicadeza enquanto contava as gotas do fluído transparente com uma vareta de vidro. Eles ia pagando em moedas e géneros. Um pato anafado, uma garrafa de vinho, uma mão cheia de moedas. Alguns bebiam a mistela no mesmo instante com medo da peste. Muitos vinham buscar mais, depois de notarem uma melhoria imediata e miraculosa, embora LeMerle os obrigasse a esperar, numa atitude de generosidade, até que toda a gente tivesse a sua quota-parte antes de lhes cobrar uma segunda rodada.

Não podia suportar por mais tempo a sua arrogância. Fui à procura dos outros e ajudei-os a montar o acampamento. Fiquei furiosa ao constatar que as nossas carroças tinham sido pilhadas durante o dia e que os nossos pertences, destruídos e enlameados, juncavam o largo do mercado, mas pensei para comigo que podia ter sido muito pior. De qualquer modo, tinha poucas coisas de valor, e a perda mais grave para mim foi a do estojo onde guardava as ervas e as mezinhas; e as únicas coisas que realmente prezava — as cartas de Tarot que Giordano me tinha feito e os poucos livros que me deixou quando nos separámos na Flandres — recuperei-as incólumes numa ruela estreita para onde tinham sido atiradas por saqueadores que não faziam ideia para que serviam. Além disso, pensei para comigo, o que eram algumas roupas rasgadas em comparação com a fortuna que tínhamos juntado naquela tarde? LeMerle devia ter reunido o suficiente para recuperar os nossos adereços uma dúzia de vezes. Tive a vaga esperança de que desta vez a minha quota-parte chegasse para comprar um bocado de terra para construir uma cabana...

A pequena rotundidade do meu ventre era ainda muito pequena para atrair os meus pensamentos nessa direcção, embora soubesse que dentro de seis meses a Donzela Alada teria de pôr os pés bem assentes no chão e algo me dizia que talvez fosse o momento de negociar com LeMerle, enquanto ainda o podia fazer. Admirava-o — ainda o amava — mas não confiava nele, jamais. Ele desconhecia em absoluto o meu segredo e não teria hesitado em tirar partido da situação se a conhecesse.

No entanto, era difícil pensar em deixá-lo. Tinha considerado essa hipótese por diversas vezes — cheguei mesmo a fazer as malas uma ou duas vezes — mas até à data houvera sempre qualquer coisa que me obrigou a adiar a decisão. A aventura, quiçá. A aventura constante. Adorava os anos passados com LeMerle; adorava ser a Donzela Alada; adorava as nossas peças, as nossas sátiras e os arroubos de fantasia e imaginação. Mas agora sentia, com maior premência do que alguma vez antes, que tudo isso estava a chegar ao fim. A criança que transportava dentro de mim parecia ter já vontade própria e eu sabia que aquela não era vida para ela. LeMerle nunca deixara de perseguir os seus tigres e eu sabia que um dia a sua audácia nos arrastaria para uma caçada definitiva que explodiria na sua cara como os pós de Giordano. Esteve prestes a suceder em Epinal e só a sorte nos salvou. Durante quanto tempo mais a sua sorte se manteria firme?

Já era tarde quando LeMerle finalmente juntou a sua bagagem para vir embora. Declinou a oferta de um quarto na estalagem, dizendo que preferia um alojamento mais simples. Uma clareira mesmo à saída da cidade serviu para o nosso acampamento e, exaustos, fizemos os preparativos para a noite. Toquei o meu ventre ligeiramente arredondado uma última vez quando me enrosquei no colchão de crinas. *Amanhã*, prometi silenciosamente.

Amanhã ia deixá-lo.

Ninguém o ouviu partir. Talvez tivesse abafado com trapos os cascos do cavalo, enrolando tiras de pano à volta dos arreios e das rodas do carro. Talvez a neblina da madrugada o tivesse ajudado, abafando o som da sua fuga. Talvez eu estivesse demasiado cansada, demasiado absorta em mim mesma e no meu filho que ia nascer para me preocupar desta vez que ele partisse ou ficasse. Até àquela noite sempre houvera um laço entre nós, mais forte do que a paixão que antes sentira ou do que as noites em que fomos amantes. Julgava que o conhecia. Conhecia os seus caprichos, as suas jogadas e as suas crueldades fortuitas. Não havia nada que ele pudesse fazer que me surpreendesse ou abalasse.

Quando compreendi o meu erro, já era demasiado tarde. O pássaro fugira, o embuste tinha sido descoberto, Le Borgne jazia debaixo da carroça com a garganta aberta e os soldados da nova Inquisição esperavam-nos no alvorecer enganador com bestas e espadas, correntes e cordas. Havia uma coisa que todos nós não tínhamos tido em atenção nos nossos planos, uma pequena coisa que tornava agora todos os nossos trunfos subitamente inúteis.

Durante a noite, o juiz Rémy regressara.

11

♥

17 de Julho de 1610

Guardo poucas lembranças daquele dia. Toda e qualquer reminiscência seria demasiado, mas às vezes assaltam-me em imagens paradas, como numa lanterna mágica. As mãos dos guardas a arrancarem-nos da cama. A descoberta de Le Borgne, com o rosto como uma chaga aberta. As roupas caídas no chão ao serem-nos arrancadas do corpo. Mas mais do que qualquer outra coisa é dos sons que me lembro: os cavalos, o tinir metálico dos arreios, os gritos de confusão, as ordens berradas enquanto caminhávamos aos tropeções, ainda atordoados.

Levei muito tempo até perceber o que tinha acontecido. Se estivesse mais desperta, talvez tivesse conseguido fugir no meio da escuridão e da confusão geral — Bouffon, em especial, debatia-se como um demónio e alguns dos guardas tiveram de nos deixar para tratarem dele — mas eu estava ainda aturdida, à espera que LeMerle aparecesse a qualquer momento com um plano para nos libertar, mas no momento seguinte, a oportunidade estava perdida.

Tinha-nos abandonado. Pusera-se a salvo, pressentindo talvez a aproximação de perigo e consciente de que se fugíssemos todos juntos a sua captura era mais provável. Le Borgne, que podia revelar o embuste, era demasiado perigoso para ser deixado com vida. Encontraram o anão debaixo da carroça, degolado e com as feições deliberadamente mutiladas. Aos restantes de nós — mulheres, ciganas, anões, todos substituíveis com facilidade — atirou-nos aos seus perseguidores como um punhado de moedas. Em suma, LeMerle tinha-nos vendido. Mais uma vez.

No momento em que compreendi a sua traição era demasiado tarde. Fomos acorrentados em fila, com os pulsos algemados, e com uma escolta de guardas a cavalo, de ambos os lados. Hermine chorava copiosamente, com o cabelo caído para a cara. Eu caminhava atrás dela de cabeça levantada. Bouffon seguia-nos, atrás, coxeando com dificuldade. O guarda a meu lado — um porco gordo de olhos maldosos e boca em forma de botão de rosa — resmungou um comentário indecente e estendeu a mão para me tocar no rosto. Olhei-o com desprezo. Sentia os olhos a arder e secos como pedras calcinadas.

— Experimenta tocar-me uma vez sequer, nem que seja com a sombra do teu dedo mindinho — disse eu num tom sereno — e ficas sem pila. Sei como fazer... basta uma simples *palavrinha mágica*...

O homem arreganhou os dentes.

— Vais ver como é, cabra — rosnou. — Posso esperar.

— Tenho a certeza que podes, porco. Mas não te esqueças do que eu disse.

Sei que foi uma loucura ameaçá-lo, mas fervia de raiva por dentro. Tinha de dizer alguma coisa para não explodir.

Aquele pensamento andava às voltas na minha cabeça, obstinado e estúpido como uma mula à volta de uma nora, e ia-se enraizando lentamente. Como é que ele foi capaz de fazer isto, a mim? A *mim*? A Hermine, ainda vá lá. Mesmo a Bouffon e Bécquot. Mesmo aos anões. Mas a mim? Porque é que não me levou com ele?

E foi essa descoberta sobre mim — o saber que se ele me tivesse pedido para o acompanhar, eu teria aceite — que reforçou o meu ódio, naquele momento e para sempre. Eu supusera que era melhor do que aquilo, melhor do que os outros com as suas fraquezas e as suas mesquinhas velhacarias. Mas LeMerle pusera a minha alma diante de um espelho. E agora também eu era capaz de traição. De cobardia. De cometer assassínio. Lia-o no fundo do meu coração, ao mesmo tempo que acalentava a raiva e sonhava com o seu sangue. Embalava-me quando dormia. Cobria-me enquanto caminhava.

As celas da prisão estavam cheias, pelo que nos deixaram aferrolhados na cave subterrânea do tribunal. Era fria, com um chão de terra batida e as paredes cobertas de salitre. Eu sabia que misturado com um pouco de enxofre e carvão aquele pó branco provocaria uma explosão satisfatória — mas naquele estado, era inútil. Não havia nenhuma janela e a única saída era a porta fechada a cadeado. Sentei-me no chão húmido e avaliei a minha situação.

Éramos culpados. Ninguém iria contestá-lo. O juiz Rémy tinha muito por onde escolher — sabe Deus como LeMerle lhe tinha dado motivos de sobra. Roubo, envenenamento, falsa identidade, heresia, vagabundagem, bruxaria, assassínio — cada uma destas acusações era punida com a morte nos termos da lei. Outra pessoa — uma pessoa de fé — talvez encontrasse conforto na oração, mas eu não sabia rezar. Não existe Deus para os da nossa igualha, costumava dizer Le Borgne, porque nós não somos feitos à Sua imagem. Somos os pobres imbecis, os semi-acabados, os que saíram partidos da fornada. Como é que podíamos rezar? E mesmo que pudéssemos, o que Lhe podíamos dizer?

Por isso, encostei as costas à parede de pedra e apoiei os pés no chão de terra e ali fiquei enquanto rompia a madrugada, embalando a nova vida no meu ventre com ambas as mãos, a ouvir o soluçar do outro lado da parede.

Algo me despertou abruptamente da minha sonolência confusa. A escuridão era total, mas o som da lingueta a ser solta e a aproximação de passos furtivos nos degraus da cave era inconfundível. Pus-me de pé de um salto, sem afastar as costas da parede.

— Quem está aí? — murmurei.

Podia ouvir agora a respiração abafada de um homem que se movia na minha direcção e o ruído de um manto a roçar a parede. Ergui os punhos no escuro, com o corpo a tremer mas as mãos firmes. Esperei que ele chegasse perto.

— Juliette?

Senti-me gelar.

— Quem é? Como é que sabe o meu nome?

— Juliette, por favor. Não temos tempo.

Deixei cair o braço ao longo do corpo. Sabia quem era; era o Médico da Peste que tentara avisar-me e cuja voz me soara tão estranhamente familiar. Também conhecia aquele cheiro, aquele odor seco de alquimista. No escuro, esbugalhei os olhos.

— *Giordano?*

Respondeu-me um som sibilante e impaciente, envolto em trevas.

— Já disse que não temos tempo, rapariga. Toma isto. — Algo macio foi-me atirado do outro lado da cela. Roupas. Era um manto ordinário e bafiento, mas o suficiente para cobrir a minha nudez. Curiosa, deixei-o escorregar pela cabeça.

— Óptimo. Agora segue-me e depressa. Já não tens muito tempo.

O alçapão no cimo dos degraus estava aberto. O Médico da Peste foi o primeiro a transpô-lo e ajudou-me a subir. A luz do corredor parecia ofuscante para quem estava há tanto tempo mergulhada nas trevas, embora só houvesse uma tocha. Ainda atordoada, virei-me para o meu velho amigo mas a única coisa que vi foi a máscara do nariz comprido e o manto negro.

— Giordano? — voltei a perguntar, estendendo a mão para tocar a viseira de *papier-mâché*.

O Médico da Peste abanou a cabeça.

— Tens sempre que fazer perguntas? Deitei um purgativo na sopa do guarda. Anda a caminho da latrina de dez em dez minutos. E desta vez deixou ficar as chaves. — Fez um gesto como para me empurrar para a porta do tribunal.

— E os meus amigos? — protestei.

— Não há tempo. Se fugires sozinha, temos os dois uma hipótese. Vens então?

Hesitei. Naquele momento pareceu-me ouvir a voz de LeMerle vinda detrás da máscara negra e a minha própria voz sussurrando uma resposta repulsiva e demente. *Leva-me. Deixa os outros. Mas leva-me.*

Outra vez, não, disse para mim, ferozmente. Se LeMerle me tivesse pedido, talvez eu tivesse partido com ele. Mas o «se» é uma palavra demasiado pequena, incerta e indefinida para que sobre ela se possa construir o futuro. Senti o meu filho mexer-se dentro de mim e soube que se naquele momento me deixasse levar pela cobardia, LeMerle nunca deixaria de ensombrar a minha alegria.

— Só vou com os meus amigos — respondi.

O velho olhou para mim.

— Teimosa — sibilou enquanto mexia atabalhoado nas linguetas. — Sempre foste uma rapariga teimosa. Talvez eles tenham razão e sejas realmente uma bruxa. Deve haver um *dybbuk* qualquer dentro dessa cabeça ruiva. Hás-de ser a desgraça de nós dois.

A madrugada rescendia a liberdade. Aspirávamo-la furtivamente enquanto fugíamos, cada um de nós numa direcção diferente. Eu preferia ter ficado com os outros, mas Giordano impediu-me de um modo tão furioso que obedeci. Fugimos pelas ruas de Epinal, ocultando-nos nas sombras, enfiando por ruelas esconsas atulhados no lixo até aos joelhos. Sentia-me como se estivesse meio a sonhar, com todos os sentidos exacerbados para além da compreensão, pelo que a nossa fuga me parecia tocada por uma irrealidade febril. Fragmentos de memória: rostos numa estalagem, de bocas escancaradas numa canção muda à luz de uma lanterna vermelha; a lua vogando sobre um banco de nuvens e a orla negra da floresta em baixo; botas, um embrulho com comida, um casaco escondido à pressa debaixo de um arbusto e uma mula presa com uma corda nas proximidades.

— Leva-a. É minha. Ninguém se vai queixar de que a roubaram.

Ele ainda usava a máscara, mas reconheci-o pela voz. Um impulso de afecto por ele quase me submergiu.

— Giordano. Depois de todos estes anos. Julguei que tinhas morrido.

Emitiu um ruído seco que podia ser uma gargalhada.

— Não morro facilmente — disse. — E agora vais-te embora?

— Ainda não — volvi. Estava a tremer, em parte com medo, em parte de excitação. — Procurei-te durante tanto tempo, Giordano. O que aconteceu à trupe? À Janette e a Gabriel, a...

— Não há tempo. Podia ficar a falar contigo toda a noite e tu continuavas a fazer perguntas.

— Então, só uma — disse eu, apertando-lhe o braço. — Só uma e vou-me embora.

Ele assentiu com a cabeça, pesadamente. Com a máscara assemelhava-se a um enorme e triste pássaro.

— Eu sei — disse por fim. — Isabelle.

Soube naquele momento que a minha mãe estava morta. Ao longo de todos aqueles anos eu preservara a sua imagem incólume, como um medalhão usado junto ao peito: a sua figura orgulhosa, o seu sorriso, as suas canções e palavras mágicas. Mas ela morrera na Flandres, sem sentido, com a peste; agora tudo o que me restava dela eram fragmentos esparsos e sonhos.

— Estavas lá? — perguntei numa voz sumida.

— O que é que achas? — disse Giordano.

Não ames muito, mas ama para sempre, como se fosse a minha mãe a falar, muito docemente, por detrás da sua respiração arfante. Sabia agora por que é que ele me seguira, por que é que tinha arriscado a vida por minha causa e agora não podia suportar olhar o meu rosto nem revelar o seu por detrás da máscara do Médico da Peste.

— Tira-a — pedi-lhe. — Quero ver-te antes de partir.

Sob a luz da lua, parecia ter envelhecido, com os olhos tão encovados no rosto que dir-se-ia também outra máscara sem olhos e mais trágica no seu esforço de esboçar um sorriso. O suor escorria-lhe das cavidades do rosto para as rugas fundas que lhe ladeavam a boca. Tentei abraçá-lo, mas ele afastou-me com brusquidão. Sempre detestara os contactos físicos.

— Adeus, Juliette. Afasta-te o mais rapidamente possível. — A sua voz era a do velho Giordano, áspera, amarga e inteligente. — Para tua segurança e dos outros, não os procures. Vende a mula quando precisares e viaja durante a noite.

Abracei-o apesar de tudo, mas senti-o hirto e imóvel, e beijei-o na fronte. Da suas roupas desprendia-se um odor familiar a especiarias e a enxofre, o odor das suas experiências de alquimia, e invadiu-me uma onda de tristeza. Enquanto o apertava nos braços senti a tremura que o percorria, quase um soluço mas mais profundo, vindo das entranhas e em seguida ele afastou-se com uma certa irritação.

— Cada instante que passa é uma oportunidade perdida — disse numa voz levemente trémula. — Vai-te embora daqui, Juliette. — Na sua boca, o meu nome soou como uma carícia seca.

— Que vais fazer? — protestei. — E tu?

Devolveu-me um sorriso tímido e abanou a cabeça como

sempre fazia quando eu dizia qualquer coisa que ele achava particularmente pouco inteligente.

— Já comprometi demasiado a minha alma por tua causa, rapariga — disse ele. — Para o caso de te teres esquecido, lembra-te que nunca viajo no Sabat.

Em seguida içou-me para o dorso da mula e deu-lhe duas palmadas nos flancos, fazendo-a avançar para o atalho da floresta, com os cascos martelando vivamente a terra seca. Recordo ainda o seu rosto ao luar, a despedida sussurrada que acompanhou o trote da mula pela vereda, o cheiro a terra e a cinzas nas minhas narinas e a voz dele que me perseguia com o seu *Shalom*, com a voz dos meus treze anos semelhante à da minha consciência essencial a perseguir-me lugubremente como a voz de Deus na montanha.

Nunca mais o voltei a ver. De Epinal atravessei a Lorena rumo a Paris e daí de novo até à costa à medida que o meu ventre aumentava. Furtava comida quando as provisões de Giordano se esgotaram e vendi a mula como me aconselhara. Nos alforges da mula encontrei as coisas que o meu velho mentor conseguira resgatar da minha carroça — algum dinheiro, alguns livros, o baralho de Tarot que fez para mim quando eu tinha treze anos, as jóias abandonadas no meio das roupas, fancaria que não se distinguia de jóias verdadeiras. Pintei o cabelo para evitar que me reconhecessem. Escutava atentamente os relatos que vinham da Lorena. Mas continuava a não haver notícias, nem nomes, nem rumores de fogueiras. E, no entanto, há uma parte de mim que continua à espera, passados cinco anos, como se o tempo tivesse ficado suspenso desde então, um intervalo tranquilo entre dois actos, um conflito não resolvido que um dia, inevitavelmente, terminará em sangue.

O rosto dele aparece-me constantemente em sonhos. Os seus olhos cor de bosque. A peça da nossa paixão continua em cena, com o palco vazio mas não abandonado, à espera que os actores retomem os seus lugares, a minha boca aberta para repetir as frases que julgava ter esquecido há muito.

Mais uma dança, diz-me ele enquanto me viro e reviro na minha cama estreita. *Sempre foste a minha favorita.*

Acordo empapada em suor, com a certeza de que desta vez Fleur está morta. Mesmo depois de confirmar uma dúzia de vezes, não me atrevo a virar e fico a ouvir o ruído suave da sua respiração. O dormitório parece-me cheio de murmúrios inquietos. O meu maxilar assemelha-se a um torno apertado à volta do meu pavor. Se o soltar, o meu grito ecoará para sempre.

12

♥

18 de Julho de 1610

F oi Alfonsine a primeira a vê-los. Era quase meio-dia e tinham de esperar pela maré. A nossa ilha não é uma verdadeira ilha; a maré baixa deixa a descoberto uma passagem larga que a liga a terra firme, empedrada meticulosamente para permitir a travessia segura dos baixios. Pelo menos parece segura, mas há correntes que atravessam a superfície branda suficientemente fortes para desprenderem as pedras, apesar de incrustadas numa camada de metro e meio de argamassa. De ambos os lados estendem-se areias movediças. E quando a maré sobe varre os terrenos baixos a uma velocidade tremenda, inundando a estrada e arrastando tudo o que encontra no caminho. Mesmo assim, avançavam com uma dignidade pausada e inexorável através dos terrenos arenosos e o seu avanço reflectia-se nas águas baixas, com os vultos distantes distorcidos pela coluna de ar quente que se erguia da estrada.

Ela percebeu imediatamente quem era. A carruagem progredia com dificuldade ao longo do caminho irregular, os cascos dos cavalos tentando não escorregar nos seixos esverdeados. À frente da carruagem vinham dois boleeiros de libré e atrás um homem a pé.

Eu tinha passado a manhã sozinha na ponta mais afastada da ilha. Tendo acordado cedo e sem um sono reparador, saí da abadia e levei Fleur a dar um longo passeio, com um cesto na mão, para apanharmos as cravinas das dunas que, postas em infusão e destiladas, dão um sono reparador. Lembrava-me de um sítio onde crescem à vontade milhares delas, mas sentia-me demasiado inquieta para essa tarefa e só apanhei um molho. De qualquer modo, as flores não passavam de mais um pretexto para abandonar o claustro durante algumas horas.

A verdade é que perdemos a noção do tempo. Do outro lado das dunas estende-se um pequeno areal, onde Fleur gosta de brincar. A duna expõe grandes cicatrizes brancas, nos sítios onde eu e ela fizemos desaparecer as ervas, no nosso incessante sobe e desce, para cima e para baixo, e a água é transparente, pouco profunda e está cheia de pequenos seixos brilhantes.

— Hoje posso nadar? Posso?
— Porque não?

Ela nada como um cão, grita, esparrama água e diverte-se imenso. Mouche, a sua boneca, observava-nos junto à base da duna quando despi o hábito e me juntei a Fleur dentro de água. Depois secámo-nos as duas com a saia do meu hábito e colhemos algumas maçãs pequenas e duras de uma árvore ao lado do caminho, porque me apercebi de que o sol já ia alto e não tínhamos almoçado. Em seguida, por insistência de Fleur, cavámos uma cova funda onde enterrámos bocados de algas para fazermos o túmulo de um monstro e ela dormiu uma meia hora à sombra, com Mouche debaixo do braço, enquanto eu a vigiava do carreiro ao lado da duna e escutava o murmurar da maré vazante.

Ia ser um Verão seco, pensei. Sem chuva, as colheitas iam ser más e as forragens escassas. As amoras prematuras apresentavam uma tonalidade pálida, pendendo ressequidas das hastes. As videiras também se mostravam enfezadas pela seca, com as uvas duras como ervilhas secas. Lamentei a sorte dos que, como os actores da trupe de Lazarillo, calcorreavam as estradas na esteira de um Verão como este.

A estrada. Revi-a em espírito, dourada sob a luz do sol, polvilhada com os fragmentos do meu passado. Seria realmente uma estrada tão má? Tinha sofrido realmente tanto durante esses anos de deambulação? Sabia que sim. Tínhamos suportado fome e frio, traições e perseguições. Tentei evocar tudo isso, mas a estrada à minha frente continuava a reverberar como um carreiro sobre areias movediças e dei comigo a recordar uma coisa que LeMerle me dissera uma vez, nos tempos em que ainda éramos amigos.

— Tu e eu temos uma afinidade natural. Tal como o fogo e o ar, a combustão faz parte da nossa natureza. Não podes mudar o elemento em que nasceste. É por isso que nunca deixaremos a estrada, minha Donzela Alada, do mesmo modo que o fogo não pode deixar de arder nem as aves podem abandonar os céus.

Mas eu tinha. Eu tinha abandonado os céus e durante muitos anos quase nem levantara os olhos para o alto. No entanto, não tinha esquecido. A estrada estivera sempre ali, aguardando paciente o meu regresso. E como eu ansiava por ela! O que não daria para ser livre, para ter outra vez um nome de mulher, uma vida de mulher! Olhar as estrelas de um lugar diferente todas as noites, comer carne cozinhada na fogueira do meu acampamento, dançar... ou, quem sabe, voar? Não precisava de responder à interrogação silenciada. Uma sensação de júbilo invadiu-me a essa simples ideia e, por breves instantes, voltei quase a ser a antiga Juliette, aquela que partiu rumo a Paris.

Era ridículo. Abandonar a minha vida, o meu claustro acolhedor, as amigas que me tinham dado abrigo? A abadia estava longe de ser o lar por que ansiava, mas proporcionava-me o essencial. Comida no Inverno, protecção, trabalho para as minhas mãos indolentes. E trocá-lo pelo quê? Por alguns sonhos? Por um punhado de cartas?

O carreiro arenoso debaixo das minhas botas pesadas obrigava-me a arrastar os pés. Dei um pontapé, irritada. A explicação era simples, disse para mim própria. Simples e estupidamente óbvia. O tempo quente, as noites insones, os sonhos com LeMerle... Eu precisava de um homem. Era só isso. A Donzela Alada tinha tido um amante diferente todas as noites, à sua escolha — terno ou rude, louro ou moreno — e os sonhos dela eram perfumados e entrelaçados com os corpos deles. Juliette era também uma criatura sensual. Giordano repreendia-a por se banhar nua nos rios, por rebolar de manhã pelos prados e pelas horas secretas que passava com os seus poetas latinos, debatendo-se com uma sintaxe com que não estava familiarizada apenas por causa de um eventual vislumbre fugidio de umas nádegas romanas... Ambos sabiam como dispersar esse mal-estar. Mas eu — Sœur Auguste, um nome de homem e, ainda por cima, de um homem velho —, o que é que eu tenho? Desde que tenho Fleur, nunca mais houve homens na minha vida. Podia ter-me virado para as mulheres em busca de consolação, como Germaine e Clémente, mas esses prazeres nunca me seduziram.

Germaine, a quem o marido retalhou o rosto com uma faca de cozinha com quinze golpes — um por cada ano da sua vida — quando a encontrou com outra rapariga, odeia todos os homens. Já dei com ela a observar-me. Sei que me acha bonita. Não tanto como Clémente com o seu rosto de Madona e a sua mente obscena, mas o suficiente para lhe agradar. Às vezes observa-me quando estou a trabalhar no jardim, mas nunca diz uma palavra. Usa o cabelo claro cortado mais curto do que o de um rapaz e, por baixo das vestes castanhas desairosas, imagino um corpo esbelto e gracioso. Mais nova, Germaine teria dado uma excelente bailarina. Mas há algo mais, para além do seu rosto, que se corrompeu. Seis anos volvidos sobre o incidente, parece mais velha do que eu, com os lábios pálidos e finos, os olhos quase incolores, como água salgada. Disse-me que tinha ido para o convento para nunca mais ter de olhar para um homem. Mas é como as maçãs azedas e as uvas ressequidas, ansiosas por florescer mas sequiosas de chuva.

A encantadora e rancorosa Clémente percebe e fá-la sofrer, cortejando-me enquanto cumpro as minhas obrigações. Às vezes, na capela, sussurra-me palavras de sedução, oferecendo-se-me enquanto atrás dela Germaine escuta, desesperada, imperturbável no seu sofrimento, com o rosto marcado pelas cicatrizes impassível.

Germaine não tem fé e não se interessa por nenhum tipo de religião. Falei-lhe uma vez do meu Deus feminino — pensei que a podia cativar, por odiar tanto os homens — mas mostrou a mesma indiferença que nutre em relação a tudo o resto.

— Se alguma vez tivesse existido tal coisa — respondeu-me secamente —, os homens já a tinham transformado. Por que outra razão nos querem fechadas a cadeado e instilar em nós a vergonha? Por que outra razão têm eles tanto medo?

Eu respondi que os homens não tinham razão nenhuma para terem medo de nós, o que a fez soltar uma gargalhada aguda.

— Ah não? — levou os dedos ao rosto. — Então porquê *isto*?

Talvez tenha razão. E, contudo, eu não odeio os homens. Apenas um, mas mesmo ele... Voltei a sonhar com ele a noite passada. Tão perto que podia sentir o cheiro do seu suor e da sua pele tão macia como a minha. Odeio-o e, no entanto, no meu sonho ele era terno. Mesmo com o rosto oculto na sombra, reconhecê-lo-ia em qualquer parte, mesmo sem o luar a dourar-lhe a flor tatuada no braço.

Fui despertada pelo som do canto de pássaros. Por instantes voltara a estar ali, antes de Epinal, antes de Vitré, com os melros a cantar no exterior da carroça e o meu amante a observar-me com o Verão espelhado nos seus olhos trocistas...

Mas não passou de um breve instante. Um diabinho malicioso insinuara-se no meu coração enquanto dormia. Um fantasma. Repito para mim própria que já não há uma única parte de mim que ainda lhe queira.

Nenhuma parte.

Já passava muito do meio-dia quando finalmente regressámos à abadia. Tinha tirado o véu, mas apesar disso tinha o cabelo empapado em suor e a túnica transpirada colava-se-me à pele. Fleur caminhava ao meu lado, com a boneca pendente de uma das mãos. Não se via ninguém. Não era estranho devido ao calor, porque muitas das irmãs, na ausência de autoridade, habituaram-se a dormir a sesta, deixando para depois das Noas, quando fazia já mais fresco, as obrigações rudimentares que ainda cumpriam. Porém, quando vi os excrementos recentes de cavalo junto ao portão da abadia e os sulcos de rodas de uma carruagem na poeira, tive de repente a certeza de que aquilo por que esperávamos há treze dias tinha finalmente acontecido.

— Foram os actores que voltaram? — inquiriu Fleur, esperançada.

— Não, minha querida. Acho que não.

— Oh.

Sorri ao ver a sua expressão e beijei-a.

— Fica aqui a brincar um bocadinho. Tenho de ir lá dentro.

Observei-a enquanto corria com um andar bamboleante pelo carreiro e depois dirigi-me para a abadia, sentindo que um grande peso me saíra de cima. Finalmente, aqueles tempos difíceis e de incerteza tinham chegado ao fim. Tínhamos uma nova abadessa, uma mão para nos guiar nos nossos momentos de medo e de insegurança. Conseguia imaginá-la. Devia ser calma e forte, embora já não estivesse nos primeiros alvores da juventude. Devia ter um sorriso grave e tranquilo, mas com o toque de humor necessário para incutir paz em tantas mulheres insatisfeitas. Devia ser afável e recta, uma boa mulher do continente, sem medo das tarefas pesadas, com as mãos tisnadas calejadas e ao mesmo tempo hábeis e suaves. Devia gostar de música e de jardinagem. Devia ser uma pessoa prática e positiva; com suficiente experiência da vida para nos ajudar a desenvencilhar, mas sem ser demasiado ambiciosa e sem que essa mesma experiência a tenha tornado amarga. Ainda capaz de encarar o mundo com uma alegria e uma sabedoria simples.

Ao recordar com assombro a minha própria ingenuidade, apercebo-me de que essa imagem fantasiosa tinha muito a ver com as recordações da minha mãe, Isabelle. Sei que o rosto que recordava se alterara um pouco desde que a vira pela última vez. Só o olhar do amor a podia evocar como eu a evoco, tão doce e tão forte, a sua beleza de tal modo cristalizada no meu espírito que ela é muito mais bela do que Clémente ou Nossa Senhora, embora não me consiga lembrar com exactidão da cor dos seus olhos nem dos contornos do seu rosto moreno e forte. Coloco a cabeça da minha mãe sobre os ombros da nova abadessa mesmo antes de pousar os olhos nela, e o alívio que senti foi o de uma criança que tivesse estado incumbida de uma tarefa demasiado pesada e que, finalmente, vê a mãe chegar a casa. Comecei a correr para o edifício estranhamente silencioso, com a cabeleira a esvoaçar e o hábito arregaçado à altura dos joelhos.

O claustro estava sombrio e fresco. Chamei em voz alta quando entrei mas não obtive resposta. A portaria estava vazia e a abadia parecia deserta. Desci a correr o corredor largo e soalheiro entre os dormitórios, mas não vi ninguém. Passei pelo refeitório, pelas cozinhas, pela casa do capítulo vazia, dirigindo-me para a igreja. Há muito que passava da Sexta, pensei para mim. Talvez a nova abadessa tivesse convocado uma reunião.

Ao aproximar-me da capela ouvi vozes e cânticos. De súbito prudente, abri a porta. Estavam presentes todas as irmãs. Vi Perette; Alfonsine com as suas mãos delgadas cruzadas junto ao queixo; a obesa Antoine com o seu rosto lunático e os olhos fracos e excitados; a imperturbável Germaine com Clémente a seu lado. Fez-se silêncio quando entrei e pisquei os olhos, desorientada pela escuridão, pelo cheiro a incenso e pelos rostos onde se reflectia a luz de muitas velas.

Alfonsine foi a primeira a fazer um movimento.

— Sœur Auguste — exclamou. — Graças a Deus, Sœur Auguste. Temos uma nova... — Falhou-lhe a voz, talvez devido à excitação. Eu fitava para lá dela, os meus olhos moviam-se ansiosos à procura da dama judiciosa e viva das minhas expectativas. Porém, ao lado do altar avistei apenas uma rapariguinha de onze ou doze anos, de rosto pequeno e pálido impassível sob o véu de uma brancura imaculada, de mão estendida num gesto frouxo de bênção.

— Sœur Auguste. — A voz era frágil e fria como a dona e, de súbito, tomei perfeita consciência do meu aspecto arrapazado, dos caracóis soltos, das faces brilhantes.

— Mère Isabelle. — A voz de Alfonsine tremia de presunção. — Mère Isabelle, a Reverenda Madre.

Por segundos, a minha surpresa foi tal que quase soltei uma gargalhada. Ela não podia estar a referir-se àquela criança. A ideia era absurda — aquela criança com o nome da minha mãe deve ser uma noviça, uma protegida da nova abadessa, que neste momento deve estar a sorrir da minha confusão... Os nossos olhares encontraram-se. Os olhos dela eram muito claros mas sem brilho, como se toda a sua visão estivesse virada para dentro. Ao contemplar o seu rosto jovem e descorado, não vislumbrei uma centelha de humor, de prazer, de alegria.

— Mas é tão *jovem*! — Não devia ter proferido aquelas palavras. Percebi imediatamente e lamentei-o, mas no meio da minha surpresa tinha dado voz ao meu pensamento. Vi que a rapariga se retesava, com os lábios semicerrados, pondo a descoberto os dentes pequenos e perfeitos.

— Peço desculpa, *ma mère*. — Era demasiado tarde para retirar o que dissera. Ajoelhei-me para beijar a pequena mão estendida. — Falei sem pensar.

Soube ao mesmo tempo que sentia os dedos frios sob os lábios que o meu pedido de desculpa não era aceite. Por momentos vi-me através do olhar dela: uma mulher da ilha, transpirada, de rosto ruborizado, exalando os odores intensos e proibidos do Verão.

— O seu véu. — A sua frieza era contagiosa e estremeci.

— Per... perdi-o — gaguejei. — Estava no campo. Estava calor...

Mas a sua atenção desviara-se para outra coisa. Percorria devagar com os olhos pálidos, indiferentes, os rostos expectantes virados para ela. Alfonsine mirava-a com uma expressão de adoração. O silêncio era de gelo.

— O meu nome era Angélique Saint-Hervé Désirée Arnault — disse numa voz débil e inexpressiva, que apesar disso me trespassou até aos ossos. — Talvez me achem nova para o papel que Deus escolheu para mim. Mas aqui sou a porta-voz de Deus e Ele dar-me-á a força de que necessito.

Por momentos, tive pena dela, tão jovem e indefesa, tentando esforçadamente manter a sua dignidade. Tentei imaginar como teria sido a sua vida, criada no ambiente opressivo da corte, rodeada por intrigas e corrupção. Era uma criaturinha frágil e débil: os banquetes e as carnes, as galinhas-da-índia lardeadas de toucinho, as empadas, as *pièces montées*, as travessas com corações de pavão, com *foies gras* e línguas de cotovia em geleia apenas serviam para aumentar a sua repugnância por todos aqueles excessos. Uma criança enfermiça, que não esperavam que sobrevivesse até chegar à adolescência, atraída para a Igreja graças às cerimónias, ao seu fatalismo sinistro, à sua intolerância. Tentei imaginar como seria para ela, enclausurada aos doze anos, repetindo mecanicamente as proclamações dos seus tutores religiosos, fechando a porta ao mundo ainda antes de compreender o que ele tinha para lhe oferecer.

— Tem havido demasiado desleixo aqui. — Falava de novo e a entoação nasalada acentuava-se com o esforço para se fazer ouvir. — Estive a ver os registos. Vi o grau de indolência que a minha predecessora esteve disposta a tolerar. — Olhou de passagem na minha direcção. — Tenciono mudar isso a partir de hoje.

Um murmúrio sussurrado percorreu as irmãs ao ouvirem as palavras dela. Vi a expressão de Antoine, com a perplexidade estampada no rosto.

— Em primeiro lugar — prosseguiu a rapariga —, quero mencionar a questão do vestuário. — Nova mirada grave na minha direcção. — Já notei um certo... descuido.. nalgumas de vós, que considero indecoroso em membros da nossa irmandade. Tenho conhecimento de que a anterior abadessa tolerava o uso da *quiche-notte*. Essa prática acabou.

À minha direita, a velha Rosamonde virou para mim o seu rosto perplexo. A luz coada pela janela por cima dela incidia sobre a sua coifa branca.

— Quem é esta criança? — A sua voz fina tinha uma nota impertinente. — O que está ela a dizer? Onde está a Mère Marie?

Abanei a cabeça com força a impor-lhe silêncio. A princípio pareceu que ia continuar, mas depois enrugou o rosto envelhecido e os olhos humedecerem-se-lhe. Ouvi-a murmurar para si enquanto a nova abadessa prosseguia:

— Mesmo num espaço de tempo tão curto, não posso deixar de reparar em certas irregularidades de comportamento. — A voz nasalada parecia estar a ler um manual eclesiástico. — A missa, por exemplo. Custa-me a acreditar que durante anos não tenha sido celebrada *nenhuma missa* na abadia.

Seguiu-se um silêncio embaraçado.

— Rezávamos — disse Antoine.

— As orações não chegam, *ma fille* — disse a criança. — As vossas orações não podem ser santificadas sem a presença de um ministro de Deus.

Reprimia a minha vontade de rir a cada palavra dela. O ridículo da situação sobrepôs-se momentaneamente à minha sensação de mal-estar. O facto de aquela criança enfermiça estar ali a pregar-nos sermões, ostentando uma expressão carrancuda, franzindo os lábios como uma velha beata e tratando-nos por filhas era certamente uma brincadeira monstruosa, como o criado que veste as roupas do amo no Dia das Mentiras. Cristo no templo era de certo outro desses travestis, a pregar contrição quando devia era correr pelos campos ou nadar nu no mar.

A madre-criança voltou a falar.

— A partir de agora, será celebrada missa todos os dias. Serão retomados os nossos oito serviços diários de culto. Haverá jejum para todas à sexta-feira e nos dias santificados. Não quero que digam que a minha abadia é um lugar de complacência ou de excessos.

Recuperara finalmente a voz. O tom esganiçado assumiu uma nota exigente e compreendi que por detrás da sua presunção sombria e triste se escondia uma espécie de fervor, quase paixão. O que eu inicialmente tomei por timidez reconhecia agora ser aquele tipo de desdém das classes nobres que não voltara a sentir desde que estivera na corte. *A minha abadia.* Senti aquilo como uma injúria. A abadia seria porventura o seu brinquedo e nós as suas bonecas?

O tom da minha voz saiu mais áspero do que eu queria, quando falei.

— Só há um sacerdote no continente. Como é que podemos ter missa todos os dias? E quem é que a paga, se houver?

Ela olhou para mim de novo e desejei não ter aberto a boca. Se ainda não a tinha como minha inimiga, este comentário mordaz tinha sem dúvida desequilibrado a balança. O rosto dela transbordava de desaprovação.

— Trouxe comigo o meu confessor — respondeu. — O confessor da minha boa mãe, que me pediu para me acompanhar para me ajudar na minha missão. — Era capaz de jurar que enquanto falava se ruborizou levemente, com o rosto um pouco de lado e um laivo de entusiasmo transparecendo na sua voz monótona. — Quero apresentar-lhes o Père Colombin de Saint-Amand — disse com um breve gesto na direcção do vulto que só agora emergia da sombra de um pilar. — O meu amigo, mestre e guia espiritual. Espero que dentro em breve seja tão querido de todas vós como é de mim.

Fiquei petrificada, pregada ao chão ao vê-lo ali, com perfeita nitidez, as cores de arlequim da rosácea da janela a iluminarem-lhe o rosto e as mãos. Tinha o cabelo negro mais comprido do que dantes, preso na nuca com uma fita, mas de resto estava tal e qual como o meu coração o recordava: o jeito de pôr a cabeça, a linha escura das sobrancelhas, os olhos cor de bosque. O preto fica-lhe bem; conscientemente dramático na sua túnica de padre, sem outro adorno além da cruz de prata brilhante, fixou em mim o olhar e esboçou um sorriso fugaz e audacioso.

SEGUNDA PARTE

LEMERLE

1
♠

18 de Julho de 1610

Que grande entrada, hem? Nasci para o palco — ou para o patíbulo, dirão alguns, embora não haja grande diferença entre um e outro. Flores e o alçapão, as cortinas no final e a dança breve e frenética a meio. Até nisso há uma certa poesia. Mas ainda não estou preparado para pisar essas tábuas. Quando estiver, podes ter a certeza de que serás tu a primeira a saber.

Não pareces satisfeita por me ver. E depois de todos estes anos. Minha Donzela Alada, és única. Como voavas naquele tempo! Invencível até ao fim, nunca caíste, nunca vacilaste. Quase cheguei a acreditar que as tuas asas eram verdadeiras, sabiamente dobradas sob a tua túnica para te transportarem, com um grito, até à fímbria dos céus. Minha adorável harpia. Vir encontrar-te de novo aqui, de asas cortadas! Tenho de dizer que não mudaste. Mal vi essa cabeleira fulva de raposa — a propósito, vai ter de desaparecer — reconheci-te. E tu também me reconheceste, não reconheceste, minha querida? Bem te vi empalidecer e ficar de olhos esbugalhados. É óptimo ter um público apreciador — um público *cativo*, se me permites a expressão — diante do qual posso exibir a verdadeira medida do meu talento. Esta vai ser a representação de uma vida.

Estás muito calada. E quanto a isso não podes fazer nada, espero. A discrição é a melhor parte da virtude — e, seguramente, da tua. Mas os teus olhos! Gloriosos! Aveludados e polvilhados de lantejoulas pretas. Fala comigo, minha Harpia. Deixa que os teus olhos falem comigo.

Sei o que foi. Foi aquela história, aquele pequeno *fracas*... onde é que foi? Em Epinal? Devias ter vergonha! Guardar todo esse rancor contra mim durante tanto tempo. Não negues, por tua vontade eu era julgado, considerado culpado, sentenciado e enforcado num abrir e fechar de olhos. Não queres ouvir a minha justificação? Pronto, pronto. De qualquer modo, eu tinha a certeza de que conseguirias escapar. Nenhuma fortaleza consegue reter a minha Donzela Alada. Ela rasga os céus com as suas asas. Quebras as grades das prisões com um estalar de língua.

Eu sei, eu sei. Achas que foi fácil para mim? Estava a ser perseguido. Se me apanhassem, o que me esperava era a tortura e a morte. Não pensas que te queria levar comigo? Se o fiz foi para teu bem, Juliette. Sabia que sem mim tinhas mais hipóteses. Juro que tencionava voltar. Acabaria por voltar.

É por causa do Le Borgne? É isso que te perturba? Foi atrás de mim quando me preparava para partir. Suplicou-me que o levasse. Ofereceu-vos a vocês todos em troca. Prometeu que vos cortava a garganta, com limpeza... desde que eu o levasse comigo. Quando recusei, puxou da faca.

Eu estava desarmado, exausto depois de todas as peripécias desse dia, ferido e dorido por causa dos tratos que sofri às mãos da populaça. Apontou-me a faca ao coração, mas eu vi-o aproximar-se e atingiu-me no ombro, paralisando-me o braço com que eu segurava a arma. Lutei com ele, ao mesmo tempo que torcia a lâmina e quase desfaleci com a dor. Numa tentativa para me libertar, puxei a faca com a mão esquerda, golpeei-o na garganta e fugi.

A lâmina devia estar envenenada. Meia hora mais tarde senti-me demasiado fraco para montar, demasiado atordoado para conduzir a carruagem. Fiz a única coisa que podia fazer — escondi-me. Como um animal moribundo, rastejei até uma vala e esperei ali que a noite chegasse.

Talvez tivesse sido isso que me salvou. Encontraram a carroça a quatro milhas de Epinal, pilhada por um bando de saqueadores; perderam tempo a descobrir e a interrogar os ladrões. Debilitado devido à ferida infectada, continuei escondido, alimentando-me das plantas e frutos que apanhava à beira da estrada e que tu me tinhas ensinado quando viajávamos juntos. Quando recuperei algumas forças, dirigi-me para a floresta mais próxima. Acendi uma fogueira e fiz uma infusão como tu me ensinaste: absinto para a febre, dedaleira para as dores. Os teus ensinamentos salvaram-me a vida, querida feiticeira. Espero que aprecies a ironia.

Não? É pena. Os teus olhos parecem duas lâminas. Muito bem. Talvez eu tenha mentido um pouco acerca de Le Borgne, mas só um pouco. Ambos tínhamos uma faca. Eu fui desajeitado e ele atingiu-me primeiro. Alguma vez me quis passar por santo ao pé de ti? O homem não pode mudar o elemento em que nasceu. Houve tempos em que sabias que é assim, meu pássaro de fogo. Espero, para bem de nós dois, que ainda saibas.

Queres *denunciar-me*? Minha querida. Achas realmente que o podes fazer? Seria divertido ver-te tentar, mas antes de o fazeres responde a esta pergunta. Quem é que tem mais a perder? E quem é mais persuasivo? Admite isto, que dantes eu te convencia. Tenho os papéis em ordem, devo dizer-te. O anterior titular, um sacerdote que, por sorte, viajava pela Lorena adoeceu repentinamente (do estômago, se bem me lembro) quando entrou numa floresta, ao anoitecer. Teve um fim misericordiosamente rápido. Eu próprio lhe fechei os olhos.

Oh, Juliette! Continuas tão desconfiada! Quero que saibas que sou muito afeiçoado à nossa pequena Angélique. Achas que é demasiado jovem para abadessa. Acredita em mim, a Igreja não pensa assim e aceitou-a... e ao seu dote... com uma avidez quase indecorosa. Além do mais, a Igreja, como sempre, é quem mais lucra com isto. Mais riquezas para encher os cofres a abarrotar, o número crescente de terras e tudo isso em troca de uma insignificante concessão, uma abadia remota meio enterrada na areia, cujas regras frouxas apenas eram toleradas por causa da habilidade inigualável da ex-abadessa em cultivar batatas.

Mas estou a esquecer as minhas responsabilidades. Minhas senhoras... ou devo dizer irmãs ou mesmo filhas, para imprimir um tom paternal? Talvez não. Minhas *jovens*. É preferível. Os olhos delas brilham na atmosfera fumarenta como os olhos de sessenta e cinco gatos pretos. O meu novo rebanho. Engraçado, elas não têm o cheiro a mulheres. Julgava conhecer esse cheiro, as suas subtilezas secretas, essa mistura de peixe e de flores. Mas aqui só se aspira o perfume intenso do incenso. Meu Deus, será que elas nem sequer suam? Vou alterar isso, esperem para ver.

— Minhas jovens. Venho até vós com pesar e com imensa alegria. Pesar pela nossa irmã que partiu — como é que era o nome dela? — Marie, mas com o júbilo da antecipação da grande obra que vamos iniciar aqui hoje.

Conversa simples, mas eficaz. Os olhos delas são enormes. O que me levou a pensar em gatos? São morcegos, de rostos mirrados e engelhados, de olhos desorbitados mas cegos, as asas negras enroscadas sobre os ombros arqueados, com as mãos cruzadas sobre os seios chatos, talvez com medo de que eu possa inadvertidamente vislumbrar as curvas proibidas.

— Estou a falar da grande Reforma de que a minha filha Isabelle já falou, uma Reforma em tal escala que dentro de pouco tempo toda a França terá os olhos virados para a Abadia de Sainte Marie-de-la-mer, com temor e humildade.

Creio que é altura de fazer uma citação. Talvez de Séneca. *É um caminho pedregoso que conduz aos cumes da grandeza?* Não. Não me parece que este grupo de pessoas esteja preparada para Séneca. Antes o Deuteronómio. *Tu serás um assombro, um provérbio e uma sentença entre todas as nações.* Uma das coisas que a Bíblia tem de espantoso é que há sempre uma citação para justificar tudo, nem que seja a devassidão, o incesto e a matança dos inocentes.

— Vós andais transviadas do caminho certo, minhas jovens. Enveredastes pela senda do vício, esquecendo o pacto sagrado que firmastes com o Senhor vosso Deus.

Esta voz era a voz certa para declamar tragédias; há dez anos atrás, a minha peça *Os Amores do Eremita* já era uma peça avançada para a época. Elas esbugalharam ainda mais os olhos e por detrás do medo começo a ver uma luz diferente, uma espécie de excitação. As próprias palavras funcionam como uma espécie de titilação.

— Como o povo de Sodoma, vós desviastes Dele os rostos. Entregaste-vos ao prazer enquanto a chama sagrada ia esmorecendo sem os vossos cuidados. Destes guarida a pensamentos, que julgáveis secretos e deliciaste-vos com os vossos vícios ocultos. Mas o Senhor viu-vos.

Pausa. Um breve murmúrio perpassa pelo grupo ali reunido, enquanto cada uma enumera os seus pensamentos secretos.

— *Eu* vi-vos.

Na semi-obscuridade, os rostos empalideceram. A minha voz sobe de tom, ressoando cada vez mais forte quase ao ponto de estilhaçar os vidros.

— Vejo-vos ainda, mesmo que não escondais os rostos com vergonha. As vossas vaidades são inumeráveis e devastam este lugar com as chamas da vossa iniquidade.

Uma excelente frase, esta. Não posso esquecê-la quando chegar a altura de escrever a minha próxima tragédia. Nalguns dos rostos transparece uma promessa. Vejo-a já. A mulher gorda de olhos lacrimosos e de lábios trémulos e húmidos à beira das lágrimas. A ti, rameira, vi como estremeceste quando aquela criança falou em jejuar.

E aquela de aspecto amargo, com o rosto marcado por cicatrizes. Qual é o *teu* vício? Encostas-te muito à tua bela parceira do lado e as vossas mãos tocam-se na sombra. Os teus olhos fixam-na com um pestanejar rápido e quase involuntário enquanto eu falo, como os de um avarento ao contemplar o seu tesouro.

E tu — sim, tu — atrás da coluna. Reviras os olhos para o céu como uma égua assustadiça. Os tiques e esgares distorcem-te a boca. Suplicas-me silenciosamente, com os dedos cravados nos seios lisos. Cada palavra que eu pronuncio faz-te vibrar de pavor e de prazer. Conheço os teus sonhos: orgias de auto-humilhação, êxtases de remorsos.

E tu? Afogueada e ofegante, com um brilho nos olhos que não tem a ver com o fervor religioso. A minha primeira discípula, de rosto virado para mim e de mãos estendidas. Um simples toque, suplica. Um simples olhar e eu serei tua escrava. Mas não me submeterei tão depressa, minha querida. Mais um momento de expectativa, um olhar severo e carregado que obscurece o espaço. E em seguida o vislumbre da redenção, o suavizar da voz, a sugestão melíflua do perdão no imponente solilóquio.

— Contudo, a misericórdia do Senhor, tal como a Sua Ira, é infinita. O cordeiro tresmalhado é indizivelmente mais precioso quando retorna ao redil do que o mais virtuoso dos seus companheiros. — Dá vontade de rir; na minha experiência, o cordeiro tresmalhado arrisca-se muito mais a ser servido assado no domingo seguinte. — Voltai, vós crianças que reincidis no erro, diz o Livro de Jeremias, porque vos desposei e vos irei conduzir até Sião. — Por segundos, deixo que o meu olhar se cruze com o da minha discípula. A sua respiração torna-se mais ofegante. Está prestes a desfalecer.

A minha intervenção chegou ao fim. Distribuindo banalidades como um maná, preparo-me para as deixar a fermentar. Mostrei-lhes como era capaz de ser firme e afável; um passo em falso e uma mão levada aos olhos, uma breve alusão à minha fadiga e ao desconforto de uma longa caminhada ilustram agora a minha humanidade essencial. A irmã ansiosa — Alfonsine, não era? — apressa-se a oferecer-me o braço para me apoiar, olhando-me com veneração. Afasto-me delicadamente. Familiaridades não, por favor. Pelo menos, por enquanto.

2
♥

18 de Julho de 1610

LeMerle! Reconheci imediatamente o seu estilo, uma mistura impetuosa e temerária de palco, de púlpito e de banca de apregoador de rua. O disfarce também era muito ao estilo dele e, de quando em quando, os seus olhos cruzavam-se com os meus com a eloquente vivacidade que lhes conhecia, como se estivesse ansioso por partilhar o seu triunfo. Por momentos, fiquei sem saber qual a razão por que optou por não me denunciar.

Depois percebi. Eu ia ser a sua audiência, a sua crítica entusiástica. Não fazia sentido toda aquela representação sem a presença de alguém que partilhasse o seu segredo, de alguém que desse o devido apreço à temeridade da sua impostura... Mas desta vez, recusava--me a entrar no seu jogo. Não me podia furtar às minhas tarefas dessa tarde nos campos salgados, mas mal pudesse escapulir-me sem levantar suspeitas, pegaria em Fleur e punha-me em fuga. Podia levar algumas provisões da cozinha e, embora me desagradasse a ideia de roubar as freiras, o cofre onde se guardavam as economias da abadia era de fácil acesso numa pequena despensa na parte de trás da cave, cuja fechadura há muito se partira sem nunca ter sido substituída. A nossa antiga Reverenda Madre era uma alma simples que acreditava que a confiança é a melhor defesa contra os roubos e durante todo o tempo que permaneci na abadia nunca tive conhecimento de que alguém tirasse uma única moeda. Para que é que precisávamos de dinheiro? Tínhamos tudo de que precisávamos.

Ele deixou-nos num estado de agitação refreada, como certamente pretendia, quando fomos executar as nossas várias tarefas. De passagem lançou-me um olhar divertido, como que a desafiar-me para ir ter com ele, mas ignorei-o e fiquei satisfeita por ver que não insistia. A nova abadessa mostrou-se pressurosa a investigar o seu pequeno império, Clémente correu para o pé dos cavalos, Alfonsine ocupou-se activamente a tratar da acomodação do novo confessor na casa da portaria, Antoine voltou para a cozinha para começar a preparar a refeição da tarde e eu fui à procura da minha filha.

Fui encontrá-la no celeiro a brincar com um dos gatos que costumavam andar pela cozinha. Em poucas palavras, avisei-a: devia ficar fora de vista o resto do dia, esperar por mim no dormitório e não falar com ninguém até eu regressar.

— Mas porquê? — Tinha atado uma pinha a um bocado de cordel e baloiçava-o no ar para o gato saltar.

— Mais tarde, conto-te. Não te esqueças.

— Mas posso falar com o gatinho, não posso?

— Se quiseres.

— E com Perette? Posso falar com ela?

Levei um dedo aos lábios.

— Chiu! É um jogo de escondidas. Achas que consegues ficar muito quieta, muito sossegada, até eu vir ter contigo logo à noite?

Franziu o sobrolho, sem desviar os olhos do gato.

— E o meu jantar?

— Trago-to depois.

— E para o gatinho?

— Logo se vê.

Ficara decidido que LeMerle assistiria ao capítulo connosco, mas não comeria connosco no refeitório. Não me surpreendeu — era pouco provável que a nova política de abstinência lhe agradasse. Assim como também não me escapou o facto de a casa de LeMerle ficar mesmo ao lado dos portões da abadia, o que constituía um lugar ideal para observar as entradas e saídas. Esse aspecto deixou-me inquieta; requeria um plano prévio, cuidadosamente arquitectado. Fossem quais fossem os seus motivos, o confessor tencionava ficar.

Mas disse para mim mesma que, presentemente, não me interessavam os seus planos. A ausência dele na refeição da noite dava-me a oportunidade ideal para preparar a minha fuga. A pretexto de uma dor de estômago, reuniria as minhas coisas, faria uma incursão pela cozinha e pela despensa para recolher algumas provisões e esconderia a minha trouxa de coisas valiosas algures no recinto exterior da abadia. Fleur e eu iríamos para a cama como de costume e depois, quando estivessem todas a dormir, escapulíamo-nos para fora, reuníamos os nossos haveres e dirigíamo-nos para a passagem à espera da maré matinal. Quando estivéssemos em segurança fora da sua alçada, então poderia tratar de LeMerle. Um bilhete — uma palavra dirigida às autoridades certas — seria o bastante para o denunciar. Acabaria por ir parar à forca e, então, talvez o meu coração encontrasse paz. Mas quando voltei para o dormitório meia hora depois da refeição da noite, não encontrei Fleur à minha espera. Também não estava no jardim, no claustro nem no galinheiro. Fiquei contrariada, mas por enquanto ainda não demasiado preocupada. Fleur possuía um temperamento vivo e muitas vezes escondia-se à hora de ir para a cama. Passei em revista os seus esconderijos secretos, um a um, sem êxito.

Finalmente, dirigi-me à cozinha. Ocorrera-me que talvez Fleur estivesse com fome e que Sœur Antoine, a cozinheira, gostava de crianças e muitas vezes oferecia-lhes bolos e biscoitos que guardava na cozinha ou maçãs caídas no chão com as ventanias outonais. Mas naquele dia pareceu-me preocupada, com os olhos inusitadamente vermelhos e uma expressão indolente no rosto como se as faces tivessem ficado subitamente flácidas. Ao ouvir o nome de Fleur, soltou um suspiro lamentoso, como se se lembrasse de qualquer coisa em que não tivera tempo de pensar e retorceu as mãos sapudas.

— Pobrezinha! Estava para te ir dizer mas... — Interrompeu-se, como se tentasse expressar várias ideias ao mesmo tempo. — Tantas mudanças! Ela entrou na minha cozinha, Sœur Auguste... eu estava a preparar uma geleia para o Inverno, com gordura de ganso e cogumelos selvagens... e ela estava a olhar para mim com aquele seu ar terrível e trocista...

— Quem? Fleur?

— Não! Não! — Antoine abanava a cabeça. — A Mère Isabelle. Aquela rapariguinha horrível.

Fiz um gesto de impaciência.

— Conta-me depois. Quero a minha filha.

— Estava a *tentar* dizer-te. Ela disse que não era decente ela estar aqui. Disse que te distraía das tuas obrigações. Mandou-a embora.

Fiquei a olhar para ela, incrédula.

— Mandou-a *para onde*?

Olhou-me humildemente.

— Não tive a culpa.

Algo na voz dela fez-me pensar o contrário.

— Tu disseste-lhes? — Puxei-lhe a manga. — Antoine, tu disseste-lhes que Fleur era minha filha?

— Não pude evitá-lo — lamuriou-se a freira gorda. — Eles acabariam por descobrir mais cedo ou mais tarde. Qualquer outra pessoa acabaria por se descair.

Na minha raiva, apertei-lhe o braço por cima do hábito e quase a fiz gritar.

— Pára com isso! *Aiii!* Pára, Auguste, estás a magoar-me! Não tenho a culpa que eles a tenham mandado embora! Além disso, nunca devias ter ficado com ela aqui!

— Antoine. Olha para mim! — Esfregava o braço, recusando-se a encarar-me. — Para onde é que eles a mandaram? Para o pé de alguém na aldeia? — Ela abanava a cabeça, impotente, e eu reprimi a vontade de a esbofetear. — Por favor, Antoine. Estou preocupada, tens que perceber. Não vou dizer a ninguém que me contaste.

— Devias tratar-me por *ma sœur*. — O rosto de Antoine estava entumecido de ressentimento. — A cólera é um pecado, bem sabes. A culpa é dessa cabeleira. Devias rapá-la. — Olhou para mim com uma ousadia pouco habitual. — Agora com a nova Reforma, vais ter de o fazer de qualquer maneira.

— Por favor, Antoine. Eu ofereço-te a última garrafa de xarope de alfazema.

Os olhos iluminaram-se-lhe.

— E as pétalas de rosa caramelizadas?

— Se quiseres. Onde está Fleur?

Antoine baixou a voz.

— Ouvi a Mère Isabelle a conversar com o novo confessor. Qualquer coisa sobre a mulher de um pescador, algures no continente. Eles vão-lhe pagar — acrescentou, como se eu fosse a responsável pela despesa. Mas já quase não a ouvia.

— Para o continente! Onde?

Antoine encolheu os ombros.

— Não ouvi mais nada.

Quedei-me aturdida à medida que ia tomando lentamente consciência da realidade. Era demasiado tarde. Antes mesmo que eu tivesse ousado levantar a voz contra ele, o *Melro* tinha frustrado a minha estratégia. Ele sabia que eu não estava disposta a correr o risco de perder a minha filha. Sem ela, era forçada a ficar.

Por instantes, ainda considerei a hipótese de fazer a tentativa. A pista ainda estava fresca, embora agora já tivesse perdido a maré e tivesse de esperar pela travessia no dia seguinte. Toda a gente da ilha conhecia Fleur; alguém devia ter visto para onde a levaram. Mas no fundo do coração eu sabia que era inútil. LeMerle também tinha previsto essa hipótese.

Sentia um aperto no estômago. Imaginava Fleur confusa, infeliz, a chamar por mim, julgando-se abandonada, levada para longe sem uma palavra mágica ou uma bênção para a proteger. Quem senão eu a poderia proteger? Quem senão eu conhecia os seus hábitos, sabia que precisava de uma vela perto da caminha nas noites de Inverno, sabia remover a parte tocada da maçã antes de a cortar aos quartos?

— Nem sequer lhe disse adeus. — Falava para mim própria, mas Antoine voltou a olhar-me com ar carrancudo.

— A culpa não é minha — repetiu. — Nenhuma de nós ficou com os filhos. Porque é que contigo havia de ser diferente?

Não respondi. Já sabia de quem era a culpa. O que é que ele queria? O que é que eu ainda tinha que ele pudesse querer?

Ao regressar ao meu cubículo, vi que o pequeno berço já tinha sido removido. As minhas coisas pareciam intactas e o meu esconderijo com os livros e papéis por detrás de uma pedra solta também. Encontrei a boneca de Fleur, Mouche, caída ao lado da minha cama, meio oculta pelo cobertor descaído. Fora Perette que a fizera com trapos e farrapos quando Fleur era bebé e é o seu brinquedo preferido. Os braços e as pernas de Mouche já foram cosidos uma centena de vezes, o cabelo é um emaranhado de lãs multicolores e a cara redonda assemelha-se estranhamente à de Perette, com os botões de sapato a fazerem de olhos e as bochechas rosadas. Tal como a sua criadora, também Mouche é muda; no sítio da boca há apenas um espaço vazio.

Fiquei parada com a boneca nas mãos durante alguns momentos, demasiado entorpecida para ser capaz de pensar. O meu primeiro instinto foi ir ter com o novo confessor, obrigá-lo a dizer-me — se necessário, sob a ameaça de uma faca — onde é que ele tinha escondido a minha filha. Mas conhecia LeMerle. Esse era o seu desafio, a sua jogada inicial num jogo de que eu ainda ignorava as paradas. Se fosse ter com ele agora, caía-lhe nas mãos. Se esperasse, talvez ainda pudesse denunciar o *bluff*.

Durante toda a noite dei voltas e reviravoltas na cama. O meu cubículo é o que fica mais afastado da porta, o que significa que embora tenha de andar mais se quiser ir aos asseios, à noite pelo menos tenho a vantagem de só ter uma vizinha de cama. Também tenho a janela, apesar de virada a leste, e um espaço mais amplo que os cubículos da extremidade proporcionam. A noite estava pesada, a prenunciar tempestade e enquanto eu velava, sem dormir, vendo as horas passar devagar, vi a trovoada ao largo, no mar, que se aproximava veloz como que apoiada em enormes andas silenciosas de relâmpagos por entre as nuvens negras e avermelhadas. Mas não choveu. Imaginava se Fleur também a estaria a ver ou se estaria a dormir, exausta, com o polegar enfiado na boca, na casa de gente estranha.

— Chiu, Fleurette. — Na ausência da minha filha, falava com Mouche, afagando a cabeça de lã como se sentisse sob os dedos os cabelos de Fleur. — Estou aqui. Está tudo bem.

Desenhei o sinal da estrela na testa de Mouche e repeti a fórmula mágica da minha mãe. *Stella bella, bonastella*. Pode ser um latim grosseiro, mas há um certo consolo numa velha rima e apesar da aflição que me atormentava não desaparecer, senti que o medo abrandava um pouco. Ao fim e ao cabo, LeMerle devia saber que não consegue nada de mim se acontecer algum mal a Fleur. Fiquei à espera, com Mouche debaixo do braço, enquanto à minha volta todas as irmãs dormiam e os relâmpagos fustigavam as ilhas, uma a uma.

3
♥

19 de Julho de 1610

O dia de hoje não trouxe nada de importante em matéria de Reforma. A nova abadessa passou grande parte do tempo na capela privativa com LeMerle, deixando-nos entregues às nossas especulações. Entretanto, a atmosfera de férias dissipou-se, deixando um vazio embaraçoso. As vozes soavam abafadas, como se a doença infestasse o lugar. As tarefas tinham sido retomadas, mas na sua maior parte — com excepção de Marguerite e de Alfonsine — de um modo desleixado. A própria Antoine parecia pouco à vontade na sua cozinha, com a sua habitual boa disposição um tanto ou quanto disparatada moderada pelas acusações de excessos da véspera. Um grupo de operários veio inspeccionar a capela e foram erguidos andaimes no lado virado a poente, presumivelmente para que pudessem investigar os danos sofridos pelo telhado.

Mais uma vez, o meu primeiro impulso nessa manhã foi procurar LeMerle e pedir-lhe notícias da minha filha. Por diversas vezes, cheguei a dar uns passos com essa ideia no espírito, detendo-me a tempo. Não tinha dúvidas de que era precisamente isso que ele pretendia.

Passei a manhã a trabalhar nos terrenos baixos, mas o meu estado de espírito habitualmente despreocupado tinha sido perturbado e dei comigo a sachar furiosamente os montes de sal, transformando os montículos brancos numa massa lamacenta.

A ausência de Fleur é uma dor que desponta no fundo do estômago e que vai carcomendo as minhas entranhas como um verme. Invade tudo como uma sombra atrás de um cenário luminoso. É mais forte do que eu, mas sei que o meu silêncio é a única arma de que disponho. Quero que seja ele o primeiro a expor-se. Quero que seja ele a vir ter comigo.

Ao regressar, soube que LeMerle e a nova abadessa se haviam retirado para os respectivos aposentos cedo — ela para a cela deixada vaga pela sua predecessora, ele para a casa da portaria dentro dos muros da abadia — deixando as irmãs num estado de inusitada excitação. Na ausência de ambos, houve muita especulação sussurrada sobre a natureza das Reformas anunciadas, uma certa dose de revolta abafada e uma quantidade de mexericos infundados e precipitados.

A maior parte dos boatos andavam à volta de LeMerle e não fiquei surpreendida ao ouvir casualmente um bom número de opiniões favoráveis. Embora se erguessem entre nós algumas vozes condenando a fedelha arrogante que ousava perturbar a nossa vida, foram poucas as que não ficaram impressionadas com o novo confessor. Alfonsine, como é óbvio, estava completamente dominada, enumerando as qualidades do falso Père Colombin com o fervor de uma recém-convertida.

— Eu percebi logo, Sœur Auguste. Percebi logo que vi os olhos deles. Tão negros e tão *penetrantes*! Como se pudessem ler através de mim. Até ao âmago da minha alma. — Estremeceu, com os olhos semicerrados e os lábios entreabertos. — Creio que deve ser um santo, Sœur Auguste. Ele tem essa presença sagrada. Sinto-o.

No entanto, esta não era a primeira vez que Alfonsine se deixava arrebatar por um acesso de culto de um herói — de facto, já sofrera um por ocasião da visita de um prior local, que a deixou prostrada durante quinze dias — e eu esperava que dentro de algum tempo aquela admiração fervorosa por LeMerle se desvanecesse. Por enquanto exaltava-se ao som do seu nome, murmurando para si *Colombin de Saint-Amand* como uma litania enquanto esfregava o soalho.

Marguerite também estava profundamente afectada. Tal como Alfonsine, entregou-se a um frenesim de limpeza, limpando o pó e dando lustro vezes sem conta a qualquer superfície que encontrasse;

sobressaltava-se ao mais pequeno ruído e sempre que LeMerle estava por perto, gaguejava e ruborizava-se como uma rapariguinha de dezasseis anos, apesar de já ser uma quarentona ressequida que nunca conheceu um homem. Clémente apercebia-se da sua confusão e arreliava-a impiedosamente, mas todas as outras continham-se. Seja como for, a reacção de Marguerite perante o novo confessor transcendia qualquer tipo de humor, penetrando por um território obscuro que poucas de nós estávamos interessadas em explorar.

Marguerite e Alfonsine — que sempre tinham cultivado uma rivalidade desabrida — tornaram-se aliadas momentâneas perante a sua paixão comum. Ofereceram-se as duas para fazer a limpeza da casa de LeMerle, que se encontrava num estado calamitoso, abandonada desde o tempo dos dominicanos. Nessa manhã, reuniram todo o mobiliário que acharam que agradaria ao novo confessor e levaram-no para a casa e, antes do dia chegar ao fim, o lugar estava impecável, com esteiras lavadas no chão de terra e jarras com flores nas três salas. O Père Colombin expressou a sua gratidão com uma conveniente humildade e a partir desse momento as duas irmãs passaram a ser suas escravas solícitas.

A refeição da noite constou de uma pobre sopa de batata, que comemos em silêncio, apesar de os dois recém-chegados não estarem presentes. Mas mais tarde, quando me preparava para me deitar depois das Vésperas, tive a certeza de ver Antoine atravessar o pátio em direcção ao casinhoto, transportando qualquer coisa num prato grande, coberto. Pelo menos o novo confessor comeria bem esta noite. No momento em que eu olhava, Antoine levantou os olhos para a janela, com o rosto indistinto no escuro e de boca aberta, numa expressão de consternação. Depois virou-se abruptamente, puxou o véu para cobrir a cara e desapareceu no escuro.

Esta noite voltei a deitar as cartas, depois de as retirar silenciosa e cautelosamente do esconderijo na parede. O Eremita. O Duque de Copas. O Louco. A Estrela, com o rosto redondo tão parecido com o de Fleur, de grandes olhos e a coroa de caracóis. E a Torre a desmoronar-se contra um céu negro-avermelhado fendido por relâmpagos.

Esta noite? Não creio. Mas em breve, espero. Em breve. E se eu tiver de a derrubar, pedra a pedra, podes ter a certeza de que o farei. Não duvido.

4
♠

19 de Julho de 1610

É terrível, não é? A adivinhação está demasiado próxima da feitiçaria para poder chamuscar a carne. O *Malleus Malleficarum* chama-lhe «uma abominação manifesta» ao mesmo tempo que insiste que não funciona. Contudo, as cartas dela, com os seus pormenores meticulosos, são estranhamente constrangedoras. Vejamos, por exemplo, a Torre. Tão semelhante à abadia com o seu torreão quadrangular e a flecha de madeira. Esta mulher, a Lua, com o rosto meio virado, mas tão estranhamente familiar. E o Eremita, o homem encapuçado, apenas com os olhos visíveis sob a capa negra, segurando numa mão um bastão e na outra uma lanterna.

Não me consegues enganar, Juliette. Eu sabia que tinhas um esconderijo. Qualquer criança era capaz de o descobrir, enfiado atrás de uma pedra solta ao fundo do dormitório. Nunca tiveste muito jeito para dissimuladora. Não, não te vou acusar... por enquanto, pelo menos. Posso precisar de ti. Um tipo precisa de um aliado... mesmo um tipo como eu.

Durante o primeiro dia, estive a observar. A minha casa junto ao portão fica a uma distância conveniente para poder ver tudo sem ofender as sensibilidades eclesiásticas. Até mesmo um santo pode ter desejos, é o que eu digo a Isabelle. Na verdade, se não fossem os desejos, o que seria da santidade ou do sacrifício? Não vou viver enclausurado. Além do mais, prezo a minha privacidade.

Há uma porta nas traseiras da casa, que dá para uma secção nua do muro. Segundo parece, os frades dominicanos estavam mais preocupados com uma arquitectura grandiosa do que com a segurança, porque a casa da portaria é uma fachada impressionante que oculta pouco mais do que um montículo de pedras desordenadas entre a abadia e os pântanos. Um caminho de fuga fácil, se alguma vez for necessário. Mas isso não vai acontecer. Vou aproveitar o tempo calmamente e partirei quando achar conveniente.

Como estava a dizer, hoje estive a observar de longe. Ela esforça-se por disfarçar, mas vejo o seu sofrimento, a tensão que lhe retesa as costas e os ombros quando se distende para dar a ilusão de descontracção. Quando viajávamos juntos, ela nem uma única vez interrompeu uma exibição, mesmo que estivesse lesionada. Os inevitáveis contratempos que acontecem mesmo nas melhores trupes — entorses, rotura de ligamentos e até fracturas de dedos das mãos e dos pés — nunca a fizeram abrandar. Manteve sempre o mesmo sorriso profissional, mesmo quando a dor a cegava. Era uma espécie de revolta, embora eu nunca soubesse contra quem. Talvez contra mim. Vejo-o agora, no modo como desvia o olhar, na falsa humildade dos seus movimentos. Há sofrimento que o orgulho a leva a dissimular. Ela ama a filha. Era capaz de fazer tudo para a proteger.

É estranho, mas nunca imaginei a minha Donzela Alada mãe de uma criança; achava que era demasiado selvagem para aceitar esse tipo de tirania. Uma criança bonita, com a expressão da mãe e uma promessa de encanto e de graciosidade por detrás do seu ar de desleixo infantil. Também herdou os modos da mãe: mordeu-me quando a puxei para cima do cavalo e deixou-me as marcas dos dentes na mão. Quem é o pai? Talvez algum estranho encontrado na estrada, algum camponês, bufarinheiro, actor ou sacerdote conhecido por acaso.

Quem sabe se eu? Espero que não, para bem dela. Corre-me um sangue depravado nas veias e os melros não dão bons pais. De qualquer modo, estou satisfeito por a miúda estar em boas mãos. Deu-me pontapés nas costelas quando a entreguei e teria voltado a morder-me se Guizau não a tivesse impedido.

— Pára com isso — disse-lhe eu.
— Quero a minha mamã!

— Já a vais ver.

— Quando?

— Acho que não devias fazer tantas perguntas — respondi, com um suspiro. — E agora sê uma linda menina e vai com Monsieur Guizau, que te vai comprar um doce.

A garota olhou-me com um ar irritado e feroz. As lágrimas corriam-lhe pela cara abaixo, mas eram de raiva e não de medo.

— Pés de galinha! — gritou ela, fazendo figas com os deditos minúsculos. — Pés de galinha, pés de galinha, que a morte te leve!

Era só o que me faltava, pensei, ao afastar-me. Ser amaldiçoado por uma criança de cinco anos. De qualquer modo, custa-me entender como é que alguém pode querer ter filhos; é muito mais fácil lidar com anões e, além do mais, são muito mais divertidos. A verdade é que a miúda é corajosa, independentemente das suas origens. Acho que entendo muito bem porque é que a minha Juliette gosta dela.

Então porquê esta súbita sensação pungente de desgosto? A ternura dela, ainda que seja uma fraqueza, torna a minha posição muito mais fácil. Ela julga que me engana, o meu Anjo Sem Asas, como a narceja que do ninho atrai o inimigo. Simula estupidez, evitando-me excepto quando há muita gente, ou trabalhando sozinha nas salinas, consciente de que não me posso aproximar dela com discrição naquela vasta extensão de espaços desérticos. Vinte e quatro horas. Esperava que já me tivesse procurado. A sua obstinação é uma característica que me enerva e me agrada ao mesmo tempo. Talvez seja perversidade minha, mas aprecio a sua resistência e pressinto que talvez tivesse ficado desapontado se ela tivesse fraquejado.

Por outro lado, já tenho as minhas aliadas. Sœur Piété, que não ousa enfrentar o meu olhar; Sœur Alfonsine, a freira tísica que me segue como um cão; Sœur Germaine, que me detesta; Sœur Bénédicte, a intriguista. Qualquer uma destas serve, para começo. Ou então a freira gorda, Sœur Antoine, a farejar à volta da porta da cozinha como uma tímida ovelha. Tenho estado a observá-la e penso que tenho ali algumas hipóteses. Nos termos da nova ordem, passou a trabalhar no jardim. Tenho-a visto a cavar, com as faces manchadas pelo esforço a que não está habituada. Uma outra foi nomeada despenseira em seu lugar: a freira magricela e nervosa de olhos brilhantes e magoados. Com o regime *desta*, acabaram-se as empadas e os doces. Acabaram-se as idas ao mercado sozinha e as amostras ilícitas de vinho velho. Os braços de Sœur Antoine são roliços e vermelhos, os pés enfiados nas botas apertadas demasiado delicados para o seu corpanzil. O seu peito amplo tem algo de maternal, uma generosidade a que é dada rédea solta na cozinha, no meio dos enchidos e dos assados. Para onde será canalizada agora? Num único dia, as suas faces já perderam uma parte do anterior viço. A pele tem um brilho doentio e pálido. Ainda não falou comigo, mas está ansiosa por fazê-lo. Leio-lho nos olhos.

A noite passada, quando me veio trazer a minha refeição, perguntei-lhe com ar inocente como é que tinham jantado. Sopa de batata, respondeu sem me olhar. Mas para *mon père*, tenho uma coisa mais substancial. Uma excelente empada de pombo, que espero que agrade ao monsenhor, e um copo de vinho tinto. Pêssegos do nosso jardim, uma pena que a seca tenha deixado tão poucos. Os olhos dela despediam setas em direcção aos meus num apelo mudo. Ah, grande rameira! Não penses que não suspeitei de ti. Sopa de batata, é verdade. Vem-te água à boca quando falas dos pêssegos e do vinho. Uma criatura de paixões, esta Antoine; para onde irão agora que lhes foi cortada a vaza?

Um dia de jejum bastara para embotar a sua vivacidade e boa disposição. Parece desnorteada mas taciturna, um mau humor desesperado prestes a roçar o rancor. Está quase pronta para mim. Fica para outro dia. Outro dia até descobrir aquilo que perdeu. Teria preferido um instrumento mais arguto para iniciar o meu trabalho, mas talvez este sirva.

Ao fim e ao cabo, tenho de começar por qualquer lado.

5
♥

20 de Julho de 1610

O s serviços religiosos diários foram retomados. Hoje fomos despertadas às duas horas para as Vigílias com o toque do velho sino e, por momentos, convenci-me de que tinha acontecido uma terrível calamidade: um naufrágio, um temporal, uma morte súbita. Então vi Mouche abandonada em cima da almofada e, de repente, a dor da lembrança era mais pungente do que eu conseguia suportar. Mordi a enxerga para não me ouvirem e chorei com o rosto enfiado no colchão de palha lágrimas de fúria, que me corriam pela cara como regatos de pólvora, prestes a explodir a qualquer momento.

Foi nesse momento que Perette me encontrou, rastejando para a minha cama tão silenciosamente que por momentos não tive consciência da sua presença. Se tivesse sido outra pessoa e não aquela rapariga bravia, eu teria esbracejado como um animal apanhado numa armadilha. Mas o rosto de Perette era tão sincero e desolado na luz difusa da tocha que não pude dar vazão à minha fúria.

Sei que nestes últimos dias tenho negligenciado a minha amiga. Preocupam-me coisas mais urgentes, coisas que aquela rapariga bravia não pode entender. Mas não sei se muitas vezes não tenho subestimado Perette. A sua voz de pássaro fala uma língua que eu não entendo, mas há uma chispa de inteligência nos olhos dourados e uma devoção profunda e inquestionável. Ela tentou um sorriso, apontando para os olhos com um gesto expressivo.

Limpei a cara com as costas da mão.

— Está tudo bem, Perette. Vai assistir às Vigílias. — Mas Perette aconchegou-se em cima do colchão ao meu lado, com os pés descalços debaixo do corpo, porque continuava a recusar-se a calçar sapatos. A sua mão pequenina deslizou para a minha. Por segundos, lembrou-me um cachorro triste, tentando consolar-me num silêncio humilde e terno, e o desprezo latente no meu pensamento fez-me sentir envergonhada.

Retribuí o sorriso, com esforço.

— Não te preocupes, Perette. Estou cansada, é só isso.

Era verdade; tinha levado horas para adormecer. Perette levantou a cabeça e indicou a ausência ao lado da minha cama, onde costumava estar o berço de Fleur. Ao ver que eu não respondia, beliscou-me o braço suavemente e voltou a apontar.

— Eu sei. — Não queria falar daquilo. Mas ela estava tão desolada e preocupada que não tive coragem de a repelir. — Não vai demorar muito tempo. Prometo.

A rapariga selvagem olhava para mim. Tinha a cabeça inclinada para o lado e, mais do que nunca, assemelhava-se a um pássaro. Em seguida levou as duas mãos ao rosto, mudando de expressão enquanto mimava a nova abadessa com um rigor que noutras circunstâncias teria sido cómico.

Esbocei um sorriso triste.

— É verdade. A Mère Isabelle mandou-a embora. Mas vais ver que vamos conseguir que ela volte. Vamos conseguir que ela volte depressa.

Não sabia se estava a falar para mim ou se Perette percebia o que eu estava a dizer. Enquanto eu falava, desviara a atenção para outras coisas e brincava com um berloque pendurado ao pescoço. O pendente tinha uma imagem de Santa Cristina Mirabilis, de esmalte cor-de-laranja, vermelho, azul e branco. Provavelmente usava-o porque gostava das cores. A santa flutuava ilesa num halo de fogo sagrado e Perette segurava a imagem diante dos olhos, trauteando satisfeita. Continuava a fazê-lo quando finalmente entrámos na capela e tomámos os nossos lugares no meio do grupo.

As Vigílias prolongaram-se mais do que eu esperava. A nova abadessa mantinha as luzes no mínimo, passando ocasionalmente com a tocha para se certificar de que não estava ninguém a dormir.

Por duas vezes, soltou uma reprimenda áspera a uma irmã mais preguiçosa — Sœur Antoine foi uma delas, creio, e Sœur Piété a outra — porque os cânticos eram suaves e quase acariciadores e a noite, aquecida por dezoito horas de luz do dia, ainda não era suficientemente fresca para ser desconfortante. Passaram quase duas horas antes de o sino voltar a tocar para as Matinas e apercebi-me de que o habitual período de descanso entre os dois serviços religiosos se escoara. Agora estava a tremer de frio, apesar das meias de lã e de ver a manhã despontar através das lousas soltas. O sino voltou a tocar duas vezes para Laudes e um murmúrio perpassou pela assistência quando LeMerle fez, uma vez mais, a sua entrada.

Num segundo, a sonolência suspensa no ar desapareceu. Sentia à minha volta os movimentos quase imperceptíveis das irmãs ao virarem para ele os rostos, como girassóis. Acho que fui a única que não levantou o rosto. Com os olhos fixos firmemente nas minhas mãos cruzadas, ouvi-o aproximar-se, ouvi os passos suaves e familiares nas lajes de mármore, vi-o mentalmente postado junto à estante de coro, imóvel na túnica negra, com uma mão apoiada no crucifixo de prata que traz sempre consigo.

— Minhas filhas. *Iam lucis orto sidere.* Ergueu-se a estrela da manhã. Erguei agora as vossas vozes para a saudar.

Cantei o hino sempre de cabeça baixa, as palavras ressoando estranhamente no meu crânio. *Iam lucis orto sidere...* Mas Lúcifer era a Estrela da Manhã antes da queda, o mais resplandecente de todos os anjos, lembrei-me, e ante esse pensamento não pude evitar olhar LeMerle uma vez enquanto cantava.

Demasiado tarde, desviei o olhar. *Iam lucis orto sidere...* Ele estava a olhar frontalmente para mim e a sorrir, como se eu lhe tivesse revelado os meus pensamentos. Desejei não ter olhado.

O hino acabou. Começou o sermão. Ouvi vagamente uma referência a jejum, a penitência, mas estava sozinha no meu círculo de angústia; não havia nada que me pudesse tocar. As palavras zumbiam à minha volta como abelhas — *contrição* — *vaidade* — *enfeites* — *humildade* — *penitência*. Mas para mim não tinham qualquer significado. A única coisa em que conseguia pensar era em Fleur, sozinha sem Mouche ao menos para a consolar, e eu nem sequer tinha tido tempo para lhe limpar o nariz ou atar-lhe uma fita ao cabelo antes de a levarem.

Tch-tch, some-te! Fiz o sinal com os dedos. Fora com os pensamentos aziagos. Fossem quais fossem as suas intenções, LeMerle não tencionava ficar na abadia para sempre. Mal se fosse embora, eu encontraria a minha filha. Entretanto, ia jogar o jogo dele. Iria usar todas as palavras mágicas que conhecia para a proteger dos perigos e se, por culpa dele, lhe acontecesse alguma coisa, matava-o. Ele sabia que eu era capaz de o fazer e trataria de a manter a salvo. Pelo menos, por agora.

Fui despertada dos meus pensamentos por um movimento próximo de mim e levantei os olhos. Estava de pé ao fundo da capela; por momentos, pensei que era para recebermos os sacramentos que avançávamos em fila, uma a uma, de cabeças inclinadas em atitude de submissão. Uma freira estava de joelhos junto do altar, de cabeça curvada, com o véu na mão. Uma fileira de irmãs aguardava atrás dela, retirando o véu quando chegava a sua vez, e eu seguia-as, como parecia ser o que esperavam de mim. Ao aproximar-me mais, cruzei-me com as irmãs que regressavam do púlpito. Tremendo como cordeiros, moviam-se numa espécie de sonho, sem me olharem, com os rostos franzidos numa expressão de indecisão. Foi então que vi a tesoura na mão de LeMerle e percebi tudo. A Reforma começara.

À minha frente, vi Alfonsine tomar o seu lugar defronte do púlpito, aceitando a tonsura com um frémito de submissão. Depois foi a vez de Antoine. Nunca a tinha visto antes sem o véu e a beleza inesperada da espessa cabeleira negra foi uma revelação surpreendente. Depois veio a tesoura e ela voltou a ser Antoine, pálida como uma medusa atirada para a praia, movendo a boca desesperadamente enquanto LeMerle proferia a bênção.

— Renuncio por este meio a todas as vaidades terrenas, em nome do Pai, do Filho e do Espírito Santo.

Pobre Antoine. Que outras vaidades tinha conhecido na sua vida triste e timorata para além dos prazeres da mesa e da adega? O momento de beleza, fugazmente vislumbrado, evolara-se. Parecia aterrorizada, as madeixas de cabelos espalhadas pelo chão, rolava os olhos e movia as mãos sapudas em movimentos que recordavam a rotina reconfortante do alguidar onde amassava o pão.

Seguiu-se Clémente, e o seu cabelo loiro da cor do linho captou a luz quando inclinou a cabeça. Estranhamente, foi a severa

Germaine que deixou escapar um grito quando a tesoura cumpriu a sua tarefa. Clémente limitou-se a inclinar a cabeça para LeMerle, parecendo ainda mais jovem do que antes da tonsura; uma libertina com rosto de rapazinho.

Mas o cabelo não era a única vaidade a que tínhamos de renunciar. Vi a velha Rosamonde, com a cabeça meio calva a descoberto, entregar relutante a cruz de ouro que usava ao pescoço. Moveu os lábios, mas não consegui ouvir as palavras que pronunciou. Juntou-se-me pouco depois, com os olhos fracos percorrendo a capela como se procurassem alguém ausente. Em seguida foi Perette, que já tinha o cabelo rapado, e que esvaziava taciturna as algibeiras dos seus tesouros. Tesouros de pega, não passavam disso: um bocado de fita, um seixo rolado, um fiapo de trapo — as pequenas vaidades inofensivas que só uma criança guarda. Mostrou-se sobretudo relutante em se desfazer do pendente esmaltado e ia quase conseguindo escamoteá-lo quando Sœur Marguerite chamou a atenção e foi juntar-se ao resto. Perette arreganhou os dentes num esgar rancoroso para Marguerite, que desviou piedosamente o olhar. Pelo canto do olho observei LeMerle, que tentava disfarçar o riso.

Tinha chegado a minha vez. Eu olhava o chão, desapaixonadamente, enquanto o meu cabelo ia caindo, madeixa a madeixa, no meio da pilha de troféus. Esperava sentir qualquer coisa — raiva, talvez, ou pena — mas, em vez disso, apenas senti o ardor dos seus dedos na nuca quando estendeu o braço e puxou para o lado o emaranhado da minha cabeleira, cortando com uma destreza e precisão que desviava o olhar dos gestos mais íntimos — a pressão do polegar no lóbulo da orelha, um toque prolongado na cavidade do pescoço — que fez em segredo, sem ninguém notar.

Dirigiu-se-me em dois registos, um registo público em que entoou o *Benedictus* e um sussurro leve e rápido, quase sem mexer os lábios.

— Dominus vobiscum. *Tens andado a evitar-me, Juliette.* Agnus Dei, *muito insensato*, qui tollis peccata mundi, *precisamos de conversar*, miserere nobis. *Posso ajudar-te.*

Olhei-o com repugnância.

— O felix culpa, *és maravilhosa quando estás furiosa.* Quae talem ac tanctum, *vai ter comigo ao confessionário*, meruit habere Redemptorem... *depois das Vésperas amanhã.*

Foi tudo e eu voltei para o meu lugar, sentindo-me atordoada e estranha, com o coração a bater descompassado e os fantasmas dos seus dedos adejando ainda como borboletas no meu pescoço.

No final da sessão, estávamos as sessenta e cinco sentadas nos nossos lugares, de cabeças tonsuradas e numa atitude grave. Ainda sentia o rosto a arder e o coração a bater desenfreado, mas disfarcei o melhor que pude e mantive os olhos baixos. Rosamonde e algumas das freiras mais velhas foram obrigadas a trocar as suas *quichenottes* pela touca engomada aprovada pela nova abadessa e assemelhavam-se a um bando de gaivotas na semi-obscuridade. Todas as bugigangas baratas, os anéis, os fios, os pedaços inofensivo de fitas de algodão ou de seda que a nossa antiga Reverenda Madre tinha tolerado tinham desaparecido. A vaidade, dizia-nos LeMerle na sua voz grave, era uma jóia de ouro no focinho do porco e nós tínhamo-nos deixado seduzir por ela. A cruz das Bernardas do nosso hábito devia ser um adorno suficiente, ia dizendo — enquanto a luz se reflectia no seu crucifixo de prata como um pequeno olho malicioso.

Em seguida, depois da bênção comunal e do acto de contrição, que murmurei com as outras, a nova abadessa pôs-se de pé e começou a falar.

— Esta é a primeira das muitas mudanças que tenciono fazer. Hoje será um dia de jejum e de oração para preparação da tarefa que iremos realizar amanhã. — Fez uma pausa, talvez para sentir o impacto de tantos pares de olhos. — A inumação da minha predecessora no local que melhor se lhe ajusta, na nossa cripta.

— Mas nós... — O protesto saiu-me antes de o conseguir refrear.

— Sœur Auguste? — O seu olhar era desdenhoso. — Disse alguma coisa?

— Perdão, *ma mère*. Não devia ter falado. Mas a Reverenda Madre era... uma criatura simples, que não apreciava as... as fanfarras das cerimónias de igreja. Fizemos o que achámos melhor quando a sepultámos. Seria com certeza mais delicado deixá-la agora em paz.

Mère Isabelle cerrou as pequenas mãos.

— Está a dizer-me que é mais *delicado* deixar o corpo dessa mulher num bocado de terreno abandonado? — perguntou. — Pois bem, penso que esse lugar era realmente uma horta ou qualquer coisa do género! O que é que lhes passou pela cabeça?

Não havia nada a ganhar com confrontos.

— Fizemos o que achámos certo naquele momento — respondi humildemente. — Compreendo agora que foi um erro.

Por segundos, Mère Isabelle continuou a olhar para mim com desconfiança. Depois desviou o olhar.

— Devo lembrar que numa zona tão remota do país ainda persistem velhos hábitos e velhas crenças. Não há necessariamente pecado associado a esse equívoco.

Belas palavras. Mas a suspeição perdurava na voz dela e eu sabia que não me perdoava. A segurança da abadia ia-se erodindo a cada minuto que passava. Era a segunda vez que atraía a atenção crítica da nova abadessa. Tinham-me tirado a minha filha. E agora LeMerle prendia-me entre os seus dedos hábeis e descuidados, sabendo porventura que bastaria mais uma acusação — uma insinuação de heresia, uma alusão casual a questões que eu julgava esquecidas — para me sujeitar ao peso da inquisição da Igreja. Tinha de ser depressa. Tinha de partir depressa. Mas nunca sem Fleur.

E por isso aguardei. Dirigimo-nos para a sala de convívio durante algum tempo. Seguiu-se a Hora de Prima e a Terça, com intermináveis cânticos, orações e hinos e LeMerle de olhos postos em mim durante todo o tempo com aquela expressão de benevolência trocista. Em seguida fomos para a sala do capítulo. Na hora que se seguiu foram distribuídas tarefas e estabelecidas com uma precisão militar as horas das orações, os dias de jejum, as regras de decoro, de vestuário e de conduta. A Grande Reforma estava em curso.

Fomos informadas de que a capela ia ser renovada. A maior parte das obras no telhado seriam realizadas por operários laicos, se bem que o interior fosse da nossa responsabilidade. O pessoal laico que até agora tinha executado as tarefas subalternas ia ser dispensado; era indecoroso que tivéssemos criados para fazerem as nossas tarefas enquanto passávamos o tempo na ociosidade. A reconstrução da abadia devia ser agora a nossa principal preocupação e todas nós ficaríamos com encargos adicionais até que estivesse concluída.

Soube com consternação que o nosso tempo livre iria ser reduzido para meia hora após as Completas, que devia ser dedicado à oração e à reflexão, e que as nossas excursões à cidade e ao porto acabavam imediatamente. As minhas lições de latim às noviças também iam ser suspensas. A Mère Isabelle não achava apropriado que as noviças aprendessem latim. Segundo ela, bastava obedecer à Escritura; tudo o mais era perigoso e desnecessário. Foi estabelecida uma escala de serviços que subverteu todas as nossas rotinas habituais. Verifiquei, sem surpresa, que Antoine já não dirigia a cozinha nem as despensas e que a partir de agora o meu jardim de ervas passaria a ser cuidado por estranhos, mas aceitei essa medida igualmente com indiferença, sabendo que a minha permanência na abadia estava a chegar ao fim.

Em seguida vieram as penitências. Nos tempos da Mère Marie, a confissão nunca demorara mais do que poucos minutos; desta vez, arrastou-se por mais de uma hora com Alfonsine a dar o tom.

— Tive pensamentos ímpios em relação à nova Reverenda Madre — murmurou, olhando demoradamente de revés para LeMerle. — Falei sem ser a minha vez, na igreja, quando Sœur Auguste entrou.

Era típico dela, pensei, chamar a atenção para os meus atrasos.

— Que tipo de pensamentos? — disse LeMerle, de olhos cintilantes.

Alfonsine tergiversou sob o olhar dele.

— Foi o que disse Sœur Auguste. Ela é muito nova. Não passa de uma criança. Não deve saber o que fazer.

— Sœur Auguste parece ser muito livre nas suas opiniões — disse LeMerle.

Eu tinha os olhos baixos e não os levantei.

— Eu não devia ter dado ouvidos — disse Alfonsine.

LeMerle não disse nada, mas eu sabia que estava a sorrir.

As restantes foram atrás das palavras de Alfonsine, e a hesitação inicial abriu caminho a uma espécie de ansiedade. Sim, estávamos a confessar os nossos pecados e o pecado era uma ignomínia; mas era também a primeira vez que muitas de nós recebiam atenções não partilhadas. Era penosamente compulsivo, como coçar uma picada de urtiga, e era contagiante.

— Adormeci durante as Vigílias — disse Sœur Piété, uma freira apagada que raramente dirigia a palavra a alguém — Disse uma palavra feia quando trinquei a língua.

— Contemplei-me quando me lavava. Contemplei-me e tive um pensamento perverso — confessou Sœur Clémente.

— Eu roubei um p-pastel de carne da despensa de inverno. — Era Antoine, de rosto ruborizado e gaguejante. — Era uma empada de p-porco e de cebola. Comi-a às escondidas atrás do muro da portaria e provocou-me uma dor de b-barriga.

Germaine foi a seguinte, salmodiando a sua lista — *Gula, Luxúria, Cobiça* — aparentemente ao acaso. Ela, pelo menos, não se tinha deixado deslumbrar por LeMerle. O seu rosto ostentava uma expressão cautelosa e inexpressiva, que reconheci como uma expressão de escárnio. Seguiu-se-lhe Sœur Bénédicte, com um relato lacrimoso de tarefas negligenciadas, e Sœur Pierre, que roubara uma laranja. Cada nova confissão era acompanhada por um crescente murmúrio da assembleia, como que para espicaçar o orador. Sœur Tomasine chorava ao confessar pensamentos lascivos e várias outras freiras choraram por comiseração para com ela. Sœur Alfonsine olhava para LeMerle enquanto Mère Isabelle se mostrava carrancuda e cada vez mais incomodada. Esperava nitidamente mais de nós. E nós, obedientemente, demos-lhe o que ela queria.

À medida que aquela hora se escoava, as confissões foram-se tornando mais elaboradas, mais pormenorizadas. O mais ínfimo fragmento de material era desenterrado para essa ocasião: restos esfarrapados de transgressões passadas, côdeas de pastel roubadas, sonhos eróticos. As que tinham sido as primeiras a confessarem-se achavam agora a sua actuação ofuscada; trocavam-se olhares ressentidos; os murmúrios transformaram-se num rugido abafado.

Era agora a vez de Marguerite avançar. Ao passar, trocou olhares com Alfonsine e eu tive a certeza de que ia haver problema. Fiz o sinal de esconjuração do mal na palma da mão; à minha volta, a expectativa era de tal modo espessa que quase não conseguia respirar. Marguerite olhou assustada o rosto de LeMerle, contorcendo-se como um coelho preso numa armadilha.

— Então? — disse Isabelle, impaciente.

Marguerite abriu a boca e voltou a fechá-la sem dizer palavra. Alfonsine olhava-a com mal dissimulada hostilidade. Então, hesitante e sem desviar os olhos do rosto de LeMerle, começou:

— Sonho com demónios — disse em voz baixa. — Eles infestam os meus sonhos. Falam comigo quando estou deitada na cama.

Tocam-me com os dedos ardentes. Sœur Auguste dá-me mezinhas para dormir, mas mesmo assim os demónios vêm!

— Mezinhas? — Houve uma pausa, durante a qual senti os olhos de Isabelle chisparem penetrantes para o rosto que mantive desviado.

— Uma beberragem para dormir, é só isso — disse eu, ao mesmo tempo que as outras freiras se viravam para mim. — Alfazema e valeriana para lhe acalmar os nervos. É tudo. — Demasiado tarde apercebi-me da tonalidade penetrante da minha voz.

Mère Isabelle colocou a mão na fronte de Marguerite e esboçou um sorriso breve e gelado.

— Pronto, creio que não voltarás a precisar das poções de Sœur Auguste. Agora, eu e o Père Colombin estamos aqui para tomarmos conta de ti. Com penitência e humildade expulsaremos todos os vestígios do mal que te persegue.

Finalmente, virando-se para mim, disse:

— Pois bem, Sœur Auguste. Parece ter qualquer coisa a dizer em relação a quase tudo. Não quer fazer aqui nenhum testemunho?

Sentia o perigo, mas não sabia como evitá-lo.

— Eu... eu acho que não, *ma mère*.

— Como? Nem um? Não há uma transgressão, uma fraqueza, um acto de rudeza, um pensamento perverso? Nem sequer um sonho?

Creio que devia ter inventado qualquer coisa, como as outras. Mas os olhos de LeMerle continuavam fixos em mim e sentia as faces ruborizadas de revolta.

— Eu... perdoe-me, *ma mère*. Não me lembro. Eu... eu não estou habituada a confissões públicas.

Mère Isabelle teve um sorriso de desagrado, singularmente adulto.

— Compreendo — disse. — Sœur Auguste tem direito à sua privacidade. O testemunho público é indigno dela. Os seus pecados ficam entre ela e o Todo-Poderoso. Sœur Auguste fala directamente com Deus.

Alfonsine reprimiu o riso. Clémente e Germaine trocaram um sorriso. Marguerite ergueu piedosamente os olhos para o tecto. A própria Antoine, que ficara cor de beterraba durante a sua confissão, também ostentava um sorriso afectado. Eu sabia que naquele momento todas as freiras que estavam na capela sentiam a mesma ponta de prazer distorcido ante a humilhação de uma das suas. E atrás da Mère Isabelle, LeMerle sorria com o seu sorriso angelical, como se nada daquilo tivesse alguma coisa a ver com ele.

6

♥

21 de Julho de 1610

A minha penitência foi de silêncio. Dois dias de silêncio forçado, com instruções às outras irmãs para denunciarem imediatamente qualquer violação dessa ordem. Não constituiu um castigo para mim. De facto, essa pausa foi bem-vinda. Além disso, a confirmarem-se as minhas suspeitas, eu e Fleur não tardaríamos a partir dali para fora. *Vai ter comigo ao confessionário amanhã depois das Vésperas*, dissera LeMerle. *Posso ajudar-te.*

Ele preparava-se para me entregar Fleur. Que outra coisa podia querer dizer? Por que outra razão correria o risco de um encontro? O coração saltava-me no peito ante essa ideia, pondo de lado todas as cautelas. Não queria saber mais de estratégias. Queria a minha filha. Não havia penitência por mais severa que se pudesse sequer comparar com a dor da sua ausência. Fosse o que fosse que LeMerle quisesse de mim, era bem-vindo.

Alfonsine, a eterna mexeriqueira, a quem fora dada a mesma penitência que a mim, estava muito mais perturbada, assumindo uma expressão de profunda contrição em que, para seu pesar, ninguém parecia reparar. A tosse piorara nos últimos tempos e na véspera recusara a comida. Eu reconhecia os sinais e esperava que esse fervor renovado não provocasse um dos seus ataques. Marguerite ficou encarregada do relógio, durante um mês, a fim de curar as suas aparições nocturnas; a partir daquele momento, era ela que tocava o sino para as Vigílias, dormindo sozinha numa cama-armário suspensa por cordas no campanário e acordando de hora a hora para tocar as horas. Duvidava que aquilo funcionasse, mas Marguerite mostrava-se exaltada com o castigo que lhe fora imposto — apesar de o seu tique se ter agravado e de ter surgido uma maior rigidez no seu lado esquerdo que a fazia coxear ao andar.

Nunca tinha havido tantas penitências. Como se mais de metade das irmãs estivessem submetidas a uma espécie de disciplina, desde o jejum de Antoine — uma verdadeira penitência para ela — e transferência para a casa do forno super-aquecida até à tarefa atribuída a Germaine de cavar as novas latrinas.

Gerava-se um estranho clima de segregação entre as virtuosas e as penitentes. Reparei que Sœur Tomasine me olhava com uma expressão de desdém quando passei por ela no corredor e Clémence fez tudo o que pôde na tentativa de que os seus insultos me obrigassem a falar, mas sem êxito.

O dia de hoje passou com uma terrível lentidão. Entre os serviços religiosos, passei duas horas no refeitório, a lavar as paredes desbotadas e a esfregar o chão escorregadio por causa das manchas de gordura. Depois ajudei nas reparações da capela, passando silenciosamente baldes de argamassa aos operários bem-dispostos e de tronco nu que estavam em cima do telhado. Depois vieram as orações na faixa de terra plantada de batatas, com LeMerle a entoar, com incenso e solenidade, os ritos funerários que a pobre Reverenda Madre nunca tinha recebido, enquanto eu, Germaine, Tomasine e Berthe executávamos a tarefa desagradável de abrir a sepultura recente.

Ainda não era meio-dia, mas o sol já estava quente, o ar crepitante de calor quando nos dirigimos, com pás e enxadas, para a sepultura. Não tardou muito que começássemos a transpirar. Aqui, a terra é seca e arenosa, esbranquiçada à superfície, mas avermelhada a maior profundidade. A terra pouco húmida agarrava-se à mortalha e às nossas túnicas ao limparmos a areia do corpo. Era uma tarefa simples, desde que se tivesse estômago para aguentar; a terra ainda não tivera tempo suficiente para assentar e estava bastante solta para ser retirada à pá. O corpo tinha sido sepultado envolto num lençol, que apresentava manchas escuras nos pontos onde estava em contacto com o cadáver, pelo que eram claramente visíveis no pano macio as marcas da cabeça, das costelas, dos cotovelos e dos pés. Sœur Tomasine estremeceu ao vê-lo, mas eu já vi demasiados cadáveres para me deixar impressionar e inclinei-me para lhe pegar, com cuidado e com toda a reverência que consegui reunir. A Mère Marie era mais pesada do que fora em vida, por causa da terra que tinha agarrada, e eu debatia-me para a levantar com dignidade, puxando-a pelos ombros, embora o fardo me parecesse singularmente quebradiço, como um pedaço madeira à deriva arremessado para a praia e meio enterrado na areia. A mortalha estava muito manchada na parte de trás, com o contorno da coluna vertebral e das vértebras claramente definido, e quando a icei da sua sepultura não consagrada descobri uma mancha de escaravelhos castanhos que se enterraram na areia, com um som efervescente de chumbo quente mal a luz do sol os atingiu. Ao ver as criaturas, Berthe soltou um grito abafado e frouxo e quase deixou cair a extremidade do corpo que segurava. Mais escaravelhos corriam-lhe pela manga, descendo para a cova. Vi Alfonsine a olhar num misto de fascínio e terror. Apenas Germaine se mostrava impassível e ajudou-me a guindar o corpo da vala, com o rosto coberto de cicatrizes imperturbável, e os ombros de atleta tensos. Havia um leve cheiro seco a terra e a cinzas, a princípio não muito desagradável, mas quando virámos a Reverenda Madre de borco, o cheiro nauseabundo atingiu-nos em cheio, um sopro terrível de carne de porco estragada e de excrementos.

Retive a respiração e tentei reprimir os vómitos, mas em vão. Corriam-me lágrimas dos olhos e estava completamente empapada em suor. Germaine levantara uma ponta do véu para tapar a boca, mas não chegava e eu via a angústia no seu rosto ao levantar o corpo até à altura dos ombros.

Avistei à distância a Mère Isabelle que nos observava, com um lenço impecavelmente branco a tapar-lhe as narinas. Não posso garantir se sorria, mas os olhos pareciam inusitadamente brilhantes e o rosto afogueado não só pelo calor.

Creio que era de satisfação.

Enterrámos a Reverenda Madre no ossário na parte de trás da cripta, numa das muitas sepulturas estreitas abandonadas pelos frades dominicanos. Assemelham-se de certo modo a fornos de pedra para pão, cada uma com uma lápide a tapar a entrada e algumas tinham números, nomes e inscrições em latim. Reparei que algumas lajes estavam partidas e tentei não olhar lá para dentro. Havia pó e areia por todo o lado e um cheiro húmido e bafiento. Sabia que a Mère Marie não se importaria nada com isso, mas o problema já não era meu.

Depois da breve cerimónia, as irmãs subiram à capela e eu fiquei para selar a cripta funerária. Havia uma vela no chão de terra para iluminar o meu trabalho e um balde com argamassa e uma colher de trolha ao meu lado. Ouvia por cima da minha cabeça as irmãs a cantarem um hino. Começava a sentir-me ligeiramente aturdida; as noites insones, o calor do meio-dia, o cheiro pestilento, a súbita frialdade da cripta, tudo combinado com o jejum desse dia criava uma espécie de entorpecimento sombrio. Estendi o braço para pegar na ferramenta mas caiu-me da mão e percebi que estava prestes a desmaiar. Encostei a cabeça à parede para não cair, aspirei o cheiro a salitre e a pedra porosa e, por instantes, vi-me transportada de novo para Epinal e senti-me gelar com um medo súbito.

Nesse momento, uma corrente de ar dos subterrâneos apagou a vela, deixando-me às escuras. Um pânico terrível apossava-se de mim. Tinha de sair dali. Sentia a escuridão empurrar-me, a freira morta que sorria na sua cavidade e outros mortos, os frades dominicanos, maliciosos nas suas cinzas, estendendo para mim os dedos descarnados... Tinha de sair dali!

Dei um passo cambaleante no escuro e tropecei no balde de argamassa. O ossário parecia escancarar-se à minha volta; já não podia tocar nas paredes. Sentia uma necessidade demente de rir, de gritar. Tinha de sair dali! Caí, com imenso estampido, batendo com a cabeça contra uma esquina de pedra que me deixou meio atordoada, com rosas negras a florirem por detrás das pálpebras. A litania chegou ao fim.

Alfonsine foi a primeira a chegar ao pé de mim. Nessa altura o pânico inusitado desaparecera e estava sentada, ainda aturdida, com a mão na têmpora ferida. A luz da vela dela mostrava como afinal a cripta era de facto pequena, pouco maior do que um guarda-louça com as pequenas celas e as abóbadas baixas, que eliminavam a ilusão de espaço. No rosto dela apenas sobressaíam os olhos.

— Sœur Auguste? — A voz soou áspera. — Sœur Auguste, está bem? — No meio da sua ansiedade, esquecera a nossa penitência de silêncio.

Eu devia estar mais afectada do que imaginava. Por momentos, o nome com que se me dirigiu não significava nada. Mesmo o seu rosto não significava nada e as feições por detrás da mancha difusa da luz da vela eram as de uma estranha.

— Quem é? — perguntei.

— Ela não me conhece! — A voz era desagradavelmente esganiçada. — Sœur Auguste, não se mexa. Vou já pedir ajuda.

— Está tudo bem, Alfonsine — disse eu. O nome ocorreu-me tão depressa como se esvanecera e, com ele, a cautela de anos. — Devo ter tropeçado numa laje partida. A vela apagou-se e fiquei atordoada durante instantes.

Mas as minhas palavras chegavam demasiado tarde. As convulsões dos últimos dias, a escuridão do ossário, a exumação, a cerimónia e agora esta nova agitação — Alfonsine sempre fora mais susceptível a estas coisas do que as outras. Além disso, Sœur Marguerite roubara-lhe a cena na véspera com as suas visões de demónios...

— *Sentiste aquilo?* — segredou Alfonsine.

— Senti o quê?

— Chiu! — Baixou a voz até não ser mais do que um murmúrio. — Uma espécie de vento frio.

— Não senti nada. — Pus-me de pé com dificuldade. — Ouve. Dá-me o teu braço.

Estremeceu quando lhe toquei.

— Estiveste aqui em baixo muito tempo. Que aconteceu?

— Nada. Já te disse. Senti-me desmaiar.

— Não sentiste... uma *presença*?

— Não. — Via várias irmãs a espreitar para o interior da cripta, os rostos confusos sob a luz incerta. Sentia os dedos de Alfonsine frios nos meus. Tinha os olhos fixos num ponto atrás de mim. Com um aperto no coração, reconheci os sinais.

— Escuta, Alfonsine... — comecei a dizer.

— Eu senti-a. — Começava a tremer. — Trespassou-me. Era fria. Fria!

— Está bem. — Concordei apenas para a obrigar a mexer-se. — Talvez houvesse qualquer coisa. Não interessa. Agora, anda!

Tinha reprimido a sua excitação. Lançou-me um olhar ressentido e senti uma súbita ponta de contentamento. Pobre Alfonsine. Era uma crueldade privá-la da sua deixa. Desde a morte da Reverenda Madre tem-se revelado mais viva do que nunca nos últimos cinco anos. É o lado *teatral* das situações que a excita: a tonsura do cabelo, as penitências, as confissões públicas. Mas por cada representação há um preço a pagar. Tosse mais do que nunca, tem os olhos febris e tem dormido quase tão mal como eu. Ouço-a no cubículo contíguo ao meu, a murmurar ao ritmo da oração ou de uma maldição, às vezes lamuriando-se e chorando, mas quase sempre a mesma repetição suave como uma litania repetidas tantas vezes que as palavras quase perderam todo o seu sentido original.

Mon père... Mon père...

Tive praticamente que a carregar pelas escadas do ossário. De repente, ficou hirta.

— Virgem Santa! O silêncio! *A penitência!*

Fiz-lhe sinal para que se calasse, furiosa. Mas demasiado tarde. Estávamos rodeadas de irmãs, sem saberem se deviam falar connosco ou não. LeMerle mantinha-se à distância. Esta cena era em sua intenção e ele sabia-o. Mère Isabelle estava ao lado dele, observando-nos de lábios levemente entreabertos. Era o que ela queria, pensei furiosa. Era disto que ela estava à espera.

— Mère — berrava Alfonsine, caindo de joelhos no chão do transepto. — Mère, peço perdão. Dê-me outra penitência, uma *centena* de penitências se assim entender, mas por favor perdoe-me!

— Que aconteceu? — rosnou Isabelle. — O que é que Sœur Auguste disse que te fez quebrar o teu voto de silêncio?

— Mãe de Deus! — Alfonsine tentava ganhar tempo. Percebia-o na voz dela, quando tomou consciência do seu público. — Senti aquilo na cripta, *ma mère*! Sentimos ambas! Sentimos a sua respiração gelada! — A pele dela estava gelada como que em reacção. Quase podia sentir-me a gelar num gesto de empatia.

— *O que é* que sentiram?

— Não foi nada. — A última coisa que eu queria era chamar as atenções indesejadas, mas não podia permitir que aquilo passasse assim. — Uma corrente de ar na galeria subterrânea, foi tudo. Ela está com os nervos em franja. Ela está sempre...

— Silêncio! — rosnou Isabelle. Voltou-se de novo para Alfonsine e sussurrou: — *O que é* que tu sentiste?

— O Demónio, *ma mère*. Senti a sua presença como um vento gélido. — Alfonsine olhou para mim e pareceu-me ler satisfação no seu rosto. — Um vento gélido.

Isabelle olhou para mim e encolhi os ombros.

— Uma corrente de ar dos subterrâneos — repeti. — Apagou-me a vela.

— Eu sei o que senti! — Alfonsine estava outra vez a tremer. — E tu também sentiste, Auguste! Tu própria mo disseste! — O seu rosto teve uma convulsão e tossiu duas vezes. — Trespassou-me, digo-vos eu, o Demónio entrou *dentro* de mim e... — Estava quase sufocada, agarrada à garganta. — Ainda aqui está! — Ouvia-a gritar. — *Ainda aqui está!* — Depois caiu para o chão, agitada por convulsões.

— Segurem-na! — gritou Mère Isabelle, perdendo um pouco da sua compostura.

Mas ninguém conseguia segurar Alfonsine. Mordia, cuspia, guinchava, esperneava impudicamente, redobrando os ataques sempre que me aproximava. Foram precisas três de nós — Germaine, Marguerite e uma freira surda chamada Sœur Clothilde — para a segurar, para lhe manter a boca aberta para evitar que engolisse a língua, e mesmo assim continuava a gritar até que, finalmente, o Père Colombin se abeirou para a abençoar e ela ficou rígida e inerte contra ele.

Nessa altura, Isabelle virou-se para mim.

— O que é que ela quis dizer com o «ainda aqui está»?
— Não sei.
— Que aconteceu na cripta?
— A minha vela apagou-se. Tropecei e caí.
— E Sœur Alfonsine?
— Não sei.
— Ela diz que sabes.

— Não posso fazer nada — respondi. — Ela inventa coisas. Gosta de chamar as atenções. Pergunte a quem quiser.

Mas Isabelle estava longe de se mostrar satisfeita.

— Ela estava a tentar dizer-me qualquer coisa — insistia. — Tu interrompeste-a. O que é que ela...

— Por amor de Deus, isto não pode esperar? — Quase tinha esquecido LeMerle, habilidosamente colocado numa fortuita nesga de luz, com Sœur Alfonsine arquejante como um peixe encalhado, nos seus braços. — Para já temos de levar esta pobre mulher para a enfermaria. Presumo que terei a vossa autorização para lhe retirar a penitência? — Mère Isabelle hesitou, sem desviar os olhos de mim. — Ou talvez prefira discutir o assunto quando achar conveniente?

Isabelle corou levemente.

— O assunto tem de ser investigado e resolvido — respondeu.

— Certamente. Quando Sœur Alfonsine estiver em condições de falar.

— E Sœur Auguste?

— Talvez amanhã.

— Mas *mon père*...

— Amanhã no capítulo saberemos mais. Tenho a certeza de que concorda que não seria apropriado agir com precipitação.

Houve um longo silêncio.

— Assim seja. Amanhã, então. No capítulo.

Olhei para ele e vi os seus olhos fixos em mim, brilhantes e inquietantes. Por um fugaz instante cheguei a interrogar-me se ele não saberia o que ia acontecer na cripta, se não tinha arranjado as coisas de modo a colocar-me mais ainda sob o seu poder... Nessa altura, era capaz de acreditar qualquer coisa em relação a ele. LeMerle era misterioso e inquietante. E conhecia-me demasiado bem.

Mas, independentemente de o ter planeado ou não, aquilo fora uma demonstração. LeMerle demonstrara-me que, sem ele, eu estava desamparada e a minha segurança era tão arriscada como uma corda gasta. Quisesse ou não, precisava da sua ajuda. E o *Melro*, sabia-o de há muito, nunca vendia baratos os seus favores.

7

♠

21 de Julho de 1610

— Abençoe-me, padre, porque pequei.
Finalmente. A confissão. Que sensação extraordinária tê-la assim cativa, a minha rapariga bravia, a minha ave de rapina. Sinto os olhos dela fixos em mim por detrás da grade e por breves instantes, perturbadores, sou eu que estou prisioneiro. É uma sensação curiosa. Ouço a sua respiração acelerada, adivinho a enorme força de vontade para não levantar a voz ao pronunciar as palavras rituais. A luz filtrada pela janela por cima de nós penetra difusamente no confessionário, tingindo-lhe o rosto com um padrão de arlequim de losangos pretos e rosa.

— Eis a minha Donzela Alada, a renunciar às suas asas em troca de outras mais brancas no Céu.

Não estou habituado a este tipo de intimidades, à exposição casual do confessionário. Deixa-me impaciente — o meu espírito vagueia por caminhos luxuriantes que era preferível esquecer. Ela se calhar sabe-o; o seu silêncio é o silêncio de um confessor e não de uma penitente. Sinto-o, arrancando-me palavras imprudentes que não tinha a intenção de proferir.

— Suponho que ainda estás zangada comigo por causa daquela história. — Silêncio. — Aquele episódio em Epinal.

Desviou o rosto da grade e a escuridão fala por ela, vazia e insistente. Sinto os olhos dela fixos em mim, como ferros. Durante trinta segundos sinto o calor desses olhos. Depois ela verga, como eu sabia que iria acontecer.

— Quero a minha filha.

Óptimo. É de facto uma fraqueza, no jogo dela; ela tem sorte de não jogarmos a dinheiro.

— Vejo-me forçado a permanecer aqui durante algum tempo — respondo. — Não posso correr o risco da tua partida.

— Porquê? — Há agora uma entoação agreste na voz dela, que me diverte. Posso negociar com a sua raiva. Posso usá-la. Suavemente, alimento a chama.

— Tens de confiar em mim. Não te atraiçoei, pois não?

Silêncio. Sei que está a pensar em Epinal.

— Quero Fleur — insiste, obstinada.

— É assim que se chama? Podias vê-la todos os dias. Gostavas de vê-la? — Manhosamente: — Ela deve sentir a falta da mãe, pobrezinha.

Nesse momento vacila… e o jogo é meu.

— O que é que tu queres, LeMerle?

— O teu silêncio. A tua lealdade.

Aquele som era demasiado áspero para se confundir com riso.

— Estás louco? Tenho de fugir daqui, como já percebeste.

— Impossível. Não posso permitir que estragues tudo.

— Estragar o quê? — Demasiado rápido, LeMerle. Demasiado rápido. — Aqui não há nenhuma fortuna à tua espera. Qual é o teu jogo?

Oh, Juliette. Se ao menos eu te pudesse dizer. Tenho a certeza que aprovarias. És a única pessoa que aprovaria.

— Mais tarde, avezinha. Mais tarde. Vai a minha casa esta noite, depois das Completas. Consegues sair do dormitório sem darem por isso?

— Sim.

— Óptimo. Até logo, Juliette.

— E Fleur?

— Até logo.

Ela veio ter comigo pouco depois da meia-noite. Eu estava sentado à secretária com um exemplar da *Política* de Aristóteles quando ouvi a porta abrir-se com um clique suave. A luz da única vela captou a sua camisa e o louro acobreado dos cabelos rapados.

— Juliette.
Tinha despido o hábito e o véu. Deixou-os no dormitório, certamente para evitar levantar suspeitas. Com o cabelo cortado muito curto, parecia um belo rapazinho. Da próxima vez que dançarmos os clássicos, ofereço-lhe o papel de Ganimedes ou de Jacinto. Ela não falou nem sorriu e a aragem fria da porta aberta insinuou-se, invisível, por entre os seus tornozelos.

— Entra. — Pousei o livro e puxei uma cadeira, que ela ignorou.

— Acho que seria mais apropriado para ti estudares algumas obras instrutivas — disse. — Maquiavel, talvez, ou Rabelais. O teu lema, agora, não é *Faz o que te apraz*?

— Bate o teu *Será feita a tua vontade* — respondi, com um sorriso trocista. — Além do mais, desde quando é que estás em situação de pregar moral? És tão impostora quanto eu.

— Não o nego. Mas independentemente de tudo o que eu possa ter feito, sempre permaneci verdadeira comigo própria. E jamais atraiçoei um amigo.

Com esforço, reprimi uma resposta incisiva. Ela tinha-me acertado no ponto sensível. Sempre fora perita nisso.

— Por favor, Juliette. Teremos de ser inimigos? Olha. — Apontei uma garrafa de cristal lapidado na estante ao lado da secretária, — Um cálice de Madeira.

Abanou a cabeça.

— Então, come qualquer coisa. Fruta e bolo de mel.

Silêncio. Eu sabia que ela tinha passado o dia em jejum, mas permaneceu imóvel. O rosto dela parecia uma máscara, perfeito. Só os olhos chispavam. Estendi a mão para lhe tocar o rosto. Nunca consegui resistir a brincar com o fogo. Mesmo em criança eram os jogos perigosos que me atraíam: andar na corda bamba com um nó corredio à volta do pescoço, deitar fogo aos ninhos de vespas, fazer malabarismos com facas, nadar nos rápidos. Le Borgne chamava-lhe a caça aos tigres e troçava de mim. Mas se não houver risco na presa, qual é o prazer da caçada?

— Não mudaste — comentei, sorrindo. — Basta um falso movimento e arrancas-me os olhos. Admite isto.

— Vamos ao que interessa, LeMerle.

Sentia a pele macia sob a minha mão. Dos cabelos rapados desprendia-se o aroma subtil a alfazema. Deixei que os dedos deslizassem até ao seu ombro nu.

— Então é *isso*? — disse, desdenhosa. — É isso o que tu queres?

Afastei a mão, irritado.

— Continuas tão desconfiada, Juliette? Não percebes o que eu estou a arriscar aqui? Não se trata de um jogo vulgar. É um plano tão ousado e ambicioso que até eu... — Ela suspirou, reprimindo um bocejo com os dedos. Calei-me, magoado. — Estou a ver que achas a minha explicação enfadonha.

— De modo algum. — A sua inflexão era uma imitação precisa da minha. — Mas é tarde. E eu quero a minha filha.

— A antiga Juliette teria compreendido.

— A antiga Juliette morreu em Epinal.

Aquilo magoou-me, embora já estivesse à espera.

— Não sabes nada do que aconteceu em Epinal. Apesar do que sabes, posso estar totalmente inocente.

— Como queiras.

— Alguma vez pensaste que eu era um santo? — Não consegui disfarçar uma ponta de irritação na minha voz. — Eu sabia que tu havias de conseguir safar-te; se não conseguisses, eu arranjaria maneira. Um esquema qualquer. — Ela aguardava educadamente, com os olhos desviados, com um pé virado para fora numa pose de bailarina. — Eles estavam demasiado próximos, raios. Já os tinha enganado uma vez e agora andavam atrás de mim. Sentia que a sorte me estava a abandonar. Tive medo. E o anão sabia. Foi Le Borgne quem açulou os cães atrás de mim, Juliette. Só podia ter sido ele. De qualquer modo, ele estava preparado para trocar os vossos pescoços pelo dele, o patife, e para me desferir um golpe sujo com uma faca envenenada. O quê, pensaste que te tinha abandonado? Eu teria voltado atrás para te buscar se tivesse podido. Mas acontece que estive metido numa vala, doente e ferido, durante dias depois da tua fuga. Talvez te tenhas sentido melindrada. Ou furiosa. Mas não me venhas dizer que precisavas de mim. Nunca precisaste.

Devo ter parecido convincente — de facto, quase me convenci a mim próprio. A sua voz, porém, não denunciava nada quando repetiu:

— Quero a Fleur.

Mais uma vez, reprimi a minha irritação. Tinha um sabor metálico, como uma moeda falsa.

— Por favor, Juliette. Já te disse. Amanhã posso deixar-te ver Fleur. Não a podes trazer para cá, pelo menos por enquanto, mas posso arranjar as coisas. Tudo o que te peço em troca são umas tréguas. E um favor. Um pequeno favor.

Ela deu uns passos na minha direcção e pousou as mãos nos meus ombros. Voltei a aspirar o perfume de alfazema que se desprendia das pregas da camisa.

— Não, não é isso.

— O quê, então?

— Uma brincadeira. Uma partida. Vais-te divertir.

Hesitou.

— Porquê? — perguntou por fim. — Que fazes aqui? O que é que nós temos aqui que te possa interessar?

Ri-me.

— Há pouco não querias saber.

— Nem quero. Quero a minha filha.

— Muito bem. Então porque perguntas?

Encolheu os ombros.

— Não sei.

Não me consegues enganar, Juliette. Tu preocupas-te com estas desgraçadas, acobardadas no seu obscurantismo. Agora são a tua família, como em tempos nós no *Thèâtre des Cieux*. Devo dizer que são uns míseros substitutos, mas cada um tem o que merece.

— Chama-lhe jogo, se quiseres — respondi. — Sempre desejei representar o papel de sacerdote. Toma. — Estendi-lhe as pastilhas de tinta corante. — Não sujes as mãos.

Olhou para mim, desconfiada.

— Que queres que faça com isto?

Expliquei-lhe.

— E depois posso ver Fleur?

— Logo de manhã.

De repente desejava que se fosse embora. Estava cansado e começava a doer-me a cabeça.

— Tens a certeza que isto é inofensivo? Não vai prejudicar ninguém?

— Claro que não. — Não era exactamente assim.
Olhou de novo para as pastilhas que segurava na mão.
— E é só isto... esta coisita?
Assenti com a cabeça.
— Quero ouvir-te dizer, LeMerle.
Sabia que ela queria acreditar em mim. Está na sua natureza ser assim, tal como está na minha enganar. O culpado foi Deus, que me fez assim. Adocei a voz quando lhe rodeei os ombros com o braço e, desta vez, ela não estremeceu nem vacilou.
— Confia em mim, Juliette — murmurei.
Até amanhã.

8

♥

22 de Julho de 1610

Regressei à abadia a toda a pressa. Não estava muito escuro; um estilhaço de lua iluminava o céu e o brilho das estrelas projectava sombras no caminho do outro lado da casa da portaria. Ao longe, mesmo por cima da linha difusa do mar, avistei um banco de nuvens mais escuras do que o céu. Talvez fosse chover. Quando entrei no dormitório, agucei os ouvidos à escuta de qualquer som de respiração vigilante, mas não ouvi nada.

Em cinco anos familiarizei-me com os ruídos da respiração das minhas companheiras. Conheço os movimentos descuidados dos braços e das pernas por baixo dos cobertores grosseiros, os seus hábitos nocturnos, os suspiros e lamúrias dos seus sonhos. Passei por Sœur Tomasine, a primeira a seguir à porta, que ressonava alto, emitindo uma espécie de silvo. Em seguida, Sœur Bénédicte, sempre deitada de bruços com os braços esticados. Depois Piété, tão afectada a dormir como acordada; e logo depois Germaine, Clémente e Marguerite. Necessitava de toda a minha agilidade de bailarina para passar sem a alertar; apesar disso, agitou-se quando passei, com uma mão estendida numa súplica ávida e cega. A seguir, o cubículo vazio de Alfonsine e, em frente, o de Antoine, de mãos postas recatadamente sobre o peito. A sua respiração era leve e tranquila. Estaria acordada? Não deu qualquer sinal. Mas parecia demasiado quieta, demasiado imóvel, com os membros dispostos com mais dignidade e graciosidade do que o sono geralmente permite.

Não havia nada a fazer. Se estava acordada, apenas me restava esperar que não suspeitasse de nada. Enfiei-me na cama e o roçagar da minha pele no cobertor sobrepôs-se aos ruídos da respiração. Quando me virei para a parede para dormir ouvi Antoine ressonar alto e o meu receio desvaneceu-se em parte, mas ao mesmo tempo ocorreu-me que o som soava a falso, demasiado estudado, demasiado perfeito na sua oportunidade. Resolutamente, fechei os olhos. Não importava. Nada importava a não ser Fleur. Nem Antoine, nem Alfonsine — nem sequer LeMerle, agora sozinho no seu pequeno gabinete rodeado de livros. E, no entanto, foi LeMerle e não a minha filha que me perseguiu nos meus sonhos. Não me interessavam nada os seus jogos, disse para mim mesma quando o sono se abateu sobre mim. Apesar disso, sonhei com ele, postado na margem distante de um rio caudaloso, com os braços estendidos, chamando-me por sobre o rugido das águas sem que eu conseguisse distinguir as suas palavras.

Acordei com o rosto banhado em lágrimas. O sino para as Vigílias estava a tocar e Sœur Marguerite estava parada aos pés da minha cama com uma tocha na mão. Murmurei o habitual *Louvado seja!* e levantei-me num ápice, tacteando entre o colchão e a cama à procura das pastilhas de tinta que LeMerle me tinha dado, embrulhadas num bocado de pano para que os dedos manchados não me denunciassem. Sabia que seria fácil dispor das pastilhas seguindo as instruções que me tinham sido dadas. Feito isso, iria ver a minha filha.

Mesmo assim hesitava. Peguei no pequeno embrulho e cheirei-o. Tinha um cheiro adocicado e resinoso e, através do tecido, podia detectar o aroma de goma arábica e do pigmento escarlate que Giordano chamava sangue-de-dragão. Havia mais qualquer coisa — qualquer coisa picante como gengibre ou semente de anis. Tinha-me prometido que era inofensivo.

LeMerle não apareceu nas Vigílias, nem nas Matinas, nem na Hora de Prima. Fez finalmente a sua aparição na sala do capítulo, mas informou que tinha de tratar de uns negócios em Barbâtre e escolheu duas irmãs — ao acaso, ou assim pareceu — para o acompanharem. Eu fui uma. Antoine a outra.

Enquanto o Père Colombin se dirigia ao capítulo e Antoine se ocupava das galinhas e dos patos na capoeira, eu fui buscar o cavalo de LeMerle para a viagem até Barbâtre. Claro que eu e Antoine iríamos a pé, mas o novo confessor iria a cavalo como competia ao seu nobre estatuto. Escovei os flancos pintalgados do animal e prendi as correias da sela enquanto Antoine dava de comer aos outros animais — uma mula, dois póneis e meia dúzia de vacas — tirando o feno das manjedouras nas traseiras do celeiro. Passou mais de uma hora até LeMerle vir ter connosco e reparei que tinha substituído as vestes eclesiásticas pelos calções e botas mais adequados para montar. Usava um chapéu de abas largas para lhe proteger os olhos do sol e assim vestido assemelhava-se tanto ao *Melro* dos velhos tempos que o meu coração saltou.

Era dia de mercado e explicou-nos, quando nos pusemos a caminho, que queria que comprássemos alguma comida e lhe fizéssemos uns recados. Os olhos de Antoine iluminaram-se quando ele mencionou o mercado, mas eu mantive os meus prudentemente baixos. Perguntava-me que favor Antoine teria prestado — ou viria a ter de prestar — em troca desta saída ou se teria sido escolhida por mero acaso. Talvez o divertisse o simples facto de ver a gorda freira a transpirar e a debater-se na poeira do caminho à ilharga do seu cavalo. Em qualquer dos casos, não era importante. Em breve ia ver Fleur.

Avançávamos mais devagar do que o meu coração acelerado desejava, mas apesar disso Antoine sofria com o calor. Eu estava mais habituada a caminhar e embora carregasse às costas um pesado cesto com batatas para vender no mercado, não sentia cansaço. O sol ia alto e dardejava quando chegámos a Barbâtre e o porto e a praça já estavam apinhados de feirantes. Os vendedores acorrem de toda a parte da ilha, às vezes até do continente quando a passagem está livre e hoje estava; no porto, a maré estava na vazante e o local cheio de gente tumultuosa e barulhenta.

Mal entrámos na rua principal, amarrámos o cavalo junto de um bebedouro, Antoine afastou-se de cesto na mão para fazer os recados e eu segui LeMerle no meio da multidão.

O mercado estava em bulício há algum tempo. Sentia o cheiro a carne assada e a empadas, a feno, a peixe, a artigos de couro e o aroma intenso a bosta fresca. Uma carroça quase obstruía a passagem enquanto dois homens descarregavam grades com frangos para a estrada. Pescadores descarregavam potes de lagostas e caixotes de peixe dos seus barcos. Um grupo de mulheres tratava das redes, desembaraçando-as de algas e reparando as malhas rotas. Crianças escarranchadas no muro do adro da igreja olhavam boquiabertas os transeuntes. O ar fedia e crepitava de moscas. O barulho era ensurdecedor. Depois de cinco anos de quase reclusão desabituara-me das multidões, das gritarias, destes cheiros. Havia gente de mais; demasiados pregoeiros, bufarinheiros, mexeriqueiros e panfletários. Um homem perneta atrás de uma mesa com pilhas de tomates, de cebolas e de beringelas reluzentes piscou o olho e fez um comentário obsceno à minha passagem. Os clientes apertavam os narizes enquanto faziam fila na tenda de um talhante, com uma mancha púrpura de moscas e uma mancha negra de sangue coalhado. Um mendigo sem pernas e só com um braço estava sentado em cima de um cobertor esfarrapado; do outro lado, um tocador de gaita-de--foles tocava enquanto uma rapariguinha andrajosa vendia pacotes de sais de ervas, que carregava no dorso de uma pequena cabra castanha. Velhas sentadas em círculo faziam renda com incrível destreza, com as cabeças grisalhas quase a tocar os trabalhos enquanto os dedos mirrados dançavam e revolteavam. Que belas carteiristas não dariam elas! Perdi a compostura no meio da turbamulta; detive-me junto de um vendedor de folhetos, que vendia relatos ilustrados da execução de François Ravaillac, o assassino de Henri, e uma mulher gorda e grosseira com um tabuleiro de pastéis tentou empurrar-me para passar. Um dos pastéis caiu ao chão, abrindo-se numa explosão surpreendente de bagas vermelhas. A mulher gorda virou-se para mim, protestando e eu estuguei o passo, com o rosto a arder.

Foi então que vi Fleur. Espantoso que não tivesse reparado nela antes. A menos de três metros de mim, com a cabeça levemente inclinada, uma touca suja a cobrir-lhe os caracóis e um avental demasiado grande atado à volta da cintura. O seu rosto tinha uma expressão de descontentamento infantil e tinha as mãos e os braços sujos dos desperdícios do carro de peixe atrás do qual se encontrava. O meu primeiro instinto foi gritar pelo nome dela, correr para ela e apertá-la nos braços, mas abstive-me de o fazer por prudência.

Olhei para LeMerle, que voltara a aparecer a meu lado e me observava atentamente.

— Que é isto? — perguntei.

— Pediste-me para a ver, não pediste? — disse, com um encolher de ombros.

Ao lado de Fleur estava uma mulher com ar enxovalhado. Também usava um avental e mangas falsas para se proteger da mercadoria fedorenta exposta. Enquanto eu olhava, uma mulher apontou para o peixe que queria e a mulher desmazelada estendeu-o a Fleur para lhe tirar as tripas. Franziu a cara quando enfiou a lâmina curta na barriga do peixe, mas surpreendeu-me a destreza da minha filha numa tarefa a que não estava habituada. Envolvia-lhe a mão uma ligadura suja e gordurosa de restos de peixe. Talvez não tivesse sido sempre tão destra.

— Por amor de Deus, ela tem cinco anos! Por que raio a obrigam a fazer aquele tipo de trabalho?

LeMerle abanou a cabeça.

— Sê razoável. A criança tem de pagar o seu sustento. Eles têm uma família numerosa. Mais uma boca para alimentar não é fácil para um pescador.

Um pescador! Portanto Antoine tinha razão quanto a isso. Olhei para a mulher, tentando descobrir se já a tinha visto antes. Calculei que talvez fosse de Noirs Moustiers; tinha ar de ser de lá. Por outro lado, podia ser igualmente de Pornic ou de Fromentine; ou até de Le Devin ou de uma das ilhas mais pequenas.

LeMerle viu-me a observar.

— Não te preocupes — disse, secamente. — Ela é bem tratada.

— Onde?

— Confia em mim.

Não respondi. Os meus olhos registavam todos os pormenores da transformação da minha filha e cada um provocava-me um novo tipo de dor. As faces atormentadas, de que haviam desaparecido as rosetas. O cabelo escorrido por baixo da touca sebenta. E o vestido não era o que usava na abadia, mas um fato de lã castanho e grosseiro de outra criança. E o rosto dela — o rosto de uma criança sem mãe.

Virei-me para LeMerle.

— Que queres?

— Já te respondi. O teu silêncio. A tua lealdade.

— Podes contar com eles. Prometo. — A minha voz começava a subir de tom e eu sentia-me incapaz de parar. — Prometi-te a noite passada.

— Não tinhas essa intenção, a noite passada — disse ele. — E tu sabes.

— Quero falar com ela. Quero levá-la comigo!

— Não posso deixar, lamento. Pelo menos por enquanto. Só quando eu tiver a certeza de que não pegas na criança e desapareces. — Deve ter lido nos meus olhos o desejo de o matar, porque sorriu. — E para o caso de estares com ideias, há instruções precisas para serem cumpridas se me acontecer qualquer desastre — acrescentou. — Instruções *muito* precisas.

Amenizei o olhar com algum esforço.

— Deixa-me falar com ela, então. Só por instantes. Por favor, Guy.

Foi mais difícil do que eu esperava. LeMerle avisara-me que se eu levantasse qualquer suspeita ou desconfiança, talvez não voltasse a ter mais oportunidades de ver Fleur. Mas eu tinha de correr esse risco. Avancei devagar, reprimindo a minha impaciência, através da multidão em direcção à carroça do peixe. Tinha uma mulher de cada lado, uma pedindo cinquenta salmonetes, e a outra trocando receitas com a peixeira. Atrás de mim, acotovelavam-se mais clientes. Fleur ergueu os olhos para mim e por instantes pensei que não me tinha reconhecido. Depois o seu rosto iluminou-se.

— Chiu! — segredei. — Não digas nada.

Fleur mostrou-se intrigada mas para meu alívio assentiu com a cabeça.

— Ouve o que eu digo — disse-lhe num murmúrio. — Não tenho muito tempo.

Como que para confirmar as minhas palavras, a peixeira deitou uma olhadela desconfiada na minha direcção antes de voltar a dar atenção ao pedido dos salmonetes. Agradeci, silenciosa, por estar ali aquela mulher que queria comprar tamanha quantidade de peixe.

— Trouxeste a Mouche? — A voz de Fleur mal se ouvia. — Vieste buscar-me para me levares para casa?

— Ainda não. — O seu rosto pequenino empalideceu de pesar e mais uma vez tive de lutar contra o desejo de a apertar nos braços.

— Escuta, Fleur. Onde é que eles te têm? Numa casa? Numa carroça? Numa quinta?

Fleur olhou para a mulher do pescador.

— Numa casa. Com crianças e cães.

— Atravessaste a passagem da ilha?

— *Desculpe-me.* — Uma mulher corpulenta meteu-se entre as duas, estendendo o braço para um embrulho com peixe. Afastei-me para o lado, para uma fila de clientes; alguém reclamou, irritado:

— Despache-se, irmã! Alguns de nós têm famílias para alimentar!

— Fleur, escuta. É no continente? É do lado de lá da passagem?

Por detrás da mulher corpulenta, Fleur fez que sim com a cabeça. Depois, furiosa, abanou a cabeça. Alguém se interpôs no espaço que nos separava e mais uma vez perdi de vista a minha filha.

— Fleur! — Estava quase a chorar de frustração. A mulher corpulenta estava entalada ao meu lado, a multidão empurrava-me por trás e o cliente que reclamara começara uma diatribe em voz alta sobre as pessoas que ficavam na conversa nas bichas.

— Queridinha. Atravessaste a passagem?

Por segundos, pensei que ela me ia dizer. Confusa, parecia tentar articular ou lembrar-se de qualquer coisa, para me dar uma pista que me indicasse onde é que a escondiam. Não tinha percebido a palavra «passagem»? Tinha sido levada para o continente de barco?

Nesse momento, a mulher dos salmonetes virou-se para me olhar e percebi que tinha perdido a oportunidade de descobrir a verdade. Olhou para mim e depois sorriu, mostrando-me com os braços roliços estendidos o cesto cheio de peixe.

— Que achas? Chegará para o jantar desta noite?

Era Antoine.

O regresso a casa foi penoso. Eu transportava às costas o peixe como fizera antes com as batatas, e o cheiro ia-se tornando mais intenso debaixo do sol apesar da quantidade de algas para o manter fresco. A carga também era pesada e a água a cheirar a peixe escorria pelo entrançado do cesto para os meus ombros e para o cabelo, ensopando-me o hábito de água salgada. Antoine mostrava-se bem-humorada e falava incessantemente sobre o que tinha feito no mercado, dos mexericos que ouvira, das coisas que vira, das novidades que trocara. Um vendedor ambulante do continente trouxera notícias da imolação de um grupo de pessoas em honra de Cristina Mirabilis, de uma mulher enforcada em Angers por se ter disfarçado de homem e dos rumores que corriam sobre um homem de Le Devin que pescara um peixe com uma cabeça em cada extremidade — sinal seguro da iminência de um desastre. Não fez qualquer alusão a Fleur e quanto mais não fosse por isso, estava-lhe grata. No entanto, sabia que ela a tinha visto. Só esperava que não desse com a língua nos dentes.

Seguimos pelo caminho costeiro no regresso à abadia. Era um caminho mais longo, mas LeMerle insistira — ao fim e ao cabo, ele montava e uma milha a mais não significava nada para ele. Era um dos meus passeios preferidos nos tempos felizes, atravessando a passagem e ao longo das dunas, mas carregada como estava, cambaleando na areia macia com o cesto de peixe, não o podia apreciar. LeMerle, pelo contrário, parecia deleitar-se a contemplar o mar e fez várias perguntas sobre as marés e as travessias a partir do continente, que eu ignorei mas a que Antoine respondia impante de felicidade.

A tarde ia a meio quando chegámos à abadia e sentia-me exausta, meio cega por ter de manter os olhos semicerrados por causa do sol e completamente nauseada com o cheiro a peixe. Foi com alívio que pousei o cesto fedorento na cozinha e, em seguida, com a cabeça ainda a zumbir do calor e a garganta ressequida, atravessei o pátio exterior em direcção ao poço. Preparava-me para descer a vasilha de água quando ouvi um grito atrás de mim; ao virar-me, vi Alfonsine.

Parecia estar completamente restabelecida do ataque do dia anterior; tinha os olhos brilhantes e as faces ruborizadas pela excitação quando correu para mim.

— Por amor de Deus, não toques nessa água! — disse, ofegante.
— Não sabes o que aconteceu?

Franzi os olhos. Tinha esquecido por completo as pastilhas de tinta de LeMerle e as instruções que me tinha dado para as usar. Parecia-me ver o rosto da minha filha estampado em tudo, como a imagem que permanece quando se olha demasiado tempo para o sol.

— O poço, Deus nos proteja, o poço! — gritava Alfonsine, impaciente. — Sœur Tomasine desceu para vir buscar água para as panelas e a *água tinha-se transformado em sangue!* A Mère Isabelle proibiu toda a gente de a usar.

— Sangue? — repeti.

— É um sinal — disse Alfonsine. — É um castigo que se abateu sobre nós por termos sepultado a pobre Mère Marie no batatal.

Apesar do cansaço, tentei não sorrir.

— Talvez seja um veio de óxido de ferro na areia — sugeri. — Ou uma camada de argila vermelha.

Alfonsine abanou a cabeça, desdenhosamente.

— Já devia esperar que dissesses uma coisa desse género. Qualquer pessoa diria que tu não *acreditas* no Diabo pela maneira como tentas sempre arranjar explicações para tudo.

Não, tratava-se de uma influência demoníaca, assegurava ela. A Mère Isabelle tinha a certeza disso, a tal ponto que a nova abadessa ia ordenar ao Père Colombin que abençoasse o poço e toda a zona da abadia, se necessário. Alfonsine também se sentia impura e não descansaria enquanto o Père Colombin não a examinasse minuciosamente para se assegurar que não restava nela a mínima mácula. Depois desta declaração, Sœur Marguerite aparecera com um tique na perna esquerda, que o novo confessor também prometera investigar. Pensei para comigo que, se as coisas continuassem assim, o local não tardaria a parecer mais um asilo do que uma abadia.

— E em relação à água? — perguntei. — O que vamos fazer?

O rosto dela iluminou-se.

— Um milagre! Por volta do meio-dia chegou um carreteiro para entregar vinte e cinco barris de cerveja. Disse que era um presente para a nova abadessa. Enquanto estiverem a escavar o novo poço, ninguém passará sede.

Nessa noite, o jantar foi pão, cerveja e salmonetes. A comida estava boa, mas eu tinha pouco apetite. Havia qualquer coisa errada — na disposição das mesas, no silêncio da assembleia, no aspecto da comida nos pratos — que me deixava inquieta. Quando dançámos para o rei Henri no Palais-Royal e fomos conduzidos através do Salão dos Espelhos tive a mesma sensação das coisas invertidas, reflectindo dissimuladamente uma verdade subvertida, embora a diferença estivesse talvez apenas no meu espírito.

Mère Isabelle proferiu a oração de graças e depois cessaram as conversas — de facto, não se ouvia qualquer som com excepção das gengivas desdentadas de Rosamonde a sorverem ruidosamente a comida, do sapateado nervoso de Marguerite com o pé esquerdo e o tilintar ocasional dos talheres. Fiz sinal a Sœur Antoine para tirar do meu prato o que eu deixara, o que fez com uma destreza satisfeita, os olhos pequenos e fracos a brilhar de avidez. Enquanto comia lançou-me várias olhadelas e não sei se aceitou a comida extra como pagamento por guardar segredo em relação a Fleur. Também lhe deixei a maior parte da cerveja e só comi o pão. O cheiro a peixe, mesmo cozinhado, dava-me voltas ao estômago.

Talvez fosse isso ou o facto de estar preocupada com Fleur que me fez raciocinar lentamente nessa noite, porque já estava sentada à mesa há dez minutos ou mais quando percebi a origem da minha inquietação. Perette não ocupava o lugar habitual no meio das noviças. LeMerle também estava ausente, embora não estivesse à espera de o ver. Mas não podia imaginar onde estaria Perette. A última vez que me lembrava de a ter visto fora no funeral, na véspera. Desde então, nunca mais a vira — nem nos claustros nem durante as minhas tarefas na casa do forno, nem mesmo mais tarde na Hora Sexta na igreja, nem no capítulo, nem agora ao jantar —, não voltara a pôr a vista em cima da minha amiguinha.

Senti as faces arder com a sensação de culpa pela minha deslealdade. Desde o desaparecimento de Fleur pouca atenção prestara a Perette — na verdade, quase nem dera por ela. Talvez estivesse doente — de certo modo, esperava que estivesse. Isso, pelo menos, explicaria a sua ausência. Mas dizia-me o coração que não estava. Não imaginava que planos é que ele poderia ter em relação a ela; era demasiado jovem para o seu gosto e demasiado infantil para lhe poder ser útil, mas apesar disso, eu sabia. Perette estava com LeMerle.

9
♠

23 de Julho de 1610

Muito bem, é um começo. O primeiro acto, se quiserem, de uma tragicomédia em cinco actos. Os papéis principais já estão distribuídos — o herói nobre, a bela heroína, um interlúdio cómico e um coro de virgens ao estilo clássico, todos nos seus devidos lugares — com excepção do vilão, que fará de certo a sua entrada na devida altura.

O sangue dentro do poço foi um toque poético. Agora estão todas predispostas para presságios e prodígios — aves que voam para norte, ovos com duas gemas, cheiros estranhos, correntes de ar inesperadas — tudo serve. A ironia está em que não tenho de fazer praticamente nada para prolongar a situação. As irmãs, enclausuradas há tanto tempo sem terem nada que lhes mitigue o aborrecimento, verão — com um pouco de encorajamento — precisamente aquilo que eu quero que vejam.

Sœur Antoine tem-se revelado preciosa para mim. É facilmente comprável — por uma maçã, um pastel ou até por uma palavra amável — fico a saber por ela os mexericos da abadia, os seus pequenos segredos. Foi Antoine quem, seguindo as minhas instruções, apanhou os seis gatos pretos e os deixou à solta à volta da abadia, onde fizeram estragos na vacaria e trouxeram azar a nada menos de quarenta e duas freiras que inadvertidamente se cruzaram com eles. Foi ela também quem encontrou a batata monstruosa com a forma dos chifres do Diabo e a serviu à Mère Isabelle, ao jantar; e que assustou Sœur Marguerite, que entrou em convulsões, ao esconder rãs no recipiente da comida. O seu pequeno segredo — da criança que deu à luz e que morreu prematuramente — soube-o da boca de Sœur Clémente, que troça da freira gorda e tenta ser a minha favorita. Claro que não é, mas também ela é facilmente lisonjeável e, para dizer a verdade, prefiro-a a Alfonsine, de seios lisos como os painéis de madeira da capela, ou a Marguerite, seca como um galho ressequido e cheia de tiques e de contracções.

Sœur Anne mostra-se menos colaborante. O que é uma pena, porque há vantagens notórias em ter uma cúmplice que não fala e, se é que eu leio os sinais correctamente, a rapariga rude é mais inteligente do que parece. De qualquer modo, fácil de adestrar como um bom cão ou mesmo um macaco. E Juliette gosta dela, claro — um bónus adicional para o caso de perder o controlo sobre a criança.

Ah, Juliette. A minha Donzela Alada permanece indiferente às minhas brincadeiras, embora esteja secretamente exasperada com as perturbações que provocam. É a sua maneira de ser; uma vida inteira de conjuros e de feitiços pouco contribuiu para alterar o seu pragmatismo essencial. Eu sabia que ela não se deixaria enganar por truques e ilusões, mas neste momento é tão responsável pela confusão quanto eu próprio e não me vai trair. Sinto-me tentado, extremamente tentado a confiar-lhe o meu segredo. Mas já corri demasiados riscos. Por outro lado, ela tem uma propensão lamentável para a lealdade e se soubesse o que estou a planear, provavelmente tentaria deter-me. Não, minha querida; a última coisa de que preciso nesta viagem é de uma consciência.

Hoje fui a cavalo até Barbâtre e passei a maior parte da tarde na passagem a observar as marés. É um passatempo que nunca deixa de me acalmar os pensamentos, ao mesmo tempo que me proporciona uma desejada folga da abadia e das crescentes exigências das boas irmãs. Como é que elas conseguem suportar aquilo? Engaioladas como frangos, debicando constantemente no mesmo pátio pequeno? Pela minha parte, nunca fui capaz de suportar espaços fechados. Preciso de ar, do céu, das estradas que se estendem em todas as direcções. Além disso, tenho de enviar cartas que devem ser expedidas sem o conhecimento da minha Isabelle; uma viagem a cavalo de uma semana deve chegar, com resposta paga. A maré demora onze horas a virar — um facto que poucos ilhéus se preocuparam em registar, embora se trate de um conhecimento útil —, deixando a descoberto a passagem durante pouco menos de três horas de cada vez. Houve quem escrevesse que é a Lua que regula as marés, assim como alguns heréticos afirmam, às escondidas, que o Sol faz andar a Terra. É certo que a maré sobe mais na lua cheia e mostra menos agitação na lua nova. Quando era miúdo fui castigado muitas vezes por manifestar interesse por essas coisas — *curiosidade ociosa*, diziam eles, presumivelmente para a distinguirem da diligente apatia dos meus piedosos tutores — mas nunca conseguiram curar-me da minha tendência inquiridora. Chamem-me perverso, mas a frase *Deus assim o quis* nunca me pareceu uma explicação suficientemente satisfatória.

10
♥

24 de Julho de 1610

P assámos o dia de hoje e o de ontem numa actividade frenética. Os serviços religiosos na capela foram oficialmente suspensos, uma vez que é LeMerle que se encarrega dos serviços especiais, embora tivéssemos as Vigílias e as Laudes como de costume. Fui destacada para escavar o novo poço com Sœur Germaine e devido a isso estamos dispensadas de todos os deveres, salvo os de maior necessidade. Perette continua ausente, mas ninguém fala do seu desaparecimento e algo me impede de fazer muitas perguntas. Claro que não me atrevo a falar do assunto a LeMerle. Quanto às outras, não falam de outra coisa senão de demónios e de maldições. Foram consultados todos os livros existentes na biblioteca e desenterradas todas as histórias de superstições. Piété lembra-se de um homem da sua aldeia que, há anos, morreu de uma sangria, embruxado. Marguerite fala do mar de sangue da Revelação e garante que o Apocalipse está iminente. Alfonsine recorda um mendigo que terá proferido um encantamento contra ela quando se recusou a dar-lhe dinheiro e receia ter sido amaldiçoada. Tomasine sugere um feitiço de bagas de sorveira-brava e de fio escarlate. Seria divertido se não fosse também um pouco assustador. Embora não tivesse havido o reconhecimento oficial da santa da nossa ilha pela nova abadessa e pelo seu confessor, por volta do meio-dia devia haver cinquenta círios acesos por baixo da imagem de Marie-de-la-mer e uma pequena pilha de oferendas aos seus pés — sobretudo flores, ervas e peças de fruta — e uma nuvem azulada de incenso pairava no ar.

Mère Isabelle ficou furiosa.

— Vocês não têm nada que tentar resolver os assuntos pelas vossas mãos! — disse, brusca, quando Bénédicte protestou que apenas tentávamos ajudar. — É completamente irregular pedir a intervenção da Santa... se é que é uma santa... numa situação como esta. E quanto a isto — fez um gesto, indicando as oferendas —, não passa de paganismo e quero que tirem isto tudo daqui para fora.

Entretanto, LeMerle estava em toda a parte. Durante a manhã ouvi a voz dele no pátio, chamando, ameaçando, encorajando... ora dando instruções aos operários — tinha três operários em cima do telhado da capela para inspeccionarem os danos e calcularem os custos da reparação — ora a um carreteiro que vinha fazer a entrega de víveres, sacos de farinha e de cereal, couves brancas e verdes do mercado, e uma grade com frangas para criação. Sœur Marguerite tem agora a seu cargo as provisões e a cozinha e regozija-se visivelmente com a expressão invejosa de Antoine. Reparei também que devora com os olhos LeMerle, interrompendo o que está a fazer frequentemente para lhe pedir a opinião sobre a melhor maneira de guardar os cereais, de secar as ervas e se comer peixe conta como jejum.

Seguiu-se o exorcismo junto ao poço, com orações e conjuros antes de a tampa ser colocada e vedada com um gradeado de vimes e argamassa. Depois voltámos para a capela, onde se falou da cobertura do telhado, de medas de feno e de suportes das abóbadas. A seguir fomos para a casa da portaria, com Isabelle que o segue para toda a parte como um pequeno espectro soturno.

Sob o calor medonho, o trabalho no poço avançava lenta e penosamente e a meio da manhã tinha o hábito cheio da argila amarela que forma uma camada espessa por baixo da superfície arenosa. A argila impede que a água que se filtra por baixo se evapore. Se a perfurarmos a água começa a ressumar, salobra ao princípio mas ficando progressivamente mais cristalina e doce à medida que o poço se vai enchendo. Sei que é água do mar, mas o teor salino vai sendo absorvido e coado pelos bancos de areia fina sobre os quais a ilha está assente. Estamos agora a meio da escavação e vamos pondo cuidadosamente de lado a argila para Sœur Bénédicte, a oleira da abadia, que a utiliza para fazer as tigelas e as taças que usamos no refeitório.

O meio-dia chegou e foi-se. Por sermos trabalhadoras braçais, eu e Germaine almoçámos carne e cerveja — se bem que, de acordo com as novas ordens de Mère Isabelle, a nossa principal refeição seja agora depois da Hora Sexta, e a refeição do meio-dia reduzida a uma frugal mão-cheia de pão escuro e sal — mas, apesar disso, estava exausta, com as mãos ásperas da água salobra e os olhos a arder. Tinha a pele dos pés escamada e dorida e as pedras enterravam-se-me na planta dos pés quando caminhava às cegas à volta da cova escura. A água era agora mais funda e a argila amarela dava lugar a um lodo escuro pintalgado de fragmentos de mica. Sœur Germaine içava os baldes de lama para cima para serem usados nos canteiros de legumes, porque aquele lodo pestilento não contém praticamente sal e é um solo rico em aluviões.

Quando a noite fresca caiu e a luz começou a faltar, saí de dentro do poço, ajudada por Sœur Germaine. Ela também estava coberta de lama, mas eu estava muito mais repleta de imundície, com os cabelos espetados e viscosos apesar do trapo atado à volta da cabeça, e o rosto sujo como o de um selvagem.

— Esta água é boa — disse eu. — Provei-a.

Germaine assentiu com a cabeça. Nunca fora uma mulher de muitas palavras, mas mantinha-se num silêncio quase total desde a chegada da nova abadessa. Notei que também era estranho vê-la sem Clémente ao lado. Talvez se tivessem zangado, pensei para comigo, porque nos velhos tempos eram inseparáveis. É um pensamento amargo que pouco mais de três semanas decorridas após a morte da Reverenda Madre, eu possa pensar na minha vida anterior na abadia como *os velhos tempos*.

— Vamos ter de escorar os lados — disse a Germaine. — A argila infiltra-se e tinge a água. As únicas coisas que a podem manter afastada são a madeira, pedras e argamassa.

Lançou-me um olhar irritado que me fez lembrar Le Borgne.

— Queres armar-te em engenheira, não queres? — disse ela. — Mas se pensas que é assim que vais cair nas boas graças, desilude-te. Fazias melhor em ter um ataque na igreja ou mexericar sobre alguém na confissão ou, melhor ainda, aparecer com uma batata monstruosa ou com treze pegas num campo.

Olhei para ela, surpreendida.

— É o que toda a gente quer, ou não é? — disse Germaine. — Esta conversa toda... estes disparates sobre demónios e maldições. É isso que ela quer ouvir e elas fazem-lhe a vontade.

— Fazem a vontade a quem?

— À rapariga. — As palavras de Germaine eram estranhamente idênticas às palavras de Antoine no dia em que levaram Fleur. — Aquela horrível rapariguinha! — Manteve-se silenciosa por momentos, com um estranho sorriso nos lábios finos. — A felicidade é uma coisa muito efémera, não é, Sœur Auguste? Um dia possuímo-la e no dia seguinte desapareceu e nem se chega a perceber como.

Era um discurso longo e estranho para uma pessoa como Germaine e fiquei sem saber o que lhe responder, ou sequer se queria responder. Deve ter lido na minha expressão, porque riu-se, uma espécie de latido agudo, rodou nos calcanhares e deixou-me sozinha à beira do poço, no crepúsculo suave, sentindo de súbito o desejo de a chamar, mas incapaz de pensar em qualquer coisa para lhe dizer.

O jantar constituiu uma obrigação solene e silenciosa. Marguerite, que fora ocupar o lugar de Antoine na cozinha, não possuía as suas artes culinárias e o resultado foi uma sopa aguada e salgada, cerveja e outra dose de pão escuro e duro. Embora eu quase nem reparasse na comida pouco apetecível, havia outras que se mostravam dispostas a impedir a ausência de carne num dia da semana, embora nada fosse dito abertamente. Nos velhos tempos teria havido uma discussão animada sobre o assunto no capítulo, mas agora, o silêncio, apesar de carregado de descontentamento, não foi quebrado. Sœur Antoine, sentada à minha direita, comia com dentadas fortes e irritadas, de sobrolho franzido. Estava diferente, com o rosto redondo e flácido atormentado e carrancudo. As suas tarefas na casa do forno eram demoradas e difíceis; tinha as mãos cobertas de queimaduras dos fornos de pedra. A uma fila de distância, Sœur Rosamonde comia a sopa numa feliz ignorância da desaprovação da abadessa. As angústias da velha freira com as mudanças na abadia foram de curta duração; sobrevivia agora num estado de plácido desnorteamento, cumprindo as suas tarefas de um modo solícito mas casual, era chamada aos serviços religiosos por uma noviça com a incumbência específica de não a deixar afastar-se muito.

Rosamonde vivia num mundo intermédio entre o passado e o presente, confundindo alegremente os nomes, as caras, as horas. Falava com frequência de pessoas mortas há muito tempo como se ainda estivessem vivas, dirigia-se às irmãs por nomes que não eram os delas, vestia a roupa das outras, ia buscar mantimentos a um celeiro em ruínas há vinte anos depois das tempestades de Inverno. Mas parecia bastante bem, e tenho visto muitos casos parecidos em gente de muita idade.

No entanto, o seu comportamento aborrecia a abadessa. Fazia muito barulho à mesa a comer, dando estalidos com as gengivas. Às vezes esquecia-se de observar o silêncio ou enganava-se nas palavras das orações. Vestia-se com negligência, aparecia muitas vezes na igreja sem uma peça de vestuário necessária até a noviça ser encarregada de olhar por ela.

O véu representava um ónus especial para uma velha que usara a *quichenotte* durante sessenta anos e não conseguia perceber por que razão tinha sido subitamente proibido. O que irritava mais ainda a nova abadessa era a sua recusa em reconhecer a autoridade dela e os seus apelos impertinentes a Mère Marie. A verdade é que Angélique Saint-Hervé Désirée Arnault nunca se tinha confrontado com a senilidade. A vida dela — o pouco da vida dela — fora um quarto de criança onde os brinquedos mecânicos substituíram os companheiros de brincadeira e as criadas substituíram a família. Para ela não tinha havido uma janela aberta para o mundo e a sua visão resumia-se a um cortejo de sacerdotes e de médicos. A infeliz era mantida em segurança fora das vistas. Os velhos, os enfermos, os doentes não faziam parte da Criação de Mère Isabelle.

Sœur Tomasine rezou a oração de graças. Comemos num silêncio pontuado ocasionalmente pelos sorvos de Rosamonde. Mère Isabelle levantou os olhos uma vez, mas voltou a baixar o olhar colérico para o prato. Via-lhe a boca retesada até se tornar quase invisível enquanto comia com breves e delicados golpes secos da colher.

Um estalido mais sonoro provocou uma crispação que agitou o banco das noviças, roçando perigosamente o riso. A abadessa deu a sensação de ir dizer qualquer coisa, mas apertou os lábios mais uma vez e permaneceu silenciosa.

Foi a última vez que Rosamonde tomou uma refeição connosco.

Nessa noite voltei à casa de LeMerle. Não tenho a certeza da razão por que fui, a não ser porque não conseguia dormir e a minha ansiedade me impelia como uma farpa espetada no coração. Ansiedade porquê, não sei dizer. Bati à porta, mas não obtive resposta. Ao espreitar pela janela distingui o brilho ténue de umas achas quase apagadas e em cima do tapete um vulto... não, dois vultos... iluminados pelas chamas.

O homem era LeMerle. Vi o lenço preto que lhe ocultava a antiga marca no braço. A rapariga era jovem, com um corpo esguio de rapaz, com o rosto virado, o cabelo tosquiado cor de seda selvagem sob os dedos dele, sob a boca dele.

Clémente.

Arrastei-me silenciosamente até ao dormitório e, sem fazer barulho, dirigi-me para a minha cama. Pareciam estar todas a dormir. Apesar disso, o fantasma de uma gargalhada perseguia-me enquanto eu fugia, ardendo de vergonha, para o meu canto junto à parede e ao passar pelo cubículo de Clémente... Fiquei gelada a meio caminho. Germaine estava sentada hirta e imóvel na cama de Clémente. Um raio de luz extraviado cortava-lhe o rosto mutilado ao meio e vi-lhe os olhos chispantes. Pareceu nem dar por mim e passei sem dizer uma palavra.

11

♥

25 de Julho de 1610

Perette regressou esta manhã como se nada tivesse acontecido. Era um aspecto perturbante do novo regime o facto de ninguém ter mencionado a sua ausência, nem sequer no capítulo. Se tivesse sido qualquer uma das outras, então talvez alguém tivesse falado. Mas aquela rapariga selvagem não era uma verdadeira irmã — nem mesmo noviça — de Sainte Marie-de-la-mer. Havia algo de estranho que se colava a ela, um distanciamento que ainda ninguém conseguira penetrar. Eu própria tinha andado demasiado absorvida nos meus problemas para prestar verdadeira atenção à ausência da minha amiga. Era como se Perette nunca ali tivesse estado, o seu desaparecimento da memória colectiva tão completo quanto o seu afastamento de todos os aspectos da nossa vida quotidiana. Porém, esta manhã ela tinha voltado: grave e recatada como uma santa de mármore, ocupou o seu lugar habitual sem olhar para ninguém.

Mas havia qualquer coisa no seu comportamento que me perturbou. Estava demasiado calma, com o rosto inexpressivo como só Perette tem, os olhos dourados tão insípidos e brilhantes como o brilho da talha do retábulo do altar. Queria falar com ela, descobrir onde estivera nos últimos três dias, mas Sœur Marguerite já tocara o sino para as Vigílias e não havia tempo para perguntas, mesmo que Perette se mostrasse disposta a responder.

LeMerle não apareceu até à Hora de Prima. Nunca gostou de se levantar cedo, mesmo nos velhos tempos, preferindo sair da cama por volta das oito ou nove, depois de ler até à meia-noite, num esbanjamento de velas — velas de cera e não de sebo — enquanto nós todos quase não tínhamos comida para manter o corpo e a alma juntos. Era sempre à vontade dele, aceite por todos como se fosse um direito seu, como se ele fosse o amo e nós os servos. Mas o pior de tudo é que nós *gostávamos* disso; servíamo-lo de bom grado e na maior parte dos casos sem ressentimentos; mentíamos por causa dele, roubávamos para ele, desculpávamos as suas atitudes mais revoltantes.

— É a sua maneira de ser — disse-me uma vez Le Borgne, num dia em que não consegui conter a minha irritação. — Há umas pessoas que têm e outras que não, é assim.

— Que têm o quê?

O anão respondeu-me com o seu sorriso retorcido.

— Encanto, minha cara, ou o que se entende por isso nos dias de hoje. Aquele fulgor que alguns de nós recebem ao nascer. Aquele brilho especial que faz dele uma espécie à parte da minha.

Não percebi e disse-lho.

— Percebes muito bem — volveu Le Borgne com uma paciência pouco habitual. — Tu sabes que ele não presta, sabes que ele não quer saber de ninguém e que acabará por te trair mais cedo ou mais tarde. Mas apesar disso queres acreditar nele. Ele é como aquelas estátuas que vemos nas igrejas, todas douradas e resplandecentes por fora e por dentro de gesso. Sabemos de que são feitas na realidade, mas fingimos que não sabemos, porque é preferível acreditar num deus falso do que não acreditar em nenhum deus.

— No entanto, tu segue-lo — disse eu. — Não é verdade?

Olhou para mim com o seu único olho.

— É, mas eu sou um bobo. Todos os circos têm um.

Pois bem, LeMerle, pensei quando todos os olhares se viraram ávidos para observarem a sua entrada, esta manhã podes escolher à vontade os teus bobos. Reparei que as noitadas e as privações não o afectavam; tinha um ar repousado e sereno nas suas vestes cerimoniais, com o cabelo repuxado para trás e atado com uma fita. Vestira o escapulário bordado por cima da sotaina preta e, como sempre, usava o crucifixo de prata, sobre o qual repousavam as mãos pálidas. Como que por acaso, colocara-se debaixo da única janela de vitral, através da qual penetravam os primeiros dedos de ouro róseo da manhã. Apercebi-me imediatamente que se preparava qualquer coisa.

Com ele estava Alfonsine. Desde o ataque dela que corriam alguns rumores, embora a maior parte de nós conhecêssemos Alfonsine demasiado bem para darmos um desconto aos mais graves. Mesmo assim, a sua presença ao lado de LeMerle não deixou de atrair as atenções, e representou o seu papel com todo o empenho, afectando uma expressão assombrada e um passo vacilante, e tossindo incessantemente. Comportava-se como se a crise de histerismo na cripta em vez de a desacreditar a tivesse exaltado, sem desviar nunca de LeMerle os olhos submissos.

As outras também o observavam com diversas expressões de expectativa, de temor e de admiração; surpreendi o olhar fixo de Antoine, de Clémente, de Marguerite, de Piété. Mas nem todos os olhares eram de veneração. O rosto de Germaine ostentava uma expressão de obstinada indiferença, mas pude ler uma mensagem mais clara nos seus olhos. Conhecia aquele olhar e LeMerle era um louco se não reconhecesse a ameaça latente. Se Germaine tivesse uma oportunidade, não deixaria de lhe fazer mal.

Fez-se silêncio e LeMerle começou a falar.

— Minhas filhas. Têm sido um tempo de provações para nós, estes últimos dias. A contaminação do nosso poço por artes desconhecidas; a disrupção dos nossos serviços religiosos; a incerteza da mudança. — Um murmúrio de aquiescência perpassou pela assembleia. Sœur Alfonsine parecia prestes a desfalecer. — Porém, esses tempos de provação chegaram ao fim — disse LeMerle, começando a dirigir-se do púlpito para o altar. — Sobrevivemos a eles e devemos sentir-nos fortalecidos. E como testemunho da nossa força, da nossa esperança, da nossa fé — fez uma pausa e pude sentir a atmosfera de expectativa — vamos agora receber a comunhão, um sacramento que tem sido negligenciado aqui há demasiado tempo. *Quam oblationem, tu Deus, in omnibus quaesumus, benedictam...*

Ao ouvir estas palavras, Sœur Piété, que estava encarregada da sacristia, dirigiu-se lentamente para o pequeno gabinete onde estavam guardados os nossos escassos tesouros e trouxe o cálice e os vasos sagrados para a comunhão. Raramente os usámos. Desde a minha chegada, só tinha recebido uma vez o sacramento e a nossa antiga Reverenda Madre tinha ficado intimidada com o requinte dos tesouros deixados pelos monges dominicanos, tendo ordenado que fossem guardados num lugar seguro e raramente permitindo que alguém os visse. LeMerle quebrou essa regra, como aliás todas as outras. Existe um forno nas traseiras da sacristia para preparar as hóstias sagradas, mas que eu saiba há vinte anos que não é usado. Não sei onde é que ele foi arranjar as hóstias; talvez tenha sido ele a prepará-las ou então a Mère Isabelle mandou uma das irmãs fazê--las. De cabeça inclinada, Sœur Alfonsine entregou o pão consagrado a LeMerle, ao mesmo tempo que ele deitava o vinho num cálice de prata cravejado de pedras preciosas.

Mère Isabelle foi a primeira a aproximar-se do altar, ajoelhando-se para receber o sacramento. LeMerle tocou-lhe a fronte com a mão e retirou uma hóstia da salva de prata.

— *Hoc est enim corpus meum.*

Ao ouvir estas palavras, senti os pêlos da nuca eriçarem-se-me e fiz figas com os dedos para esconjurar a má sorte. Estava prestes a acontecer qualquer coisa. Sentia-o. Pairava no ar, como uma promessa de relâmpago.

— *Hic est enim calyx sanguinis mei...*

Estendia-lhe agora o cálice, enorme nas suas mãos minúsculas. Tinha o rebordo escurecido e as pedras em bruto pareciam simples seixos polidos. De súbito, senti o impulso de saltar e avisar aquela criança, dizer-lhe para não beber, para não confiar nele, para recusar o falso sacramento. Mas era uma loucura; eu já tinha caído em desgraça, já estava a penitenciar-me; voltei a fazer figas e não consegui olhar quando ela entreabriu os lábios, aproximou o cálice da boca e...

— *Amen.*

O cálice foi circulando. Era a vez de Marguerite ocupar o lugar de Isabelle diante do altar, com a perna a tremer descontrolada sob o hábito. Seguiu-se Clémente. Depois Piété, Rosamonde e Antoine. Ter-me-ia enganado? O meu instinto tinha-me atraiçoado?

— Sœur Anne.

Ao meu lado, Perette estremeceu ao ouvir o nome estranho e a voz hostil. O tom da abadessa era áspero e autoritário. Qualquer réstia de suavidade que a comunhão pudesse abrir nela estava selada como o mel num favo de abelha. Perette recuou um passo, sem prestar atenção às irmãs que estavam atrás dela. Ouvi alguém resmungar quando o seu calcanhar descalço pisou um pé confiante.

— Sœur Anne, por favor aproxime-se e receba o sacramento — disse LeMerle.

Perette olhou para mim num apelo mudo e abanou a cabeça.

— Perette, está tudo bem. Vai até ao altar. — O meu sussurro perdeu-se na multidão. Mas a rapariga continuava a recuar, com uma súplica nos olhos dourados. — *Vai!* — sibilei entre dentes, empurrando-a para a frente. — Confia em mim.

Perette ajoelhou-se diante dele, grave no seu hábito de noviça, com as narinas palpitantes como as de um cão. Choramingou levemente quando LeMerle lhe colocou a hóstia na língua. Em seguida ele passou-lhe o cálice. Vi os dedos dela fecharem-se à volta do cálice e olhou para trás para mim como que a pedir amparo. Depois bebeu.

Por instantes pensei que me tinha enganado. O *Amen* de LeMerle ecoou cristalino no ar transparente. Estendeu o braço para ajudar Perette a levantar-se. Ela tossiu.

Lembrei-me de repente do monge na procissão em Epinal. A multidão afastou-se com o mesmo suspiro abafado de aflição, com o monge a rolar no chão, deixando cair o cálice.

Perette voltou a tossir, dobrou-se para a frente e, de repente, de forma escandalosa, vomitou entre os pés. Fez-se silêncio. A rapariga assustadiça levantou os olhos, como que para ganhar coragem, foi agitada por um novo acesso de vómitos e tentou levar a mão à boca demasiado tarde. Uma terrível golfada vermelha jorrou-lhe dos lábios, salpicando-lhe a saia branca.

— *Sangue!* — disse Alfonsine num gemido.

Perette bateu com as mãos na boca. Tinha um ar aterrorizado, prestes a fugir. Tentei agarrá-la, mas Alfonsine interpôs-se no meu caminho, gritando:

— Ela profanou o sacramento! O sacramento!

E nessa altura também ela se dobrou, a tossir, e eu vi-me de novo em Epinal, a observar a multidão que se afastava do frade atingido, a ouvir a maré humana avançar de novo, esmagando tudo à sua passagem. Durante um minuto quase não consegui respirar quando as freiras à minha frente me empurraram contra a parede do transepto.

Então LeMerle deu um passo em frente e as irmãs vacilaram num semi-silêncio perturbador. Alfonsine não parava de tossir, com as faces macilentas tingidas de manchas vermelhas de tísica. Inclinou-se mais para vomitar e uma terrível golfada de sangue salpicou o mármore entre os seus pés.

Aquilo punha fim a qualquer esperança de discurso racional. Tentei em vão lembrar às freiras que Sœur Alfonsine já tinha tossido sangue antes, que era próprio da sua doença — a multidão agitava-se tal como sucedera em Epinal e instalou-se o pânico.

— É a peste do sangue! — gritava Marguerite.
— É uma maldição! — dizia Piété.

Eu debatia-me, mas a excitação atingira-me também e soçobrava nela. O esconjuro da minha mãe — *espírito maligno vai para longe* — acalmou-me um pouco, embora eu soubesse que era um homem, e não um espírito, a causa do que se estava a passar. À minha volta só via rostos estupefactos e olhos desorbitados. Marguerite mordera a língua e tinha sangue nos lábios. Um dos braços pendentes de Clémente atingira Antoine na cara, e a irmã praguejava com uma mão agarrada ao nariz que sangrava. Tinha visto em tempos um quadro pintado por um indivíduo chamado Bosch, em que as almas dos condenados se engalfinhavam e agarravam umas às outras com o mesmo êxtase de selvajaria e de pavor. Chamava-se *Pandaemonium*.

Entretanto LeMerle levantara a voz, que varria o espaço como a ira de Deus.

— Por amor de Deus, respeitemos este lugar! — Voltou a fazer-se silêncio, percorrido por refluxos e leves lamúrias. — Se isto é um sinal e o Ímpio ousou abater-se sobre nós — O murmúrio fez-se ouvir de novo, mas ele silenciou-o com um gesto. — Digo-vos que se o Ímpio ousou atacar-nos agora na pura santidade da nossa igreja, para profanar o sacramento de Deus... regozijo-me que assim seja. — Fez uma pausa. — E *todas* vós deveis regozijar-vos! Porque se o lobo ameaça o rebanho do pastor, o dever do pastor é *expulsar esse lobo!* E se um lobo encurralado tentar morder, o que faz esse lavrador?

Nós observávamo-lo, de olhos esbugalhados.

— O lavrador vira as costas e põe-se em fuga?

— *Não*. — Foi uma ténue exclamação de apoio, como um salpico de água sobre a vaga imensa.

— O lavrador chora e arranca os cabelos?

— *Não!* — A exclamação era agora mais forte e mais de metade das irmãs associaram-se ao grito.

— Não! O lavrador pega em todas as armas que conseguir arranjar... bastões, lanças, forquilhas... e leva os amigos e vizinhos, os irmãos e os filhos robustos para perseguirem o lobo, para o perseguirem e matarem, e se o Demónio se tiver acolhido nesta casa, digo-vos que é chegado o momento de irmos atrás dele e de o mandar de volta para o Inferno com a cauda entre as patas!

Agora ele tinha-as consigo, gemendo o seu alívio e admiração. O *Melro* comprazeu-se por instantes nesse aplauso — há tanto tempo que não se sentia assim diante de uma casa apinhada — e em seguida os seus olhos cruzaram-se com os meus e sorriu.

— Mas olhem para vós — prosseguiu, com suavidade. — Se o Diabo quebrou as vossas defesas, perguntem a vós mesmas como é que deixaram que essas defesas abrandassem. Com que pecados não confessados, com que vícios secretos o alimentaram, em que práticas ignóbeis procurou ele consolo durante os anos profanos?

Uma vez mais a multidão elevou a voz, em que perpassava agora uma nota nova. *Diz-nos*, murmurava a multidão. *Guia-nos*.

— O Ímpio pode estar em qualquer parte. — A voz dele tornou-se um sussurro. — Até nos sacramentos da nossa igreja. No ar. Nas pedras. Olhem para vós! — Sessenta e cinco pares de olhos olharam furtivamente para o lado. — Olhem umas para as outras.

Ao proferir aquelas palavras, LeMerle afastou-se do púlpito e eu soube que a representação chegara ao fim. Era o seu estilo — abertura, desenvolvimento, solilóquio, grande final e, então, finalmente, o negócio. Já tinha ouvido aquela peça — ou variações sobre a mesma — muitas vezes antes.

A voz de LeMerle, antes tão obsidiante e evocativa, mudou de registo e assumiu o tom vivo e impessoal de um oficial a dar ordens.

— Abandonem este lugar, todas vós. Não pode haver mais serviços litúrgicos até este lugar estar limpo. Sœur Anne — virou-se para Perette — vai ficar comigo. Sœur Alfonsine volta para a enfermaria. As outras podem regressar aos vossos deveres e orações. Louvado seja!

Não podia deixar de o admirar. Desde o princípio tivera-as na palma da mão, conduzindo-as inteligentemente de um extremo de sentimentos a outro — mas para quê? Tinha insinuado um motivo mais grandioso do que os seus habituais roubos e fraudes, embora eu não conseguisse imaginar que lucros podia descobrir numa pequena abadia remota longe da costa. Resolvi não pensar mais nisso. Que é que eu podia fazer? Ele tinha a minha filha. E era isso que eu tinha de resolver antes de mais nada. O resto era um problema da Igreja.

12
♥

26 de Julho de 1610

Dedicámos a manhã às nossas tarefas, orações e especulações. Teve lugar a confissão pública no capítulo, durante a qual foi revelado que outras cinco freiras tinham sentido na boca o sabor a sangue depois de comungarem. A Mère Isabelle atribuiu essa excitação dos sentidos às carnes fortes e a bebidas excessivas e decretou que tudo o que fosse vermelho — carne vermelha, tomates, vinho tinto, maçãs e bagas vermelhas — não podia ser usado na cozinha nem servido às refeições e que, a partir de agora, a nossa alimentação passaria a ser o mais simples possível. Agora que o novo poço estava quase concluído, a cerveja também sofreu restrições para angústia de Sœur Marguerite, que a despeito dos seus padecimentos se tornara quase exuberante sob a sua influência nutritiva. Sœur Alfonsine encontra-se na enfermaria juntamente com Perette. Sœur Virginie cuida de ambas, tendo recebido ordens para informar a Mère Isabelle sobre qualquer coisa fora do comum. Acho impossível acreditar que alguma das minhas irmãs possa suspeitar realmente de que qualquer delas está possessa. No entanto, os rumores proliferam. Mais ventos semeados por LeMerle.

Hoje depois do jantar dispusemos de meia hora para nós antes das orações, da confissão e das tarefas nocturnas. Fui até ao meu jardim das ervas — que agora já não era meu — e corri os dedos pelos arbustos de rosmaninho e de salva prateada, desprendendo a sua fragrância suave para o ar que começava a escurecer. As abelhas zumbiam à volta das espigas cor de púrpura da alfazema e das florzinhas perfumadas do tomilho. Uma borboleta branca pousou por instantes num maciço de centáureas azuis. A ausência de Fleur tornou-se de súbito extremamente pungente e premente, a memória do seu rosto de órfã tão nítida como uma carta de má sorte que se vira. Senti a angústia que vinha mantendo afastada inundar-me, avassaladora. Uns escassos segundos roubados no meio da multidão, um breve vislumbre. Era pouco. E eu tinha-os pago bem caro. Tinham passado quatro dias. Continuava a não haver sinal de LeMerle, nenhum indício de uma segunda visita. Senti um arrepio quando me ocorreu a ideia de que agora que ele tinha Clémente, não houvesse mais visitas a Fleur. Eu era demasiado velha, demasiado familiar para os seus gostos. LeMerle apreciava as novidades. E eu tinha-me mostrado demasiado fria, demasiado segura, demasiado obstinada. A minha oportunidade passara.

Ajoelhei-me no carreiro. O aroma a alfazema e a rosmaninho era arrebatador e nostálgico. Não era a primeira vez que me interrogava, e agora com uma ansiedade crescente, sobre quais seriam os planos do *Melro*. Se eu ao menos soubesse o que lhe passava pela mente, talvez pudesse ter algum poder sobre ele. Haveria ouro na abadia, ao qual planeava deitar as mãos gananciosas? Teria descoberto por acaso a existência de um tesouro secreto, que esperava que eu desenterrasse enquanto escavava o poço? Todos nós tínhamos ouvido histórias de tesouros de monges, enterrados sob as criptas, emparedados em antigos muros. Era de novo a minha imaginação romântica. Giordano lamentava-a, preferindo a poesia da matemática à das grandes aventuras. *Tu ainda hás-de acabar mal, rapariga*, costumava dizer no seu tom seco. *Tens a alma de um flibusteiro.* E depois, com uma súbita centelha a perpassar-lhe no olhar ao perceber que eu aprovava a comparação: *Uma alma de pirata e a mente de uma pateta. Vamos lá, vamos ver outra vez esta fórmula...*

Sabia o que Giordano me diria. Que não havia ouro nas paredes da abadia e que se houvesse alguma coisa enterrada naquele solo movediço, já há muito teria desaparecido para sempre. Que essas coisas só acontecem nas histórias. Contudo, LeMerle era mais parecido comigo do que o meu antigo tutor; mais flibusteiro do que lógico. Eu sei quais são as suas motivações. O desejo. A malícia.

Os aplausos. O puro prazer que retira do que está errado, em fazer roer as unhas de inveja aos que se lhe opõem e contrariam, em destruir os altares, em profanar as sepulturas. Sei que é assim porque continuamos a ser iguais, eu e ele, cada um de nós uma pequena janela aberta para a alma do outro. Muitas paixões correm ardentes ou gélidas no seu sangue estranho e a riqueza é apenas uma das mais insignificantes. Não, não se trata de uma questão de dinheiro.

Será o poder, então? A ideia de ter tantas mulheres submetidas, das quais se pode servir e manipular? Isso coaduna-se melhor com o *Melro* que eu conhecia e explicava os seus encontros secretos com Clémente. Mas LeMerle podia ter à sua volta toda uma corte de beldades; nunca deixara de ser bem-sucedido nesse campo, tanto na província como nos salões de Paris. Nunca dera grande valor a essas coisas antes, nunca se afastara do seu caminho para ir atrás delas. O quê então?, era a pergunta que fazia a mim mesma. O que é que move um homem como ele?

Ouviu-se um grito súbito vindo detrás do muro do jardim das ervas, muito perto, e pus-me de pé de um salto.

— *Miséricorde!*

A voz era de tal modo estridente que por segundos não a reconheci. Corri para o muro do jardim e icei-me para espreitar.

O pomar e o jardim das ervas deitam para o lado poente da capela para proteger do frio as plantas e as árvores, no Inverno. Quando espreitei por cima do muro avistei a entrada oeste a cerca de uns quinze metros e a pobre Rosamonde, com as mãos a tapar a cara, em pranto desatado.

— *Aiii!* — guinchava ela. — *Homens!*

Com algum esforço icei-me para cima do muro e fiquei escarranchada. Estavam seis homens junto à entrada poente. Ao pé da porta aberta via-se uma engenhoca com cordas e roldanas e, ao lado, uma pilha de barrotes que pareciam destinar-se a mudar um objecto pesado.

— Não há problema, *ma sœur* — gritei, a tranquilizá-la. — São operários que vieram reparar o telhado.

— Que telhado? — Confusa, Rosamonde, virou-se para olhar para mim.

— Está tudo bem — repeti, rodando as pernas para o lado dela. — São operários. O telhado está com infiltrações e eles estão aqui para o reparar. — Sorri-lhe tranquilizadora e deixei-me deslizar para a erva alta.

Rosamonde abanava a cabeça, desconcertada.

— Quem és tu, rapariga?

— Sou a Sœur Auguste. Não se lembra de mim?

— Eu não tenho nenhuma irmã — respondeu Rosamonde. — Nunca tive. És a minha filha? — Olhou-me perscrutadora, franzindo os olhos. — Sei que devo conhecer-te, minha querida. Mas não me consigo lembrar...

Passei-lhe o braço gentilmente à volta dos ombros. Avistei um pequeno grupo de freiras que nos observava da porta da igreja.

— Não tem importância — disse-lhe eu. — Ouça, porque é que não vai até à casa do capítulo e...

Mas quando a fiz virar em direcção à igreja, Rosamonde soltou outro grito esganiçado.

— Olhem! Sainte Marie!

Das duas uma: ou os olhos da velha Rosamonde não eram tão fracos como eu pensava, ou ela encontrava-se na capela quando começaram os trabalhos, porque eu não tinha visto nada de estranho no grupo de operários junto à porta oeste. Mas ao olhar agora percebia que o equipamento deixado ao pé da porta não se destinava ao telhado. De facto, não tinham sido montados andaimes junto aos muros, nem sequer uma escada. Um dos homens estava a colocar as roldanas. Dois outros levantavam a estátua com a ajuda de uma alavanca. E outros dois atrás mantinham-na direita e firme enquanto o contramestre dirigia a operação. E foi assim, amarrada como uma enorme fera, que Marie-de-la-mer desceu, centímetro a centímetro, pelas roldanas de madeira.

Algumas freiras observavam em silêncio. Entre elas estavam Aldegonde e Marguerite. Rosamonde olhou para mim com uma expressão de angústia confusa.

— Porque é que estão a tirar a Santa? *Para onde* é que a levam?

Abanei a cabeça.

— Talvez a vão transportar para um sítio mais apropriado — respondi, sem convicção. Que outro lugar era mais apropriado do que a nossa capela, o nosso pórtico, onde podia ser vista de qualquer ponto do edifício e tocada por quem entrava.

Rosamonde dirigia-se tão depressa quanto podia para o grupo de operários.

— Não a podem levar! — gritou, com uma voz rouca. — Não a podem roubar!

Precipitei-me atrás dela.

— Tenha cuidado, *ma sœur*, pode magoar-se.

Mas Rosamonde não me ouvia. Avançou cambaleante para a entrada onde os homens se debatiam com dificuldades para evitarem estilhaçar os degraus de mármore.

— Que estão vocês a fazer? — perguntou Rosamonde.

— Cuidado, irmã — disse um dos homens. — Afaste-se do caminho! — Sorriu e vi a linha irregular dos dentes enegrecidos.

— Mas é a Santa! A *Santa*! — Rosamonde esbugalhava os olhos, escandalizada.

De certo modo, eu compreendia-a. A enorme santa — se é que era santa — há anos que fazia parte da abadia. O seu rosto de pedra vira-nos viver e morrer. Orações infindáveis tinham sido rezadas sob o seu olhar mudo e impávido. O ventre arredondado, os ombros maciços, o vulto escuro da sua presença terna e indiferente tinham sido um conforto, uma pedra de toque para nós através de mudanças e ao longo das estações. Removê-la agora, neste momento crítico, significava deixar-nos órfãs numa altura em que mais precisávamos dela.

— Quem é que deu ordens? — perguntei.

— O novo confessor, irmã. — O homem quase nem olhou para mim. — Tenha cuidado, ela está a descer! — Empurrei Rosamonde para longe dos degraus no preciso momento em que a estátua, suportada de ambos os lados pelos operários e em baixo pelas roldanas, desceu com estrépito os degraus até ao caminho de terra, levantando poeira do solo gretado. O homem dos dentes estragados segurava a Santa, enquanto o seu assistente, um rapaz de cabelos ruivos e sorriso bem-disposto, manobrava um carro para o pôr em posição de a carregar.

— Porquê? — insisto. — Por que é que a levam?

O rapaz ruivo encolheu os ombros.

— São ordens. Talvez vão receber uma nova. Esta parece tão velha como Deus.

— E aonde é que a vão pôr?

— Vamos deitá-la ao mar — respondeu o rapaz ruivo. — Ordens.

Rosamonde agarrou-se a mim.

— Não podem fazer isso! A Reverenda Madre nunca permitirá que façam isso! Onde é que ela está? Reverenda Madre!

— *Ma fille*, estou aqui. — A voz era fraca e monocórdica, quase tão descolorida como a dona, mas apesar disso Rosamonde parou de se debater e ficou a olhar, o seu pobre rosto perplexo hesitando entre a esperança e o pavor.

Mère Isabelle estava parada à porta da igreja, com as mãos entrelaçadas e a santa apeada aos pés.

— Era tempo de nos desembaraçarmos desta blasfémia — disse ela. — Já está aqui há demasiado tempo e os ilhéus são uma gente supersticiosa. Chamam-lhe a Sereia. Rezam-lhe. Ela tem *cauda*, Deus nos proteja!

Mesmo contra a minha vontade, falei com franqueza:

— Mas *ma mère*...

— Este objecto... não é a Virgem Santa — interrompeu Isabelle. — E não existe nenhuma santa Marie-de-la-mer. Nem nunca houve. — A voz nasalada subiu levemente de tom. — Como é que podem tolerar isto aqui? Esta coisa na nossa capela! Vêm peregrinos para lhe tocar! As mulheres... mulheres *grávidas*... raspam-lhe o pó para fazerem infusões mágicas!

Começava a perceber. Não era a Santa em si mesma, mas o uso que faziam dela. O toque de fertilidade na estéril casa de Deus.

Isabelle respirou fundo. Agora que começara a falar, parecia que nada a podia deter.

— Eu soube no próprio momento em que pus aqui os pés. Os enterros não consagrados. Os excessos secretos. A maldição do sangue. — Era quase histeria, mas mantinha o sangue-frio. Angélique Saint-Hervé Désirée Arnault possuía uma fórmula própria e não abdicava dela fosse pelo que fosse.

— E agora, atreve-se a atacar-me a mim. A mim! A escarnecer de mim com sangue! O meu confessor localizou a fonte e purificou-a. Mas o mal persiste. O mal persiste.

Permaneceu em silêncio durante um minuto, contemplando o mal. Depois, com um seco *Louvado seja!* virou as costas e afastou-se.

O sino das Vésperas tocou pouco tempo depois, não nos deixando tempo para discutir. De qualquer modo, eu não me atrevia a manifestar as minhas dúvidas, porque o medo de perder o contacto com Fleur impedia-me de dizer o que pensava. Durante as Noas, tinha o espírito concentrado nas palavras de Mère Isabelle nos degraus da capela, palavras de que ela própria parecia quase não ter consciência.

A maldição do sangue. O mal persiste.

O novo poço está agora praticamente concluído e a água é doce e cristalina como ela desejava. LeMerle exorcizara a capela, a pia de água benta, a sacristia e todos os vasos sagrados, declarando-os imaculados. Anunciou o mesmo em relação a Perette e a Alfonsine, para meu alívio, embora ainda corram alguns rumores. Alfonsine parece bastante desapontada pelo facto de lhe ser passado esse atestado inequívoco de saúde espiritual e a sua visível contrariedade leva Marguerite a falar desdenhosamente de actrizes e de gente que gosta de chamar as atenções.

Contudo o *mal persiste*.

Procurava evitar que os meus olhos vagueassem, mas de vez em quando dava comigo a olhar para o vazio gigantesco onde outrora estivera Marie-de-la-mer. Um pequeno sacrifício, pensei para mim, comparado com o regresso da minha filha, porque o que era uma estátua ao pé de uma criança viva, de uma criança amedrontada?

Era evidente que LeMerle estava por detrás daquilo. O que é que ele pretendia com a estátua não podia adivinhar, mas a sua remoção — a remoção do único símbolo da nossa unidade e da nossa fé — tinha-nos aproximado mais um passo da rendição. Percebi que agora era ele o nosso símbolo; ia ser ele a nossa única salvação. Durante o serviço religioso, falou de mulheres mártires, de Santa Perpétua, de Santa Catarina e de Cristina Mirabilis, do mistério da morte e da pureza do fogo, e tinha-nos a todas na palma da mão.

13

♠

Abadia de Sainte-Marie la Mère,
Ile des Noirs Moustiers,
26 de Julho de 1610

M<i>onsenhor,</i>
É com o Maior Prazer que venho informar Monsenhor que Tudo que tão sabiamente previu está a decorrer de acordo com o Plano. Nas minhas Funções manifesto o mais Louvável Zelo em todas as Reformas que ela promoveu e a Abadia está quase Restaurada na sua Glória Primitiva. O Telhado da Igreja ainda requer algumas Obras e lamento informar que uma grande parte do Transepto Sul ficou gravemente Danificado devido ao Desgaste do Tempo. Contudo, acalentamos Grandes Esperanças de termos tudo Concluído no Princípio do Inverno.

O Nome Original da nossa Abadia, como Monsenhor já terá Reparado, foi igualmente Restaurado e todos os Sinais e Insinuações do Nome Vernáculo eliminados a favor do Presente. Junto as minhas mais sinceras Súplicas às de Vossa Sobrinha, Monsenhor, e, se a Vossa preenchida Agenda permitir que nos conceda a Graça de uma Visita nos Próximos Meses, sentir-nos-íamos extremamente Honrados e Gratificados em acolher a Vossa Augusta Presença.

O vosso muito obediente servo,

Blá, blá, blá.

Tenho de admitir que o meu estilo é excelente. *A Vossa Augusta Presença*. Agrada-me. Vou enviá-la pela manhã por mensageiro especial. Ou talvez vá eu mesmo até Pornic e a mande de lá — preciso de me afastar umas horas deste lugar pestilento. Não consigo imaginar como é que Juliette suporta isto. Eu só o suporto porque assim tem de ser e porque sei que não vou ficar aqui muito tempo. Estas mulheres enclausuradas, estas desgraçadas, têm um aspecto muito especial e o cheiro da sua hipocrisia dá-me voltas ao estômago. Aqui preso quase não consigo respirar e quase não consigo dormir; tenho de pedir a Juliette que me prepare uma droga calmante.

Doce Juliette. A rapariga loura — como é que ela se chama? Clémente? — satisfaz as minhas necessidades e mostra-se comovedoramente ansiosa por ser agradável, mas não é presa que valha a pena. Para começar, os olhos são demasiado grandes. E à cor dos olhos, de um céu de Verão imaculado, falta-lhe a nota discordante de ardósia e brasas incandescentes. O cabelo, claro como escuma, é também desesperantemente errado. A pele é demasiado branca, as pernas demasiado macias, o rosto sem o sol e a fuligem a perturbá-lo. Chamem-me ingrato, se quiserem. Uma fortuna inesperada como aquela e eu a suspirar ardentemente por uma convencida obstinada com aqueles olhos duros e impiedosos. Talvez seja o ódio dela por mim que me espicaça.

Não há o mínimo ardor em Clémente. A sua palidez gela-me os ossos. Está constantemente a sussurrar-me aos ouvidos histórias de romance, os sonhos da Bela Iolanda, Tristão e Isolda, Abelardo e Eloísa... De qualquer modo, não há perigo de que dê com a língua nos dentes. A pateta está apaixonada. Eu sujeito-a a tormentos cada vez mais prolongados, mas parece comprazer-se com cada indignidade. Pela minha parte, instigo o meu prazer como posso com sonhos de harpias de cabeleiras ruivas.

Não consigo fugir-lhe. Uma destas noites ela veio ter comigo — numa visão ou assim me pareceu. Vi-a apenas durante um instante, com o rosto comprimido contra o vidro da janela, os olhos a reflectirem o brilho suave das chamas com uma expressão de quase ternura.

Clémente agitava-se debaixo de mim, soltando pequenos vagidos que, nela, não passam de uma simulação de paixão. Tinha os olhos fechados e via-lhe o cabelo e os flancos iluminados pelo fogo. Uma súbita explosão de prazer invadiu-me os rins, como se a mulher da janela e a que apertava nos braços inesperadamente se transformassem numa só, depois o rosto na janela desapareceu e fiquei apenas com Clémente arquejante como um peixe encalhado nas minhas mãos. O meu prazer — que, aliás, não me trouxe grande deleite — foi perturbado pela crescente certeza de que o rosto de Juliette na janela não fora um fantasma. Ela tinha-nos visto aos dois juntos. A expressão dela — de choque, repugnância e de algo que podia ser tristeza ou até raiva — perseguiu-me. Por breves segundos estive quase prestes a correr atrás dela, ainda que isso se revelasse ruinoso para os meus planos cuidadosamente arquitectados. Perseguiam-me ideias desordenadas. Levantei-me e fui nu até à janela apesar dos protestos de Clémente. Estava um vulto pálido meio oculto nas sombras da casa da portaria? Não tinha a certeza.

— Colombin, por favor. — Olhei por cima do ombro e vi Clémente acocorada junto à lareira, com o cabelo ainda ilusoriamente incendiado à luz das achas mortiças. Uma súbita onda de fúria apoderou-se de mim e em duas passadas aproximei-me dela.

— Não te autorizo a pronunciares o meu nome. — Fi-la pôr-se de pé puxando-a pelos cabelos e soltou um grito abafado. Esbofeteei-a por duas vezes, não com a violência que gostaria, mas o suficiente para lhe deixar duas marcas rosadas nas faces. — Quem é que tu pensas que és? Uma cortesã de Paris a receber no seu salão? Quem pensas tu que *eu* sou?

Agora chorava, com soluços arquejantes. Por qualquer razão, aquilo enraiveceu-me mais ainda e arrastei-a para o sofá, ainda a soluçar.

Na verdade, não a magoei. Uma ou duas marcas vermelhas num dos ombros e na coxa branca. Juliette ter-me-ia morto por muito menos. Mas Clémente olhava para mim do divã, com os olhos reprovadores mas com um brilho estranho de satisfação, como se fosse aquilo que ela esperava.

— Perdoe-me, *mon père* — murmurou. Uma mão infantil apertou um seio pouco maior do que um damasco verde, espetando o mamilo com uma sedução estudada. Senti o estômago revoltar-se-me só à ideia de lhe voltar a tocar. Mas talvez tivesse ido longe

de mais. Dei um passo para ela e acariciei-lhe a fronte com um movimento lânguido dos dedos.
— Está bem. Desta vez perdoo-te.

14

♥

27 de Julho de 1610

Sainte Marie-de-la-mer foi transportada na carroça dos britadores para a extremidade mais oriental da ilha, onde a costa é assolada pelas marés devastadoras. Aí os seus despojos foram atirados ao mar. Eu não estava presente para assistir — apenas LeMerle e a abadessa estiveram lá — mas contaram-nos mais tarde que se levantou um vendaval do mar no sítio onde caiu a imagem, que a água se agitou fervilhante e que nuvens negras obscureceram o sol e o dia se fez noite. Como era LeMerle a contar-nos isto, ninguém levantou a voz para discutir, embora não me passasse despercebido o olhar cínico de Germaine durante a sua representação.

Era verdade que ela também perdera alguém por causa dele. O seu rosto parece mais fino nestes últimos dias, com as cicatrizes muito proeminentes na pela macilenta. Dorme tão pouco como eu; no dormitório, ouço-a a fingir que dorme, mas a respiração é demasiado leve e a imobilidade demasiado controlada para quem está em repouso.

A noite passada, antes das Vigílias, ouvi-a discutir com Clémente numa voz baixa e áspera, embora não percebesse as palavras. Clémente permaneceu silenciosa — no escuro, calculo que lhe virou as costas — e durante as longas horas entre as Matinas e as Laudes ouvi Germaine chorar, soluçando profundamente, mas não me atrevi a aproximar-me dela.

Quanto a LeMerle... Não me voltou a procurar desde a minha

ida ao mercado e comecei a ficar cada vez mais convencida de que Clémente — que, afinal, partilhava a cama dele — também lhe roubara o coração. Não que isso me incomodasse, como certamente percebem. Já há muito que me deixou de interessar onde é que ele deita a cabeça à noite. Mas Clémente é rancorosa e não sente uma ponta de amor por Fleur nem por mim. Detestava a ideia de pensar no poder que ela poderia manipular em relação a todas nós, se LeMerle sucumbisse aos seus encantos.

Estava a trabalhar na lavandaria quando finalmente ele veio à minha procura. Eu soube que ele estava ali, reconheci o som dos pés nas lajes de pedra e percebi pelo tinir das esporas no degrau que estava em traje de montar. Não me virei logo, e mergulhei uma braçada de roupa numa das tinas de água a ferver, com o rosto virado, sem ousar falar. Sentia as faces a arder, mas devia ser por causa do vapor, porque a lavandaria estava quente e o ar cheio de vapores. Ficou parado a observar-me durante alguns minutos sem dizer uma palavra, mas eu não estava disposta a devolver-lhe o olhar nem a dirigir-lhe a palavra antes de ser ele o primeiro a falar. Por fim, falou naquele tom e estilo que sabia que me deixava sempre furiosa.

— Minha requintada harpia. Espero não vir interromper as tuas abluções. A limpeza, senão a piedade, minha querida, deve ser o pré-requisito da tua vocação.

Peguei no bastão de mexer a roupa.

— Lamento mas hoje não tenho tempo para jogos. Tenho trabalho para fazer.

— A sério? Que pena. E logo num dia de mercado.

Detive-me.

— Mas afinal, talvez eu não tenha razão nenhuma para ir ao mercado — disse LeMerle. — Da última vez o fedor a peixe e aquela gentalha vulgar eram quase insuportáveis.

Só então olhei para ele, sem me importar que visse a mágoa nos meus olhos.

— Que pretendes de mim, Guy?

— Nada, minha Donzela Alada, a não ser a tua doce companhia. Que mais poderia desejar?

— Não sei. Creio que talvez Clémente me pudesse dizer. — Saiu-me mesmo antes de o poder impedir. Vi-o hesitar e depois sorrir.

— Clémente? Deixa-me ver...

— Sabes quem é, LeMerle. É a rapariga que vai ter contigo à noite, às escondidas. Eu já devia calcular que não ias ficar aqui muito tempo sem arranjares uma companhia confortável para a cama.

Encolheu os ombros, imperturbável.

— Simples entretenimento, mais nada. Não acreditavas se te dissesse como acho fastidiosa a vida clerical... e se queres saber uma coisa, Juliette, ela já me começa a maçar.

Sim, isso era típico dele. Dissimulei um sorriso relutante. Mas é difícil guardar um segredo num lugar como este e mesmo a Mère Isabelle não era tão embrutecida que tolerasse uma acusação de libertinagem.

— Acabarão por descobrir. Não podes confiar em Clémente para guardar um segredo. Alguém falará.

— Mas não tu — disse ele.

Tinha os olhos fixos em mim e senti-me pouco à vontade debaixo do exame minucioso. Deitei mais água na tina, com os olhos a arder quando o vapor se levantou por cima da barrela de lixívia. Tinha de deitar mais água — era preciso para retirar a goma — mas LeMerle tirou-me o jarro de água da mão e pousou-o suavemente no chão.

— Deixa-me em paz. — Falei com rispidez para dissimular a tremura da voz. — A lavandaria não faz o trabalho sozinha.

— Então que venha alguém acabá-lo. Quero falar contigo.

Virei-me para o encarar.

— Sobre quê? Que mais podes querer de mim que já não me tenhas tirado?

LeMerle parecia magoado.

— Terá de ser sempre uma questão do que *eu* quero?

— Sempre foi — respondi, rindo.

Ficou aborrecido com a resposta, como eu sabia de antemão. Apertou os lábios e uma leve chispa iluminou-lhe os olhos. Depois suspirou e abanou a cabeça.

— Oh, Juliette! Porquê tanta hostilidade? Se soubesses como têm sido difíceis estes últimos meses. Completamente só, sem ninguém em quem confiar...

— Vai dizer isso à Clémente — interrompi, cáustica.

— Prefiro dizer-te a ti.

— Queres dizer-me uma coisa? — Peguei no bastão para mexer a roupa. — Então diz-me onde escondeste Fleur.
Soltou uma risadinha leve.
— Isso não, minha querida. Lamento.
— Podes ter a certeza que hás-de lamentar — respondi.
— Estou a falar a sério, Juliette. — Eu tinha tirado o véu para lavar a roupa e ele aflorou-me a nuca com as pontas dos dedos. — Quem me dera poder confiar em ti. Não há nada que eu deseje mais do que ver-te a ti e a Fleur juntas de novo. Mal acabe o que tenho a fazer aqui...
— Mal acabes? Quando?
— Em breve, espero. Os espaços fechados não se coadunam com o meu temperamento.
Deitei outro jarro de água quente na tina, levantando uma espadana de vapor. Dei mais umas voltas à roupa, sem saber qual era o jogo dele.
— Deve ser importante para ti — disse eu, por fim. — Esse negócio.
— Será? — havia um sorriso na sua voz.
— Bom, não acredito que estejas aqui apenas para pregares umas partidas a umas freiras.
— Talvez tenhas razão — disse LeMerle.
Peguei nas tenazes de madeira, retirei as peças de roupa para fora da tina e mergulhei-as no banho de amido.
— Então? — Virei-me de novo para ele, com as tenazes na mão. — Porque é que estás aqui? Porque fazes isto?
Deu um passo na minha direcção e para minha surpresa depositou na minha fronte ardente o mais delicado dos beijos.
— A tua filha está no mercado — disse com suavidade. — Não queres ir vê-la?
— Não brinques. — Tremia-me a mão quando pousei as tenazes.
— Não brinco, minha Donzela Alada. Prometo.

Fleur esperava-nos ao lado do molhe. Embora fosse dia de mercado, hoje não havia sinais da carroça do peixe nem da mulher de aspecto ordinário. Desta vez estava um homem com ela, um homem de cabelo branco com ar de lavrador, com o chapéu raso e a jaqueta de tecido grosseiro, e duas crianças, ambos rapazes, sentados perto. Interrogava-me o que teria acontecido à peixeira; se Fleur tinha estado alguma vez em casa dela ou se era uma artimanha para me despistar. Aquele homem de cabelos brancos era o guarda da minha filha? Não me disse nada quando me dirigi a eles e peguei em Fleur ao colo. Os olhos do homem, de um azul leitoso, mostravam-se desinteressados e indiferentes; de tempos a tempos mascava um bocado de alcaçuz e os poucos dentes que lhe restavam ficavam manchados de castanho por causa do suco. Para além disso, não esboçava qualquer outro movimento; podia passar perfeitamente por um surdo-mudo.

Tal como receava, LeMerle não me deixou sozinha com a minha filha, mas sentou-se, de cara virada, na borda do molhe, a poucos metros de distância. Fleur parecia ligeiramente receosa na sua presença, mas constatei que não estava tão pálida, tinha um bibe vermelho limpo por cima de um vestido cinzento e calçava socos de madeira. Senti uma satisfação doce-amarga; ela fora-se embora há pouco mais de uma semana e já se começava a adaptar, a sua expressão de órfã desvanecera-se em algo infinitamente mais assustador. Apesar do pouco tempo decorrido, parece mudada, mais crescida; a este ritmo, dentro de um mês parecerá a filha de outra pessoa, a filha de uma pessoa estranha apenas com uma fugaz semelhança com a minha filha.

Não me atrevi a perguntar directamente onde é que a mantinham. Em vez disso, apertei-a nos braços e afundei a cara nos seus cabelos. Cheirava vagamente a feno, o que me levou a pensar que talvez estivesse numa quinta, mas como também cheirava a pão, podia ser antes uma padaria. Arrisquei um olhar na direcção de LeMerle, que observava a maré, aparentemente perdido nos seus pensamentos.

— Não me queres apresentar àquele senhor? — disse eu por fim, apontando com a cabeça o homem dos cabelos brancos.

O homem pareceu não ouvir. E LeMerle também não.

— De todo o modo, queria agradecer-lhe, se é que é ele que toma conta de ti — continuei.

Do seu ponto de observação, LeMerle abanou a cabeça sem sequer se dar ao incómodo de se virar.

— Mmm-mmm. Vou voltar hoje para casa?

— Hoje não, meu amor. Mas vais voltar depressa. Prometo. — Fiz com os dedos o sinal de esconjuro da má sorte.

— Que bom. — Fleur também o fez, com os seus dedos rechonchudos de bebé. — O Janick ensinou-me a cuspir. Queres ver como é que eu faço?

— Hoje não, obrigada. Quem é o Janick?

— É um rapaz que eu conheço. É simpático. Tem coelhos. Trouxeste-me a Mouche?

Abanei a cabeça.

— Olha para aquele lindo barco, Fleur. No sítio onde estás também vês barcos?

Fleur fez que sim com a cabeça... e LeMerle deitou uma olhadela rápida do seu poleiro em cima do muro.

— *Gostavas* de andar de barco, Fleur?

Ela abanou a cabeça furiosamente, agitando os caracóis sedosos.

Voltei a insistir agora que via uma hipótese:

— Hoje vieste até aqui de barco? Fleur? Ou vieste pela passagem?

— Pára com isso, Juliette — advertiu LeMerle. — Ou não deixo que ela volte cá.

Fleur olhou com ar irritado e zangado.

— Eu quero voltar cá. Quero voltar para a abadia, para o pé dos gatinhos e das galinhas.

— Vais voltar. — Apertei-a com força e por momentos estive à beira das lágrimas. — Prometo, Fleurette, vais voltar.

Durante a viagem de regresso, LeMerle mostrou-se inesperadamente gentil comigo. Eu ia sentada atrás dele, em cima do cavalo, e durante algum tempo ele falou em tom reminiscente dos velhos tempos, da Donzela Alada e do *Ballet des Gueux*, de Paris, do Palais-Royal, do *Grand Carnaval*, do *Théâtre des Cieux*, de triunfos e provações passadas. Eu pouco falava, o que parecia não o incomodar. Os alegres fantasmas de tempos passados atraídos por nós, trazidos de novo à vida graças à voz dele. Uma ou outra vez estive quase a soltar uma gargalhada e um sorriso pouco habitual demorava-se estranhamente nos meus lábios. Se não fosse por causa de Fleur, eu teria rido alto com gosto. No entanto, este é o meu inimigo. Como o flautista do conto alemão, que libertou a cidade das ratazanas, mas quando a população não lhe pagou o que lhe prometera, arrastou as crianças a dançar para a boca do inferno ao som da sua flauta, enquanto a terra abafava os seus gritos à medida que iam caindo. Mas que bela dança não devia ter sido e com uma melodia tão alegre...

15
♥

27 de Julho de 1610

Ao regressarmos encontrámos a abadia em tumulto. A Mère Isabelle esperava-nos junto à casa da portaria, com aspecto doente e impaciente. Disse que tinha havido um incidente

LeMerle pareceu preocupado.

— Que espécie de incidente?

— Uma aparição. — Engoliu em seco, penosamente. — Uma aparição horrível! Sœur Marguerite estava na igreja, a rezar. A rezar pela alma da minha p-predecessora. Pela alma da M-Mère Marie!

LeMerle observava-a em silêncio enquanto ela ia tartamudeando a sua história. Falava com frases curtas, sincopadas, com muitas repetições como se tentasse aclarar as ideias no seu espírito.

Marguerite, ainda extremamente perturbada pelos acontecimentos dessa manhã, tinha-se dirigido à capela, sozinha, para rezar. Aproximou-se do gradeamento fechado da cripta e ajoelhou-se no pequeno genuflexório que ali tinha sido colocado. Fechou os olhos. Pouco depois foi alertada por um som metálico. Ao abrir os olhos viu na entrada da cripta um vulto envergando o hábito castanho das freiras Bernardas, com o lenço de linho e o rosto oculto pela *quichenotte* branca engomada.

Margueritte levantou-se alarmada e gritou, pedindo à estranha freira que dissesse o seu nome. Mas o terror fazia-lhe tremer as pernas e caiu no chão.

— Porquê esse pavor? — perguntou LeMerle. — Podia ser uma das nossas irmãs mais velhas. Sœur Rosamonde talvez, ou Sœur Marie-Madeleine. Todas elas usaram ocasionalmente a *quichenotte*, especialmente com este tempo quente.

A Mère Isabelle virou-se para ele.

— Já ninguém a usa agora! Ninguém!

Mas havia mais. As abas da touca branca da estranha freira, o lenço e até as mãos da aparição estavam manchadas de vermelho. E pior ainda — aqui a voz de Mère Isabelle não era mais do que um sussurro —, as cruzes bordadas no peito de todas as freiras Bernardas tinham sido arrancadas, e os pontos ainda eram vagamente visíveis na cambraia branca.

— Era a Mère Marie — disse Isabelle, terminantemente. — A Mère Marie que regressou dos mortos.

Tinha de intervir.

— Isso não é possível — disse eu, num tom áspero. — Sabe como é a Marguerite. Está sempre a ver coisas. O ano passado dizia que via demónios a saírem da chaminé da casa do forno, mas era apenas um ninho de gralhas por baixo da caleira. Os mortos não regressam.

Isabelle atalhou cerce.

— Ah isso é que voltam. — A voz débil soava dura. — O meu tio, o bispo, teve um caso semelhante há anos na Aquitânia.

— Que caso? — Não consegui dissimular o escárnio na minha voz. Ela olhou para mim, sem dúvida a maquinar qualquer penitência para me infligir mais tarde.

— Foi um caso de bruxaria — respondeu.

Olhei para ela, perplexa.

— Não compreendo — disse por fim. — A Mère Marie era a mulher mais afável, mais gentil que alguma vez existiu. Como é que pode acreditar que...

— O Diabo pode assumir um semblante agradável se quiser. — O tom da sua voz era frio e definitivo. — Os sinais... a maldição do sangue, os meus sonhos e agora esta aparição terrível... Como é que alguém pode duvidar? Que outra explicação pode haver?

Eu tinha de pôr cobro àquilo.

— Uma pessoa atreita a imaginação fantasiosa pode ver coisas que não existem — disse eu. — Se mais alguém tivesse visto essa... aparição...

— Mas viram. —A vozinha débil soava triunfante. — Todas nós vimos. Todas.

A sua afirmação não era rigorosamente verdadeira. No momento em que Marguerite gritou, não havia mais de meia dúzia de freiras por perto, entre elas a Mère Isabelle. Quando acorreram, passando de uma luminosidade incandescente para o interior da capela escura, a sua visão não habituada à obscuridade, o que viram foi muito pouco. Um vulto. Uma touca branca... A visão afastou-se quando se aproximaram e pareceu desaparecer no interior da cripta. Entretanto tinham chegado mais freiras. Mais tarde, cada uma delas afirmava ter visto a mesma aparição, incluindo as últimas a chegar que só podiam ter testemunhado o pandemónio que se seguiu. Cheguei mesmo a encontrar pretensas testemunhas do incidente, que tinham estado a trabalhar nos campos toda a tarde. Porém, a Mère Isabelle, armada de crucifixo e de uma lanterna, flanqueada por Marguerite e Tomasine, penetrou na cripta à procura de provas de interferência humana, tendo primeiro aberto a fechadura do portão através do qual não podia passar nenhum mortal. A busca foi infrutífera. Não descobriram nenhum sinal da freira fantasma. Mas junto do túmulo de Mère Marie, com o selo intacto e a argamassa ainda fresca, encontraram vestígios do mesmo líquido purulento, de cheiro adocicado e cor vermelha, que tingira a água da abadia, umas gotas que aparentemente tinham escorrido da cela de pedra que continha a urna de Mère Marie...

LeMerle parecia preocupado e insistiu em ir inspeccionar a cena do incidente imediatamente. Eu regressei às minhas tarefas. Era evidente que a Mère Isabelle estava irritada por eu ter acompanhado LeMerle a Barbâtre — embora aceitasse contrariada a afirmação dele de que tinha precisado de mim para levar comida e medicamentos a uma família pobre de lá — e fui mandada para a cozinha para preparar os legumes para a refeição da noite. Ali tive muito tempo para reflectir sobre o que tinha acontecido.

Parecia-me demasiada coincidência. Na semana passada eu fora a Barbâtre e Perette desapareceu durante três dias. Esta semana, Marguerite tinha visões, mais uma vez na minha ausência. E de ambas as vezes eu estava com LeMerle. Teria ele maquinado tudo aquilo intencionalmente de modo a manter-me afastada do que se passava? Era mais que certo que eu teria tentado intervir em ambos os casos se lá estivesse. Mas que razões terá para agir assim? Uma partida, dissera-me ele quando me entregou as pastilhas de tinta para deitar ao poço. E a visão impostora de uma freira encapuçada poderia muito bem ser outra brincadeira. Não me espantava que Clémente aceitasse participar nela. Mas que motivos o levarão a fazer toda essa sequência de partidas? Por certo, a última coisa que pretende é atrair as atenções para a abadia ou para si próprio. No entanto, LeMerle é subtil e astuto. Se planeou assim as coisas deve ter sido por alguma razão. Qual seria essa razão escapa-me por completo. Se eu ao menos conseguisse descobrir quem é que fingiu de fantasma e como conseguiu evolar-se aparentemente no ar... Porém, o frenesim de interesse que aquela brincadeira já despoletou deve ser suficiente para silenciar a língua mais loquaz. Também teria planeado isso? E quantos mais favores insignificantes terá concedido como pagamento diferido? Quem são aqui os seus acólitos? Alfonsine? Clémente? Antoine? Eu própria?

16
♥

29 de Julho de 1610

Está a ocorrer uma desagregação entre nós e a irmandade está feita em pedaços arremessados para muito longe, tal como a figura da nossa santa tutelar. Clémente mostra-se distante e foi desterrada para cavar as valas das latrinas como penitência pela sua preguiça. Interrogo-me se teria sido o fedor do trabalho que faz que levou a que LeMerle criasse repugnância por ela ou se esse capricho cruel faz simplesmente parte da sua natureza. Um melro é capaz de dizimar os frutos de uma árvore, debicando aqui e ali ao acaso, estragando-os sem os acabar. Ela ama-o? O seu ar abstracto e sonhador, a expressão dos seus olhos quando ele não repara nela, sugere que sim. Não passa de uma pateta. Já não tolera a companhia de Germaine, embora a outra rapariga se tenha oferecido para a ajudar nas latrinas num acto desesperado para estar perto dela.

A primeira coisa que fiz esta manhã foi falar finalmente com Perette, mas ela estava inquieta e alheada, e não consegui perceber o que se passava. Talvez esteja zangada; com Perette é sempre muito difícil de dizer. Gostava de lhe contar sobre LeMerle, sobre Fleur e sobre o poço contaminado, mas o meu silêncio é a segurança de Fleur. Tenho de acreditar nisso, senão enlouqueço. E por isso engano a minha amiga e procuro não ligar se ela sentir desprezo por mim. Sinto a falta dela, mas sinto mais a falta de Fleur. Talvez só possa haver lugar para uma no meu coração empedernido.

Rosamonde já não está connosco. Há dois dias foi transferida para a enfermaria, onde são instalados os doentes e os moribundos. Sœur Virginie, a jovem noviça a cujos cuidados foi entregue, tomou votos finalmente e assumiu as funções de hospitalária. Uma rapariga simples, tal como a recordava das nossas aulas de latim, com pouco espírito e menos imaginação, e as suas feições angulosas começavam a deixar transparecer a expressão grosseira e desagradável das mulheres da ilha. Penso que a Mère Isabelle a alertou contra mim. Deduzo-o pelos seus olhares cortantes e respostas evasivas. Tem cerca de dezassete anos. Rosamonde é um país desconhecido para ela. A sua juventude atrai-a para a nova abadessa, a quem imita servilmente.

Ontem avistei Rosamonde por cima do muro do jardim da enfermaria. Estava sentada num banco pequeno, enroscada sobre si mesma como se ao fazê-lo pudesse de algum modo presentear o mundo com um alvo mais pequeno para as crueldades do mesmo, e mostrava-se mais desorientada do que nunca. Levantou os olhos para mim, mas sem me reconhecer. Despojada da sua rotina, o frágil fio que a prendia à realidade, flutua numa ansiedade sem objectivo e o único contacto connosco é a irmã que lhe leva as refeições e a criança de rosto suave e sério que toma conta dela.

Fiquei tão irritada perante aquele espectáculo lamentável que esta manhã resolvi discutir o caso de Rosamonde no capítulo. Normalmente, LeMerle não costuma estar presente no capítulo e eu esperava conseguir influenciar a abadessa sem a sua presença.

— Sœur Rosamonde não está doente, *ma mère* — expliquei num tom de humildade. — Não é amável privá-la dos pequenos prazeres que ainda pode usufruir. Privá-la das suas tarefas, das suas amigas...

A abadessa olhou para mim do remoto continente dos seus doze anos.

— Sœur Rosamonde tem setenta e dois anos — disse ela, o que certamente lhe devia parecer uma eternidade. — Ela quase não sabe em que dia estamos. Não reconhece ninguém. — Aí estava, pensei eu. A questão era essa. A velha freira não a tinha reconhecido. — Além disso, está fraca — prosseguiu Isabelle. — Agora, mesmo as tarefas mais simples são demasiado para ela. Não é com toda a certeza mais correcto deixá-la descansar do que pô-la a trabalhar no estado em que está? Certamente, Sœur Auguste — disse com um brilho zombeteiro nos olhos —, não lhe inveja este bem merecido descanso?

— Eu não lhe invejo nada — respondi, picada. — Mas ficar fechada na enfermaria só porque é velha e às vezes faz barulho a sorver a comida...

Tinha falado de mais. A abadessa levantou o queixo.

— *Fechada?* — repetiu. — Está a sugerir que a nossa pobre Sœur Rosamonde está presa?

— Claro que não.

— Então... — Arrastou a voz por momentos. — Quem quiser visitar a nossa irmã enferma pode fazê-lo, desde que Sœur Virginie ache que ela tem forças suficientes para receber as visitas. A sua ausência da mesa das refeições significa simplesmente que pode beneficiar de uma dieta mais nutritiva e de refeições mais regulares do que qualquer uma de nós, a horas mais adequadas à sua idade e condição. — Lançou-me um olhar dissimulado. — Sœur Auguste, não quer negar à nossa velha amiga os seus escassos privilégios? Se chegar à idade dela, estou certa que também os apreciará.

Era esperta, a serigaita. LeMerle estava a ser um bom mestre. Qualquer coisa que eu dissesse agora podia ser tomado por inveja. Sorri, concedendo um ponto, mas com o coração aos saltos.

— Tenho a certeza que todas nós, *ma mère* — volvi e vi com prazer que cerrava os lábios.

Foi assim que acabou a minha tentativa de resgate. A verdade é que eu quase ultrapassara as marcas; Mère Isabelle olhou-me de soslaio durante o resto do capítulo e escapei por uma nesga a outra penitência. Aceitei, como alternativa, fazer um turno na casa do forno — uma tarefa quente, suja e desagradável com aquele tempo opressivo e abafadiço — e ela pareceu ficar satisfeita. Pelo menos, por enquanto.

A casa do forno é uma construção redonda e atarracada na extremidade mais afastada do claustro. As janelas são umas aberturas sem vidros e a luz penetra sobretudo através dos enormes fornos no centro da única divisão. Cozemos o pão nos fornos de argila como faziam os monges dominicanos, em cima de pedras lisas incandescentes colocadas sobre braçadas de lenha empilhadas. O fumo dos fornos escoa-se por uma chaminé tão larga que se vê o céu lá em cima e, quando chove, as gotas de chuva caem sobre os fornos abobadados provocando um vapor sibilante. Quando cheguei duas jovens noviças estavam a amassar pão, uma delas removia os gorgulhos de uma vasilha de pedra para farinha e a outra misturava a levedura num alguidar para preparar a massa. Os fornos estavam acesos e prontos e o calor formava uma parede tremeluzente. Por detrás dessa parede estava Sœur Antoine, de mangas arregaçadas até aos cotovelos e o cabelo preso com trapo que enrolara à volta da cabeça.

— *Ma sœur*. — Por qualquer razão, Antoine parecia diferente e o seu olhar habitualmente amável e vazio dera lugar a algo mais duro e mais premeditado. Parecia quase ameaçadora envolta naquela luz vermelha, os músculos dos ombros largos moviam-se sob as camadas de gordura enquanto amassava a massa de pão.

Meti mãos à minha tarefa, batendo a massa nas enormes vasilhas e colocando os pães nas prateleiras do forno para cozerem. É uma tarefa delicada e difícil; as pedras devem estar perfeitamente aquecidas por igual, porque o calor demasiado forte queima a crosta e deixa o miolo encruado, e demasiado fraco deixa o pão chato e sem graça como pedras. Trabalhámos em silêncio durante algum tempo. Ouvia-se o crepitar e os estalidos das achas de madeira; alguém tinha alimentado o forno com lenha verde e o fumo era acre e desagradável. Queimei duas vezes as mãos nas pedras rubras e praguejei. Antoine fingiu não ouvir, mas tenho a certeza de que estava a sorrir.

Acabámos a primeira fornada de pães e começámos a segunda. Uma abadia necessita pelo menos de seis fornadas por dia, cada fornada de vinte cinco pães brancos ou de trinta pães escuros. Para além dos biscoitos para o Inverno, quando o combustível é menos abundante, e bolos para aprovisionar a despensa e para ocasiões especiais. O cheiro dos pães era bom e agradável, apesar do fumo que me fazia arder os olhos, e senti o estômago roncar. Apercebi-me de que desde o desaparecimento de Fleur quase não comia. O suor escorria-me pela cabeça, ensopando os trapos que me prendiam o cabelo. Tinha o rosto perlado de suor. Momentaneamente vi as imagens a dobrar e estendi a mão para me equilibrar e, sem querer, toquei na vasilha quente do pão. O metal arrefecia, mas ainda estava suficientemente quente para me chamuscar a pele entre o polegar e o indicador e soltei um grito agudo de dor. Antoine voltou a olhar para mim. Desta vez não podia haver qualquer dúvida: estava a sorrir.

— Ao princípio, custa. — Falava em voz baixa mas de modo a que eu a pudesse ouvir. As jovens noviças estavam sentadas perto da porta aberta, a uma distância que não lhes permitia apanhar as palavras. — Mas acabamos por nos habituar. — Tinha a boca muito vermelha, demasiado madura para uma freira e os olhos dela reflectiam o fogo. — Acabamos por nos habituar a tudo.

Agitei a mão queimada para a refrescar e não disse nada.

— Era uma pena se alguém descobrisse a tua história — prosseguiu Antoine. — Provavelmente ficavas aqui para sempre. Como eu.

— Se descobrissem o quê?

Antoine arreganhou os lábios num esgar cruel e perguntei a mim mesma como é que alguma vez pensei que ela era estúpida. Descortinava-se uma inteligência mesquinha por detrás dos olhos pequenos e brilhantes e naquele momento tive quase medo dela.

— As tuas visitas secretas a Fleur, claro. Ou julgas que eu não dei por isso? — Havia agora uma nota amarga na sua voz. — Ninguém espera que a gorda Sœur Antoine repare no que quer que seja. A gorda Sœur Antoine não pensa em mais nada senão na sua barriga. Em tempos tive uma criança, mas não me deixaram ficar com ela. Porque é que tu hás-de ficar com a tua? Porque é que hás--de ser diferente de todas as outras? — Baixou a voz, com a luzinha vermelha projectada pelo fogo ainda a dançar-lhe nos olhos. — Se a Mère Isabelle descobrir, vai ser o fim, diga o Père Saint-Amand o que disser. Nunca mais voltas a ver Fleur.

Olhei para ela. Parecia-me mil léguas distante da mulher doce e gorda do mês passado, que chorou quando lhe belisquei o braço. Era como se uma parte da pedra negra da Santa tivesse entrado dentro dela.

— Não contes nada, Antoine — sussurrei. — Eu dou-te...

— Xaropes? Empadas de carne? Guloseimas? — A voz soou áspera e as noviças olharam, curiosas, a ver o que se passava. Antoine gritou-lhes uma ordem ríspida e baixaram as cabeças imediatamente. — Estás a dever-me um favor, Auguste — disse em voz baixa. — Não te esqueças disso. Deves-me um favor.

Em seguida, virando as costas, foi deitar uma espreitadela aos pães como se nada se tivesse passado entre nós e apenas pude ver a curvatura imperturbável das costas durante o resto dessa longa manhã.

Talvez devesse sentir-me tranquilizada. Era claro que Antoine não tinha a intenção de revelar o meu segredo. No entanto a sua relutância em deixar-se comprar era desanimadora; como ainda mais enervante era a frase que usara — *deves-me um favor* — a moeda habitual do *Melro*.

Nessa noite dirigi-me ao poço após as Completas para encher um jarro de água para a lavagem. O sol tinha-se posto e o céu era de um violeta escuro e sorumbático, com estrias vermelhas. O pátio estava deserto porque a maior parte das freiras já se tinham retirado para a sala de convívio ou para o dormitório nos preparativos para dormir, e eu via o brilho quente e dourado das luzes através das janelas sem protecção do claustro. O poço ainda está incompleto, à espera de um reboco de pedra nas paredes de terra ásperas e de um muro de protecção à volta. Hoje está quase invisível no meio das sombras. Uma vedação de madeira rudimentar foi construída à pressa à volta da cavidade para impedir que alguém lá caísse acidentalmente. Uma barra transversal, apetrechada com um balde, uma corda e uma roldana faz lembrar um vulto frágil que se ergue no chão cor de púrpura. Doze passadas. Seis. Quatro. O vulto franzino destacou-se do lado do poço com um súbito sobressalto. Vi um rosto pequeno e pálido que reflectia o céu violeta, com os olhos esbugalhados pela surpresa e — quase iria jurar — pela culpa.

— Que fazes aqui? — A voz era suspeitosa. — Devias estar com as outras. Porque me seguiste?

Segurava qualquer coisa nas mãos, parecia uma trouxa de trapos molhados. Quando baixei os olhos, tentou esconder a trouxa nas pregas da saia. No meio das sombras, julguei ver manchas na roupa, manchas escuras que pareciam negras sob a luz fraca. Estendi o jarro.

— Precisava de água, *ma mère* — Tentei que a minha voz soasse inexpressiva. — Não a vi. — Agora podia ver o balde de água aos pés dela, e o conteúdo formava uma poça na terra lamacenta do pátio. O balde parecia conter também trapos ou roupa. Isabelle viu a direcção do meu olhar e pegou nos trapos, que lhe bateram na saia, mas não fez sequer qualquer tentativa para os torcer.

— Tira então a tua água — disse secamente, empurrando o balde com o pé, desajeitadamente. O balde virou-se, derramando uma mancha escura no chão mais escuro.

Ia fazer o que ela mandava, mas senti a tensão que a dominava. Tinha os olhos muito abertos e estranhamente brilhantes, e numa réstia de luz reparei que tinha o rosto molhado. Havia também um odor, um odor suave e adocicado, que reconheci.

Sangue.

— Há algum problema?

Durante segundos, ficou a olhar-me fixamente, com uma expressão rígida no rosto pelo esforço para não perder a dignidade. Arfava-lhe o peito. A parte da frente da saia estava encharcada de água dos trapos molhados.

Depois começou a soluçar, um choro lamuriento de uma criança confusa, que tivesse recebido uma reprimenda, uma criança que tem chorado tão amargamente e há tanto tempo que já não lhe interessa quem a ouve. Por instantes esqueci-me com quem estava. Já não era a Mère Isabelle, antes da casa de Arnault e depois abadessa de Sainte-Marie la Mère. Quando avancei para ela agarrou-se a mim e por instantes foi como se apertasse Fleur nos meus braços, ou Perette, desesperada por qualquer desgosto real ou imaginário como só as crianças sofrem. Afaguei-lhe os cabelos.

— Então, pequenina. Está tudo bem. Não tenhas medo.

Com a cabeça encostada ao meu peito, ela falou mas as palavras saíam abafadas. Eu sentia a água dos trapos manchados — que continuava a apertar nas mãos — a escorrer-me pelas costas.

— Que aconteceu? O que foi? — O cheiro alagadiço a febre que se desprendia dela era intenso, como o cheiro dos pântanos depois da chuva. Tinha a fronte tão quente que pensei se não estaria realmente doente. Perguntei-lhe.

— Tenho dores — disse Isabelle com esforço. — Dores no ventre. E sangue. *Sangue!*

Tinha-se falado tanto de sangue nos últimos dias que, por instantes, não percebi. Depois tornou-se claro. As palavras dela — *a maldição do sangue* —, os trapos manchados que procurava esconder. As cãibras. Claro. Apertei-a mais contra mim.

— Vou morrer? — Tremia-lhe a voz. — Vou para o Inferno?

Nunca ninguém lhe dissera. Eu tive sorte, a minha mãe não sofria de falsos pudores. Disse-me que o sangue não era nem maligno nem impuro, que era uma dádiva de Deus. Janette explicou-me mais coisas quando me ensinou a dobrar o pano de protecção e a colocá-lo no lugar; era sangue *sábio*, segredou-me misteriosamente. Sangue mágico. As suas mãos ágeis manejavam as cartas do novo jogo do Tarot, que Giordano trouxera de Itália. As cataratas cobriam-lhe os olhos com uma névoa, mas apesar disso tinha os olhos mais penetrantes que já vi. Estás a ver esta carta? É a Lua. Giordano diz que as marés acompanham o ciclo da Lua, enchem e vazam, marés altas e marés baixas. É como as marés das mulheres, secas no quarto minguante e cheias no quarto crescente. A dor vai passar. Para receber a dádiva pode ser necessário sofrer um pouco, só um pouco. Mas esta é a pedra mágica de que fala *Le Philosophe*. A fonte da vida.

Claro que eu não podia dizer estas coisas a Isabelle. Mas expliquei-lhe o melhor que soube até que os soluços abrandaram e senti o seu corpo flexível ficar hirto. Finalmente, afastou-se.

— A sua mãe devia ter-lhe dito — disse eu, paciente. — Assim foi um choque para si. Mas acontece a todas as raparigas quando se tornam mulheres. Não é vergonha nenhuma.

Olhava para mim, cada vez mais rígida. Tinha o rosto crispado de repugnância e de raiva.

— Não tem nada de mal. — Para seu próprio bem, tinha que tentar que ela percebesse. — Não é o Diabo. — Procurava sorrir-lhe, mas o seu olhar era acusador, odioso. — Só acontece uma vez por mês, durante poucos dias. Tem que dobrar o pano de protecção assim... — Mostrei-lhe como se fazia com uma ponta do meu hábito, mas Isabelle parecia nem ouvir.

— Mentirosa! — Afastou-se de mim com um sacão, dando um pontapé no meu jarro de água com tamanha violência que o jarro atravessou as estacas da vedação e se precipitou no poço. — *Mentirosa!*

Tentei protestar, mas Isabelle agrediu-me ferozmente com os punhos cerrados.

— Não é verdade! Não é verdade! Não é verdade!

Só então percebi que eu tinha cometido o pecado imperdoável. Tinha-a visto sem defesas. Tinha-lhe oferecido compaixão. Pior ainda, eu agora sabia um segredo, um segredo que ela considerava tão vergonhoso que foi lavar as roupas manchadas, de noite, para preservar a sua privacidade...

Li tudo isto no último olhar que me deitou, quando se virou momentaneamente para me olhar.

— Mentirosa! Bruxa imunda! És uma bruxa! És a meretriz do Diabo e eu posso prová-lo!

Tentei chamá-la à razão.

— Não quero ouvir! — Mesmo naquele momento senti pena dela, da sua juventude, da sua fragilidade, da sua terrível solidão... — Não *quero* ouvir! Odiaste-me sempre! Vejo-te a observar-me com a tua insolência! A confrontares-te comigo! — Soltou um soluço furioso. — Mas não me enganas! Eu sei o que tu estás a tentar fazer, mas não me enganas... *não me enganas!*

Depois, foi-se embora.

TERCEIRA PARTE

ISABELLE

1

♥

1 de Agosto de 1610

Escoaram-se três dias com a certeza escorregadia de um pesadelo. Desde o incidente à beira do poço, Mère Isabelle raramente fala comigo, não faz qualquer referência ao que se passou entre as duas, mas sinto a sua desconfiança e aversão. As palavras que proferiu naquela ocasião, as acusações e as ameaças, não as voltou a repetir, quer em público quer em privado. De facto, trata-me com uma certa tolerância, que não era hábito antes.

Mas parece não estar bem: a irritação deforma-lhe o rosto e tem os olhos arroxeados e pesados. LeMerle convidou-me mais duas vezes para o visitar nos seus aposentos. Faz insinuações a favores a conceder, e tenho medo da cumplicidade que desta vez me queira pedir. Entretanto, a aparição presenciada por Marguerite tem sido vista em diversos lugares da abadia, e cada uma é descrita com mais pormenores, pelo que agora a freira fantasma tem feições hediondas, olhos vermelhos e todo o aparato da fantasia popular.

De forma não surpreendente, Alfonsine também a tem visto, com pormenores muito mais minuciosos, e interrogo-me em que medida a freira fantasma não é uma invenção da rivalidade recíproca entre ambas. Alfonsine, que parece mais pálida e mais absorta com o passar dos dias, chegou a jurar que reconheceu o rosto amável de Mère Marie por baixo daquela coifa sinistra, agora desfigurada pelo ódio e pelo entusiasmo demoníaco. Não vai tardar muito que Marguerite não descubra qualquer coisa ainda mais angustiosa para relatar, roubando mais uma vez os trunfos a Alfonsine. Entretanto, passa o tempo livre em limpezas e preces, enquanto a sua rival jejua e reza — além de tossir com uma frequência cada vez maior.

Que vai ser de nós? Falamos de pouco mais do que de sangue e aparições. As relações normais entre nós acabaram. As penitências atingiram um grau até agora insuspeitado, com Sœur Marie-Madeleine de vigília na igreja há duas noites, sem dormir, por ter ousado pôr em dúvida algumas das histórias das noviças. A nossa dieta consiste apenas em pão escuro e sopa, depois da Mère Isabelle ter decretado que qualquer alimento mais rico inflama os apetites mais vis. Diz isto com tamanha ferocidade que as piadas obscenas a que uma declaração deste tipo daria origem nos tempos de Mère Marie ficam atravessadas na garganta.

Prosperam os mexericos e os escândalos segredados. Clémente revelou ser uma informadora zelosa, no capítulo. São poucas as que escapam à sua malevolência inocente e perplexa. Se Sœur Antoine devorar o seu bocado de pão antes da oração de graças, Clémente regista o facto. Se Tomasine fechar os olhos durante as Vigílias, se Piété se mostrar mal-humorada quando é perturbada a rezar, se Germaine aludir desdenhosamente às aparições... Com esta última é particularmente cruel. As palavras trocadas em confidência são reveladas publicamente com melíflua complacência. Mère Isabelle elogia em Clémente o seu sentido do dever. LeMerle finge não dar por nada.

Germaine aceitou a sua penitência com uma indiferença reservada. Agora parece insensível como uma pedra, com o rosto devastado duro e rígido como a efígie de Marie-de-la-mer, a santa que nunca existiu. Contudo, é mais fácil para nós, na nossa abadia assolada pelos ventos agrestes que sopram de oeste, acreditar numa Deusa do Mar, numa Deusa vigilante e temível de olhos de pedra desorbitados. De qualquer modo, é mais fácil do que acreditar na Mãe de Deus, nessa Virgem que continua a clamar ser a mãe de todos nós. Há três dias atrás, chegou do continente, de carroça, uma bela estátua de mármore da Virgem Mãe, em substituição da antiga imagem. Segundo a Mère Isabelle, era um presente do seu tio preferido, por quem iremos rezar quarenta missas de acção de graças pela sua generosidade. Esta nova Marie é toda branca, macia e suave como uma batata pelada. Foi colocada no pórtico da igreja onde antes estava a velha Marie, com os lábios curvados num sorriso breve e desprovido de sentido, com uma mão estendida num gesto de bênção.

Porém, na manhã seguinte à sua chegada, a nova Marie foi encontrada desfigurada, com palavras obscenas rabiscadas a lápis de sebo sobre os seus traços. Germaine — que permanecera em penitência na igreja na noite do ultraje — afirmou não ter visto nada durante a sua vigília, ao mesmo tempo que contorcia a boca. Talvez tivesse sido uma misteriosa freira envolta no hábito, sugeria com insolência, ou um macaco do Extremo Oriente, ou uma manifestação do Espírito Santo. Começou a rir de mansinho, ao princípio. Nós observávamo-la, embaraçadas e ansiosas. Manchas escarlates vincavam-lhe o rosto. Por instantes, virou-se para Clémente com um olhar de súplica no rosto marcado pelas cicatrizes. Depois caiu para trás, com o corpo rígido sobre as lajes, com as mãos a querer agarrar o ar.

Depois disso, Germaine foi levada para a enfermaria. Sœur Virginie declarou que ela sofria de *cameras de sangre* e falava de uma possível recuperação, num tom de confidência espalhafatosa, enquanto em privado abanava a cabeça e segredava que era pouco provável que a paciente sobrevivesse até ao fim do mês. O estado de Sœur Rosamonde também era preocupante. Durante a última semana, a sua degradação tinha sido dramática; presentemente, permanece na enfermaria o dia inteiro, quase sem se mexer e recusa-se a comer. Claro que é muito velha — quase tão velha como a infeliz Mère Marie — mas até à remoção da Santa fora um espírito alegre, saudável de corpo ainda que não de mente, que apreciava os pequenos prazeres com uma simplicidade invejável.

Sinto-me estranhamente responsável e gostava de tentar interceder a favor dela, embora saiba que não servirá de nada. De facto, neste momento, é muito mais provável que Mère Isabelle mostre simpatia por Rosamonde se eu me mostrar alheada do seu estado.

Claro que isto faz parte da armadilha montada por ele. Cada dia que passo aqui escava mais fundo o poço em que me afundei. LeMerle sabe-o; e não tenho dúvidas de que era isso que ele pretendia. Despreza a minha lealdade em relação às irmãs, mas percebe que não as vou deixar enquanto Fleur estiver a salvo e elas não.

Tornei-me carcereira de mim própria e embora os meus instintos me advirtam com uma crescente premência que devo fugir, tenho medo do que possa acontecer se cessar a minha vigilância. Deito as cartas todas as noites, mas não me revelam nada que eu não saiba já: a Torre em chamas com a mulher a despenhar-se, de braços abertos, lá do cimo; o Eremita encapuçado e o cruel Seis de Espadas. A desgraça, suspensa como um rochedo esmagador por cima das nossas cabeças, sem que eu possa fazer nada para impedir que se precipite sobre nós.

2

♠

1 de Agosto de 1610

Finalmente, uma resposta às minhas cartas. Monsenhor não tem pressa, segundo parece, e não vê razões para me agradecer pelo empenhamento posto na minha missão. Tenho o privilégio de me ser dada a oportunidade de dedicar a minha vida à nobre casa dos Arnault. No entanto, o presente generoso, a estátua de mármore que acompanhava a sua carta, revela a sua muda aprovação. Monsenhor mostra-se extremamente gratificado por saber das reformas decididas pela sobrinha. E não surpreende que assim seja — tracei um belo quadro da jovem abadessa, radiosa na sua inocência e na sua beleza etérea; das freiras veneradoras; dos bandos de aves que acorrem para a ouvir falar. Insinuei prodígios; chuvas de pétalas de rosas; curas espontâneas. Sœur Alfonsine ficará satisfeita quando ouvir dizer que recuperou a saúde depois de uma doença fatal. Sœur Rosamonde também recuperou o uso do braço atrofiado. Não convém falar com demasiada precipitação de curas miraculosas, mas há que ter esperança, e se Deus quiser...

Foi lançado o isco. Não duvido que o vai morder. Sugeri o dia quinze de Agosto como uma data propícia. Parece-me adequada, tratando-se do dia da Virgem, para celebrarmos a regeneração da abadia.

Entretanto, tenho de trabalhar dia e noite para ter as coisas prontas a tempo. Felizmente, conto com alguns auxílios: Antoine, forte, bronca e pouco exigente; Alfonsine, a visionária e propaladora de boatos; Marguerite, a catalizadora. Para não mencionar Piété, que faz os recados, a jovem Sœur Anne e Clémente...

Neste caso talvez tenha cometido um erro. Apesar da sua aparência dócil e submissa, ela é de longe a mais exigente das minhas discípulas e por vezes é difícil lidar com as suas mudanças bruscas de humor. Hoje ronronante como uma gata doméstica, amanhã perversamente fria, parece sentir prazer em me incitar à violência para em seguida se entregar a extravagantes protestos de amor e de arrependimento. Deve pensar que eu acho esse comportamento sedutor. Muitos achariam, tenho a certeza. Mas já não tenho dezassete anos para me deixar enredar por uma cara bonita e por denguices infantis. Além disso, não me sobra muito tempo para ela. As minhas horas tornaram-se pelo menos tão longas e tediosas como as das freiras. As minhas noites divido-as entre diversas ocupações clandestinas; os meus dias são preenchidos com bênçãos, exorcismos, confissões públicas e outras blasfémias diárias.

Depois da primeira visão da Freira Ímpia tem havido uma série de outros incidentes que podem ser ou não de natureza demoníaca: crucifixos retirados dos hábitos das freiras durante a noite; escritos obscenos nas imagens da igreja; tinta vermelha na pia de água benta e nas pedras em frente do altar. Porém, o Père Colombin mantém uma atitude de desafio perante estes novos ultrajes e passa horas em oração todos os dias; o que me salva de uma total exaustão é passar pelas brasas de vez em quando, e Sœur Antoine zela para que não morra à fome.

E quanto a ti, minha Juliette? Até onde é que me acompanharás e durante quanto tempo? O mercado de Barbâtre cumpriu o seu objectivo. Não podemos lá voltar sem levantar suspeitas. Isabelle vigia-me com uma espécie de ciúme e a sua vigilância, assiduamente afiada, é a agulha de uma bússola apontada sempre na minha direcção. Apesar da sua sabedoria terrena, o Père Saint-Amand é um inocente, facilmente manejável pelas astúcias femininas. Muito mais dura com o seu sexo do que qualquer homem, ela não ignora essa minha fraqueza natural e aprecia essa prova da minha humanidade. Se agora soubesse do meu envolvimento com Clémente, tomaria o meu partido, partindo do pressuposto de que a rapariga me arrastou em tentação. Mas os olhos dela estão assestados em Juliette. O instinto diz-lhe onde está o inimigo. A minha Donzela

Alada trabalha na casa do forno — um trabalho bastante duro, segundo me dizem, mas uma tarefa mais fácil do que cavar o poço. Não se aproxima de mim, embora deva estar ansiosa por saber notícias da filha, e insiste naquela atitude de docilidade imperturbável, quase estúpida, que se coaduna tão mal com aquilo que conheço dela. Só uma vez teve um deslize e chamou as atenções quando a freira idosa foi levada para a enfermaria. Sim, ouvi falar nisso. Um lapso insensato, e para quê? Que espécie de lealdade pessoas como ela podem ter por esta gente? Sempre teve um coração demasiado brando. Excepto comigo, claro.

Esta manhã passei duas horas que me eram preciosas com Isabelle, em confissão e preces. Ela tem um gabinete de trabalho privativo contíguo ao quarto de dormir, com um oratório, velas, um retrato seu, obra de Toussaint Dubreuil e uma imagem em prata da Virgem trazida do tesouro da sacristia. Tempos houve em que eu teria cobiçado essa imagem, além dos tesouros, mas há muito que lá vai a época dos pequenos furtos. Em vez disso, escuto as tiradas empoladas de uma criança mimada com um ar grave e compadecido, enquanto reprimo um sorriso na boca do estômago.

Mère Isabelle está perturbada. Diz-mo com a arrogância inconsciente da sua classe, o orgulho de adulto a mascarar os temores da criança. Porque tem medo, diz-me ela. Teme pela sua alma e pela sua salvação. Tem tido sonhos. Dorme apenas três ou quatro horas por noite — o mar alguma vez tem sossego? — e o pouco sono que consegue é pontuado por sonhos desagradáveis de um tipo até então desconhecido para ela.

— De que tipo? — Semicerrei os olhos para dissimular o brilho malicioso. Embora não passe de uma criança, os seus sentidos estão despertos e os seus instintos são inquietantes. Noutra vida, teria feito dela uma excelente jogadora de cartas.

— Sangue — segredou. — Sonhei que jorrava sangue das lajes da cripta e que inundava a capela. Depois sonhei com a estátua negra no pórtico e o sangue brotava debaixo dos seus pés. Depois sonhei com Sœur Auguste — já vos disse que os instintos dela estavam certos — e com o poço. Sonhei que jorrava sangue do poço que Sœur Auguste estava a cavar e *que me cobria toda!*

Muito bem. Nunca imaginei que a minha jovem pupila possuísse tamanha imaginação. Reparei que o seu rosto apresenta pequenas manchas à volta da boca e no queixo, sinal de pouca saúde.

— Não deve esforçar-se tanto, *ma fille* — disse-lhe, com suavidade. — Encorajar o colapso físico através da abnegação não nos vai ajudar a realizar a nossa missão aqui.

— Há uma verdade nos sonhos — murmurou, soturna. — A água do poço não estava maculada? E o sacramento?

Assenti com gravidade. É difícil não esquecer que ela tem doze anos; mas com o seu rosto pequeno e atormentado e os olhos avermelhados, parece velha e gasta.

— Sœur Alfonsine viu uma coisa na cripta. — De novo o ciciar, meio sombrio, meio imperioso.

— Sombras — respondi vivamente, atiçando as chamas.

— Não! — Arqueou os ombros instintivamente, levando a mão ao estômago com um esgar.

— O que é? — Acariciei-lhe a nuca com a mão, mas ela afastou-se.

— Nada. *Nada!* — repetiu, como se eu a tivesse contradito. Uma cãibra, explica. Uma dor que a tem afligido nos últimos dias. Há-de passar. Pareceu-me que ia acrescentar mais qualquer coisa, deixando cair a máscara seca e mirrada por instantes para revelar a criança que devia ter sido. Recompôs-se logo em seguida e por momentos vi nela a imagem clara do tio. É uma parecença grata; lembra-me que não estou a lidar com uma criança normal, mas com uma criança de uma descendência perversa e depravada.

— Deixe-me agora — disse ela, arrogante. — Quero orar sozinha.

Assenti, reprimindo um sorriso. Reza as tuas orações, irmãzinha. A casa dos Arnault pode vir a precisar delas mais depressa do que tu imaginas.

3

♥

3 de Agosto de 1610

A noite passada, Germaine matou-se. Encontrámo-la esta manhã, dependurada na barra transversal a meio do poço. O seu peso fez deslizar o suporte de madeira de que estava suspensa sem o desprender das paredes de terra. Bastavam mais alguns metros e o corpo iria macular a água do poço mais do que os corantes vermelhos de LeMerle. O suicídio de Germaine foi, por assim dizer, tão críptico quanto ela fora em vida. Nas imediações, deparámos com mensagens obscenas, quase indecifráveis, nas paredes da igreja e em várias imagens, rabiscadas com o mesmo lápis de sebo que fora usado para desfigurar a nova Marie, e ela tinha removido a cruz das Bernardas da parte da frente do hábito, descosendo cuidadosamente os pontos miúdos como que para nos poupar a vergonha de a vermos no peito de uma suicida.

Apenas vislumbrei o seu rosto quando a içaram do seu túmulo vertical, mas pareceu-me praticamente inalterado. Mesmo na morte a sua boca tinha a mesma expressão atormentada e cínica, aquela expressão de quem está sempre à espera de receber o pior que a vida tem para oferecer, o que dissimulava um coração mais vulnerável e mais facilmente atingível do que suspeitávamos.

Foi sepultada sem cerimónia religiosa antes da Hora de Prima, na encruzilhada fora dos terrenos da abadia. Fui eu quem cavou a vala, recordando o nosso trabalho em conjunto no poço, e pronunciei algumas palavras silenciosas e de pesar dirigidas a Sainte

Marie-de-la-mer. Tomasine queria espetar uma estaca no coração do cadáver para a impedir de vaguear por aí, mas não a deixei. Deixemos Germaine repousar como puder, disse eu; somos freiras, não somos selvagens.

Tomasine murmurou qualquer coisa num tom soturno e indistinto.

— O que é que disseste?
— Nada.

No entanto, eu sentia uma obscura inquietação. Durante todo o dia não me largou, na abadia, no jardim e na capela; não saiu do meu lado na casa do forno e nos campos. O facto de o calor ter ficado mais opressivo não ajudou. Durante a noite a atmosfera tornara-se pesada e húmida e o sol era uma moeda baça por detrás de um lençol de nuvens. Sob o peso dessa atmosfera transpirávamos e com o suor cheirávamos mal. Ninguém falava em voz alta do suicídio de Germaine nem da Freira Ímpia, embora estivesse presente: um murmúrio de revolta, um terror que ia aumentando a cada hora que passava silenciosa. Ao fim e ao cabo, era a segunda morte em dois meses... e ambas tinham ocorrido em circunstâncias fora do comum. Um terceiro escândalo parecia ser apenas uma questão de tempo.

E então, nessa noite, aconteceu finalmente. Sœur Virginie veio da enfermaria com a triste notícia de que durante o capítulo Sœur Rosamonde tinha morrido. Apesar de não ser inesperado na idade dela, não deixou por isso de ser um choque. E foi o bastante para pôr a correr boatos: Rosamonde tinha morrido de susto depois de uma nova aparição da Freira Ímpia; tinha sido amaldiçoada à morte pelo mesmo espírito maligno que matara a Mère Marie; tinha-se suicidado; tinha morrido com cólera e toda a gente estava a tentar encobrir o sucedido; tinha perecido de uma sangria excessiva autorizada por Mère Isabelle.

Eu estava mais inclinada a aceitar esta hipótese, de que os cuidados dispensados por Virginie à velha freira estavam errados desde o princípio e, separada das pessoas amigas e isolada do resto da abadia, Rosamonde entrara numa degradação rápida e fatal. No entanto, a sua morte era intempestiva. Não havia argumentos racionais capazes de persuadir as outras irmãs de que não corriam perigo. A morte não é contagiosa, protestava eu; contagiosa, só a doença. Por insistência de Sœur Piété, concordei em preparar-lhe uma mezinha para a proteger dos humores malignos, e prometi reforçar as doses de Alfonsine e de Marguerite, que debilitavam a olhos vistos desde que estavam entregues aos cuidados de Virginie. Depois da refeição da noite, várias noviças vieram procurar-me a pedir conselhos e protecção; disse-lhes para evitarem jejuns excessivos, para beberem só água do poço e para se lavarem com sabão de manhã e à noite.

— Qual é a vantagem *disso*? — perguntou Sœur Tomasine, ao ouvir-me.

Expliquei que as lavagens regulares às vezes previnem as doenças.

Mostrou-se céptica.

— Não vejo como. Precisamos é de água benta e não de água e sabão para afastar o mal.

Suspirei. Às vezes torna-se muito difícil explicar estas coisas sem dar a ideia de se ser herético.

— Há males trazidos pela água — expliquei cuidadosamente. — Há males transportados no ar. Se a água ou o ar estiverem empestados, as doenças podem propagar-se. — Mostrei-lhe a bola perfumada que tinha preparado para dispersar a atmosfera pestilenta e afugentar os insectos voadores e ela virou-a na palma da mão, desconfiada.

— Tu pareces perceber muito destas coisas — comentou.

— Só aquilo de que ouvi falar.

Esta noite, nas Vésperas, LeMerle dirigiu-se-nos, mas pareceu cansado depois de um dia de jejum e de oração. Exaustas e receosas, as irmãs animaram-se um pouco ao ouvirem a sua voz, embora o Père Saint-Amand se mostrasse relutante em aludir aos acontecimentos perturbantes desse longo dia, e falou das provações de Santa Felicidade com uma alegria forçada que não convenceu ninguém.

Em seguida foi a vez de Mère Isabelle se nos dirigir. Reparei que quanto mais LeMerle nos aconselhava precaução e comedimento, mais agitada ela ia ficando, como se estivesse a desafiar intencionalmente o novo confessor. Hoje a sua prelecção foi mais longa e mais confusa do que nunca e embora nos falasse da Luz de Deus nas trevas, as suas palavras eram pouco esclarecedoras.

— Devemos tentar encontrar a luz — disse numa voz levemente trémula pelo cansaço. — Mas hoje parece que, por mais que tentemos, estamos contaminados até ao coração. Contaminados na própria alma. Os nossos propósitos são bons. Mas até as melhores intenções podem conduzir a alma para o Inferno. E o pecado está em toda a parte. Ninguém está seguro. Mesmo um eremita sozinho numa caverna escura durante cinquenta anos pode não estar livre de pecado. O pecado é uma praga e é contagioso.

«Tem havido sonhos — ciciou e um murmúrio ergueu-se da multidão como um vapor tóxico —, sonhos e sangue — e o murmúrio voltou a ecoar como a voz dos nossos anseios —, *sangue, sim...* e agora os fumos purulentos do Inferno espalham-se livremente no meio de nós, tocando-nos com pensamentos monstruosos, com desejos monstruosos...

— *Sim* — repetiu a voz da multidão —, *sim, sim, simmm!*

Ao lado dela, LeMerle parecia sorrir — ou seria o efeito da luz das velas? — com o rosto aureolado pela luminosidade que se desprendia da lanterna da sacristia, e parecia cercado por um suave nimbo.

— Tem havido devassidão e luxúria! — gritou Mère Isabelle. — Blasfémias! Abominações secretas! Alguém é capaz de o negar?

À sua frente, Sœur Alfonsine começara a prantear, de braços abertos. Clémente também estendeu as mãos numa súplica aparente. Atrás delas, mais uma dúzia de freiras associou-se ao coro.

— Todas nós nos confessamos culpadas!

Culpadas, simmm! Um êxtase de alívio.

— Todas nós estamos maculadas!

Maculadas, simmm!

As velas, o incenso, o fedor a medo e a excitação. A escuridão fervilhante de sombras. Uma lufada de vento arremessou a porta contra a parede e fez vacilar a chama das velas. Uma centena de sombras projectadas nas paredes duplicaram, triplicaram, eram trezentas, três mil, um exército dos infernos. Alguém gritou. Tal era a força excitável do solilóquio de Mère Isabelle que o grito ecoou numa dezena de outros gritos.

— Vejam! Aproxima-se! Aproxima-se! Está aqui!

Viraram-se todas para verem quem estava a gritar. Ligeiramente afastada do resto do grupo estava Sœur Marguerite, de braços erguidos. Tinha atirado para o lado o véu e deitava a cabeça para trás, revelando um rosto distorcido pelos tiques e tremores. A tremura da perna esquerda era perceptível através das pregas espessas do hábito, numa vibração que parecia percorrer-lhe todos os músculos e todos os nervos do corpo.

— Sœur Marguerite? — LeMerle falava numa voz clara e calma. — Sœur Marguerite, o que é que se passa?

Com visível esforço, a frágil freira virou os olhos para ele. Abriu a boca mas não saiu nenhum som. O tique da perna esquerda intensificou-se.

— Não me toquem! — disse Marguerite, quando Sœur Virginie fez menção de a ajudar.

LeMerle tinha uma expressão preocupada.

— Sœur Marguerite, venha cá, por favor. Se for capaz.

Era evidente que ela queria obedecer. Mas os membros recusavam-se. Já tinha presenciado um caso semelhante em Montauban, na Gasconha, quando várias pessoas foram atacadas pela dança-de-são-vito. Mas agora não se tratava da mesma doença. A perna de Marguerite agitava-se aos sacões e dançava como se um marionetista demoníaco estivesse a puxar os cordéis. O rosto contorcia-se em esgares frenéticos.

— Ela está a fingir — disse Alfonsine.

Marguerite virou a cabeça para olhar para ela. O corpo mantinha a mesma postura grotesca e forçada.

— Ajudem-me! — gritou.

Isabelle estivera a observar em silêncio. Só então falou:

— Ainda têm dúvidas? — perguntou em voz baixa. — Está possessa!

LeMerle não disse nada, mas parecia satisfeito consigo próprio.

As irmãs tinham começado a murmurar. A palavra — não pronunciada até esse momento — encheu o ar como uma praga de borboletas.

Apenas Alfonsine se mostrava céptica.

— Isto é ridículo. É um tique ou então uma paralisia. Sabem como ela é.

Intimamente, eu concordava com ela. Nas últimas semanas tinha havido demasiada excitação na abadia para provocar uma reacção frenética numa pessoa tão susceptível como Sœur Marguerite. Além disso, Alfonsine andava a cuspir mais sangue do que nunca nos últimos dias, pelo que a concorrência se tornava difícil.

Isabelle, porém, não estava satisfeita.

— Tem havido casos! — rosnou. — Quem és tu para questionar este? Que sabes tu disto?

Alfonsine, desconcertada pela reprimenda, começou a tossir. Percebi que estava a forçar a tosse, arranhando a garganta. Se tivesse juízo tinha aceitado o xarope que eu lhe tinha preparado e protegido a garganta com uma ligadura de linho. Eu sabia que esses remédios não a iam curar e se limitavam a atenuar a evolução da doença. A tuberculose não é uma doença que se possa curar com xaropes.

Entretanto, a aflição de Marguerite não abrandara. A tremura passara para a perna direita e agora as duas pernas estavam afectadas pela doença da dança. Rolava os olhos consternados ao mesmo tempo que os pés pareciam mover-se independentemente do resto do corpo, baloiçando-a de um lado para o outro. A palavra — *possessa* — percorreu as abóbadas, ganhando maior ímpeto.

Isabelle virou-se para LeMerle.

— E então?

Ele abanou a cabeça.

— Ainda é muito cedo para se saber.

— Como é que pode ter dúvidas?

O *Melro* olhou para ela.

— Posso ter dúvidas, minha filha — respondeu com uma ponta de irritação — porque, ao contrário de ti, tenho visto muitas coisas e sei a facilidade com que o discernimento pode ser turvado pela impaciência e pela irreflexão.

Por momentos, Isabelle aguentou-lhe o olhar, desafiadora, mas em seguida baixou os olhos.

— Perdoe-me, *mon père* — balbuciou entre dentes. — Que devo fazer?

Ele reflectiu durante breves momentos.

— Ela devia ser examinada — decidiu, com aparente relutância. — Imediatamente.

4

♥

4 de Agosto de 1610

Eu era a única capaz de apreciar a habilidade com que o *Melro* controlara a cena da noite passada. Ao dar a ilusão de autocontenção, adoptando uma postura racional em dissonância com a atmosfera de medo e de desconfiança que já havia criado, fez com que parecesse que eram elas, e não ele, quem tomava as decisões. Sœur Marguerite foi levada para a enfermaria, onde permaneceu com LeMerle e Sœur Virginie durante toda a noite e no dia seguinte. Segundo os boatos, o tique de Marguerite tinha continuado durante mais de uma hora depois do serviço religioso abortado. Foi submetida a duas sangrias, por recomendação de Sœur Virginie, tendo ficado depois demasiado exausta para ser interrogada, e teve de ser metida na cama.

Escutei os relatos com mal disfarçada impaciência. Sei perfeitamente que Sœur Virginie é uma rapariga imbecil, que nunca devia ter sido encarregada da enfermaria. Enfraquecida pelos jejuns e pela exaustão nervosa, a última coisa de que Marguerite necessitava naquele momento era de sangrias. Precisa de repouso, de sossego e de uma alimentação boa e saudável: carne, pão e um pouco de vinho tinto — de facto, todas as coisas que a Mère Isabelle tinha proibido. Os demónios reagem aos humores sanguíneos, afirma Sœur Virginie, e para impedir a infestação é essencial rarefazer o sangue. Na verdade, a cor vermelha teria sido proscrita por completo não fossem as cruzes bordadas nos nossos hábitos, e a Mère

Isabelle olha com suspeição para qualquer das irmãs que não partilhe a sua palidez enfermiça. O vermelho é a cor do Diabo: perigosa, imodesta e gritante. Pela primeira vez, fico satisfeita por usar o véu e espero que ela não se lembre da cor do meu cabelo.

Sob este calor sufocante, o mau humor e a suspeita proliferam como a peste. Existem sortilégios para trazer a chuva, mas não me atrevo a usá-los; pressinto já a desaprovação de Sœur Tomasine e de outras e não quero chamar mais as atenções indesejadas. Por isso, nessa noite, sozinha na capela, fui sentar-me aos pés da nova Marie, acendi uma vela em intenção de Germaine e de Rosamonde, e tentei ordenar os meus pensamentos.

Tch-tch, desaparece! Mas o Seis de Espadas não desaparece assim tão facilmente. Está suspenso sobre a minha cabeça como uma maldição, e não se satisfaz. Percorri com o olhar o local onde, na véspera à noite, Marguerite sofrera o ataque de tremuras, e um mau presságio teimava em não me abandonar. Era esta a intenção de LeMerle? Tratava-se de outra fase do seu misterioso plano?

Tentei uma breve oração — uma heresia, dirão vocês, mas a velha Santa teria compreendido. A nova, porém, manteve-se no seu silêncio reservado e não deu qualquer sinal de me ter ouvido. Esta nova Marie só conhece o latim erudito e as orações de gente como eu não lhe interessam. Mais uma vez pensei em Le Borgne... e, também, em Germaine e em Rosamonde e comecei a perceber o desejo de expurgar esta nova Santa tão limpa; o desejo de a apear, de a desfigurar, de a tornar mais parecida connosco.

Observando-a mais de perto, percebi que não era toda branca, como pensara antes. Havia um fino fio dourado a contornar todo o manto da Virgem e o halo também estava debruado a ouro. Esculpida no mais delicado mármore de veios de um rosa muito ténue, estava colocada sobre um pedestal do mesmo material, gravado com o seu nome e o da nossa abadia em letras douradas. Via-se um brasão gravado por baixo, que num exame mais atento reconheci como o da casa dos Arnault, e desta vez reparei noutro brasão bastante mais pequeno, modestamente colocado por baixo, cujo desenho — uma pomba branca e a flor-de-lis da Virgem Mãe que se destacavam sobre um fundo dourado — me pareceu de súbito estranhamente familiar...

Um presente do tio, dissera Isabelle; do seu tio preferido, por quem temos de rezar quarenta missas de acção de graças. Por que razão é que eu reconhecia aquela divisa? Porque me sentia à beira de uma revelação que lançaria luz sobre tudo o que acontecera durante as últimas semanas? Mas ainda mais perturbadora era a semi-reminiscência que acompanhava essa sensação: um cheiro a suor e a cera, uma luz forte e calor, uma sensação de vertigem, o clamor que era o Théâtre Royal naquele grande ano em Paris...

Paris! A recordação tornou-se clara. Estava a vê-lo agora: um homem alto, descarnado e de aspecto distinto e cortês, com uns olhos tão claros que pareciam dourados pelo brilho dos múltiplos altares que contemplaram. Só o ouvi falar uma vez, mas recordava as suas palavras, pronunciadas com raiva na noite do nosso *Ballet des Gueux*, quando abandonou a sala no meio de uma onda de aplausos.

Quiçá a voz de um Melro *pode ser silenciada*, dissera ele. *Mesmo que tal presa seja coutada do vassalo, se o seu canto ofender...*

Um homem de estranho orgulho, o meu *Melro*, apesar da sua falta de moral; um estranho enlace de arrogância e de velhacaria. São tantas as coisas que para ele não passam de um jogo; e tão poucas as que têm importância na sua vida. No entanto, compreende a vingança. Eu também conheço esse caminho, aliás, e se agora prefiro não enveredar por ele é apenas porque Fleur ocupa no meu coração um lugar maior do que me posso permitir desperdiçar em coisas tão frívolas. LeMerle não tem uma Fleur e, pelo que me é dado saber, também não tem coração. A única coisa que tem é orgulho.

Regressei ao dormitório em silêncio, com as ideias finalmente claras. Agora sabia por que razão LeMerle viera para a abadia. Sabia por que razão tinha adoptado o papel do Père Saint-Amand, porque dera ordens para tingir a água do poço, porque incentivara os delírios na capela e porque se esforçara tanto para evitar que eu fugisse. Mas saber porquê não chega. Agora tenho de descobrir *o que é que* ele tenciona fazer. E qual vai ser o meu papel nesta peça de travestis? E como vai acabar... em tragédia ou em farsa?

5
♠

5 de Agosto de 1610

Muito bem, minha Donzela Alada. Eu sabia que seria apenas uma questão de tempo até juntares as várias peças. Com que então lembras-te do bispo? Monsenhor teve o mau gosto de desaprovar o meu *Ballet Travesti*. De ordenar o meu afastamento de Paris. Um afastamento vergonhoso

O meu *Ballet des Gueux* ofendeu-o por causa das damas cobertas de lantejoulas e o *Ballet Travesti* mais ainda, por causa do macaco vestido de bispo e das belas damas da corte de saiotes e espartilhos. Para dizer a verdade, era isso que eu pretendia. Que direito tinha ele de censurar? Não prejudicou ninguém. Algumas pessoas saíram ofendidas, na sua maior parte mulheres com pretensões a virtuosas e hipócritas. Mas os aplausos! Pareciam nunca mais acabar. Estivemos ali durante cinco minutos com os sorrisos a derreterem-se sob o calor das lâmpadas e as pinturas a escorrerem-nos pelas faces. As tábuas do estrado brilhavam com as moedas atiradas. E tu, minha Donzela Alada, ainda demasiado jovem para já teres conquistado as tuas asas mas encantadora nos teus calções escandalosos, com o chapéu na mão e os olhos faiscantes como estrelas. Foi o nosso grande triunfo. Lembras-te?

E então, de forma mais abrupta do que podíamos compreender, chegou o fim. A carta pública enviada por Evreux a De Béthune. Os olhares furtivos, as desculpas gaguejadas por aqueles que considerava amigos. As mensagens delicadas — *Madame está ausente da cidade. Monsieur não está em casa esta noite* — enquanto visitas mais privilegiadas entravam e saíam com um desdém mal dissimulado.

Esperavam que eu partisse calmamente, discretamente, aceitando a minha desonra e desgraça. Mas não é assim tão fácil silenciar o canto do *Melro*. Enquanto queimavam a minha efígie nos degraus do Arsenal, comprei um novo guarda-roupa. Pavoneei-me com um exibicionismo vulgar pela cidade. Usava as minhas mulheres como jóias de adereço, duas em cada braço. O salão de Madame de Scudéry tinha-me fechado as portas, mas havia muitas outras menos selectivas. O bispo observava-me, furioso, mas que mais podia fazer?

Não tardei a saber. Espancado às mãos de lacaios, quando regressava embriagado de uma noite de pândega. Sem poder contar com De Béthune como meu protector estava indefeso, sem ter sequer a protecção da lei, porque quem é que se arriscaria a tomar o meu partido contra monsenhor, o bispo? Estava desarmado, sem uma simples espada de cena à cintura. Eram seis homens. Mas eu estava menos embriagado — ou mais desesperado — do que eles pensavam. Fui forçado a correr. A esconder-me em becos infestados de ratazanas, a agachar-me em esgotos a céu aberto, a esquivar-me nas sombras, com o coração a palpitar, a cabeça a latejar e a boca seca.

Podia ser uma farsa italiana: Guy LeMerle, a fugir dos lacaios de um bispo, com os sapatos de fivelas prateadas a escorregarem nas águas fétidas das ruas e o casaco de seda salpicado de lama. Mas era preferível, creio eu, do que LeMerle estendido na valeta com as costelas partidas. Já chegava; eu perdera a partida. E haveria outra oportunidade para monsenhor. E mais outra. O meu crédito esgotara-se finalmente e ambos o sabíamos.

A memória alonga-se pelos caminhos, quando se tem por companhia apenas meretrizes e anões. E o caminho é longo, cruzado e atravessado numa intimidade incestuosa. Encontrámo-nos ali antes, se vos lembrais, numa aldeia perto de Montauban e, depois disso, num claustro nas cercanias de Agen. Todas os caminhos levam a Paris e também lá nos encontrámos por diversas vezes. Numa dessas ocasiões aliviei-vos de uma cruz de prata — ainda a uso, estou certo que ficais satisfeito por o saberdes — mas mais uma vez os ases estavam nas vossas mãos e a retaliação foi rápida. Devíeis ter vergonha, *mon père*. Perdi um actor e um dos meus carros. Mas as penas do *Melro* quase não ficaram chamuscadas. E a partir daí, subimos as nossas paradas.

Todos os homens têm uma fraqueza, monsenhor bispo. Demorei algum tempo a descobrir a vossa. Porém, a minha estrela sinistra conduziu-me até ao berço da vossa ambição. Congratulo-vos, já agora. Congratulo-vos por uma família tão piedosa. Dois irmãos altamente colocados na hierarquia eclesiástica, uma irmã prioressa de uma abadia no Sul. Inúmeros primos e primas em mosteiros e catedrais espalhados pela França. É preciso ser-se cego para não reparar no laivo de nepotismo que percorre a casa dos Arnault. Todavia, uma linhagem tão rica em virgens não tardará a ver-se condenada à esterilidade. A única coisa que lamentais, *mon père*, deve ser o facto de nunca terdes tido um filho para perdurar a vossa linhagem. Em substituição, esbanjastes todo o afecto de que éreis capaz com a filha do vosso falecido irmão: Angélique Saint-Hervé Désirée Arnault, doravante conhecida como Mère Isabelle, abadessa de Sainte-Marie la Mère.

Ela parece-se convosco. O mesmo rosto desconfiado e os olhos com um brilho prateado. Nutre o mesmo desdém pelo homem comum e também tem o vosso orgulho — sob as vossas atitudes pias, vocês, os Arnault, dissimulam um grau de orgulho desmedido digno de uma tragédia clássica. Em tudo, excepto no nome, ela é a vossa filha. Ensinaste-a bem. Lê as vossas cartas com a mesma devoção de Heloísa por Abelardo; já nos seus tempos de criança a sua devoção excedia as expectativas. Não come carne, não bebe vinho a não ser na comunhão, jejuas às sextas-feiras. Ela honra-vos e essa dedicação pode ser bem aproveitada... porque não? Ao fim e ao cabo, não se pode ser bispo para sempre. O chapéu de cardeal assentava bem em monsenhor ou, no mínimo, a mitra de arcebispo. Com astúcia, preparastes o caminho até à porta da Madre Igreja: rumores de visões, de vozes angelicais e de curas não oficiais mas devidamente divulgadas. O vosso desejo secreto é uma canonização na família — sem filhos, essa é a única continuação que a vossa linhagem pode esperar — e com a Mère Isabelle, talvez essa hipótese não esteja totalmente fora de questão. Apesar de a sua falecida mãe a considerar demasiado jovem para tomar o véu, vós encarregaste-vos dela; incentivastes a rapariga a sonhar com uma abadia do mesmo modo que uma criança normal anseia ter uma casa de bonecas.

Se a tivésseis visto quando lhe dei a notícia! Meu Deus, quase gostei dela nesse momento, com os olhos franzidos em dois crescentes de irascibilidade e os lábios descaídos num esgar de desprezo.

— Abadessa *donde?* — lamentou-se. — Mas isso é *um lugar que não existe!* Simplesmente não existe!

Havei-la estragado com mimos, monsenhor. Levaste-a a acreditar, tão novinha ainda, que podia aspirar mais alto. Talvez ambicionasse Paris, a serigaita, com as suas torres, as suas vaidades e as cortesãs mundanas de joelhos a seus pés. Seria bem ao seu estilo.

Ou talvez fosse pela penitência que a obriguei a fazer por causa da sua irritação, pela minha repreenda e pela ternura da minha absolvição quando terminou, porque há nela um desejo ardente que estou certo nunca haveis visto, há uma parte dela em que o pecado roça a santidade formando uma lâmina cortante. Um dia ela será suficientemente afiada para golpear e ferir, monsenhor d'Evreux. Até lá, atenção.

Juliette procurou-me esta noite, como eu esperava que fizesse. Foi um risco; ela devia suspeitar que Clémente poderia estar comigo, mas depois de descobrir o meu segredo não podia deixar de vir.

É a sua maneira de ser, aliás, a necessidade de me confrontar de imediato. No lugar dela, teria guardado para mim as minhas intenções e não jogava um jogo aberto; mas a minha Donzela Alada, como sempre, precipita-se sob o impulso do momento, mostrando todos os ases na ânsia de me confrontar. É uma falha na sua actuação — uma falha de principiante, de resto — e embora sirva os meus desígnios neste caso, não posso deixar de me sentir um tanto ou quanto desapontado. Julgava que tinha sido melhor mestre.

— Então é por *isso* que estás aqui — disse ela, quando lhe abri a porta. — O bispo de Evreux.

— O bispo donde? — Simulei inocência, mas sem grande convicção, apenas para ver a expressão de triunfo nos olhos dela.

— Dantes sabias mentir muito melhor — disse ela, entrando com uma expressão decidida.

Encolhi os ombros, numa atitude de modéstia.

— Talvez seja falta de prática.

— Não acredito.

Sentou-se no braço da cadeira, baloiçando uma perna. Tinha a planta dos pés sujas de poeira acastanhada e o rosto iluminado pela sua imaginada vitória.

— Muito bem. Quando é que esperamos a visita dele? E o que vais fazer quando ele cá estiver?

— *Estamos* à espera dele? — perguntei, sorrindo.

— Se não estamos é porque perdeste o teu estilo.

Encolhi os ombros, concedendo um ponto.

— Não pensaste que eu te ia contar? — acrescentei. — Ao fim e ao cabo, até agora não mostraste ter grande confiança em *mim*, pois não?

— Porque havia de ter? Depois de Epinal...

— Juliette, começas a ser cansativa. Já te expliquei o que se passou.

— Está explicado mas não perdoado. — O seu tom era ríspido, mas havia algo na sua atitude, uma espécie de obscuro abrandamento, como se a sua descoberta, em vez de aumentar as suas suspeitas em relação a mim, a tivesse de algum modo tranquilizado.

— Fala-me do bispo — disse numa voz mais suave. — Sabes que não te trairei.

Sorri.

— Lealdade? Estou comovido. Eu...

— Nem por isso — interrompeu ela. — Tu tens a minha filha.

Pronto. Novo toque. Contudo, no decurso de um jogo prolongado, uma rendição calculada pode ter o mesmo valor de uma vitória.

— Muito bem — disse eu, puxando-a suavemente para mim. Ela não se afastou.

Confessei o suficiente para apaziguar os seus temores e a lisonjear — só um bocadinho — embora ela estivesse convencida de que arvorava uma expressão inexpressiva enquanto me ouvia em silêncio. É tão frequente as mulheres ouvirem aquilo que querem ouvir, até a minha Harpia — que tem todas as razões para acreditar no pior. E uma verdade parcial é muitas vezes mais eficaz do que uma mentira total.

Claro que ela adivinhou o que era óbvio. E eu já contava com isso. Talvez até me compreenda em parte — também tem o seu lado vingativo e rancoroso, apesar da sua pretensa santidade, e não tem mais razões para gostar do bispo do que eu próprio. Tudo o que lhe peço agora é algum tempo; de resto, um bom escândalo, como um bom vinho, necessita de algum tempo para fermentar e amadurecer. Château d'Evreux não é uma colheita subtil mas possui um certo encanto descarado que talvez tu, minha Juliette, aches atraente. Deixa a fermentação prolongar-se por mais algum tempo. Quando ele chegar, quero que se afogue numa onda de espuma.

Fui convincente. Juliette escutou-me ao princípio com cepticismo, depois com satisfação, e por fim com uma espécie de simpatia relutante. Quando acabei, assentiu lentamente com a cabeça, olhando-me nos olhos.

— Calculei que pudesse ser isso. Uma representação especial para o fazer pagar por aquela vez em Paris? Uma desforra?

Consegui simular uma expressão pesarosa e magoada.

— Não gosto de perder.

— E achas que *isto* é ganhar? Fazes alguma ideia do mal que fizeste? Do mal que continuas a fazer?

— Eu? — Encolhi os ombros. — Limitei-me a montar o cenário. Vocês fizeram o resto sozinhas.

Ela apertou os lábios; sabia que eu tinha razão.

— E depois do espectáculo? E depois? Voltam a partir os dois, cada um numa direcção diferente, e deixam-nos em paz?

— Porque não? A menos que queiras vir comigo. — Ela ignorou as minhas últimas palavras, como eu esperava. — Então, Juliette — disse eu, ao ver a sua expressão. — Dá-me pelo menos o benefício de uma ponta de inteligência. Achas que conseguiria ir longe se realmente *causasse danos* ao bispo? Ouviste dizer o que fizeram a Ravillac? E, seja como for, se eu quisesse matar Evreux, não achas que já tinha arranjado maneira de o fazer? — Deixei-a reflectir sobre o assunto durante algum tempo. — Quero humilhá-lo — disse eu, calmamente. — Monsenhor tem grandes ambições, tem pretensões de grandeza para a sua linhagem. Quero subjugá-las e pôr-lhes fim. Quero ver os Arnault a comer pó, como todos nós, e quero que ele saiba que fui eu que os pus de rastos. Um bispo morto é apenas um degrau removido na escada que leva à canonização e eu quero que este viva muito, muito tempo.

Calei-me e durante longos segundos ela manteve-se em silêncio. Finalmente, assentiu com a cabeça.

— Estás a correr um risco terrível. Duvido que o bispo te concedesse idêntico privilégio.

— Sinto-me comovido pelo teu interesse, mas um jogo sem paradas altas não é jogo.

— Terá tudo de ser sempre um jogo? — perguntou, com um ar tão sério que me apeteceu beijá-la.

— Então, Juliette, que outra coisa é que pode haver? — disse eu, docemente.

6
♥

6 de Agosto de 1610

A noite passada, finalmente, veio a chuva, mas caiu para oeste, em Le Devin e não nos refrescou. A verdade é que sufocávamos de calor no dormitório, numa atmosfera abafadiça de trovoada. A atmosfera opressiva trouxe uma praga de mosquitos dos pântanos e nessa noite entraram em enxames pelas janelas, aterrando em cada polegada da nossa carne desprotegida, sugando-nos o sangue. Dormimos mal — ou não dormimos — durante toda a noite. Umas afastavam os mosquitos com espasmos frenéticos, outras deixavam-se ficar estendidas, exaustas e resignadas. Eu usei folha de lima e alfazema para repelir os insectos do meu cubículo e, apesar do calor, consegui dormir um pouco. Fui uma das poucas felizardas. De manhã, ao acordar verifiquei que não tinha praticamente picadas de insectos, mas Tomasine estava num estado lastimoso e Antoine, por causa do seu sangue quente, era uma massa palpitante de pústulas vermelhas. Para tornar as coisas ainda piores, também a capela estava infestada de criaturas voadoras, que não se mostravam afectadas pelo fumo de incenso ou das velas.

Passaram as Matinas e as Laudes. O dia nasceu e os mosquitos retiraram-se para o seu bastião nos pântanos. Na Hora de Prima, porém, o ar tornara-se ainda mais pesado e o céu estava quente e esbranquiçado, sugerindo que o pior estava para vir. Ninguém estava sereno. Todas nós éramos uma massa de tiques e de pruridos; mesmo eu, que escapara ao flagelo, sentia picadas na pele por solidariedade. Foi nessa altura que LeMerle fez a sua aparição matinal, com uma expressão fria e grave. Sœur Marguerite estava à sua esquerda e a Mère Isabelle à direita.

Um murmúrio percorreu a capela. Era a primeira vez que Marguerite assistia a um serviço religioso desde o ataque, e continuávamos a aguardar uma informação oficial sobre a natureza do mal que a afligia. As opiniões dividiam-se. Umas apontavam para a dança-de-são-vito, outras para a paralisia; mas a maior parte estava convencida de que ela estava embruxada ou endemoninhada. Era certo que *parecia* bastante tranquila — o tique desaparecera e tinha os olhos inusitadamente escuros e dilatados. Devia ser o efeito da papoila que eu deitara na beberragem tónica, pensei para comigo. Esperava que fosse o suficiente.

Mas não me era possível tratar as sessenta e cinco. Alfonsine estava congestionada e nervosa; Tomasine, coberta de picadas, não conseguia parar quieta; Antoine coçava as pernas constantemente; mesmo Clémente, habitualmente tão paciente, mostrava-se agitada. Talvez a morte de Germaine a tivesse perturbado mais do que pensávamos, pois tinha os olhos mortiços e as feições tensas. Reparei que observava LeMerle constantemente, mas ele tinha a preocupação de não lhe prestar atenção nem sequer de olhar para ela. Talvez se *tivesse* realmente cansado dela. Fiquei irritada comigo própria pela satisfação que essa ideia me causou.

— Minhas filhas. Durante três dias aguardaram pacientemente notícias da nossa irmã Marguerite.

Nós acenámos com a cabeça, mudámos de posição, hesitámos. Três dias era demasiado tempo. Três dias de rumores e de incertezas; três dias de poções e de tisanas. A superstição nunca andara muito arredada, mesmo no tempo de Mère Marie; mas agora, privadas da presença reconfortante da nossa Santa, virávamo-nos para ela mais do que nunca. Precisávamos de ordem, de ordem e de autoridade perante aquela crise. Instintivamente, tínhamo-nos virado para LeMerle em busca dela.

No entanto, o Père Colombin parecia perturbado.

— Examinei cuidadosamente Sœur Marguerite e não encontrei nada de anormal nem no seu corpo nem na sua alma.

Um sussurro de revolta perpassou pela multidão. Tinha de haver *alguma coisa*. Fora ele que nos levara àquela situação; atirara-nos algumas migalhas que nos despertaram o apetite das suas palavras. O mal ocultava-se na abadia. Quem podia pô-lo em dúvida?

— Eu sei — disse LeMerle. — Compreendo as vossas dúvidas. Tenho rezado. Tenho jejuado. Tenho consultado inúmeros livros. Mas se há espíritos em Sœur Marguerite, não os consigo fazer falar. Tudo o que posso concluir é que as forças que assolaram a nossa abadia são demasiado poderosas para que possa lutar contra elas sozinho. Falhei.

Não! O murmúrio varreu a multidão como o vento numa seara de trigo. O *Melro*, deixando cair a cabeça num gesto de pretensa humildade, não pôde reprimir um sorriso.

— Pensei que podia expulsar o Diabo apenas com a minha fé e a vossa confiança em mim. Mas não pude. Não me resta outra alternativa senão informar as autoridades adequadas e colocar a situação... e a mim próprio... nas suas mãos. Louvado seja Deus. — E, com estas palavras, desceu os degraus do púlpito e dirigiu-se para o pé de Isabelle para tomar o seu lugar.

Nós olhávamos umas para as outras, recordadas da última vez que Isabelle se nos dirigira, e uma vaga encrespada de descontentamento e de revolta varreu o grupo. Sabíamos que não podíamos confiar em Isabelle para manter a ordem. Só LeMerle nos podia controlar.

A própria Isabelle fora totalmente apanhada de surpresa.

— Para onde vai? — perguntou, numa voz insegura.

— A minha presença aqui não serve de nada — disse LeMerle. — Se aproveitar a maré da manhã, poderei trazer alguma ajuda dentro de uma semana.

Isabelle estava agora à beira do pânico.

— Não se pode ir embora — disse ela.

— Mas tenho de ir. Que mais posso fazer?

— *Mon père!* — Também Clémente se mostrava alarmada. Ao lado dela, Antoine virou para ele o rosto mosqueado, numa súplica muda. Um rumor, mais alto do que antes, pairou sobre a assistência. Já tínhamos perdido tudo; não podíamos perder o Père Colombin. Sem ele, o caos abater-se-ia sobre nós como um bando de pássaros.

Ele tentava justificar-se por cima do ruído crescente. Se o mal não podia ser localizado... se o culpado não fosse descoberto...

Mas a ideia de que ele as pudesse deixar à mercê desse mesmo mal apoderara-se das irmãs, que entraram em pranto, um som arrepiante e felino que começou numa das extremidades da capela e foi engrossando até submergir toda a gente.

Mère Isabelle estava quase fora de si.

— Espíritos malignos, mostrem-se! — ordenou numa voz estridente. — Mostrem-se e falem!

A vaga sonora voltou a submergir-nos e Perette, que estava perto de mim, levou as mãos aos ouvidos. Fiz figas atrás das costas. Aquele lamento assemelhava-se demasiado a um sortilégio para meu gosto. Sussurrei o encantamento de boa sorte da minha mãe, contendo a respiração, mas duvidava que tivesse grande efeito naquele ambiente.

Contudo, LeMerle observava com um ar de fria satisfação. Eu sabia que elas agora lhe pertenciam; obedeceriam às suas ordens. A única questão era saber quem seria a primeira. Olhei à minha volta. Vi o rosto suplicante de Clémente, as feições ensimesmadas de Antoine, Marguerite, contorcendo a boca num esgar à medida que a beberragem ia perdendo o efeito, e Alfonsine...

Alfonsine. De início, parecia completamente imóvel. Em seguida, uma levíssima tremura sacudiu-a, como um adejar de asas de borboleta. Parecia não ter consciência do que se passava à sua volta. Um frémito percorria-lhe todo o corpo. Depois, muito devagar, começou a dançar.

Começou nos pés. Com pequenos passinhos, de mãos espalmadas como que para manter o equilíbrio, parecia uma funâmbula sobre a corda tentando marcar o ritmo com os dedos dos pés descalços. Depois passou para as ancas: um movimento ondulante quase imperceptível. E em seguida os dedos: os braços sinuosos e o balançar dos ombros.

Eu não fui a única a reparar. Atrás de mim, Tomasine respirou fundo. Alguém soltou um grito esganiçado.

— Olhem!

Fez-se silêncio. Mas era um silêncio ameaçador como uma rocha prestes a despenhar-se.

— Está enfeitiçada! — murmurou Bénédicte.

— Tal como Sœur Marguerite!

— Possessa!

Tinha de pôr fim àquilo.

— Alfonsine, pára com isso, isto é ridículo!

Mas era impossível deter Alfonsine. O corpo dela rodava e contorcia-se obedecendo a um ritmo inaudível, primeiro para a esquerda, depois para a direita, rodopiando em seguida como um pião, serpenteando e descrevendo círculos com grave deliberação, esvoaçando as saias por cima dos tornozelos. E da boca dela saía um som, um som que era quase uma palavra.

— *Mmmmm...*

— Eles estão aqui! — gemia Antoine.

— Falam connosco...

— *Mmmmm...*

Alguém atrás de mim rezava. Pareceu-me ouvir as palavras da *Avé Maria*, estranhamente distorcidas e alongadas numa confusão de vogais.

— *Marie! Marie!*

A fila da frente defronte do púlpito começara a entoar o cântico. Vi Clémente, Piété e Virginie atirarem as cabeças para trás quase ao mesmo tempo e começarem a balouçar-se em cadência.

— *Marie! Marie!*

Era um baloiçar lento, pesado como um balançar de um enorme barco. Mas era contagiante. A segunda fila associou-se à primeira, depois a terceira. Transformou-se numa onda, inexorável como uma vaga, imprimindo a cada fila — no coro, nos bancos e nas cadeiras — um movimento ondulatório. Eu própria o senti, os meus reflexos de bailarina despertos, medos, ruídos, pensamentos submersos naquele turbilhão vertiginoso de movimento. Atirei a cabeça para trás; por breves instantes, vi estrelas nas abóbadas do tecto da igreja e o mundo inclinar-se, sedutor. Sentia corpos vibrantes à minha volta. A minha voz perdeu-se num murmúrio espesso. Havia uma cumplicidade total e indizível naquele lento delírio de dança. A maré arrastava-nos para a direita, depois para a esquerda, e todas nós marcávamos um ritmo que parecíamos saber por instinto. Sentia o apelo da dança, pedindo-me que me juntasse a ele, que mergulhasse o meu ser naquele refluxo negro de movimentos e de sons.

Continuava a ouvir a Mère Isabelle a gritar por cima da multidão, mas não percebia nada do que ela dizia; era um mero instrumento numa orquestra de caos, em que as vozes se fundiam e erguiam, e a dela formava um contraponto estrídulo ao rugido sinistro da multidão, no meio de alguns gritos de protesto — entre eles os meus — naquela maré vociferante, mas que se perdiam quando os ritmos, as harmonias dissonantes do pandemónio nos submergiam a todas...

Contudo, uma parte do meu espírito permanecia lúcida, planando friamente sobre o resto como uma ave. Ouvia a voz de LeMerle sem conseguir distinguir as palavras; naquela loucura geral soava como um refrão, um aviso de passos, de cadências neste *Ballet des Bernardines*.

Ia então ser esta a sua representação especial? À minha frente, Tomasine tropeçou e caiu de joelhos. O corpo de dança desviou-se desajeitadamente para abrir espaço para ela e outro vulto cambaleou sobre o corpo acocorado. Caíram pesadamente e reconheci Perette, estatelada no chão de mármore, enquanto as outras freiras se contorciam agora em movimentos serpenteantes, absortas, à volta dela.

— Perette!

Abri caminho à custa para chegar ao pé da minha amiga. Na queda, batera com a cabeça e tinha uma ferida na fronte. Levantei-a e, juntas, dirigimo-nos penosamente para a porta aberta. A nossa intrusão — ou a exaustão delas — pareceu acalmar algumas das dançarinas e a onda vacilou e quebrou-se. Reparei que Isabelle me observava, mas não tinha tempo para me interrogar o que poderia pressagiar o seu olhar de suspeição. Perette estava fria e pálida e obriguei-a a inspirar profundamente, a meter a cabeça entre os joelhos e a cheira a saqueta de plantas aromáticas que trago sempre na algibeira.

— O que é isso? — perguntou a Mère Isabelle, no meio da súbita acalmia.

O ruído começara a esbater-se. Apercebi-me de que várias freiras já não estavam em transe e olhavam na minha direcção.

— Isto? É apenas alfazema, anis, um bálsamo doce e...

— O que estavas a fazer com isso?

Levantei a saqueta de ervas.

— Não vê? É uma saqueta de cheiros, já deve ter visto outras antes.

Fez-se silêncio. Sessenta pares de olhos estavam agora fixos em mim. Alguém, penso que foi Clémente, disse suave mas muito nitidamente:

— *Bruxaria!*

E pareceu-me ouvir um murmúrio de aquiescência, uma voz que não vinha de uma garganta, mas do leve movimento de muitos pares de mãos palpitantes enquanto faziam o sinal da cruz, do roçagar da pele contra a cambraia, de línguas a humedecer os lábios secos, da respiração arquejante. *Sim*, murmurava essa voz e o meu coração deu um salto como uma folha morta.

Sim.

7

♠

6 de Agosto de 1610

Eu podia ter interrompido aquilo com uma palavra. Mas a cena era de tal modo subjugante, tão clássica nas suas perspectivas que não tive coragem de o fazer. Os maus presságios, as visões, a morte portentosa e agora a revelação dramática no meio da carnificina... Era magnífico, quase bíblico. Eu próprio não saberia escrevê-la melhor.

Duvido que ela tivesse consciência do quadro que representou: a cabeça levantada, o véu puxado para trás pondo a descoberto o fogo escuro dos anéis de cabelo, com a rapariga selvagem apertada contra o peito. É lamentável que os quadros estejam agora tão fora de moda e mais lamentável ainda que sejam tão poucos os presentes capazes de lhe darem o devido apreço. Mas tenho algumas esperanças em relação à pequena Isabelle. É uma pupila inteligente, mau grado a estúpida educação que recebeu. Eu não podia ter concebido um espectáculo mais excitante.

Naturalmente, fui eu quem lhe ensinou tudo o que sabe, que a aliciei, que a estimulei desde a sua dócil obediência até chegar aqui. Como vêem, tenho uma vocação. Uma sensação de orgulho invade-me ao lembrar-me da rapariguinha maleável que ela era. Mas como se costuma dizer, é sempre das crianças dóceis que nos devemos precaver. Chega um momento em que mesmo as mais aquiescentes podem atingir um ponto para lá do qual os cartógrafos da mente não conseguem traçar mais nada. Talvez seja uma declaração de independência. Uma auto-afirmação.

Tal como o tio, só pensa em termos de absolutos. Sonhos de santidade, de batalhas travadas com demónios. Uma criança caprichosa, apesar de tudo, atormentada pelos anseios visionários e pelas dúvidas próprios da sua juventude, pelas rígidas convenções da sua estirpe. Suspeitei que ela acabasse por se pronunciar hoje. Podem dizer-me que encenei tudo: um breve *divertissement* entre dois actos de um grande drama. Mesmo assim, surpreendeu-me. Sobretudo pela sua perversidade ao eleger como bode expiatório a única mulher que eu teria preferido que ela não acusasse.

É impossível imaginar que a rapariga suspeite de alguma coisa. É instintivo nela, o gosto pelo desafio típico de uma criança. Sente a necessidade de me demonstrar a veracidade das suas suspeitas — a mim, que me mantive sempre exasperantemente calmo, quase céptico perante a sua convicção crescente —, de merecer os meus elogios, senão o reconhecimento da minha derrota. Porque presentemente há nela mais qualquer coisa para além de uma adoração submissa. A sua auto-afirmação exaltou-a, lançou nela sementes de dissidência que devo alimentar enquanto luta pelo controlo. O temor reverencial que sente por mim mantém-se, tingido agora por uma certa obstinação, por uma suspeição renovada... Devo ter cuidado. Dada a sua inteligência, pode cair tão facilmente em cima de mim como em cima de ti, minha querida Donzela Alada, e nesse aspecto vocês as duas são mais parecidas do que pensas. Ela é uma faca, que tenho de manejar com destreza. É suficientemente perversa para se deleitar com as subtis humilhações do meu plano inicial, o âmago da sua educação é forte e o seu orgulho inexorável.

Como vês, Juliette, isto vem alterar as coisas entre nós. Não posso deixar que pensem que te privilegio. Podem rolar as nossas duas cabeças. Agora tenho de ser discreto ou os meus planos vão por água abaixo. No entanto, admito que sinto uma certa angústia por tua causa. Talvez quando isto tudo chegar ao fim... Mas, por enquanto, o risco é demasiado grande. A tua arma contra mim desapareceu, mesmo que decidas usá-la. A palavra que se insinua e paira na capela deve silenciar todas as acusações a que porventura tentes dar voz. Tu sabes isso; leio-o nos teus olhos. Contudo, apesar disso, exaspera-se por se submeter à rapariga dos Arnault, mesmo que facilite os meus planos. A minha autoridade foi desafiada. E como sabes, um desafio é algo a que eu raramente consigo resistir...

— Não há razão nenhuma por enquanto para acusar a nossa irmã de bruxaria. — A minha voz manteve-se calma e um pouco severa. — Sois ignorantes e deixais-vos levar apenas pelo vosso medo. E perante esse medo, uma saqueta de alfazema converte-se num instrumento de magia negra. Um gesto de compaixão reveste--se de um significado sinistro. Trata-se de uma patetice imperdoável.

Por um breve momento de desconforto, pressenti a revolta delas. Clémente gritou:

— Havia aqui uma presença! *Alguém* a deve ter enviado!

Várias vozes juntaram-se à dela, concordantes.

— Sim, eu senti-a!

— E eu!

— Soprou um vento frio...

— E a dança...

— A dança!

— Sim, *havia* uma presença! Muitas presenças! — Estava a improvisar agora, usando a minha voz como um freio para dominar esta égua selvagem e enérgica. — As mesmas presenças que soltámos quando abrimos a cripta! — O suor escorria-me para os olhos e afastei-o, com receio de revelar a tremura que começava a apoderar-se dos meus punhos cerrados. — *Vade retro, Satanas!*

O latim possui uma autoridade que infelizmente falta às línguas comuns. É uma pena que a necessidade me obrigue a representar em vernáculo, mas estas irmãs são lamentavelmente ignorantes. Escapam-lhes as nuances. E naquele momento estavam demasiado perturbadas para perceberem as subtilezas.

— Digo-vos isto! — Ergui a voz por cima do murmúrio. — Estamos sobre um poço de corrupção! Um bastião secular dos infernos foi ameaçado pela nossa Reforma e Satã teme perdê-lo! Mas alegrai-vos, irmãs! O Demónio não pode causar danos aos que têm um coração puro. Ele age através da corrupção da alma, mas não pode tocar aquele cuja fé é verdadeira!

— O Père Colombin falou bem. — Mère Isabelle olhava para mim com os seus olhos pequenos e descoloridos. Havia algo na sua expressão que não me agradou: uma expressão calculista, uma expressão quase de desafio. — A sua sabedoria envergonha os nossos receios femininos. A sua força impede-nos de cair.

Estranhas palavras e não inspiradas por mim. Ignorava aonde é que ela queria chegar.

— Contudo, também a piedade pode ter os seus próprios perigos. A inocência do nosso santo padre impede uma visão verdadeira, a verdadeira compreensão. *Ele* não sentiu aquilo que nós hoje sentimos!

Os olhos dela desviaram-se para a entrada da capela, onde a nova Marie, recentemente limpa, velava numa letargia graciosa.

— Há aqui uma podridão — continuou ela. — Uma podridão tão profunda que não tenho ousado exprimir as minhas suspeitas abertamente. Mas agora... — Baixou a voz como uma criança a dizer segredos. Tinha-lhe ensinado mais do que imaginava, porque a voz dela era claramente audível, um murmúrio de palco que chega até às caleiras do telhado. — Agora posso revelá-lo.

Sem alento, elas aguardavam a sua revelação.

— Tudo começa com a Mère Marie. A primeira aparição não se deu na cripta onde a sepultámos? As aparições que vocês viram não têm os mesmos traços dela? E os espíritos não falaram connosco em nome dela?

Elevou-se da multidão um murmúrio leve de aquiescência.

— E então? — disse Isabelle.

Não gostei daquilo.

— Então o quê? — perguntei. — Está a querer sugerir que a Mère Marie é conivente com Satã? É um absurdo. Porque...

Ela interrompeu-me — *a mim!* — e bateu com o pé no chão.

— Quem é que deu ordens para enterrar a Mère Marie em solo profano? — perguntou. — Quem é que repetidamente desafiou a minha autoridade? Quem é que anda por aí com poções e sortilégios como uma bruxa de aldeia?

Portanto, era isso. À sua volta, as irmãs trocavam olhares; várias delas fizeram figas contra o mal.

— Será uma coincidência — prosseguiu Isabelle — que Sœur Marguerite tenha tomado uma das poções dela precisamente antes de ser atacada pela doença da dança? Ou que Sœur Alfonsine lhe tenha ido pedir ajuda antes de começar a cuspir sangue? — Empalideceu ao ver a minha expressão, mas mesmo assim continuou. — Ela tem um compartimento secreto ao lado da cama. É lá que guarda os seus feitiços. Vejam com os vossos próprios olhos, se não acreditam em mim!

Baixei a cabeça. Ela tinha manifestado a sua opinião e eu não podia fazer nada para o evitar.

— Assim seja — disse eu entre dentes. — Vamos fazer uma busca.

8
♥

6 de Agosto de 1610

LeMerle seguiu-a até ao dormitório, com as irmãs apinhadas atrás dele como uma ninhada de pintos. Sempre fora excelente a dissimular a irritação, mas eu pressentia-a no seu modo de andar. Não olhou para mim. Pelo contrário, pestanejou os olhos repetidas vezes em direcção a Clémente, caminhando em passo estugado ao lado de Isabelle, que mantinha o rosto modestamente afastado. Ele que tire as conclusões que quiser, pensei para comigo. Quanto a mim, tinha poucas dúvidas quanto à identidade do informador. Talvez me tivesse visto regressar da casa dele na noite passada; ou talvez fosse simplesmente a sua maldade instintiva. Em qualquer dos casos, ela aparentava uma docilidade enganadora, enquanto a Mère Isabelle, numa atitude nervosa mas desafiadora, nos conduzia directamente até junto da laje solta na parte detrás do meu cubículo.

— Está ali — anunciou.

— Mostre-me.

Ela tocou na laje e tentou removê-la com os dedos pequenos e hesitantes. A pedra não se mexeu. Mentalmente, enumerei o conteúdo do meu esconderijo. O baralho de Tarot, os meus extractos e mezinhas, o diário. Bastava este para me condenar... para nos condenar aos dois. Não sabia se LeMerle tinha conhecimento dele. Parecia calmo, mas todo o seu corpo estava tenso e com os músculos retesados. Interrogava-me se iria tentar deitar-lhe a mão — tinha algumas hipóteses de o conseguir — ou se arriscaria um *bluff*. Um *bluff* era mais ao seu estilo. Podíamos apostar os dois nisso.

— Vamos ser todas revistadas? — perguntei numa voz perfeitamente audível. — Se assim for, posso sugerir que o colchão de Clémente seja examinado?

Clémente deitou-me um olhar fulminante, e muitas das irmãs mostraram-se pouco à vontade. Eu sabia que pelo menos metade delas escondiam qualquer coisa.

Mas Isabelle estava determinada.

— Eu é que decido quem é que vai ser revistada. Por agora...
— Franziu o sobrolho, impaciente, enquanto se debatia com a laje solta.

— Deixe-me ser eu a fazê-lo — disse LeMerle. — Parece ter alguma dificuldade.

A pedra desprendeu-se com facilidade sob os seus dedos de jogador de cartas, removeu-a e colocou-a em cima da cama. Em seguida, meteu o braço na abertura.

— Está vazio — disse.

Isabelle e Clémente olharam ambas para ele com idêntica expressão de incredulidade.

— Deixe-me ver! — disse Isabelle.

O *Melro* afastou-se para o lado, com um gesto irónico. Isabelle aproximou-se e o rosto pequeno teve uma expressão de desagrado ao ver o esconderijo vazio. Atrás dela, Clémente abanava a cabeça.

— Mas estava ali mesmo... — começou a dizer.

LeMerle olhou para ela.

— És tu então quem tem andado a espalhar boatos.

Clémente esbugalhou os olhos.

— Boatos malévolos e infundados para lançar suspeitas e destruir a nossa irmandade.

— Não — murmurou Clémente.

Mas LeMerle já se afastara, inspeccionando a fiada de cubículos.

— O que é que *tu* esconderás, Sœur Clémente, gostaria de saber. Que irei encontrar debaixo do *teu* colchão?

— Por favor — disse Clémente, muito pálida.

Mas as irmãs que a rodeavam já tinham começado a afastar o colchão. Clémente começou a chorar. Mère Isabelle observava, de dentes cerrados.

De súbito, ouviu-se um grito de triunfo.

— Vejam!

Era Antoine. Segurava um lápis na mão. Um lápis de sebo preto do tipo que tinha sido usado para desfigurar as estátuas. Mas havia mais: uma mão-cheia de bocados de tecido vermelho, alguns com os fios de linha preta ainda visíveis — as cruzes que tinham sido malevolamente removidas dos nossos hábitos enquanto dormíamos.

O silêncio tornou-se pesado quando todas as freiras que tinham sido obrigadas a fazer penitência por causa disso viraram os olhos para Clémente. Depois, começaram todas a gritar ao mesmo tempo. Antoine, que sempre fora mais rápida com as mãos do que com a voz, deu uma forte bofetada a Clémente que a atirou contra a parede do cubículo.

— Grande cabra cobarde! — gritava Piété, puxando uma ponta do véu de Clémente. — Achaste que tinha graça, não achaste?

Clémente debatia-se e protestava, virando-se instintivamente para LeMerle em busca de auxílio. Mas Antoine já estava em cima dela, atirando-a ao chão. Lembrava-me que já antes havia uma certa tensão entre ambas. Tinha assistido a algumas cenas disparatadas no capítulo.

Isabelle virou-se para LeMerle, consternada.

— Detenha-as — disse num gemido por cima do barulho. — Oh, *mon père*, por favor detenha-as!

O *Melro* olhou para ela com frieza.

— Foste tu que deste origem a isto. Foste tu que as levaste a isto. Não percebeste que eu estava a tentar acalmá-las?

— Mas disse que não havia demónios...

Ele respondeu num tom sibilante:

— *Claro* que há demónios! Mas não era esta a altura de revelar tudo! Se ao menos me tivesses *ouvido*.

— Lamento! Por favor, detenha-as!

Entretanto o tumulto estava a chegar ao fim. Clémente estava acocorada no chão, com as mãos a tapar os olhos, enquanto Antoine de pé, tinha o rosto congestionado e o nariz a sangrar. Estavam ambas arquejantes; à volta delas, as irmãs, que não tinham levantado um dedo para ajudar nenhuma das partes, arquejavam por solidariedade. Arrisquei uma mirada rápida a LeMerle, mas ele mostrava-se absolutamente críptico e a sua expressão não traía o mínimo dos seus pensamentos. No entanto, eu sabia que não tinha sido imaginação minha aquele momento de surpresa quando viu o esconderijo vazio. Alguém o esvaziara sem o seu conhecimento. Eu tinha a certeza disso.

Clémente e Antoine foram ambas levadas para a enfermaria, por ordem de LeMerle e eu fui mandada para a casa do forno o resto do dia, onde, durante três horas, a minha lida não me deixou muito tempo livre para pensar. Durante esse tempo, fiz as fornadas de pão, enformei os pães compridos nos tabuleiros, coloquei-os nas aberturas fundas e estreitas muito semelhantes às celas escuras da cripta, onde são depositadas as urnas.

Tentava não evocar os acontecimentos dessa manhã, mas vinham-me recorrentemente ao espírito. A dança de Alfonsine, os corpos ondulantes, os indícios frenéticos de gente possessa. E o momento em que o olhar de LeMerle se cruzou com o meu, nesse próprio instante tão perto do riso, mas por detrás do riso uma espécie de medo, como um homem que monta um cavalo selvagem, que sabe que acabará por o derrubar mas apesar disso ainda consegue rir pelo puro prazer de o montar.

Durante alguns instantes tive a certeza de que ele não iria defender-me. De algum modo, tinha perdido o controlo, embora eu estivesse segura de que a loucura fazia parte do seu plano. Ter-lhe-ia sido tão fácil permitir que deitassem as culpas para cima de mim, servir-se disso para manter as suas pupilas sob o seu domínio. Mas não o fez. Era absurdo sentir gratidão. Eu devia odiá-lo pelo que me tinha feito, pelo que tinha feito a todos nós. E no entanto...

Já tinha quase acabado a tarefa dessa manhã. Estava sozinha, de costas voltadas para a porta e limpava as cinzas do último forno com uma longa ripa de madeira. Virei-me ao ouvir os passos dela. Por qualquer razão, sabia quem era.

Ela estava a correr um risco ao vir ter comigo, embora não demasiado grave. A enfermaria fica contígua à casa do forno e calculo que tenha saltado o muro. O calor do meio-dia continuava ofuscante e a maior parte das irmãs deviam estar recolhidas.

— Ninguém me viu — disse Sœur Antoine, como que em resposta aos meus pensamentos. — E precisamos de conversar.

A mudança que eu começara a detectar nela uma semana atrás era agora mais pronunciada. Tinha o rosto mais chupado, com as maçãs do rosto marcadas, a boca firme e determinada. Nunca seria uma mulher esguia, mas agora a sua carnação parecia mais sólida do que balofa e os músculos firmes eram visíveis sob a camada de gordura.

— Não devias estar aqui! — disse eu. — Se Sœur Virginie descobrir que estás aqui...

— A Clémente vai dar com a língua nos dentes — disse Antoine. — Tenho-a ouvido toda a manhã na enfermaria. Ela sabe de Fleur. E sabe de ti.

— Antoine, não sei de que estás a falar. Volta para a...

— Queres ouvir-me? Eu estou do teu lado. Quem julgas que tirou as coisas que guardavas atrás da laje solta? — Fiquei a olhar para ela, atónita. — O que é? — perguntou Antoine. — Achas que sou demasiado estúpida para saber do teu esconderijo? A infeliz, gorda e estúpida Sœur Antoine que não se apercebia de uma intriga se tropeçasse nela durante a noite? Eu vejo mais do que tu pensas, Sœur Auguste.

— Onde é que escondeste as minhas coisas? As minhas cartas e...

Antoine abanou um dedo roliço.

— Estão a salvo, *ma sœur*, muito bem escondidas. Mas ainda não estou disposta a devolver-tas. De resto, deves-me um favor.

Assenti com a cabeça. Não esperava que ela o esquecesse.

— A Clémente vai dar com a língua nos dentes, Auguste — disse ela. — Agora talvez não. Hoje talvez tenha caído em desgraça, mas a Mère Isabelle acredita nela. Mais tarde ou mais cedo, vai acusar-nos. E quando perceber que o Père Colombin não a vai defender, vai destruí-lo.

Fez uma pausa para se certificar de que eu estava a perceber. Sentia a cabeça a andar à roda.

— Antoine, como é que tu...

— Isso não é importante — atalhou Antoine num tom áspero. — A rapariguinha vai acreditar nela. Eu sei como são as rapariguinhas. Também já fui rapariga. E sei como é. — Nesse instante, o rosto vermelho contorceu-se num sorriso magoado. — Sei que mesmo a rapariguinha mais doce e mais dócil um dia se levanta para desafiar o pai.

Seguiu-se um longo silêncio.

— O que é que queres? — perguntei por fim.

— Tu sabes de ervas. — A voz de Antoine era agora suave e persuasiva. — Sabes usá-las. Eu podia... eu podia dar-lhe uma dose enquanto ela está segura na enfermaria. Ninguém saberia.

Fiquei a olhar para ela, incrédula.

— *Envená-la?*

— Ninguém saberia. Podias dizer-me o que devo fazer. — Apercebeu-se da minha repugnância e apertou-me o braço com força. — É para o bem de todos, Auguste! Se ela falar contra ti, ficas sem a Fleur! Se falar contra mim...

— Como?

Abateu-se de novo um longo silêncio.

— A Germaine — disse ela, por fim. — Ela sabia o que se passava entre a Clémente e o Père Colombin e preparava-se para contar.

Eu tentava perceber. Mas estava calor, eu estava cansada, as palavras de Antoine chegavam até mim como um som ininteligível.

— Eu não podia permitir — continuou. — Eu não a podia deixar acusá-lo. Sou forte... mais forte do que ela era, de qualquer maneira. Foi muito rápido. — E Antoine soltou uma risadinha breve.

Eram demasiadas coisas ao mesmo tempo para eu apreender. E, no entanto, fazia algum sentido. Como já disse, o *Melro* tem a habilidade de levar as pessoas a verem nele aquilo que mais querem ver. Pobre Antoine. Privada do filho aos catorze anos, as únicas paixões que lhe restaram foram as da mesa, e finalmente encontrara outro escape para a sua natureza maternal.

Ocorreu-me uma ideia súbita e virei-me para ela, consternada.

— Antoine, *ele* disse-te para fazeres isso?

Não sei por que razão essa ideia me deixou aterrada. Ele já matara antes e por motivos menos graves. Antoine, porém, abanou a cabeça.

— Ele não sabe de nada. É um homem bom. Claro que não é nenhum santo — acrescentou, afastando com um gesto a sedução de Clémente. — Ele é homem e tem a natureza de homem. Mas se aquela rapariguinha se virar contra ele... — Lançou-me uma olhadela manhosa. — Estás a ver porque é que tem de ser feito, não estás, Auguste? Uma dose indolor...

Tinha de pôr fim àquilo.

— Antoine, escuta. — Ela olhou para mim como um cão obediente, com a cabeça inclinada para o lado. — Seria um pecado mortal. Isso não significa nada para ti? — Supostamente, devia significar pouco para mim, mas sempre a julgara uma verdadeira crente.

— Não me interessa! — Tinha o rosto afogueado e o tom de voz subiu ameaçador. Ocorreu-me que a sua simples presença ali podia ser perigosa para mim. Fiz-lhe sinal para se calar.

— Ouve o que eu digo, Antoine. Mesmo que eu soubesse que plantas usar, de quem é que iriam suspeitar? Todos os venenos levam algum tempo, como sabes, e qualquer pateta é capaz de reconhecer os sintomas.

— Mas nós não a *podemos* deixar falar! — insistiu Antoine, teimosamente. — Se não me ajudares, terei de fazer qualquer coisa.

— Que queres dizer?

— Escondi os teus tesouros, Auguste. Posso encontrá-los em qualquer altura. Estás a ser vigiada constantemente, agora que foste acusada. Achas que ele vai voltar a defender-te? E se fosses interrogada, o que pensas que aconteceria a Fleur?

Na Aquitânia, tudo o que faça parte do agregado familiar de uma bruxa vai com ela para a pira. Porcos, carneiros, gatos, pintos... Vi uma vez uma gravura de uma condenação à fogueira na Lorena, com a bruxa no cimo da pira e, por baixo dela, gaiolas onde se viam acocoradas figuras mais pequenas, desenhadas toscamente, de mãos estendidas. Ignorava quais os costumes ali nas ilhas.

Antoine observava-me com uma expressão de terrível paciência.

— Não tens alternativa — disse ela.

Baixando a cabeça, tive de concordar.

9
♠

7 de Agosto de 1610

Tenho de novo a abadessa nas minhas mãos, mesmo que seja momentâneo. Enquanto balbuciava o seu acto de contrição, de joelhos, com a cabeça vergada sob o peso das minhas acusações, chorou. Mas eram lágrimas ténues, mais de ressentimento do que de verdadeiro arrependimento. Já me tinha desafiado uma vez; convinha não esquecer que podia voltar a fazê-lo.

— Todo este fiasco é por culpa tua! — A minha voz ressoava ríspida contra as pedras da cela. Um pequeno incensório de prata espalhava incenso na atmosfera sombria. — A tua recusa em pedires ajuda ameaçou sabe Deus quantas almas inocentes!

O ciciar dela era quase de desafio por detrás do latim.

— *Mea culpa, mea culpa, mea maxima...*

— Custou a vida a Sœur Germaine! — prossegui impiedoso. — E pode custar a Sœur Clémente a sua alma!

Baixei levemente a voz. A crueldade é um instrumento de precisão, é preferível usá-la para censurar sem dó nem piedade do que para desferir um golpe forte.

— E quanto à tua... — Nessa altura, ela lançou-me um profundo olhar de medo e percebi que estava prestes a tocar-lhe no ponto sensível — só tu sabes a profundidade do teu pecado e da conspurcação da tua alma. Foste violada pelo mais temível de todos os demónios. Por Lúcifer, o demónio do Orgulho.

Isabelle titubeou e pareceu que ia falar, mas baixou a cabeça e desviou os olhos.

— Não é verdade? — insisti numa voz fria e branda. — Não pensaste que eras capaz de resolver todos os nossos problemas sozinha e sem ajuda? Não imaginaste o triunfo da vitória, o tributo que o mundo católico estaria disposto a pagar à rapariga de doze anos que, sem o auxílio de ninguém, derrotou os exércitos do inferno? — Aproximei-me do seu ouvido e sussurrei. O cheiro quente das suas lágrimas era exaltante. — O que é que o Demónio te infiltrou na mente, Angélique? Com que engodos te cegou os olhos? Era a fama que ambicionavas? O poder? A canonização, talvez?

— Pensei... — os seus queixumes eram suaves e infantis. — Pensei...

— *O que é* que tu pensaste? — O meu tom era agora adulador, um pouco como a voz sedutora de Satã tal como a imaginavam aquelas virgens patetas. — O que é que pensaste, Angélique? — Ela parecia não ter reparado que eu voltava a tratá-la pelo nome da sua infância.— Querias ser santa? Fazer deste lugar um santuário para os profanos? Que viessem prostrar-se de joelhos esfolados diante de ti, num misto de temor e de adoração?

Ela encolheu-se numa atitude de submissão servil. Eu conhecia-a demasiado bem. Reconheci nela todas essas ambições antes de ela própria ter consciência disso e fui-as alimentando à espera deste momento.

— Eu não... — Soluçava e as lágrimas, desta vez, eram as lágrimas ardentes e sentidas da criança que ainda era. — Não pensei... não sabia...

Abracei-a então, deixando-a chorar no meu ombro. Acreditem que não sentia a mínima compaixão por pessoas como ela, mas era uma questão de conveniência. De necessidade. Esta podia ser a última vez que conseguia exercer o meu poder sobre ela. O dia seguinte podia desencadear uma nova onda de auto-afirmação, uma nova revolta. Pareceu-me descortinar nos olhos pequenos e desmaiados uma expressão calculista, uma expressão quase consciente... Mas por agora eu continuava a ser o bom padre, o caloroso, compassivo e repreensivo padre...

— Que devo fazer? — Tinha os olhos lacrimejantes e, por enquanto, confiantes.

Não perdi tempo para atacar.

10
♥

8 de Agosto de 1610

Triturei as sementes das campainhas com um pouco de azeite retirado das provisões da cozinha, de que Antoine ainda tinha uma chave. Obtive uma pasta que, depois de misturada com a comida, é difícil de detectar. Adicionei uma pitada de amêndoas doces para disfarçar o sabor amargo e entreguei-a a Antoine, camuflada no pão. Disse-me que tencionava administrar uma dose a Clémente, ao jantar.

Parecia não duvidar da eficácia da minha mistela e o facto de eu ter mudado de ideias não lhe levantou qualquer suspeita. Só me restava rezar para que a sua confiança durasse o tempo suficiente para eu organizar as minhas defesas. A semente de campainhas, apesar de perigosa se for usada, está longe de ser letal. Eu esperava que Antoine ficasse calada, quando se apercebesse disso. Pelo menos, durante algum tempo.

O meu estratagema era bastante simples. A dose de sementes trituradas, mesmo administrada com uma antecedência de doze horas, garantia que Clémente não estaria em condições de ser interrogada no dia seguinte, no capítulo. Os sintomas são violentos, indo desde vómitos até visões e a total inconsciência durante um período de vinte e quatro horas. Por conseguinte, era esse o tempo de que eu dispunha.

Nessa noite, o dormitório tardou a sossegar. Perette deixou-se ficar junto do meu cubículo, a observar-me — à espera, pensei, com os olhos de pássaro brilhantes — até que finalmente lhe fiz sinal para se ir deitar. Mostrou-se disposta a não sair dali, com o rosto pequeno atormentado pela ansiedade ou pela impaciência, e pressenti que me queria dizer qualquer coisa. Mas não era agora altura. Repeti o gesto de a mandar embora e virei-me, fingindo dormir. Porém, durante muito tempo depois de se apagarem as luzes, ainda ouvia os pequenos ruídos característicos do estado de vigília — suspiros, voltas e reviravoltas, o clique-clique das contas do rosário de Marguerite — no escuro, e não sabia se me devia arriscar a sair. A pequena mancha oblonga de céu por cima da minha cama tinha um brilho azul purpurino — em Agosto, o céu aqui nunca é negro — e podia ver uma mancha difusa de estrelas ao longe e ouvir o suspirar suave da ondulação nos terrenos pantanosos. Perto de mim, Alfonsine gemia e interroguei-me se estaria a observar-me. Os gemidos tanto podiam ser os sons genuínos do sono como um sono dissimulado para me impelir a agir de forma imprudente e irreflectida; essa hipótese deixou-me presa à cama durante mais uma hora até que o desespero me fez saltar para o chão. Afinal, não podia ficar eternamente à espera e, de manhã, talvez tivesse perdido a minha última oportunidade de fuga.

Esforçando-me para não fazer barulho a respirar, levantei-me e atravessei o dormitório, descalça. Ninguém se mexeu. Desci as escadas a correr, sem fazer barulho e atravessei o pátio, à espera de ouvir a qualquer momento gritos atrás de mim, mas o pátio permanecia fresco e escuro, com excepção de um caco de lua que se filtrava por uma esquina de alvenaria, e não havia luz nas janelas.

A casa de LeMerle também tinha as luzes apagadas, mas distinguia o brilho difuso da lareira reflectido no tecto, e sabia que ele estava acordado. Bati ao de leve à porta. Segundos depois, ele abriu-a com cuidado e abriu muito os olhos. Vestia uma camisa e os calções substituíam as vestes de sacerdote. Pelo casaco atirado descuidadamente para cima de uma cadeira e pelas botas enlameadas, deduzi que também tinha andado a deambular nas imediações da abadia, mas não deu qualquer indicação sobre o que andara a fazer.

— Que diabo andas tu a tramar? — disse num tom sibilante, ao mesmo tempo que me puxava para dentro e trancava a porta atrás de mim. — Não basta que eu arrisque o pescoço por tua causa?

— As coisas mudaram, Guy. Se eu ficar aqui posso ser acusada.

Expliquei-lhe o meu encontro com Antoine e o pedido que ela me fizera. Contei-lhe do meu compromisso, das campainhas, das vinte e quatro horas.

— Percebes agora? Percebes porque é que tenho de ir buscar Fleur e partir?

LeMerle franziu a testa e abanou a cabeça.

— Tu tens de me ajudar! — A minha voz soou-me estridente e amedrontada. — Não penses que vou ficar calada se for acusada! Não te devo nada, LeMerle. Absolutamente nada.

Ele sentou-se, com um dos pés enfiado numa bota a baloiçar despreocupadamente por cima do braço da cadeira. A irritação desvanecera-se e agora parecia cansado e — genuinamente, pensei eu — bastante magoado.

— Que se passa? Ainda não confias em mim? Achas que eu ia permitir que te acusassem?

— Já aconteceu antes, lembras-te?

— Tudo isso são coisas do passado, Juliette. Sofri com isso, acredita.

Mas não o suficiente, e assim como o pensei disse-o.

— Lamento, mas não te posso deixar ir embora. — A voz dele era decisiva.

— Eu não te vou trair.

Silêncio.

— *Não te vou trair*, Guy.

Ele levantou-se e pousou as mãos nos meus ombros. Tomei de súbito consciência do seu cheiro, um aroma misterioso a suor e a couro húmido, e de que, apesar da minha altura, ao pé dele era muito pequena.

— Por favor — pedi em voz baixa. — Tu não precisas de mim.

O contacto da mão dele era como o bafo dos fornos, arrepiando-me os cabelos na nuca.

— Confia em mim — disse ele. — Eu confio em ti.

Há dez anos atrás eu teria dado tudo para ouvir aquelas palavras. Assustava-me um pouco o facto de uma parte de mim ainda querer ouvi-las e fechei os olhos para evitar os dele. Era uma armadilha. Não o conhecia já? A pele dele era macia, macia como nos meus sonhos.

— Como? Como um peão no teu jogo de bispos? — Afastei-o

com as mãos, mas sem saber como o meu corpo aproximou-se mais do dele e ficámos enlaçados, com os dedos dele crivados na nuca, traçando letras de fogo na minha pele em brasa.

— Não. — A voz dele era muito suave.

— Porquê então?

Ele encolheu os ombros e não disse nada.

— *Porquê*, LeMerle? — gritei num misto de fúria e desespero. — Porquê esta charada? Queres arriscar a vida dos dois por causa da tua vingança? Porque um homem, em tempos, te obrigou a exilares-te de Paris? Por causa de um *ballet*?

— Não, Juliette. Não é por nenhuma dessas razões.

— *Porquê* então?

— Não compreenderias.

— Experimenta.

Deve ter sido bruxaria. Ou loucura, talvez. Lutei contra aquilo, arranhei-lhe os pulsos com as unhas ao mesmo tempo que me estreitava contra ele, selando a sua boca com a minha como se ao fazê-lo pudesse aniquilá-lo por completo. Despimo-nos num silêncio feroz, ele e eu, e vi que o seu corpo continuava a ser rijo e forte, tal como o recordava, e fiquei sobressaltada ao compreender a ternura com que recordava cada sinal, cada cicatriz, como se fossem minhas. A antiga marca no braço dele tinha um pálido brilho prateado de pele de serpente sob o luar e embora uma parte de mim protestasse que estava a cometer um erro irreparável, eu quase não o conseguia ouvir por cima do rugido atroador que me invadia o espírito. Durante algum tempo, deixei de ser apenas carne. Era enxofre, era uma coluna de fogo devorador, ávida e sedenta. Giordano sempre me alertara contra isso, contra o lado selvagem oculto na minha natureza, que ele tanto se esforçara por dominar — e com tão pouco êxito. Ocorreu-me então que embora Giordano fosse um entendido nas propriedades das substâncias elementares, existiam alquimias muito mais fortes no universo do que a sua: alquimias que fundiam a carne, que queimavam o passado e transformavam o ódio em amor com um simples sortilégio.

Passado algum tempo, o fogo abrandou e ficámos deitados serenamente, como dois amantes. A minha fúria desaparecera e um novo langor percorria-me os membros, como se os últimos cinco anos não tivessem passado de um sonho, nada mais, um lúgubre teatro de sombras projectadas numa parede, e que não é mais do que o movimento de uma mão de rapaz à luz do sol.

— Conta-me tudo, LeMerle — disse eu, por fim. — Quero perceber.

A lâmina curva do luar iluminou o sorriso dele.

— É uma longa história — avisou. — Se eu ta contar, ficas?

— Conta-me — repeti.

Ainda a sorrir, contou-me.

11
♠

8 de Agosto de 1610

Bem, tinha de lhe contar alguma coisa e, ao fim e ao cabo, ela acabaria por descobrir. É uma pena que seja mulher; se fosse homem, quase era capaz de a julgar igual a mim. A verdade é que eu ainda tinha uma arma para usar e a luta foi doce durante algum tempo. O cabelo dela cheirava a açúcar queimado e a pele guardava o aroma a pão e a alfazema. Juro que desta vez tinha a intenção de cumprir a minha promessa. Com a boca na dela, quase acreditei que era verdade. Prometi que podíamos voltar a percorrer as estradas e fugir, juntos. A Donzela Alada podia voltar a voar... de facto, nunca duvidei que voltasse a voar. Uma doce fantasia, meu anjo. Doces mentiras.

Ela queria a história, por isso contei-lha com palavras que lhe iam agradar. Talvez mais do que eu pretendia, embalado pelas suas carícias maliciosas. Talvez mais do que era seguro. Mas a minha Donzela Alada tem um coração romântico, sempre pronta a acreditar no lado bom das coisas. Mesmo neste caso. Mesmo em mim.

— Eu tinha dezassete anos. Era fruto da ligação passageira de uma rapariga da região e de um senhor feudal... um filho não desejado e não reconhecido. Foi decidido que, nessas circunstâncias, passava a pertencer à Igreja. Ninguém me perguntou se eu concordava. Nasci a poucas milhas de distância, perto de Montauban, e fui mandado para a abadia aos cinco anos... foi lá que aprendi latim e grego. O abade era um homem fraco mas bondoso, que abandonara a vida de sociedade vinte anos antes para se juntar aos Cistercienses. No entanto, mantinha bons contactos e, embora tivesse renunciado ao seu nome, constava que era um nome poderoso. O certo é que a abadia era bastante rica sob a sua orientação, e grande. Eu cresci num ambiente misto, com monges de um lado e freiras, do outro.

A história é quase verdadeira — o nome da outra protagonista escapa-me, mas lembro-me do rosto dela sob o véu de noviça, das faces sardentas, dos olhos cor de ocre queimado com uma orla dourada.

— Ela tinha catorze anos. Eu trabalhava nos jardins, era ainda demasiado novo para receber sequer a tonsura. Ela era uma rapariga espevitada; costumava espreitar-me por cima do muro quando eu estava a jardinar, sorrindo-me com os olhos.

Como já disse, quase verdadeira. Mas, minha Donzela Alada, havia correntes e contracorrentes mais negras e mais sombrias que não perceberias tão facilmente. Na sala de leitura, eu demorava-me na contemplação do Cântico dos Cânticos e tentava não pensar nela enquanto os meus mestres me observavam atentamente à espreita de qualquer sinal de arrebatamento.

Eu sou a rosa de Sharon e o lírio dos vales.

Depois disso, nunca mais suportei a vista nem o perfume dessas flores. Um jardim de Verão está impregnado de amargas recordações.

— Durante algum tempo, não passou de um idílio.

Isto é o que ela quer ouvir, uma história de inocência corrompida, de amor reprimido. Ela tem mais de trovador do que de flibusteiro, a minha Donzela Alada, apesar das garras afiadas. És capaz de entender isto, Juliette, com a tua infância doce e protegida no meio dos tigres pintados.

Mas para mim, o idílio era algo mais sombrio, os aromas daquelas flores estivais misturados com os da minha solidão, do meu ciúme, da minha prisão. Negligenciei as lições; fiz penitência por todos os pecados que eles conseguiam inventar e, quanto ao resto, fui alimentando um ressentimento e uma ânsia cada vez maiores.

Ouvia o som da água a correr para lá dos muros da abadia e interrogava-me para onde corria o rio.

— Era Verão.

Vou-te deixar acreditar que era amor. Porque não? Quase me cheguei a convencer a mim mesmo. Estava embriagado de luar e de sensações: um caracol dos cabelos dela, cortado em segredo e passado num missal, a marca dos seus pés na relva, o perfume imaginado do seu corpo quando estava deitado na minha enxerga, a contemplar o pequeno rectângulo de estrelas...

Um jardim fechado é a minha irmã, a minha esposa; uma nascente silenciada; uma fonte selada.

Encontrávamo-nos em segredo nos jardins murados, trocávamos tímidos beijos e promessas como amantes há muito versados nas artes do amor clandestino. Éramos inocentes... Mesmo eu, à minha maneira.

— Não podia durar. — É aqui, minha Donzela Alada, que as nossas histórias divergem. — Eles descobriram-nos juntos. Tornámo-nos descuidados, talvez, estonteados ante a delícia dos nossos prazeres proibidos...

Ela gritou, a pateta. Disseram que era uma violação.

— Tentei explicar. — Tinha-lhe puxado para baixo os cabelos compridos, que lhe caíam em caracóis até à cintura. Sentia os seios pequenos por baixo da túnica. Salomão disse-o com as palavras mais doces: *Os teus seios são como dois cabritos monteses gémeos, que se apascentam por entre os lírios.*

Como é que eu podia adivinhar que ela era uma falsa recatada? Gritou e eu fi-la calar, puxando-lhe os dois braços para trás das costas e tapando-lhe a boca com a mão.

— Demasiado tarde.

Eles arrastaram-me à força, no meio de protestos. Jurei que a culpa não era minha. Se havia alguém responsável era Salomão e os seus cabritos monteses. A minha flor de martírio conventual clamava inocência; a culpa era toda minha, ela quase não me conhecia nem tinha encorajado os meus avanços. Fui encerrado na minha cela. O bilhete que lhe enviei foi devolvido sem ter sido aberto. Compreendi demasiado tarde que ambos nos tínhamos equivocado acerca um do outro. A minha relutante namorada sonhava com Abelardo e não com Pan.

— Fiquei preso durante três dias a aguardar julgamento. Durante todo esse tempo, ninguém me dirigiu uma única palavra. O irmão que me trazia as refeições fazia-o sem virar a cara. Mas para minha surpresa não me deixaram morrer à fome nem me espancaram. A minha desonra era demasiado profunda para merecer uma vulgar penitência.

Porém, sempre detestei estar fechado, pelo que a minha prisão se tornava ainda mais penosa por causa dos aromas do jardim por baixo da janela e os ruídos do Verão para lá dos muros. Talvez me tivessem deixado sair se eu mostrasse arrependimento, mas a minha obstinada falta de vergonha manteve-me isolado. Não estava disposto a renegar a minha história. Não me ia submeter ao julgamento deles. Afinal, quem eram eles para me julgar?

No quarto dia, um amigo arranjou maneira de me fazer chegar um bilhete informando-me que o abade pedira o parecer de um clérigo em visita — um homem muito considerado de uma casa nobre — em relação à minha punição. Não fiquei muito perturbado ante a perspectiva. Era capaz de aguentar umas vergastadas se necessário, apesar do afável abade ter sido sempre brando comigo e raramente recorresse a tais meios.

Foi ao fim da tarde que finalmente me foram buscar à cela. Agitado, taciturno e desesperantemente enfastiado, pisquei os olhos ao encarar de repente a luz do dia quando o abade me conduziu pelo corredor escuro e me mandou entrar no seu escritório, onde me aguardava um homem alto, distinto, de cerca de trinta e cinco anos.

Envergava o hábito negro da cidade e a capa de um vulgar sacerdote e tinha ao pescoço uma cruz de prata. O cabelo era negro ao pé do cabelo grisalho do abade, mas ambos tinham os mesmos malares salientes e os mesmos olhos claros quase prateados. Quem os visse ali, lado a lado, não podia ter quaisquer dúvidas de que os dois homens eram irmãos.

O recém-chegado examinou-me, impassível, por momentos.

— É então este o rapaz. Como te chamas, rapaz?

— Guy, se lhe agrada, *mon père*.

Apertou os lábios, como se não lhe agradasse em absoluto.

— Estragaste-o com mimos, Michel — disse, dirigindo-se ao abade. — Já devia calcular que isso acontecesse.

O abade não disse nada, embora tivesse de fazer um esforço para não responder.

— A natureza do indivíduo não pode ser alterada — continuou o estranho. — Mas pode... e *deve*... ser reprimida. Por culpa da tua negligência, uma rapariga inocente foi corrompida e a reputação da nossa casa...

— Eu não a corrompi — protestei. Era verdade. Quando muito, fora ela a corromper-me.

O recém-chegado olhou para mim como se eu fosse repugnante. Devolvi-lhe o olhar e os seus olhos frios tornaram-se ainda mais frios.

— Com que então ele persiste.

— É muito novo — disse o abade.

— Não serve de desculpa.

Ao recusar-me mais uma vez a admitir o meu crime, fui levado de volta para a minha cela. Rebelei-me quando me fecharam à chave outra vez, lutei com os irmãos que tinham sido encarregados de me levar, blasfemei, insultei. O abade veio ter comigo a tentar chamar-me à razão e talvez lhe tivesse dado ouvidos se estivesse sozinho, mas estava acompanhado pelo seu convidado e havia algo dentro de mim que se revoltava à simples ideia de ceder a esse homem, que aparentemente me julgara e detestara a primeira vez que me vira. Exausto e furioso, adormeci; fui acordado de madrugada — para as Matinas, julguei eu — e levado para fora por dois irmãos que se recusaram a olhar-me de frente.

No pátio, o abade estava à minha espera, com os frades e as freiras formando um círculo à volta dele. A seu lado, o sacerdote, com a cruz de prata a brilhar na claridade suave, de mãos entrelaçadas. No meio das freiras avistei a minha jovem noviça, mas desviara o rosto e assim o manteve. As outras ostentavam expressões de comiseração, de consternação ou de uma vaga excitação; a atmosfera era de expectativa irrespirável.

Em seguida, o abade afastou-se para o lado e pude ver aquilo que estivera a ocultar. Um braseiro, onde um fogo cor de rainúnculos amarelos ardia em brasas amontoadas, e um irmão com luvas grossas para proteger as mãos e os braços do calor, e que brandia agora o ferro que retirara do carvão em brasa.

Elevou-se da multidão um suspiro quase de prazer. *Ahhhh.*

Então o recém-chegado falou. Não me lembro de muitas coisas que ele disse; estava demasiado preocupado com a cena que tinha à minha frente. Voltei a olhar para o braseiro, incrédulo, e para o pequeno quadrado de ferro aquecido com a cor do teu cabelo. Começava a perceber vagamente. Debati-me, mas agarraram-me; um dos frades arregaçou-me a manga para deixar o braço a descoberto.

Foi nessa altura que eu abjurei. Ao fim e ao cabo, há orgulho e há estupidez. Mas era demasiado tarde. O abade afastou o olhar, fazendo um esgar; o irmão aproximou-se de mim e sussurrou-me qualquer coisa ao ouvido ao mesmo tempo que o ferro me deixava na carne a marca terrível.

Uma vez por outra tenho-me gabado de um certo dom para a loquacidade. Mas há coisas que jamais conseguimos descrever adequadamente. Basta dizer que ainda hoje a sinto e as palavras que me segredou naquele momento acendem uma chispa que ainda hoje arde.

Talvez, monsenhor, eu vos deva alguma coisa. Ao fim e ao cabo, poupou-me a vida. Mas uma vida de clausura não é vida, como Juliette certamente lhe diria, e ter sido expulso do convento foi provavelmente a melhor coisa que me podia ter acontecido. Não que tenha sido movido por uma mínima preocupação comigo. Na verdade, duvidava que eu conseguisse sobreviver. Quais eram as minhas aptidões? Sabia latim, sabia ler e possuía uma certa perseverança natural. Quanto mais não fosse esta foi-me muito útil. Monsenhor queria ver-me morto e, portanto, decidi viver. Como vê, mesmo então eu não tinha vergonha. Foi assim que nasceu o *Melro*, estridente e indómito, atirando o seu canto idiota à cara dos que o desprezavam, assaltando-lhes os pomares mesmo debaixo do nariz.

Voltei à corte com o nome de Guy LeMerle. O meu inimigo era agora bispo, o bispo de Evreux. Eu devia calcular que uma simples paróquia não o podia satisfazer por muito tempo. Monsenhor ambicionava mais. Queria a corte; mas mais do que isso, queria ser ouvido pelo rei. Havia demasiados huguenotes à volta do rei Henri para seu gosto. Ofendia a sua requintada sensibilidade. E que glória para a casa dos Arnault — tanto na terra como no céu — se conseguisse trazer de volta ao redil uma ovelha real tresmalhada!

Gato escaldado de água fria tem medo. Não foi o meu caso. Escapei da segunda vez, mas à tangente. Quase pude sentir o cheiro desagradável de penas chamuscadas. Pois bem, chegou agora a minha vez. Dizem que Nero tocava rabeca enquanto Roma ardia. Como devia parecer insignificante com a sua única rabeca. Quando chegar a minha vez, irei receber monsenhor d'Evreux com uma orquestra completa.

Estava a transpirar. A minha mão repousava trémula no peito dela. A minha angústia estava perfumada de flores. Dava uma coloração de verdade à minha história, Juliette. Via-a abrir muito os olhos com pena e compreensão. O resto foi fácil. A vingança, aliás, é algo que nós dois podemos compreender.

— Vingança? — perguntou Juliette.

— Quero humilhá-lo. — Responde com cuidado, LeMerle. Responde de maneira a que ela acredite em ti. — Quero vê-lo implicado num escândalo que nem mesmo a sua influência consiga abafar. Quero vê-lo arruinado.

Olhou para mim com ar grave.

— Mas porquê agora? Porquê agora, depois de todo este tempo?

— Porque vi uma oportunidade. — Isto, como o resto da minha história, aproxima-se da verdade. Contudo, um homem avisado faz as suas próprias oportunidades, do mesmo modo que um bom jogador constrói a sua sorte. E eu sou um excelente jogador, Juliette.

— Ainda estás a tempo de mudar de ideias — disse ela. — Do teu plano só podem resultar danos graves. Danos para ti, para Isabelle, para a abadia. Não podes deixar as coisas tal como estão e libertares-te do passado? — Ela baixou os olhos. — Talvez eu te acompanhasse, se decidisses partir.

Uma oferta tentadora. Mas eu tinha investido demasiado naquilo para virar as costas. Abanei a cabeça com genuíno pesar.

— Uma semana — disse eu, docemente. — Dá-me uma semana.

— E Clémente? Não posso continuar a drogá-la eternamente.

— Não tens que recear a Clémente.

Juliette olhou para mim, desconfiada.

— Não deixo que lhe faças mal. Nem a ela nem a ninguém.

— Não farei. Confia em mim.

— Estou a falar a sério, Guy. Se mais alguém for prejudicado... por ti ou por tua ordem...

— Confia em mim.

Era quase inconcebível que tivesse sido perdoado. No entanto, o sorriso dela diz-me que talvez tudo devesse ficar tal como está. Guy LeMerle — se eu fosse apenas ele — talvez tivesse aceitado a oferta. Na próxima semana será demasiado tarde. Nessa altura terei as mãos mais sujas de sangue do que a própria Juliette poderia perdoar.

12
♥

9 de Agosto de 1610

O ar estava fresco e havia manchas lívidas de falsa madrugada na paleta nocturna. O sino não tardaria a tocar para as Vigílias, mas tinha a cabeça demasiado cheia para conseguir dormir, ainda a fervilhar com as palavras de LeMerle.

Que se passava? Era bruxedo, uma droga ministrada às escondidas enquanto eu dormia? Seria possível que eu acreditasse nele agora, que ele tivesse reconquistado a minha confiança? Silenciosamente, censurei-me a mim própria. Tudo o que eu disse — tudo o que fiz — disse-o e fi-lo por Fleur. Tudo o que prometi fora por causa de nós as duas. Quanto ao resto, afastei as imagens de mim e de LeMerle de novo na estrada, amigos outra vez, quem sabe se amantes... Isso nunca mais aconteceria. Nunca.

Quem me dera ter as cartas comigo, mas Antoine escondera-as bem. A busca que fiz ao colchão dela e ao seu esconderijo na casa do forno não me revelou nada. Decidi pensar em Giordano e tentei escutar a voz dele sobre o palpitar descompassado do meu coração. Mais do que nunca, preciso agora da tua lógica, velho amigo. Não há nada que abale o teu universo ordenado e geométrico. Derrota, morte, fome, amor... As engrenagens que fazem girar o universo deixam-te imperturbável. Nos teus algarismos e calibrações vislumbraste os nomes secretos de Deus.

Tch-tch, desaparece! Mas os meus sortilégios são vãos perante esta magia mais poderosa. Amanhã à noite, ao nascer da lua, vou apanhar rosmaninho e alfazema para me proteger e ter ideias claras. Vou fazer um amuleto de pétalas de rosa e de sal marinho, atá-lo com uma fita vermelha e metê-lo na algibeira. Pensarei em Fleur. E não olharei para ele.

Clémente não esteve presente nas Matinas esta manhã, nem nas Laudes. Não houve qualquer alusão à sua ausência, mas reparei que Sœur Virginie também tinha sido dispensada das orações e retirei as minhas conclusões. Portanto, a droga estava a fazer efeito. A questão era saber durante quanto tempo.

A especulação à volta de Sœur Clémente foi tal que só passadas algumas horas é que reparei que Alfonsine também estava ausente. Na altura não lhe atribuí grande importância. Nos últimos tempos, Alfonsine tornara-se muito amiga de Sœur Virginie e oferecera-se para a ajudar por diversas ocasiões. Além disso, LeMerle passava tanto tempo no bloco da enfermaria que Alfonsine não precisa de mais motivos para não sair de lá.

Porém, na Hora de Prima, Virginie apareceu sozinha e com novidades. Disse que Clémente estava muito doente. Mergulhara numa profunda letargia de que não havia nada capaz de a libertar e tinha muita febre desde a madrugada. Piété abanou a cabeça e afirmou que sempre suspeitara que se tratava de cólera. Antoine sorria serenamente. Marguerite declarou que estávamos todas embruxadas e sugeriu um regime de penitências mais graves.

Mas havia mais notícias desagradáveis. Alfonsine também voltara a adoecer. No caso dela não havia febre, mas estava inusitadamente pálida e tivera enormes acessos de tosse durante a maior parte da noite. A sangria parecia tê-la acalmado um pouco, mas continuava muito apática e não queria comer. A Mère Isabelle tinha ido visitá-la e considerara que não estava em condições de fazer as suas tarefas, apesar de Alfonsine a tentar convencer que estava bem. Mas qualquer idiota podia ver que eram as *cameras de sangre*, declarou Sœur Virginie. E a menos que o sangue mau fosse drenado, a doente acabaria por morrer dentro de uma semana.

Aquilo deixou-me mais inquieta do que as notícias acerca de Clémente. Alfonsine já estava debilitada devido a um excesso de excitação e das penitências que se auto-infligia. As sangrias e os jejuns acabariam por matá-la com muito mais eficácia do que a doença. Transmiti a minha opinião a Sœur Virginie.

— Agradeço que não interfiras — disse ela. — O meu método funcionou perfeitamente com Sœur Marguerite.

— Sœur Marguerite escapou por pouco. Além de que é mais robusta do que Alfonsine. Não tem os pulmões infectados.

Virginie olhou para mim com manifesto desprezo.

— Se queres falar de infectado, *ma sœur*, é melhor olhares para ti.

— Que queres dizer?

— Quero dizer que, apesar de teres conseguido escapar da última vez, algumas de nós achamos que o teu... *entusiasmo*... por poções e pós talvez não seja tão inocente como pensa o Père Colombin.

Não me atrevi a fazer qualquer comentário depois disso, nem para ajudar Alfonsine nem para aconselhar a tratar de Clémente. Aproximava-se muito da verdade e embora LeMerle falasse com ligeireza de um possível risco, eu tinha perfeita consciência da linha precária que estava a pisar naquele momento. A abadessa dava ouvidos a Virginie. Nalguns aspectos, eram parecidas, para além de estarem mais próximas uma da outra pela idade do que as outras. E nunca tinha gostado de mim. Bastaria uma pequena coisa — talvez uma palavra balbuciada por Clémente, no delírio ou intencionalmente — para eu ser acusada outra vez.

Gostava de ter falado sobre isso com LeMerle, mas hoje não apareceu, permanecendo na enfermaria ou no seu gabinete, rodeado de livros. Muito em breve, se os meus conhecimentos das plantas estavam correctos, a febre de Clémente cederia e ela recuperaria a consciência. O que aconteceria depois era com LeMerle. Dissera que podia controlar Clémente, mas eu não partilhava o seu optimismo. Ele tomara publicamente o meu partido contra ela, e isso era algo que nenhuma mulher perdoaria.

Dormi mal e sonhei muito. Acordei com a minha própria voz e, a partir daí, tive medo de fechar os olhos não se desse o caso de voltar a falar alto e denunciar-me enquanto dormia. Na casa de LeMerle ardia uma chama ténue. Tinha decido ir ter com ele quando Antoine se levantou para ir às latrinas nas traseiras do dormitório, pelo que tive de ficar deitada, de olhos fechados, a fingir que dormia.

Ela levantou-se mais duas vezes durante a noite — era evidente que não se dava bem com a nossa dieta de pão escuro e de sopa — e por isso estávamos ambas vigilantes quando o alarme da enfermaria ecoou pelo pátio.

Finalmente, Clémente recuperara os sentidos.

13
♥

9 de Agosto de 1610

Antoine e eu fomos as primeiras a chegar à enfermaria. Não olhámos uma para a outra enquanto corríamos pelo corredor em direcção ao jardim murado, mas ouvíamos já os gritos febris de Clémente, ao aproximarmo-nos. Havia uma luz numa das janelas e seguimos essa luz, juntando-se-nos pouco depois Tomasine, Piété, Bénédicte e Marie-Madeleine.

A enfermaria consiste numa única divisão, ampla e bastante abafadiça. As camas estão alinhadas ao longo da parede — seis camas, embora possam ser montadas mais. Não há nenhum tabique a separar as camas, pelo que é quase impossível dormir ali com os gemidos, os ataques de tosse e as lamúrias das pacientes. Sœur Virginie tinha feito alguns esforços para isolar Clémente. A cama dela estava na extremidade do compartimento e colocara uma cortina num dos lados, que atenuava a luz da lamparina e dava alguma privacidade à rapariga. Alfonsine encontrava-se junto à porta, o mais afastada possível de Clémente, e vislumbrei os seus olhos abertos ao passar: dois pontos luminosos no escuro.

A abadessa já lá se encontrava. Virginie e Marguerite, que deviam ter dado o alarme por ordem dela, estavam a seu lado, com ar assustado e excitado. Avistei LeMerle a uma certa distância, grave nas suas vestes negras e segurando o crucifixo de prata numa das mãos. Deitada na cama, com os tornozelos presos com duas correias à armação de madeira, estava Clémente. Via-se um jarro de água entornado no tampo de uma pequena mesa-de-cabeceira e uma bacia exalando um cheiro fedorento debaixo da cama. Tinha o rosto pálido e as pupilas tão dilatadas que o azul das íris era quase invisível.

— Ajuda a Sœur Virginie a atá-la à cama — ordenou a abadessa a Marguerite. — Tu... sim tu, Sœur Auguste! Traz uma infusão calmante.

Hesitei por instantes.

— Eu... talvez fosse melhor se...

— Imediatamente, estúpida! — A voz nasalada era ríspida. — Uma bebida calmante e uma muda de lençóis! Depressa!

Encolhi os ombros. As sementes de campainhas precisam que o estômago esteja vazio para evitar efeitos desagradáveis. Mas obedeci; voltei passados dez minutos, trazendo uma infusão leve de folhas de escutelária adoçada com mel e um lençol lavado.

Clémente delirava.

— Deixem-me em paz, deixem-me em paz! — gritava, agitando a mão esquerda, trémula, a afastar a chávena que lhe estendiam.

— Segurem-na! — gritou a Mère Isabelle.

Sœur Virginie despejou a maior parte da infusão pela garganta de Clémente quando ela voltou a abrir a boca para gritar.

— Vá lá, *ma sœur*. Isto vai fazer-te bem — gritou, abafando o barulho. — Tenta descansar...

Mal tinha pronunciado estas palavras, Clémente vomitou com tamanha violência que uma golfada de líquido malcheiroso salpicou a parede da enfermaria. Virginie, que fora deliberadamente atingida, gritou e Mère Isabelle, a seu lado, esbofeteou-a vivamente, tal como uma criança mimada é capaz de esbofetear a ama num acesso de mau humor.

Clémente voltou a vomitar, deixando um muco viscoso no lençol lavado.

— Vão buscar o Père Colombin. — A voz dela estava rouca da gritaria. — Vão buscá-lo já!

LeMerle assistia à cena em silêncio. Nesse momento aproximou-se, evitando delicadamente as manchas de vomitado no chão.

— Deixem-me passar.

Na verdade, não havia ninguém a impedir-lhe a passagem, mas reagimos à voz da autoridade. Clémente também. Virou o rosto para ele e choramingou brandamente.

LeMerle estendeu o crucifixo.

— *Mon père!* — Por breves instantes, a mulher atormentada pareceu bastante lúcida. Murmurou na sua voz rouca: — Disse-me que me ia ajudar. Disse-me que me ia ajudar...

LeMerle começou a falar com ela em latim, segurando o crucifixo entre ambos como uma arma. Reconheci as palavras como um fragmento do serviço de exorcismo, que ele iria certamente repetir na íntegra mais tarde.

— *Praecipio tibi, quicumque es, spiritus immunde, et omnibus sociis tuis hunc Dei famulum obsidentibus...*

Vi Clémente esbugalhar os olhos.

— Não!

— *Ut per mysteria incarnationis, passionis, resurrectionis, et ascensionis Domini nostri...*

Apesar de tudo, senti um súbito sentimento de culpa ao vê-la sofrer.

— *Per missionem Spiritus Sancti, et per adventum ejusdem Domini.*

— Por favor, eu não queria dizer isso, nunca direi nada a ninguém...

— *Dicas mihi nomen tuum, diem, et horam exitus tui, cum aliquo signo...*

— Foi a Germaine... ela tinha ciúmes, ela queria-me para ela...

Quando Janette usava a droga em cerimónias e em adivinhações, era em pequenas doses após um longo período de meditação. Clémente não estava preparada. Tentei imaginar o abismo do seu terror. Agora, finalmente, a droga estava a atingir a fase final. O ataque cessaria em breve e voltaria a adormecer. LeMerle fez o sinal da cruz sobre o rosto de Clémente.

— *Lectio sancti Evangelii secundum Joannem.*

Contudo, a recusa dele em a reconhecer parecia contribuir para a sua agitação. Agarrou-lhe a manga do hábito com os dentes, quase derrubando o crucifixo que ele segurava nas mãos.

— Vou contar-lhes tudo — rosnou. — E vão queimá-lo.

— Vejam como ela se afasta da cruz! — disse Marguerite.

— Ela está doente — disse eu. — Delira. Não sabe o que faz.

Marguerite abanou a cabeça, obstinada.

— Está possessa — disse, com os olhos brilhantes. — Possessa pelo espírito de Germaine. Não foi ela mesma quem o disse?

Não era altura para discutir. Vi pelo canto do olho que a Mère Isabelle nos observava e sabia que não lhe escapara nenhuma palavra. Mas LeMerle mostrava-se imperturbável.

— Aos demónios que infestaram esta mulher, ordeno-vos que digam os vossos nomes!

Clémente lamuriava-se.

— Não há demónios. Vós mesmo dissestes...

— Digam os vossos nomes! — repetia LeMerle. — Ordeno-vos! Em nome do Pai!

— Eu só queria... eu não tencionava...

— Do Filho!

— Não... por favor...

— Do Espírito Santo!

Nesta altura, Clémente cedeu por fim.

— Germaine! — gritou. — Mère Marie! Behemoth! Belzebu! Astaroth! Belial! Sabaoth! Tetragramaton! — Soluçava agora enquanto, arfante, ia pronunciando os nomes, muitos dos quais eu conhecia dos vários textos de Giordano, mas certamente apanhados por Clémente nos êxtases de Alfonsine, que lhe jorravam dos lábios numa catadupa desesperada. — Hades! Belfegor! Mamon! Asmodeu!

LeMerle pousou-lhe uma mão no ombro, mas era tal a sua agitação que recomeçou aos gritos e se afastou assustada.

— Está possessa! — voltou a sussurrar Marguerite. — Vejam como resiste ao contacto da cruz! Ouçam os nomes dos demónios!

LeMerle virou-se para nos olhar.

— Más notícias, de facto — disse ele. — Ontem a minha cegueira impediu-me de acreditar que pudesse haver outra explicação para a doença dela. Mas agora sabemo-lo da sua própria boca. Sœur Clémente foi infestada por espíritos impuros.

— Deixem-me ajudá-la, por favor. — Eu sabia que era insensato chamar as atenções sobre mim, mas não podia suportar mais aquilo. Mesmo assim, tinha perfeita consciência dos olhos de Virginie cravados em mim e, atrás dela, os da nossa pequena abadessa.

LeMerle abanou a cabeça.

— Devo ficar só. — Parecia exausto, com a mão estendida que segurava o crucifixo visivelmente trémula pelo esforço. — Quem permanecer aqui põe a alma em perigo.

Clémente, no meio de soluços, começou a recitar o padre-nosso. LeMerle recuou um passo.

— Vejam como os demónios escarnecem de nós! Disseste o teu nome, demónio, agora deixa-nos ver o teu rosto!

Enquanto falava, um sopro frio infiltrou-se pela porta aberta, fazendo tremeluzir as chamas das velas e das tochas que iluminavam a sala. Instintivamente, virei-me; outras seguiram o meu gesto. Do lado de lá da porta, no vestíbulo escuro, um vulto branco hesitou fora do alcance da luz. Quase não conseguia distinguir os contornos. Parecia flutuar vagamente ao longo do corredor, furtando-se à luz com uma delicada precisão, o que só nos permitiu ver o hábito que usava — muito semelhante ao nosso — e a pálida *quichenotte* que lhe ocultava o rosto por completo.

— A Freira Ímpia!

Arranquei a tocha das mãos de Virginie e corri segurando a pequena chama. Marguerite gritou e puxou-me pela manga. Não prestei atenção e dei três passos na passagem estreita, empunhando a luz à minha frente.

— Quem está aí? — chamei. — Mostre-se!

A Freira Ímpia virou-se e tive tempo de ver as pernas enfiadas em meias pretas por baixo do hábito. O que ajudava a criar aquela sensação de fantasma flutuante. As mãos também estavam cobertas com luvas pretas. Depois o vulto começou a correr pelo corredor, afastando-se rápida e velozmente do feixe de luz.

Alguém atrás de mim, gritava com impaciência:

— O que é que viste?

Alguém me puxou pelo véu e pelo braço. Esquivei-me com alguma dificuldade, tentando não largar a tocha. Quando voltei a olhar, a aparição tinha sumido.

— Sœur Auguste! O que é que viste? — Era Isabelle, agarrando-me como se nunca mais me quisesse soltar. Mais de perto, o seu aspecto era pior do que nunca, com pequenas úlceras avermelhadas à volta da boca e do nariz. Janette teria receitado ar fresco e exercício. *Ar fresco e sol*, teria sido o seu conselho no seu cacarejar familiar.

É do que precisa uma criança que está a crescer. Foi o que fez de mim a beleza que têm à vossa frente. Se ao menos Janette estivesse aqui agora...

— Pois bem, Sœur Auguste, o que é que viu? — Era o tom delicado de LeMerle, com uma leve nota de troça que só eu podia entender.

— Eu... — Senti a voz titubear. — Não tenho a certeza.

— Sœur Auguste é uma céptica — disse LeMerle. — Se calhar, mesmo neste momento, continua a duvidar da presença de demónios em Sœur Clémente.

Mantive os olhos fixos na luz da tocha, não me atrevendo a encarar o sorriso dele.

— Sœur Auguste — disse Isabelle, num tom esganiçado. — Diz-nos imediatamente. O que é que viste? Era a Freira Ímpia?

Devagar, com relutância, assenti com um gesto da cabeça.

Seguiu-se uma onda de perguntas. Porque é que eu a tinha perseguido? Porque é que tinha parado? O que é que tinha visto exactamente? Havia sangue na touca da freira? E na sobrepeliz? Tinha-lhe visto o rosto?

Tentei responder a todas. Quando foi preciso mentir, menti. Cada palavra minha aproximava-me mais do poder de LeMerle, mas não tinha alternativa nem força para lhe resistir. Mentia por necessidade. Porque, no segundo em que o espectro se virou para mim, de frente e suficientemente perto para lhe poder tocar, na passagem sombria, eu reconhecera a Freira Ímpia. Era a minha mais querida amiga, e os seus olhos dourados revelavam algo que se assemelhava a divertimento. Como se tudo não passasse de um jogo em que a única aposta era uma mão-cheia de berlindes de vidro.

Fazia todo o sentido. A sua inocência protegia-a. O silêncio dela estava assegurado. E apenas eu tinha ouvido o débil risinho de pássaro que seguiu o desaparecimento do espectro no escuro, como que um pio de coruja, uma nota inumana que nenhuma outra garganta era capaz de reproduzir.

Aquele som e aqueles olhos eram inconfundíveis.

Era Perette.

QUARTA PARTE

PERETTE

1

♠

10 de Agosto de 1610

Até agora tudo bem. Mas a tarefa que falta é extremamente delicada. Só faltam cinco dias até à chegada dele e os fios da minha delicada trama estão cada vez mais enredados e tortuosos. Clémente continua acamada na enfermaria, mais calma agora, mas suspeito que não por muito tempo. Passei muitas horas à sua cabeceira, com a assistência de Virginie, tendo à mão incenso e água benta. Uma agulha oculta numa das mangas assegurou-me a colaboração dela ao longo da fase final dos efeitos da droga; picava-a com precisão científica sempre que era necessário um grito ou uma praga e, no seu estado de atordoamento, ela não era capaz de distinguir as dores das suas visões das dores provocadas pelo instrumento oculto.

Com a gravidade conveniente declarei Clémente possessa por duzentos e cinquenta demónios. Passei grande parte da manhã na minha biblioteca, absorvido em diversos textos sobre o assunto e emergi pouco antes do meio-dia com uma lista de nomes. Foi essa lista que eu li a Clémente num tom pausado e cadenciado, enquanto Virginie olhava num temor estupefacto e a rapariga endemoninhada deitada na cama se contorcia e implorava.

Sabia que Juliette se recusaria a administrar outra dose das suas campainhas, mas ainda tinha o suficiente para as minhas necessidades imediatas. À medida que o dia ia avançando e me apercebi de que Clémente começava a recuperar os sentidos, tomei consciência da necessidade de repetir o processo. Sabia de antemão que a minha Donzela Alada não ia aprovar. Mas que outra coisa podia ela fazer?

Claro que a missa foi cancelada. Eu «estava a estudar» nos meus aposentos, com um livro de máximas de Aristóteles dissimulado sob a capa do *Malleus Malleficarum*. Suspeitava que os serviços religiosos sem a minha presença eram enfadonhos, mas insisti nos meus receios de nova repetição dos delírios e da missa de dança.

Entretanto, Marguerite vigiava Clémente e, apesar das minhas instruções rigorosas para que não transpirasse sequer uma palavra dos acontecimentos desse dia, difundiu as notícias terríveis de que estava possessa por toda a abadia. Claro que era exactamente essa a minha intenção e os rumores, tanto mais fascinantes dada a proibição, não tardaram a ser repetidos, aumentados, acrescentados e disseminados como sementes de dentes-de-leão.

A minha principal fonte de inquietação é Juliette. O facto de ela ter descoberto a identidade da minha Freira Ímpia talvez fosse inevitável, mas não deixa de me perturbar um pouco. A rapariga bravia é amiga dela, segundo me dizem, e Juliette retribui-lhe com lealdade. Não é assim com a rapariga selvagem, que se vende por uma bugiganga e cujo silêncio é precioso, mas se Juliette chegasse a saber toda a extensão dos meus planos...

Claro que é um disparate. Perette é uma criatura primitiva, um espírito imaturo com a inteligência de um macaco amestrado. Demorei algum tempo a domá-la — de facto, passei duas noites sem dormir com ela, na cripta, para a curar do seu pavor irracional do escuro — mas agora rasteja atrás de mim com a fidelidade de um *spaniel*, com as mãozinhas em concha, suplicando o próximo presente. Sinto-me muito tentado a levar Perette comigo, quando me for embora daqui. Posso dar-lhe variadíssimas utilizações. E Juliette... Mas não devo pensar em Juliette. No domingo, já conhecerá toda a extensão da minha perfídia e não posso ter esperanças de ser perdoado desta vez. Mas Perette é uma questão diferente. Mesmo sem ser amestrada, é muito mais esperta do que se pensa. Para ela, a prestidigitação é uma brincadeira de crianças. Consegue deslocar-se sem ser vista nem ouvida num quarto com gente a dormir, sem perturbar uma única pessoa. Corre como o vento, trepa como um esquilo, enrosca-se e esconde-se num espaço minúsculo. Podia até ensiná-la a dançar na corda. Ninguém pode aspirar a rivalizar com a minha Donzela Alada, mas talvez com a prática... Podia pintar-lhe o rosto com suco de noz e fazê-la passar por uma selvagem do Canadá. As pessoas pagavam para ver.

Sim, no meio de tudo o resto talvez resolva salvar Perette.

2
♥

10 de Agosto de 1610

Claro que depois do que vi na enfermaria, fui ter com Perette assim que me foi possível. Foi de manhã, depois da Hora de Prima. Todas nós retomámos as nossas tarefas com um ligeiro atraso, porque a abadessa estava com o seu confessor e calculámos que a disciplina talvez tivesse abrandado. Fui encontrar Perette, como esperava, nos estábulos onde guardamos os animais. Tinha levado uns restos de pão seco e bafiento e o lugar estava inundado de galinhas, de patos e de frangos sarapintados que a tinham seguido até ali. Olhou para mim com uma expressão inquiridora.

— Perette.

Sorriu, um sorriso rasgado de prazer, e apontou as aves. Parecia tão feliz — e tão inocente — que senti uma estranha relutância em abordar o incidente dessa manhã. No entanto, fiz um esforço para não me deixar comover.

— Deixa lá as galinhas. Perette, eu vi-te na enfermaria hoje de manhã. — Ela olhou para mim, insolente e com a cabeça inclinada para o lado. — Vi-te a fingir que eras a Freira Ímpia.

Perette soltou o grito de coruja, que nela significa uma gargalhada.

— Não tem graça. — Segurei-a pelos braços e obriguei-a a olhar para mim. — Podia ter sido muito perigoso.

Perette encolheu os ombros. Ela é bastante esperta para certas coisas, mas quando começamos a falar do que podia ser, do que podia ter sido ou do que seria, normalmente desinteressa-se.

Falei-lhe devagar, pacientemente, usando palavras simples que ela conhecia.

— Perette. Escuta. Diz-me a verdade. — Sorriu-me, não dando qualquer sinal se estava a perceber ou não. — Diz-me, Perette. Quantas vezes é que tu... — Não, não podia ser assim. — Perette, já jogaste este jogo antes?

Perette assentiu com a cabeça e soltou uma espécie de piar feliz.

— E foi... foi o Père Colombin que te pediu para jogares este jogo?

Voltou a dizer que sim com a cabeça.

— O Père Colombin disse-te... disse-te porque é que queria que jogasses este jogo?

Agora era mais difícil. Perette reflectiu por instantes, encolheu os ombros e depois estendeu a palma da mão suja, com um pequeno objecto castanho. Um cubo de açúcar. Olhou para ele, lambeu-o e voltou a metê-lo no bolso com todo o cuidado.

— Açúcar? Ele dá-te açúcar quando tu jogas esse jogo?

Perette voltou a encolher os ombros. Em seguida, tacteando atabalhoadamente à volta do pescoço, mostrou-me o pequeno medalhão que eu vira LeMerle tirar-lhe apenas há poucas semanas atrás, e agora preso por um bocado de guita. Cristina Mirabilis sorria do disco brilhante esmaltado.

Voltei a falar-lhe num tom lento e adulador.

— Muito bem, Perette. Jogaste o jogo para o Père Colombin. — Perette sorriu, fazendo oscilar a cabeça de um lado para o outro. O medalhão reflectia a luz do sol. — Mas porque é que ele quis que jogasses esse jogo?

A rapariga encolheu os ombros e virou o medalhão nos dedos para captar a luz. Tentei controlar a impaciência.

— Está bem, Perette, mas *porque* é que ele te pediu? Disse-te porquê?

Voltou a encolher os ombros. Que importância tinha isso, era o que dizia o seu encolher de ombros, desde que lhe desse açúcar e bugigangas?

Sacudia-a levemente.

— Perette, o que tu fizeste foi uma coisa má.

Pareceu ficar surpreendida com as minhas palavras e começou a abanar a cabeça numa negativa.

— Uma coisa má! — insisti, levantando um pouco a voz. — A culpa não foi tua, mas não deixou por isso de ser mal. O Père Colombin foi mau ao mandar-te fazer isso.

Perette contraiu os lábios num esgar de amuo e fez menção de se ir embora. Eu segurei-a.

— Lembras-te de Fleur? — perguntei, de chofre. — Lembras-te de quando eles levaram Fleur para longe?

Talvez não se lembrasse, pensei para comigo. Já passara quase um mês desde o desaparecimento de Fleur e Perette possivelmente já tinha esquecido a sua jovem companheira de brincadeiras. Por momentos pareceu ficar confusa, mas depois levantou a mão no gesto que sempre fazia para indicar a criança.

— Foi o Père Colombin que levou Fleur para longe — disse-lhe eu. — Ele pode parecer muito simpático, pode dar-te presentes, mas, Perette, ele é um homem mau e eu preciso de saber o que é que ele anda a tramar! — Voltara a subir a voz e agarrava-lhe o braço com tanta força que a magoei. A sua expressão de desorientação dizia-me que tinha ido demasiado depressa, que a tinha perdido. — Perette, olha para mim!

Demasiado tarde. O momento de contacto passara e Perette voltava a concentrar a sua atenção nas aves. Quando me afastei, furiosa com a minha impaciência, vi-a sentada no meio de um bando cacarejante, de braços estendidos, com o colo cheio de uma massa de penas brancas, castanhas, sarapintadas, douradas, verdes e vermelhas.

Mas não posso desistir. Se houver uma chave para este enigma, essa chave é ela. A minha doce e inocente Perette. Seja o que for que ele está a planear, ela sabe o que é. Talvez esteja para lá da sua compreensão, mas o segredo dele está ali, escondido dentro dela e tão seguro como numa caixa de segredo chinesa. Se ao menos eu soubesse o que era. Se ao menos eu conseguisse abrir a fechadura, minha querida.

3
♥

11 de Agosto de 1610

Tentei falar com LeMerle durante todo o dia de ontem, mas ele evita-me e não me posso permitir atrair as atenções. A noite passada tinha a porta fechada à chave e as luzes apagadas. Pensei que talvez estivesse na enfermaria, mas não me atrevi a ir lá ver. Clémente ainda não é capaz de ter um discurso racional, segundo me diz Antoine, e alterna longos períodos de letargia com intervalos de um delírio desenfreado e vigilante. Nessas alturas tem de ser presa à cama para não se magoar. Às vezes rasga a roupa, expondo o corpo, e dá sacões violentos como se um amante demoníaco a cavalgasse. Nesses instantes, grita ou geme de terrível prazer, ou arranha a cara numa agonia de auto-flagelação. É preferível atá-la, embora ela suplique que a soltem, arremessando a cabeça para os lados e cuspindo com uma precisão inquietante para quem se atrever a aproximar-se dela.

Eu não estou autorizada a visitá-la. Antoine também foi afastada da enfermaria, embora Virginie continue a tomar conta da mulher possessa. Antoine conta-me isto com dissimulada satisfação: Clémente parece ter enlouquecido e pode não voltar a recuperar a sua sanidade mental. Foi o que lhe disse Virginie. Antoine semicerra os olhos com uma expressão de malvadez ao falar nisso. Oferecera-se para ajudar na enfermaria, para lavar os lençóis e preparar os caldos para a rapariga enferma, onde vai deitando, sem dúvida alguma, uma dose regular do extracto das campainhas.

A encantadora Clémente já não é tão encantadora, relata ela nesse novo tom malicioso; vai ficar com o rosto marcado pelas cicatrizes dos arranhões que repetidamente inflige às suas faces; caem-lhe madeixas de cabelo. Eu gostaria de ir ter com ela, de a reconfortar e de lhe explicar que aquele rosto devastado não era por culpa minha...

De que serviria? Embora fosse a mão de Antoine a administrar-lhe a dose, fui eu que lhe preparei o produto. E voltaria a fazê-lo em idênticas circunstâncias. LeMerle, mantendo-se prudentemente à distância, sabe-o. Mais uma vez voltou a abrir um fosso dentro de mim, voltou a abrir o sombrio saco de hipóteses nas minhas entranhas.

Tu não tolerarás que uma bruxa viva.

Giordano costumava dizer que no hebreu original a palavra *bruxa* significava *envenenadora*.

Não sei se Giordano seria capaz de reconhecer agora a sua pupila.

4
♠

12 de Agosto de 1610

Tal como esperava, as minhas diligências prosseguem de acordo com o planeado. Mère Isabelle continua dócil — por enquanto. Passa a maior parte do tempo a rezar, sem querer saber do seu rebanho cada vez mais rebelde e indisciplinado. O acesso a Clémente é restrito, porque mesmo eu só dificilmente posso dar o extracto de campainhas à rapariga com regularidade e os seus ataques tornaram-se cada vez mais violentos.

Por outro lado, vou alimentando os receios da minha pupila com os conhecimentos e os disparates que fui seleccionando de uma centena de livros sagrados e profanos. Ao mesmo tempo que pareço apaziguar os seus terrores, vou-os alimentando astuciosamente com anedotas e fantasias. O mundo está repleto de horrores: piras, envenenamentos, feitiços e encantamentos demoníacos — seja o que for, o Père Colombin conhece e sabe exactamente como dar vida a esses horrores. Uma carreira diversificada pode constituir uma matéria útil para tais enganos e dolos; ao fim e ao cabo, cheguei a conhecer o famoso jurisconsulto Jean Bodin num dos saraus de Madame de Sévigné — e achei a prolixidade do seu discurso extremamente enfadonha. O resto fui buscar às grandes ficções da história. A Ésquilo, a Plutarco, à Bíblia... A própria Clémente ignora por completo que os nomes demoníacos que pronuncia nos seus delírios são na sua maior parte os nomes secretos e esquecidos de Deus, renascidos como blasfémias no seu espírito torturado.

Há dias que a minha pupila quase não dorme. Tem os olhos cavados e injectados. A boca tem a palidez de uma cicatriz. Às vezes dou com ela a observar-me, convencida de que não me apercebo. Pergunto-me se suspeitará. De qualquer modo, é demasiado tarde para ela. Uma dose das campainhas de Clémente seria suficiente para aniquilar a sua revolta, embora só a administrasse em caso de extrema necessidade. Quero que se abata sobre os Arnault, caída de um céu azul. O fim das esperanças dele. Irrevogável.

Ironicamente, a minha pupila agora vai buscar todo o conforto possível à expectativa do próximo domingo, o há muito aguardado Festival da Virgem. Agora que a nossa abadia foi recuperada à santa apóstata, Marie-de-la-mer, talvez possamos contar com a intervenção pessoal da Virgem Santa nos nossos lamentáveis incidentes. Pelo menos é assim que ela pensa, e redobra as suas preces. Entretanto, eu zelo pelas nossas defesas espirituais com múltiplos encantamentos em latim e uma imensa quantidade de incenso. Não deve ser permitida a entrada a nenhuma força demoníaca no dia mais sagrado da nossa abadia.

Esta manhã muito cedo, Juliette veio à minha procura, aos meus aposentos. Calculei que pudesse vir e estava preparado para a receber. Levantei a cabeça de uma pilha de livros para a olhar. Mostrou-se ferozmente formal e empertigada nas suas vestes limpas e engomadas, sem que um anel de cabelo atenuasse o contorno do rosto pálido e sério. Tinha a ver com Perette, pensei para comigo, prudente, e tenho de me acautelar com o terreno que piso.

— Juliette! Já nasceu o sol? O quarto parece mais luminoso do que há um momento atrás.

A expressão dela dizia-me que não era a altura mais apropriada para galanteios.

— Por favor. — A voz soou ríspida, mas notei que havia mais ansiedade do que irritação. — Tens de manter Perette fora disto. Ela não compreende o perigo. Pensa nos riscos, se a descobrissem! — Depois, como eu não disse nada, acrescentou: — Realmente, LeMerle, tens de perceber que não passa de uma criança!

Então, era isso. A sua faceta maternal. Procurei desviar a conversa.

— Isabelle não se tem sentido bem — disse eu, suavemente. — Enquanto ela repousa nos seus aposentos, talvez eu consiga que tu... e Antoine... façam uma breve escapadela. Para irem levar uma cesta de comida a... por exemplo... um pobre pescador e à família.

Olhou para mim e pude ver o brilho ansioso dos seus olhos. Depois abanou a cabeça.

— É mesmo teu, LeMerle — disse, sem irritação. — E o que aconteceria comigo fora do caminho? Outra aparição? Outra missa de dança? — Voltou a abanar a cabeça. — Conheço-te — disse suavemente. — Nada é gratuito. Deves querer qualquer coisa em troca, e depois mais outra coisa, e depois...

Interrompi-a.

— Minha querida, interpretas mal as minhas intenções. Fiz esta sugestão apenas no teu interesse, nada mais. Tu não constituis um perigo para mim, Juliette; neste momento és tão culpada como eu.

Ela levantou o queixo ao ouvir as minhas palavras.

— Eu? — Mas havia medo no seu olhar.

— Só o teu silêncio é prova de culpa. Reconheceste a Freira Ímpia. E esqueceste-te do episódio do poço? Ou do envenenamento de Sœur Clémente? E quanto ao teu voto de castidade... — Deixei a frase suspensa, maliciosamente.

Ficou calada, com as faces ruborizadas.

— Acredita em mim — pedi. — Uma acusação de bruxaria poderia ser levantada contra ti por qualquer uma destas coisas. E já há muito que ultrapassámos o ponto em que me podias prejudicar. Neste momento não há ninguém capaz de as virar contra mim.

Ela sabia que era verdade.

— Eu sou o rochedo. A âncora no meio da tempestade. Suspeitarem de mim é impensável.

Seguiu-se uma longa pausa.

— Eu devia ter falado quando tive a oportunidade — disse Juliette. Não me deixei iludir pelo tom da sua voz; a expressão dos seus olhos era quase de admiração.

— Nunca o farias, minha querida.

Os olhos dela disseram-me que ela também sabia isso.

— Perette tem-me sido muito útil durante estas últimas semanas — disse eu. — É rápida... quase tão rápida como tu eras, Juliette... e é esperta. Escondeu-se na cripta, a primeira vez que tu viste a Freira Ímpia. Durante todo o tempo que andaste à procura ela estava lá, enroscada atrás de um dos caixões.

Juliette estremeceu.

— Mas se estás tão preocupada com ela, talvez... — Fingi hesitar. — Não. Ainda preciso dela, Juliette. Não posso prescindir dela. Nem mesmo para te agradar.

Ela mordeu o anzol.

— Disseste que havia uma maneira.

— Impossível.

— Guy!

— Não, a sério. Eu nunca devia ter falado.

— *Por favor!*

Nunca consegui resistir às suas súplicas. Um manjar exaltante, raramente saboreado. Simulei relutância para saborear melhor aquele momento.

— Bom, suponho que talvez...

— O quê?

— Se aceitasses tomar o lugar dela.

Pronto. A armadilha fecha-se com um clique quase audível. Ela pondera por breves instantes. Não é parva e sabe que foi manobrada. Mas há a criança...

— Fleur nunca esteve no continente — disse eu, com suavidade. — Deixei-a entregue a uma família a menos de três milhas daqui. Podes estar com ela dentro de uma hora se...

— Não vou envenenar ninguém — interrompeu Juliette.

— Não será necessário.

Ela começava a ceder.

— Se eu concordar, juras que o envolvimento de Perette acaba?

— Claro. — Orgulho-me da minha expressão de honestidade. A expressão franca e sincera de um homem que nunca marcou uma carta nem nunca viciou um dado em toda a sua vida. É espantoso que depois de tantos anos, ainda funcione.

— Três dias — disse eu, apercebendo-me da sua resistência. — Três dias até domingo. Depois acabou-se. Prometo.

— Três dias — repetiu ela.

— Depois disso, Fleur pode voltar para casa sem problemas. Podes voltar a ter tudo como dantes. Ou... se quiseres... podes vir comigo.

Os olhos chisparam, de troça ou de paixão, não saberia dizer, mas não disse nada.

— Seria assim tão mau? — perguntei suavemente. — Voltar à estrada? Voltares a ser a Donzela Alada... voltares para onde pertences — baixei a voz num sussurro —, voltares para onde preciso de ti?

Fez-se silêncio, mas senti-a descontrair-se um pouco, o suficiente. Aflorei-lhe a face rapidamente.

— Três dias — repeti. — Que pode acontecer em três dias?

Muitas coisas, assim esperava.

5
♥

12 de Agosto de 1610

Fleur estava à minha espera, como LeMerle prometera, a menos de três milhas da abadia. Um recinto murado de um salineiro, uma construção baixa com telhado de turfa e paredes de adobe caiadas de branco, protegida da vista por uma sebe de arbustos de tamarisco. Podia ter passado por ela uma centena de vezes sem a ver. Do outro lado da cerca, um pónei de pêlo comprido pastava erva e, ao lado, uma coelheira de tábuas acolhia meia dúzia de coelhos castanhos. A toda a volta, as valas do paúl salino formavam uma espécie de fosso baixo, onde estavam atracados dois *platts* de fundo chato para acesso aos campos. Garças-reais pousavam nos caniços à beira de água e no meio da erva comprida e amarelada ouvia-se o trilo das cigarras.

LeMerle, sabendo que eu não abandonaria Perette, desta vez não vira necessidade de me acompanhar. Mandou Antoine para me guardar, com os olhos semicerrados numa cumplicidade trocista, sob o véu manchado de suor. Eu interrogava-me se estaria nas mãos dela. A envenenadora e a assassina, de braço dado, como amigas inseparáveis.

Apertei Fleur contra o peito como se ao fazê-lo pudesse fundir os nossos corpos num só e assim nunca mais me separar dela. A pele dela é macia e morena, surpreendentemente escura em contraste com o cabelo loiro como estriga de linho. A beleza dela quase me assusta. Usava o vestido vermelho, que começava a ficar curto, e tinha uma esfoladela recente num dos joelhos.

— No domingo — segredei-lhe ao ouvido. — Se tudo correr bem, estarei aqui no domingo. Ao meio-dia, espera por mim aqui ao pé dos arbustos de tamarisco. Não digas nada a ninguém. Não digas a ninguém que te venho buscar.

Claro que LeMerle me tinha enganado. Quando regressei da minha visita a Fleur, percebi pelo cheiro forte a incenso e a queimado que tinha estado mais uma vez a manipulá-las. Tinha havido outra missa de dança, contou Sœur Piété excitada, ainda mais frenética do que a primeira; pressionada por mim para saber pormenores, falou dos êxtases e arrebatamentos, que ela própria tinha estado possessa de um demónio lúbrico, de uivos e ruídos animalescos emitidos pelas infelizes obrigadas a caírem de joelhos pelo exército de demónios desbragados contra o santo sacramento.

De lágrimas nos olhos, falou também de Sœur Marguerite, de como apesar das suas preces foi forçada a dançar até lhe sangrarem os pés, e do Père Colombin, da purificação pelo fogo do ar empestado, da sua luta contra as forças do mal até ele próprio ser forçado a ajoelhar no seu esforço para os derrubar.

A Mère Isabelle estava com ele agora, revelou Piété. Quando o fascínio das forças do mal começou a abandonar a congregação, quando as freiras, libertas dos seus delírios frenéticos pelo som da sua voz, começaram a olhar umas para as outras num misto de espanto e de desnorteamento, o Père Colombin deixara-se cair de joelhos, desfalecido, deixando cair de entre os dedos as páginas do *Ritus exorcizandi*. Um minuto de caos quando as freiras acometidas de pânico se precipitaram para o ajudar, convencidas de que também ele sucumbira às forças das trevas...

Mas não passara de exaustão, explicou Piété. Para alívio das freiras, o Père Colombin conseguiu pôr-se de pé sozinho, apoiado de ambos lados num membro do seu fiel rebanho. Erguendo uma mão trémula, declarou que precisava de descansar e deixou que o acompanhassem até à casa, onde repousa neste momento, rodeado de livros e de artefactos sagrados, em busca de uma solução para os males que nos afligem.

Deve ter sido um belo espectáculo. Calculei que fosse um ensaio para a representação inaugural do próximo domingo, mas por que razão quisera LeMerle que eu estivesse ausente? Dar-se-ia o caso de que, apesar das suas palavras impudentes, temesse de algum modo o que eu pudesse descobrir? Haverá uma parte do espectáculo que LeMerle não queira que eu veja?

6

♥

13 de Agosto de 1610

Alfonsine fora oficialmente declarada possessa. Até agora os demónios que a infestavam eram em número de cinquenta e cinco, se bem que o Père Colombin afirme que há mais. O ritual de exorcismo só estará concluído quando todos eles tiverem sido nomeados, e as paredes da sua casa estão forradas de papéis com listas a que vai acrescentando constantemente novos nomes. Virginie mostra também uma expressão pálida e macilenta e foi vista em diversas ocasiões a andar em círculos à volta do jardim murado a falar sozinha. Quando lhe dizem para parar e descansar, limita-se a olhar com um ar de terrível calma e a dizer «não, não» antes de recomeçar o seu interminável cirandar. Correm rumores de que é apenas uma questão de tempo até ser declarada igualmente vítima da infestação.

A Mère Isabelle não saiu hoje do seu quarto. LeMerle nega que ela esteja possessa, mas com tão pouco optimismo que são poucas as que estão convencidas. Foi aceso um braseiro de carvão no exterior da capela, sobre o qual aspergiram incenso e diversas ervas. Até agora, serviu para nos proteger de renovados ataques. Foi colocado outro queimador no exterior da enfermaria e outros juntos aos portões da abadia. O fumo é suave de início, mas fica rapidamente acre e o ar, já de si sufocante, cai como uma cortina poeirenta no céu incandescente.

Quanto às aparições, a Freira Ímpia foi avistada duas vezes

hoje e três vezes ontem, uma vez no dormitório, duas no corredor e outras duas nos jardins. Ainda ninguém comentou o facto de a estatura da Freira parecer estranhamente mais alta nem reparou nas pegadas grandes que deixou num canteiro de legumes. Neste momento, esses pormenores talvez tenham deixado de ter importância para nós.

Passámos hoje o resto do dia numa inactividade ociosa como sucedeu depois da morte da velha Reverenda Madre. A Mère Isabelle não se sentia bem, LeMerle estava a estudar e, libertas de vigilância, voltámos a assumir os papéis a que estávamos acostumadas, com o pensamento concentrado nos acontecimentos da semana passada com crescente receio e ansiedade. A nossa embarcação encaminhava-se à deriva e sem governo em direcção aos rochedos e sentíamo-nos impotentes para a deter, virando-nos para os mexericos e para um pouco saudável exame de consciência.

Sœur Marguerite esfregou o chão imaculado do dormitório até ficar com os joelhos em sangue. Depois esfregou o sangue com um frenesim crescente até ser levada de novo para a enfermaria para ser examinada. Sœur Marie-Madeleine estava deitada na cama, gemendo e queixando-se de comichões entre as pernas que o seu coçar furioso não conseguia atenuar. Antoine abandonou o confinamento da enfermaria — havia lá agora quatro pacientes, presas com correias às camas, e o barulho estava a pô-la louca — e regalou-me com pormenores macabros, certamente enfeitados para causarem mais impacto. Ouvia-a, mesmo contra vontade.

Segundo ela, Sœur Alfonsine está muito doente. O fumo do braseiro, em vez de lhe limpar os pulmões, parece ter agravado o seu estado. Sœur Virginie interpreta isso como sendo um sinal de que está possessa, já que a desgraçada tem cuspido mais sangue do que nunca, a despeito dos seus tratamentos e das visitas frequentes de LeMerle.

Quanto a Sœur Clémente, de acordo com o relato de Antoine, há três dias que não ingere qualquer alimento e quase não bebe água. Está tão debilitada que já quase não se consegue mexer e fica a olhar para o tecto, de olhos vidrados e sem ver. Mexe os lábios, mas sem sentido. Será uma libertação misericordiosa.

— O que é que ela te fez, Antoine? — A pergunta saiu-me sem reflectir. — Que mal é que ela te fez para a detestares tanto?

Antoine olhou para mim. Lembrei-me de súbito do momento em que a tinha achado bonita: a madeixa espessa de cabelo negro asa de corvo que se desprendera do véu, a curva arredondada dos ombros rosados, a nuca macia quando LeMerle aproximou a tesoura. Estava irreconhecível desde então. O rosto parecia de basalto, distante e implacável.

— Tu nunca percebeste, Auguste — disse com um leve desdém. — Tentaste ser amável comigo à tua maneira, mas nunca percebeste. — Observou-me por momentos, com as mãos nas ancas. — Como é que podias perceber? Para ti, foi sempre fácil. Os homens olhavam para ti e viam algo que queriam. Tu és bela. — Sorriu, mas o sorriso em vez de lhe iluminar o rosto obscureceu-o. — Eu sempre fui o cavalo de carga, a gorda desmazelada, demasiado estúpida para ouvir as gargalhadas deles, com demasiada bonomia para sequer os odiar no mais íntimo do meu coração. Para os homens, não passava de carne, para umas apalpadelas rápidas, apenas um par de pernas, um par de tetas, uma boca e uma barriga. Para as mulheres, era estúpida, demasiado estúpida para conservar um homem, demasiado estúpida até para... — Deteve-se, abruptamente. — Nunca quis saber do pai. Nunca quis saber quem era. O meu filho era só meu. Ninguém suspeitou sequer que a gorda desmazelada estava à espera de uma criança. A minha barriga sempre foi redonda. As minhas tetas sempre foram pesadas. Eu tinha planeado ter a criança em segredo, escondê-la, guardá-la para mim. — O seu olhar ficou subitamente duro. — Seria a única coisa realmente minha. Só minha. Que precisava de mim, sem se importar que fosse gorda ou estúpida. — Olhou para mim. — Tu soubeste desenvencilhar-te. Não julgues que acreditei alguma vez na tua história, Auguste. Posso ser estúpida, mas até eu sei que és tanto uma viúva rica como eu. — Sorriu, sem rudeza mas também sem calor. — Tu ficaste com a tua filha, com ou sem pai. Ninguém te disse o que devias fazer ou, se disse, ignoraste-o. Não foi?

— Foi, Antoine.

— Eu tinha catorze anos. Tinha pai. Tinha irmãos. Tinhas tias e tios. Todos eles partiram do princípio que eu não sabia o que fazer. Combinaram tudo antes mesmo que eu pudesse abrir a boca. Disseram que eu não sabia tomar conta de uma criança. Disseram que eu nunca viveria com aquela vergonha.

— Que aconteceu?

— Iam entregá-la à minha prima Sophie — disse Antoine. — Nunca me consultaram. Sophie já tinha três filhos e só tinha dezoito anos. Ia criar o meu juntamente com os dela. O escândalo não tardaria a ser esquecido e acabariam as troças. Imaginem! Aquela rapariga estúpida e gorda com um filho! Mas, quem era o pai? Um cego?

— Que aconteceu? — perguntei.

— Peguei numa almofada. — A voz dela era baixa e pensativa. — Coloquei-a sobre a cabeça do meu filho. Sobre a cabeça macia e de cabelos escuros do meu filhinho! E esperei. — O seu sorriso era de uma ternura terrível. — Ninguém o queria, Auguste. Ele era a única coisa que eu tinha tido até então, realmente minha. Era a única maneira de o ter para mim.

— E Clémente? — A minha voz era um sussurro.

— Contei-lhe tudo — disse Antoine. — Pensei que ela era diferente. Pensei que compreendia. Mas riu-se de mim. Tal como as outras... — Voltou a sorrir e por um breve segundo vislumbrei mais uma vez a beleza sinistra daquela mulher. — Mas não importa — disse com um toque de malícia. — O Père Colombin prometeu...

— Prometeu o quê?

Abanou a cabeça.

— É o meu segredo. O segredo que eu partilho com o Père Colombin. E não o quero partilhar contigo. De qualquer modo, não tardarás a saber. Vais saber no domingo.

— No domingo? — Agitava-me, impaciente. — Antoine, que foi que ele te disse?

Ela inclinou a cabeça para um dos lados, numa pose absurdamente coquete.

— Ele prometeu. Todas as mulheres que troçaram de mim. Todas as que se riram de mim e me obrigaram a fazer penitências por cobiça. Acabou-se a pobre Sœur Antoine, a estúpida Sœur Antoine a quem gostam de atirar com as culpas ou de arreliar. No domingo vamos acender uma fogueira.

E depois calou-se e não disse mais nada. Cruzou os braços gordos sobre os seios e afastou-se com o seu sorriso angélico e exasperante.

7

♠

14 de Agosto de 1610

Ela encontrou-me na capela ao romper do dia. Por uma vez, estava sozinho. A atmosfera estava râncida e doce devido ao incenso da noite anterior e os débeis raios de luz filtravam-se através da poalha suspensa no ar. Durante breves instantes, dei-me ao luxo de fechar os olhos e aspirar o cheiro forte e quente do fumo, a carne chamuscada... Mas desta vez não era a minha, monsenhor. Não era a minha.

Como iam dançar todas! Os hábitos, as virgens, as hipócritas. Que belíssimo acto! Que final arrebatador e profano!

A voz dela sacudiu-me de um devaneio que me mergulhara numa espécie de sonolência e de torpor. A verdade é que há três dias que não dormia.

— LeMerle.

Mesmo semiconsciente reconheci aquela voz. Abri os olhos.

— A minha harpia. Trabalhaste muito bem para mim. Deves estar à espera de ires ver a tua filha amanhã.

Há três dias atrás aquela estratégia ainda teria resultado. Mas agora ela praticamente não prestou atenção às minhas palavras, afastando-as como um cão a sacudir a água do pêlo.

— Falei com a Antoine.

Lamentável. Sempre achei que a minha discípula gorducha era um tanto ou quanto instável. Era próprio dela deixar escapar qualquer coisa sem reflectir nas implicações. Uma serva leal, a Antoine, mas com pouca cabeça.

— Sim? Acho que ela é uma conversadora estimulante.
— Bastante estimulante. — Os olhos dourados faiscaram. — LeMerle, o que está a acontecer?
— Nada que te possa interessar, meu Anjo.
— Se estás a planear fazer mal a alguém, eu não te deixo.
— Achas que era capaz de te mentir?
— Sei que eras.
Encolhi os ombros e levantei as mãos.
— Perdoai-lhe, Senhor, pela sua observação ofensiva. Que mais posso eu fazer para que confies em mim? Mantive Fleur a salvo. Não pedi mais nada a Perette. Estava a pensar que amanhã podias faltar à missa e ir buscar a tua filha… metias-te a caminho enquanto eu atava as pontas soltas… e encontrávamo-nos, talvez, no continente, e…
— Não — o tom era peremptório.
Começava a perder a paciência.
— Então, que mais? Que mais queres de mim?
— Quero que anuncies a visita do bispo.
Não estava à espera daquilo; tinhas que ser tu, meu Anjo, a descobrir a minha fraqueza.
— O quê? E estragava a minha surpresa?
— Não precisamos de mais surpresas.
Aflorei-lhe o rosto com as pontas dos dedos.
— Juliette, não tem importância. Amanhã estaremos em Pornic ou em Saint Jean-de-Monts, a bebermos vinhos em taças de prata. Pus algum dinheiro de lado; podemos recomeçar de novo, criar uma trupe de teatro ou outra coisa que te agrade…
Mas ela não se deixou adular.
— Faz o anúncio no capítulo — disse ela. — Fá-lo esta noite, Guy, ou então faço eu.

Pois bem, chegara a vez da minha deixa. Eu teria apreciado a tua colaboração, minha querida, mas a verdade é que nunca contei com ela nesta fase final. Encontrei Antoine junto do poço — aquele sítio parece ocupar um lugar especial no seu coração desde que Germaine se enforcou — e reagiu rapidamente ao sinal de que tem estado à espera desde a última semana. Talvez não seja tão atrasada como eu penso, porque vi como o rosto dela se iluminou com verdadeiro prazer com o que tinha de fazer. Naquele momento não parecia nem estúpida nem feia, e senti um certo mal-estar. Contudo, continua a obedecer-me sem fazer perguntas, que é o que importa; não tem os teus escrúpulos e ela pelo menos compreende a vingança.

Realmente, Juliette. Sempre foste uma simplória apesar dos teus conhecimentos. Que devemos nós a quem quer que seja senão a nós próprios? Que devemos nós ao Criador, sentado lá em cima no seu trono dourado a julgar-nos? *Pedimos* para sermos criados? Pedimos que nos atirassem para este mundo como se fôssemos simples dados? Olha à tua volta, criança. O que é que ele te fez para que tomes o seu partido? Aliás, já tinhas obrigação de saber que não deves jogar contra mim; no fim, acabo sempre por ganhar.

Eu sabia que ela ia esperar até ao capítulo. Sabendo isso, ataquei primeiro, ou melhor, Antoine atacou com a ajuda de Sœur Virginie. Segundo parece, foi uma representação vibrante — uma visão conduziu-as até ao teu esconderijo e às provas que lá escondias: as cartas de Tarot, os venenos e a *quichenotte* manchada de sangue da Freira Ímpia. Ainda tentaste lutar, mas nada pudeste fazer contra a força bruta de Antoine; por ordens da abadessa, foste levada para a cave e encarcerada lá, à espera de uma decisão. Os rumores voaram céleres.

— Ela está...
— *Possessa?*
— Acusada?
— Não, Auguste nunca...
— Sempre achei que ela era uma...

É um suspiro de quase satisfação, o murmúrio segredado — *shshshshs* — com recato, um leve pestanejar e um baixar de pálpebras mais próprios de um salão parisiense. Estas freiras têm mais artifícios femininos do que uma bateria de puritanas da sociedade, recorrendo à sua falsa modéstia para cativarem. O desejo delas cheira a lírios amargos.

Dei uma entoação grave à minha voz.

— Foi feita uma acusação — anunciei. — Se for verdade, significa que nós... que nós alimentámos... a catamite do Inferno no nosso seio desde o princípio.

A frase seduziu-as. *A catamite do Inferno.* Um excelente nome para uma peça burlesca ou para uma *tragédie-ballet*. Vi-as contorcerem-se numa excitação mal disfarçada.

— Uma espia, a escarnecer dos nossos rituais, secretamente associada às forças que procuram destruir-nos!

— Confiei em ti — disseste, quando te conduzi até à porta da cave. E depois cuspiste-me na cara e tinhas-me deitado as unhas se Sœur Antoine não te tivesse empurrado para dentro do cubículo e fechado a porta.

Limpei a fronte com um lenço Cholet. Via os teus olhos através da frincha da porta. Impossível dizer-te nesta altura por que te traí. Impossível explicar que esta é a única maneira de te salvar a vida.

8
♥

14 de Agosto de 1610
Noas

Ao princípio fiquei desorientada. O espaço — uma despensa anexa à cave, convertida à pressa numa cela pela primeira vez desde o tempo dos frades dominicanos — assemelhava-se tanto à cela em Epinal que durante algum tempo me interroguei se os últimos cinco anos não tinham sido um sonho, enquanto a minha mente tentava manter a sua sanidade fugaz como um peixe preso numa linha, rebobinando-a e rebobinando-a até a compreensão emergir à superfície.

Bastava o baralho de Giordano para confirmar as suspeitas delas. Lamentava agora não ter prestado mais atenção ao seu aviso: ao Eremita, com o seu sorriso subtil e a lanterna velada; ao Duque de Copas, amor e esquecimento; à Torre em chamas. Já passa do meio-dia e a despensa está às escuras, com excepção de meia dúzia de réstias de luz que se reflectem na parede do fundo através das fendas de ventilação; demasiado altas para que lhes possa chegar e, de qualquer modo, demasiado estreitas para que tenha a mínima esperança de fuga.

Não chorei. Talvez uma parte de mim já esperasse que ele me traísse. Nem sequer posso dizer que sinto tristeza… ou até medo. Cinco anos trouxeram-me uma certa serenidade. Uma certa frieza. Penso em Fleur, amanhã ao meio-dia, à minha espera junto aos tamariscos.

Hoje, este espaço volta a cumprir a sua função original. Outrora os frades dominicanos faziam penitência nestas celas, ocultos da luz do dia, e a comida era-lhes empurrada através de uma abertura estreita na porta, a atmosfera tresandava a preces e a culpa.

Não vou rezar. De resto, não sei a quem rezar. A minha Deusa é uma blasfémia, a minha Marie-de-la-mer perdida no mar. Ouço a rebentação, trazida pelo vento que sopra de oeste e que atravessa os pântanos. Lembrar-se-á de mim, a minha filha? Irá crescer com o meu rosto gravado no coração, tal como eu conservei a imagem da minha mãe no meu? Ou será a filha de estranhos, não desejada, ou pior... irá crescer e amá-los como se fossem seus, e sentir-se grata e satisfeita por se livrar de mim?

É inútil pensar nisso. Procuro recuperar a minha serenidade, mas a imagem dela perturba-me demasiado. O desejo de lhe tocar faz-me doer o coração. Mais uma vez, rogo a Marie-de-la-mer. Por muito que me custe, mais uma vez. A minha Fleur. A minha filha. Não é uma oração que Giordano pudesse entender, mas é uma oração apesar de tudo.

O rosário negro do tempo conta os segundos intermináveis.

9
♥

14 de Agosto de 1610
Vésperas

Creio que dormi. A escuridão e o som abafado da rebentação embalaram-me e, durante algum tempo, sonhei. Imagens nítidas pavoneavam-se à minha volta: Germaine, Clémente, Alfonsine, Antoine... A cicatriz prateada de pele de serpente no braço de LeMerle e o sorriso nos olhos dele.
Confia em mim, Juliette.
O vestido encarnado da minha filha, o joelho esfolado, o seu modo de rir e de aplaudir os actores naquela tarde poeirenta há um milhar de anos. Quando acordei as réstias de luz projectavam-se no cimo da parede, avermelhadas porque o sol começava a pôr-se. Calculei que começava a anoitecer. Sentindo-me com energia apesar de tudo, levantei-me para dar uma vista de olhos. O compartimento ainda cheirava a vinagre e às conservas que ali tinham sido guardadas. Um frasco de conserva partira-se e deixara uma mancha húmida no chão de terra, com um olor forte a cravo-da-índia e a alho. Tacteei o chão, talvez à espera de encontrar um caco de vidro esquecido na precipitação, mas não havia nada. De qualquer modo não sei o que faria com ele se acaso houvesse algum; a ideia do meu sangue no chão, misturando-se talvez com o aloés e o vinagre da conserva derramada, revoltou-me. Tacteei as paredes da cela. Eram de pedra, de excelente granito cinzento da região, que brilha com a mica à luz do dia, mas que na sombra parece quase preto. Havia

entalhes feitos na pedra, umas marcas pequenas e regulares cinzeladas a intervalos no granito, que as pontas dos meus dedos iam descobrindo na semi-obscuridade; cinco marcas, depois uma nítida cruz por cima, cinco marcas, e outra cruz. Talvez algum irmão tivesse tentado marcar o tempo desse modo, cobrindo metade da parede com os riscos verticais e as cruzes dos seus dias, dos seus meses.

Dirigi-me para a porta. Estava fechada à chave, claro, e os pesados batentes de madeira reforçados com barras de ferro. Uma escotilha de metal — presa pelo lado de fora — devia servir para passar as refeições. Fiquei à escuta ao pé da porta, mas não ouvi nada que me pudesse indicar se havia alguém ou não de guarda à prisioneira. Para quê? Estava bem presa.

A luz do dia foi declinando até não ser mais do que uma mancha cor de púrpura. Os meus olhos, acostumados à luz débil, ainda conseguiam distinguir os contornos da porta, a palidez crepuscular das ripas de ventilação, uma pilha de sacas de farinha que tinham sido deixadas a um canto para servirem de cama, um balde de madeira no canto oposto. Sem o véu — foi-me arrancado quando me trouxeram para aqui, do mesmo modo que a cruz bordada no peitilho do meu hábito — sentia-me estranhamente longe de mim, uma criatura de outros tempos. No entanto, esta Donzela Alada mantinha-se fria, e o seu rápido cálculo do tempo assemelhava-se ao de um marinheiro calculando a aproximação de uma tempestade iminente, e não ao de um prisioneiro aguardando as horas para a execução. A despeito de tudo, ainda tinha forças que podia usar, mas não sabia como.

Era interessante que ninguém tivesse vindo falar comigo. E mais estranho de tudo que LeMerle não tivesse vindo... para se justificar ou para se regozijar. Soaram as sete, depois as oito. As irmãs deviam estar a caminho das Vésperas.

Era então isto o que ele tinha planeado? Eu tinha de ser afastada de cena até o seu jogo — fosse ele qual fosse — chegar ao fim? Representava ainda um perigo para ele? E, se assim fosse, como?

Fui despertada das minhas meditações por uns ruídos secos na porta. Um som metálico quando o postigo foi aberto, seguido de um chocalhar quando algo foi passado e embateu ruidosamente no chão duro. Não vi nenhuma luz nem ouvi nenhuma voz quando a escotilha de metal voltou a ser fechada do exterior. Tacteei o chão à procura do objecto que tinha sido empurrado pela abertura e não tive dificuldade em encontrar um prato de madeira, donde rolara um bocado de pão.

— Esperem! — Levantei-me, com o prato na mão. — Quem está aí?

Não obtive resposta. Nem sequer o som de passos a afastarem-se. Concluí que quem quer que fosse devia estar à espera atrás da porta, à escuta.

— Antoine? És tu?

Podia ouvi-la respirar por detrás do postigo de metal. Cinco anos de noites passadas no dormitório tinham-me ensinado a reconhecer e a identificar o ruído da respiração. Aquele arfar sincopado e asmático não era de Antoine. Calculei que fosse de Tomasine.

— Sœur Tomasine. — A minha suspeita estava correcta. Ouvi um guincho reprimido, abafado contra o braço. — Fala comigo. Diz-me o que se está a passar.

— Eu não… — a voz era quase inaudível, uma espécie de lamúria no escuro. — Eu não te deixo sair!

— Está bem — murmurei. — Não te estou a pedir isso.

Tomasine calou-se por segundos.

— O quê então? — A voz mantinha a mesma nota estrídula. — Eu não… eu não devo falar contigo. Eu não devo… olhar para ti.

— Se acontecer o quê? — perguntei, desdenhosa. — No caso de eu voar pelo buraco? Ou de mandar um espírito maligno descer-te pela garganta abaixo?

Ela voltou a lamuriar-se.

— Acredita em mim. Se eu pudesse fazer alguma dessas coisas, ainda aqui estava?

Um silêncio enquanto digeria as minhas palavras.

— O Père Colombin acendeu um braseiro. Os demónios não podem atravessar o fumo. — Engoliu em seco, convulsivamente. — Não posso demorar-me. Eu…

— Espera!

Mas era demasiado tarde. Ouvi os passos dela a afastarem-se no escuro.

— Raios!

Contudo, não era mau para começo. LeMerle queria que eu ficasse escondida e assustara tanto a pobre Tomasine que ela nem se atrevia a falar comigo. O que é que ele queria ocultar? E de quem... do bispo ou de mim?

Depois disso, andei de um lado para o outro na cela, obrigando-me a comer o pão que Tomasine me deixou, embora estivesse seco e nunca tivesse tido menos fome. Ouvi o toque do sino para as Vigílias e depois as Laudes. Dispunha de umas seis horas. Para fazer o quê? Andando de um lado para o outro, fazia a mim mesma a pergunta. Não havia a mínima hipótese de fuga, apesar de não haver ninguém postado à porta da minha cela. Ninguém me ia ajudar. Ninguém ousava desobedecer ao Père Colombin. A não ser que... não. Se Perette quisesse vir, já teria vindo. Eu tinha-a perdido naquele dia no celeiro, tinha-a perdido a favor de LeMerle e das suas bugigangas. Era uma tola em pensar que ela me pudesse ajudar. Os olhos claros e dourados eram imbecis e estúpidos como os de um pardal e desapiedados como os de um falcão. Ela não viria.

De súbito, ouvi um arranhar na porta. *Shh-shh*. Depois uma espécie de pio suave como o de uma cria de coruja.

— Perette!

A lua despontara e a luz que se escoava pelas fendas da ventilação era prateada. No brilho reflectido, vi a escotilha entreabrir-se com um estalido e pela abertura espreitaram os olhos luminosos de Perette.

— Perette! — A sensação de alívio inundou-me a tal ponto que quase desfaleci e cambaleei na minha ânsia de chegar ao pé dela. — Trouxeste as chaves?

A rapariga abanou a cabeça. Aproximei-me mais da escotilha, o suficiente para lhe poder tocar os dedos através da abertura. A pele dela era espectral ao luar.

— Não? — Fiz um esforço para permanecer calma, apesar do meu desapontamento. — Perette, onde estão elas? — Falava tão devagar quanto me era possível. — Onde estão as chaves, Perette?

Ela encolheu os ombros. Um gesto expressivo dos ombros, um movimento da mão direita para indicar largura, uma cara redonda: Antoine.

— Antoine? — Repeti, ansiosa. — Queres dizer que é Antoine quem as tem?

Ela assentiu com a cabeça.

— Escuta, Perette. — Falava devagar e claramente. — Eu preciso de sair daqui. Preciso que tu... me tragas... as chaves. És capaz de fazer isso?

Olhou para mim com a sua expressão vazia. Desesperada, erguendo a voz contra vontade, supliquei.

— Perette, tens de me ajudar! Lembra-te do que te disse... lembra-te de Fleur. — Comecei a gaguejar no desespero de a fazer compreender. — Temos de avisar o bispo!

Ao ouvir-me mencionar o bispo, inclinou de súbito a cabeça para um dos lados e soltou uma espécie de pio. Eu olhava-a fixamente.

— O bispo? — perguntei. — Sabias que ele vinha? O Père Colombin falou-te da visita dele?

Voltou a emitir o mesmo pio. Perette sorriu arreganhando os dentes.

— Ele disse-te o que é... — Aquela não era a pergunta certa. Voltei a formulá-la nos termos mais simples possíveis. — Vais jogar outro jogo amanhã? Uma partida? — Com a excitação cerrei os punhos, enterrando as unhas nas palmas das mãos e fazendo estalar as articulações dos dedos. — Uma partida que vão pregar ao bispo?

A rapariga selvagem soltou a sua gargalhada estranha e arrepiante.

— O quê, Perette? Que partida? Que partida?

Mas, entretanto, ela já dera meia volta num súbito desinteresse, com a atenção desviada por qualquer outra ideia, por uma sombra, por um som, baloiçando a cabeça de um lado para o outro como que obedecendo a um ritmo inaudível. Levantou lentamente uma das mãos para fechar o postigo.

Clique.

— Perette, *por favor!* Vem cá!

Mas ela afastara-se, sem um ruído, nem sequer um gemido, nem sequer um adeus. Deitei a cabeça nos joelhos e chorei.

10
♥

15 de Agosto de 1610
Vigílias

Devo ter voltado a adormecer, porque quando acordei a luz da lua passara a uma claridade esverdeada. Sentia a cabeça a latejar e tinha os membros hirtos por causa do frio, uma corrente de ar ao nível dos tornozelos fez-me estremecer. Primeiro estiquei os braços, depois as pernas, friccionando os dedos enregelados para restabelecer a circulação e estava tão preocupada com isto que, por momentos, não percebi o significado daquela corrente de ar, que não havia antes.

Depois vi. A porta tinha uma fenda, permitindo que uma luz difusa penetrasse na cela. Perette estava parada à entrada, com uma mão na boca. Pus-me de pé de um salto.

Fazia gestos excitados apontando para a boca, a indicar silêncio. Mostrou-me a chave que tinha na mão, deu-lhe uma palmadinha e depois imitou a maneira de andar pesada de Antoine. Felicitei-a mudamente.

— Linda menina! — sussurrei, aproximando-me da porta, mas em vez de me deixar passar, Perette fazia-me gestos frenéticos para a deixar entrar. Passou por mim, fechou a porta atrás dela e ficou acocorada no chão.

— Não, Perette — tentava explicar. — Temos de ir... agora... antes que eles descubram que as chaves desapareceram.

A rapariga abanou a cabeça. Segurando as chaves numa das mãos, efectuou uma série de movimentos rápidos com a outra. Depois, ao ver que eu não percebia, repetiu os gestos mais devagar e com mal disfarçada impaciência.

Um semblante severo, um sinal da cruz. Père Colombin.

Um sinal da cruz maior. Uma mímica rápida e divertida de montar a cavalo, uma mão segurando uma mitra que ameaçava ir pelos ares levada pelo vento. O bispo.

— Sim. O bispo. O Père Colombin. E depois?

Ela fechou os punhos e lançou um gemido de frustração.

Uma mulher gorda, que rolava ao caminhar. Antoine. Outra vez o Père Colombin. Depois uma mímica de Sœur Marguerite, contorcendo-se e dançando. Em seguida, uma mímica complicada, como se tocasse repetidamente em algo quente. Depois um gesto que não percebi, com os braços estendidos como se se preparasse para levantar voo.

Perette repetiu o gesto com maior insistência. Eu continuava a não a entender.

— O quê, Perette?

A mímica de voo, outra vez. Depois um esgar mudo, imitando os tormentos do inferno sob os movimentos palpitantes. Depois, mais uma vez, o gesto de «calor» ao mesmo tempo que Perette farejava o ar e franzia o nariz, como se cheirasse um odor fétido.

Começava a perceber.

— Fogo, Perette? — perguntei hesitante, mas com crescente compreensão. Perette fez um sorriso aberto, mostrando-me os punhos cerrados. — Ele vai atear outro fogo?

Perette abanou a cabeça e apontou para si. Depois abarcou o telhado com um gesto, um movimento circular que envolvia a abadia, ela própria e toda a gente. Depois, de novo, o gesto adejante. Em seguida, puxou o pendente de Cristina Mirabilis, oculto sob a roupa, e mostrou-me insistentemente a virgem miraculosa, rodeada por um círculo de fogo.

Fiquei a olhar para ela, começando finalmente a perceber.

Ela sorria.

11
♥

Matinas

Compreendem agora porque é que eu não podia ir-me embora. O plano de LeMerle era mais perverso, mais implacável do que tudo o que eu pudesse imaginar — mesmo partindo dele. Com a ajuda de gestos, de pios, de mímica e de rabiscos no pó, Perette explicou, rindo de vez em quando, outras vezes desinteressada, dada a sua inocência, distraída por um bocado de mica que brilhava no granito ou pelo grito de uma ave nocturna para lá dos muros. Era totalmente inocente, a minha doce Perette, a minha louca sábia. Não tinha a menor consciência das sinistras implicações do favor que LeMerle lhe pedira.

Aquele fora o único erro que ele cometera. Tinha subestimado a minha Perette, convencido de que a tinha sob o seu controlo. Mas aquela rapariga selvagem não pertencia a ninguém, nem sequer a mim. É como certas aves que podem ser treinadas mas nunca domesticadas; se deixarmos que a luva caia, ainda que por um breve instante, ataca de imediato.

Pelo menos por agora, presta-me atenção. Posso perdê-la em qualquer momento, mas é a minha única arma enquanto tento engendrar um plano. Ignoro se o meu engenho pode competir com o do *Melro*. O que sei é que devo tentar. Por mim, por Fleur. Por Clémente e Marguerite. Por todos os que ele prejudicou, enganou, estropiou e ridicularizou. Por todos a quem atirou os bocados do seu coração amargo para os envenenar.

Isto pode significar a minha morte. Sei que é uma hipótese. Se for bem-sucedida, significará certamente a morte dele, e também sei que é outra hipótese.

12

♥

Laudes

Perette voltou a deixar-me fechada à chave na cela. Qualquer outra coisa significaria um risco demasiado alto. Espero que Fleur compreenda se o meu plano falhar — e espero que Perette se lembre do seu papel. Espero... espero. Tudo parece assentar nessa palavra, nessas três frágeis sílabas como o grito de uma ave marinha perdida: es-pe-ro.

Ouço os pássaros cantar lá fora. À distância, embora não tão audível como na noite passada, ouço os sons da rebentação no litoral oeste da ilha. Algures nos recifes, a estátua de Marie-de-la-mer rola incessantemente contra a areia fina, que a vai polindo e erodindo até ser lentamente apagada pelo esquecimento junto à linha da costa. Nunca tive tanta consciência do tempo — do tempo que nos resta, do que passa, das suas marés.

Há poucos minutos alguém experimentou a porta e, ao encontrá-la trancada, afastou-se. Estremeço só de pensar no que poderia ter acontecido se Perette a tivesse deixado aberta. O meu pequeno almoço, um naco de pão e uma chávena com água, foi empurrado pelo postigo, e a tampa fechada de imediato assim que o recolhi como se estivesse infestada pela peste. A água tinha um cheiro ácido como se alguém a tivesse contaminado e apesar da sede, não a bebi. A próxima hora dir-me-á se as minhas esperanças são ou não fundadas.

Se ela se lembrar. Se LeMerle não suspeitar de nada. Se não tiver perdido a minha destreza. Se a minha seta acertar no alvo.
Se.
Perette, não te esqueças de mim.

13
♠

Laudes

Desde a noite passada, as irmãs têm andado numa roda-viva a preparar os festejos desta manhã. Está tudo coberto de flores, centenas de velas altas e brancas foram acesas na capela e o altar está enfeitado com um estandarte bordado que, segundo me dizem, remonta a uma época anterior à dos monges negros e que só é usado nesta cerimónia. A relíquia sagrada da capela — um pequeno osso do dedo da Virgem, num relicário de ouro — encontra-se exposta juntamente com um conjunto das vestes e dos mantos cerimoniais da Virgem. A nova Sainte-Marie foi vestida de azul e branco, com lírios — que outra coisa podia ser? — aos pés. Aspiro o aroma das flores a uma distância de vinte metros, sobrepondo-se aos dos braseiros extra que foram instalados em todas as entradas apesar do calor, onde arde o incenso e o sândalo para dispersar os maus pensamentos. Também há tochas suspensas das paredes e círios votivos em todas as superfícies. A atmosfera está cheia de fumo; contra essa cortina espessa de fumo, a luz coada pela janela de vitrais parece quase sólida, como se fosse possível arrancar pedras preciosas do ar.

Observava em segredo, do lado oposto da passagem, enquanto a comitiva do bispo se aproximava. Distinguia as suas cores mesma àquela distância — era lamentável que continuasse a ter tamanha necessidade de pompa e circunstância. Testemunhava bem o orgulho que até agora não fora subjugado, e duplamente inadequado num membro do clero. Soldados de libré, arneses dourados resplandecentes ao sol... Daqui a pouco farei uma bela fogueira de todo aquele aparato, mas primeiro vamos dançar o nosso breve compasso, eu e ele. Há tanto tempo que espero por este momento.

Claro que ele perdeu a maré. Era essa a minha intenção. Não foi em vão que observei as idas e vindas na passagem. Ele esperava chegar a noite passada, antes das Vésperas, mas nesta costa a maré demora onze horas a virar. Porém, há uma estalagem do outro lado, convenientemente situada para ocasiões como esta e ele deve ter lá passado a noite — por certo, censurando, furioso, o tolo que não o informou devidamente. A maré baixa foi às sete. Dou-lhe mais duas horas para chegar à abadia, e está tudo preparado. Com sorte — e uma certa dose de planeamento judicioso — deverá chegar mesmo a tempo de assistir ao começo da minha pequena comédia.

Na verdade, o canto de um *Melro* talvez possa ser silenciado. Mas não por um espantalho aperaltado como vós, monsenhor. Prometo que não sairá deste espectáculo. É pena que o meu Anjo não possa estar connosco no final, mas creio que era inevitável. É uma pena, de qualquer maneira. Teria certamente apreciado.

14

♠

Hora de Prima

Era chegado o momento. Estavam todas reunidas na capela quando fiz a minha entrada em cena. Mesmo as desgraçadas atormentadas pela doença tinham sido trazidas para assistir ao serviço religioso — embora lhes tivessem sido dados lugares sentados durante toda a cerimónia e não fossem obrigadas a levantar-se ou a ajoelhar-se. Perette estava ausente, claro, mas ninguém prestou muita atenção; as suas idas e vindas sempre tinham sido excêntricas, pelo que não dariam pela falta dela. Óptimo. Esperava que se lembrasse do seu papel. Um papel pequeno, mas interessante. Ficaria muito desapontado se ela se esquecesse de o representar.

— Minhas filhas. — Tinha-as preparado bem. Com o olhar vítreo por causa do incenso queimado, observavam-me como se eu fosse a sua única salvação. A Mère Isabelle estava à minha direita, perto do braseiro; através do fumo, o rosto dela parecia feito de cinzas. — Hoje celebramos o mais sagrado e o mais querido para nós de todos os dias santificados. A festa da Virgem Mãe.

Um rumor percorreu a congregação, um *ahhh* de satisfação e de libertação. Por cima desse rumor, ouvia o som de gotas que começavam a cair nas ardósias do telhado. Finalmente, começara a chover. Eu não teria sido capaz de planear melhor. Por pensar nisso, uns trovões estratégicos não seriam mal vistos. Talvez o Senhor nos brindasse com alguns a seu devido tempo, demonstrando assim que tem algum sentido de ironia. Mas estou a tergiversar.

Voltemos, então, à Virgem, antes que perca a sua frescura. Onde é que eu estava?

— A Mãe que vela por nós, cá em baixo, na presença do mal. A Virgem que nos conforta nos momentos de aflição, cuja pureza é a da pomba e do lírio branco — belo toque, LeMerle — cujo perdão e compaixão não conhecem limites.

Ahhh. Não é por acaso que usamos a linguagem do amor para seduzir estas virgens patetas; a retórica do púlpito aproxima-se indecentemente da retórica da alcova, assim como algumas das partes mais interessantes da Bíblia reproduzem as pornografias dos antigos. Jogava agora com essas afinidades, usando palavras que conheciam bem, prometendo arrebatamentos para além da capacidade de resistência humana, êxtases sem limites nos braços do Senhor. O sofrimento terreno é menos do que nada, disse-lhes eu, perante os prazeres que se anunciam: os frutos do Paraíso — imaginei Antoine já a babar-se — as alegrias da submissão eterna na Casa do Senhor.

O princípio era promissor. Vi Sœur Tomasine que sorria de forma alarmante; ao lado dela, o rosto de Marguerite era um feixe de tiques. Óptimo.

— Mas o dia de hoje não é apenas tempo de regozijo. É também o nosso dia de batalha. Hoje vamos lançar o desafio final ao mal que nos tem perseguido e continua a perseguir.

Ahhh. Arrancadas aos seus aprazíveis pensamentos, as irmãs estremeceram e empertigaram-se como éguas nervosas.

— Não duvido que hoje iremos vencer as forças das trevas... mas se acontecer o pior e formos mais uma vez postos à prova até aos limites da nossa fé, que os vossos corações sejam corajosos. Há sempre uma saída para os que têm uma fé genuína e coragem para a abraçar.

O rosto de Isabelle ostentava um esgar de determinação. Ou santa ou mártir, era o que dizia aquele olhar. Desta vez, não permitiria que a contrariassem. Angélique Saint-Hervé Désirée Arnault consegue sempre o que quer.

Lá fora, ouvia o som distante de cascos de cavalos na estrada e soube que o meu inimigo estava próximo. Mesmo a tempo, aliás. Saber calcular o tempo é a ferramenta mais importante de uma artista da minha profissão: um bom *timing* é um instrumento de precisão, capaz de conduzir a comédia ou a tragédia de clímax em clímax. Um mau *timing* é uma moca que aniquila todo o *suspense* e tem a capacidade de arruinar tanto o momento mais dramático como o momento mais decisivo de qualquer trama. Segundo os meus cálculos, dispunha talvez de oito ou dez minutos até à entrada triunfal de Arnault; o tempo suficiente, de resto, para precipitar as boas-vindas que ele merecia.

— Coragem, minhas filhas, coragem. Satã sabe que estamos à espera dele. Fizemos-lhe frente todos juntos e agora estamos unidos na nossa fé e na nossa convicção, prontos a partir para a guerra. O Diabo apresenta-se sob mil disfarces: de belo rosto ou de aspecto repelente, pode ser homem ou mulher, criança ou animal, pode revestir os traços de alguém que amamos, de um homem poderoso, ou mesmo, ocasionalmente, de um bispo ou de um rei. O próximo semblante que virem será o dele, minhas filhas; o Senhor das Trevas aproxima-se. Ouço o som da sua carruagem infernal que se aproxima, atroadora. Aqui estamos. Mostra-nos o teu rosto!

Raramente uma audiência — na corte ou na província — se sentiu tão arrebatada por um único actor. Elas observavam-me como se as suas almas dependessem disso. Os braseiros iluminavam-me o rosto como os fogos do Purgatório. Por cima das nossas cabeças, a chuva era catártica; depois de tantos dias de calor e de seca, a chuva exaltava-as, viravam os rostos para os céus, olhavam as traves do telhado ao mesmo tempo que os pés começavam a mover-se independentemente da mente e a minha *dea ex machina* se preparava para subir ao palco...

♥

O séquito do bispo aproximava-se. Já os podia ver, a menos de meia milha na passagem que ligava a ilha a terra firme. Ouvia os cavalos dos boleeiros e o som das rodas da carruagem sob a chuva. Era um grande grupo, mesmo para um bispo. À medida que se aproximavam, avistei dois estandartes e percebi que o bispo trouxera consigo um colega, talvez um superior, para partilhar com ele o triunfo da sua família. Desviei os olhos para a capela e vi que Perette, com a rapidez tão útil ao seu papel de Freira Ímpia, desaparecera mais uma vez nas sombras. Só esperava que ela se lembrasse de todas as instruções que lhe tinha dado. Os seus olhos brilhavam com a inteligência de um pássaro, mas sabia que a mais ínfima distracção — um adejar de gaivotas junto a uma janela, o mugido das vacas nos pântanos, as cores dos vitrais reflectidas nas lajes — podia significar a nossa desgraça.

O meu esconderijo era no cimo da torre sineira, cujo sino está suspenso de uma estrutura de ferro em cruz, na parte mais estreita da flecha da torre. O meu ninho de águia era perigoso, apenas acessível a partir dos andaimes toscos montados pelos operários que andavam a reparar o telhado, mas era o único sítio donde podia agir. Mesmo assim não podia ter a certeza da nada; esta representação não podia ter nenhum ensaio nem nenhuma repetição. A luz era fraca. Do céu enevoado apenas se filtrava, através das lousas partidas, uma luminosidade lúgubre e, de baixo, a luz das velas surgia esbatida e esfumada sob o manto de incenso, um colar de vaga-lumes no meio da escuridão. Enfiada no meu hábito, eu era da cor do fumo; tinha a cabeça coberta com um capuz para que a mancha pálida do meu rosto não atraísse as atenções. A corda — esperava que fosse suficientemente comprida — dava três laçadas à volta da minha cintura e tinha na extremidade um bocado de chumbo como contrapeso. Tive a sensação de que a minha respiração enchia por completo a abadia quando se fez silêncio e LeMerle deu início à sua representação.

Era realmente muito bom. E também o sabia. Apesar de não lhe poder ver o rosto do lugar onde estava, era capaz de dizer pelo tom da sua voz que se estava a divertir. A acústica da capela era ideal para os seus objectivos: captava todas as palavras para as projectar infalivelmente até ao fundo do espaço. O cenário era impecável: os braseiros, as velas, as flores, uma promessa de céu ou de inferno. Pode conseguir-se um efeito notável, como LeMerle me ensinou nos tempos de Paris, graças à colocação artística de alguns simples adereços: um lírio no cabelo ou um rosário de pérolas nas mãos sugerem pureza, mesmo da mais debochada das meretrizes; um punho de espada vistoso usado ostensivamente no cinto desencoraja os atacantes, mesmo que não tenha nenhuma espada. As pessoas vêem aquilo que esperam ver. É por isso que ele ganha às cartas e foi por isso que as irmãs não identificaram a Freira Ímpia. É o seu estilo: arte e mistificação e embora eu visse os fardos colocados a toda a volta do espaço, embora aspirasse o cheiro do óleo com que tinha saturado a palha e imaginasse os trapos embebidos em óleo que passavam por baixo de todas as cadeiras e bancos, as irmãs não os viam por enquanto, identificando apenas o cheiro a fumo e a incenso, vendo apenas o palco e a representação para a qual tinham sido tão meticulosamente atraídas.

Mas eu... eu podia ver tudo da minha posição privilegiada. Giordano tinha-me ensinado umas coisas sobre engenhos e rastilhos; quanto ao resto, bastava-me conjecturar. Uma faísca, ateada no local certo — a partir do púlpito, por exemplo — podia ser o suficiente para despoletar tudo. E então, como dissera Antoine, *acendemos uma vela*.

Tenho de ter cuidado, pensei para comigo. O *timing* era essencial. Julgava conhecer a sua maneira de pensar e agora rezava para que tivesse razão. Ele não agiria até fazer a sua revelação; a tentação de se regozijar com o mal alheio era demasiada para a deixar escapar. A vaidade é a sua fraqueza. Mais do que qualquer outra coisa, é um actor e precisa do seu público. E isso, assim esperava, seria a sua desgraça. Fiquei à espera, mordendo o lábio, quando um murmúrio perpassou pela multidão e o bispo fez a sua entrada há muito aguardada.

♠

Ei-lo; é a sua deixa. O momento de tocar a música, pensei. A música é uma excelente intensificadora de estados de espírito, capaz de emprestar uma nota extra de patético e de drama a uma representação monótona. Não era previsível que esta fosse monótona, mas acho que um pouco de latim é sempre um bom artifício; além disso, dá-nos mais tempo, permitindo que Arnault entre à vontade. Salmo 30, portanto. Fiz o sinal e a congregação obedeceu.

— *In te, Domine, speravi, non confundar in aeternum: in justitia tua libera me.*

Vi Marguerite vacilar ao ouvir as palavras latinas. Clémente atirou a cabeça para trás e sorriu abertamente.

— *Inclina ad me aurem tuam, accelera ut eruas me.*

Claro que Clémente nunca foi uma boa aluna nesta língua; talvez tenha começado a associá-la no seu espírito com as nossas sessões nocturnas, estimulada por sua vez pela decocções de Juliette e pelos efeitos dissimulados da minha agulha oculta. De qualquer modo, começou a balouçar-se nervosamente, e a cadência desse movimento ia-se acelerando à medida que o salmo progredia. Atrás dela, Tomasine repetia os seus movimentos, apoiando-se desajeitadamente ora num pé ora no outro.

— *Esto mihi Deum protectorem, et in domun refugii: ut salvum me facias.*

A perturbação contagiara já Virginie, que, com o rosto virado para cima, contemplava o ar com uma intensidade idiota. Ao ouvir o nome de Deus, soltou um leve grito estridente e agarrou-se ao peito. Piété foi sacudida pelo riso. Eu aguardava o inevitável com um sorriso de satisfação enquanto Arnault e a sua pequena comitiva se encaminhavam para as portas principais.

O cheiro a incenso era espesso, almiscarado e sexual — esperava que ofendesse as suas narinas pedantes! — confundindo-se com o cheiro a carne de mulher. Se é que lhes ensinei alguma coisa, pensei, pelo menos consegui essa transformação nelas: agora elas transpiram... exsudam... tresandam... os seus medos e os seus apetites. Abri algo nelas, um jardim secreto, se quiserem (vejam como Salomão continua a inspirar-me!), luxuriante de avidez e de vida. Esperava que também ele pudesse sentir esse cheiro, mais exuberante de todos na sua sobrinha, na sua preciosa sobrinha, o orgulho da família. Esperava que esse cheiro o sufocasse.

Ah. Mesmo a tempo. O fedor fê-lo franzir levemente o sobrolho, com as delicadas narinas palpitantes. Levou um lenço perfumado ao rosto como que para reafirmar a sua expressão de benevolência. A um gesto meu — que era também um sinal para Perette — o coro iniciou uma interpretação suave mas dissonante do Salmo 10, *In Domino confido*, e o sorriso dele voltou, um sorriso profissional, como o meu, mas não tão honesto e digno de confiança. Por detrás das palavras do salmo, eu ouvia ainda as vozes delas, uma voz única, a voz da sua afirmação, a voz dos demónios que eu tinha despertado nelas.

Tinha recuado um passo. Graças às sombras e ao fumo dos braseiros, o meu rosto estava parcialmente obscurecido. De qualquer forma, Arnault não me reconheceu e avançou pela capela, ladeado pelo arcebispo. Estava visivelmente desagradado com a situação, mas não podia interromper o salmo. Os seus olhos dourados dardejaram com constrangimento na direcção do arcebispo, cujo rosto era agora uma máscara de reprovação.

Um pouco abaixo de mim, sentia as irmãs que começavam a ficar agitadas, com pequenos movimentos quase imperceptíveis perpassando através delas como folhas mortas sopradas pela brisa. Tinha assegurado que Tomasine, Virginie, Marguerite e as outras mais susceptíveis ocupassem as filas da frente; os seus rostos estavam inertes, frouxos, observando os visitantes com olhos vítreos e assustados enquanto eles avançavam lentamente através da multidão em direcção ao altar.

Bastar-me-ia pronunciar uma palavra para fazer saltar a armadilha.

— Bem-vindo.

♥

Vi como tudo começou. Um rosto que se ergueu, depois outro — por um breve segundo, tive a certeza de que aquilo significava uma descoberta, mas os olhos estavam vazios. Outro rosto que se erguia, com os braços abertos num súbito arrebatamento, depois a onda atravessou toda a congregação e, como uma chama, foi lambendo cada uma das irmãs. O salmo vacilou e interrompeu-se quando começaram os gritos, as súplicas, os encantamentos, as obscenidades. A missa de dança tinha-se vindo a apurar desde a última vez em que eu estivera presente. O pandemónio abriu novas pétalas perante o recém-chegado, com poses afectadas e empertigadas, meneios arrogantes, caindo de joelhos ou levantando as saias numa lubricidade audaciosa... Dentro de breves segundos seria impossível detê-lo. Os braços agitavam a atmosfera impregnada de fumo. Os rostos vinham à superfície para logo em seguida voltarem a submergir mais uma vez no meio de gritos desesperados. As roupas eram rasgadas e arrancadas. Virginie, sempre ansiosa por ir à frente, começou a contorcer-se como louca, rodopiando as saias.

O bispo foi completamente apanhado de surpresa. Aquilo estava de tal modo longe de tudo o que esperava que ficou atordoado, continuando à procura no meio dos gritos e das cenas caóticas do quadro triunfante que esperava ver. Isabelle observava-o do seu

lugar junto ao braseiro, com o rosto escarlate sob a luz das chamas, mas não esboçou nenhum gesto para o saudar. Em vez disso, cerrou os punhos pequenos contra a parte lateral do púlpito e quedou-se boquiaberta ao mesmo tempo que o barulho redobrava e LeMerle emergia das sombras para a luz.
— Bem-vindo.

♠

Aquele momento tinha de ser saboreado. Imaginem a cena se forem capazes: o mais notável descendente da casa dos Arnault, com uma freira seminua de um dos lados, outra arvorando um sorriso de êxtase do outro, e todos os animais selvagens daquele circo infernal soltando grunhidos, guinchos e rugidos à sua volta como se fosse o mais abjecto e o mais debochado dos espectáculos de feira!

Por instantes, receei que não me tivesse reconhecido, mas foi a raiva que o emudeceu e não a incompreensão. Esbugalhou os olhos como se quisessem devorar-me; abriu a boca, mas não emitiu qualquer som. O ultraje da afronta intumescia-o como à rã da fábula, e a voz, quando finalmente conseguiu falar, soou como um coaxar ridículo:

— Tu aqui? *Tu aqui?*

Mesmo agora não percebia totalmente. O Père Colombin Saint-Amand, o homem com quem se tinha correspondido, não podia ser este homem. Este intruso tinha de algum modo tomado o lugar do santo homem e as freiras, as freiras… Mas as freiras pareciam reconhecê-lo. As mãos estendidas, suplicantes, implorantes. Mesmo Isabelle — pobre criança, como ficara pálida nos últimos meses, com o rosto devastado pela doença e pela angústia — até ela olhava para ele como para um redentor, com as lágrimas a correrem-lhe pelas faces atormentadas ao mesmo tempo que estendia a mão para um objecto escondido atrás do púlpito…

Uma incredulidade entorpecedora embotava-lhe todas as faculdades. Eu não queria isso. Fiz sinal a Isabelle para que não fizesse nada e a Perette, que deve estar escondida fora de vista, para tomar o seu lugar.

Entretanto, Arnault olhava para mim como se um de nós tivesse enlouquecido.

— Tu aqui! Como te atreveste? Como *te atreveste?*

— Oh, eu atrevo-me a tudo! Vós mesmo o dissestes, num ou outro dos nossos encontros. — Virei-me para as freiras, que tinham interrompido os seus arroubos, movidas pela curiosidade e agora nos olhavam boquiabertas. — Não vos avisei de como um rosto sério pode esconder um rosto perverso? O homem que tendes diante de vós não é aquilo que parece. — Controlei a minha audiência com um gesto quando a multidão fez menção de avançar. Os guardas de libré do séquito encontravam-se já separados dos amos. O arcebispo estava isolado, embora me agradasse constatar que estava bem posicionado para poder presenciar tudo, e apenas o bispo se interpunha entre mim e a congregação.

Não deixem que ninguém lhes venha dizer que não vale a pena. Quanto mais tempo tiverem de esperar, mais requintado será. Via agora o medo apoderar-se dele — apenas um pouco, porque ainda acreditava que tudo não passava de um sonho, mas ia aumentar. Atrás dele, alguém gemeu e desfaleceu. As freiras começavam a movimentar-se de novo, inquietas; um movimento ondulatório que não tardaria a transformar-se uma vez mais numa vaga. Tirei a cruz da correia de couro que a prendia e ergui-a à minha frente. Depois pousei-a — negligentemente, ou assim pareceu — ao lado do púlpito, e fiquei a aguardar o início do fecho do drama.

♥

Pensei que devia ser aquele o momento em que ele esperava que Perette fizesse a sua aparição. Apercebi-me de uma leve quebra nas vozes por baixo de mim, uma ligeira hesitação no seu discurso em que ninguém reparou senão eu. Apreciava o seu *timing*: o momento de acalmia durante o qual a Freira Ímpia faria a sua derradeira e mais dramática aparição. Porém, ao contrário de mim, ele não tinha depositado toda a sua confiança em Perette. Ela não era fundamental para os seus planos, mas apenas um toque artístico sem o qual se conseguiria desenvencilhar muito bem se fosse necessário. Certamente, que ficaria desapontado, mas eu esperava que a ausência de Perette não lhe levantasse quaisquer suspeitas. Ele sabia que Perette era demasiado volátil para que se pudesse confiar nela. Eu estava prestes a jogar a minha vida na esperança de que ela não o fosse.

O bispo avançou, demasiado furioso para ter cautela ou curiosidade. Era um homem alto, ainda mais alto do que LeMerle e, visto do meu poleiro, assemelhava-se mais a um pássaro, a um grou negro, talvez, ou a uma garça-real, ao subir os degraus em direcção ao púlpito com a túnica flutuando. O fumo do braseiro fazia-me arder os olhos e pingos de chuva molhavam-me o pescoço, mas não podia perder aquele confronto. Tinha de ter a certeza... tinha de saber que não havia outra saída senão aquela que eu tinha escolhido... antes da minha entrada em cena.

As vozes eram nítidas, apenas ligeiramente distorcidas pela forma da torre sineira. O tom claro de LeMerle e o do bispo, enrouquecido pela incredulidade e pela ira justificada, gritando ordens aos guardas que não podiam obedecer sem abrirem caminho através de uma multidão de freiras em êxtase.

Ainda não podia entrar em cena. LeMerle ainda se encontrava demasiado perto do braseiro e, se se visse encurralado, podia acender o rastilho e desencadear toda a terrível sequência. Teria eu deixado as coisas arrastarem-se demasiado? Teria de assistir, impotente, enquanto LeMerle executava a sua vingança?

Então, como que em resposta à minha prece, o bispo subiu ao púlpito e no mesmo momento, miraculosamente, LeMerle afastou-se do braseiro. Era o momento, pensei, era agora... e, com um rápido sortilégio para assegurar a firmeza dos meus pés e uma oração sussurrada a São Francisco das Avezinhas, peguei na corda com ambas as mãos e atirei-a para o ar impregnado de fumo.

♠

— *Mon père.* Estou emocionado. — Usei o meu outro registo vocal para que o som não se propagasse. — Depois da última vez, muito dificilmente poderia esperar umas boas-vindas tão calorosas.

Atrás de mim, Isabelle observava, com os lábios exangues. Perette tinha-me desiludido — uma pena, apesar de não ser essencial — mas chegava finalmente o verdadeiro teste. Iria Isabelle desempenhar o seu papel até ao fim? Eu tinha-a domado ou ia declarar-se contra mim? Tenho de admitir que essa incerteza me excitava um pouco. De resto, pensei, a minha fuga estava assegurada com Antoine a mantê-la livre. Nesta fase podia arriscar uma certa dose de auto-indulgência.

— Farei que sejas queimado por causa disto! — Pouco original, mas coadunava-se com o argumento. — Vou acabar contigo de uma vez por todas! — Estão a ver como ele entrava no meu jogo inconscientemente; as suas emoções traíam os seus mais pequenos gestos, como qualquer jogador de cartas poderia dizer. Com uma expressão assassina nos olhos prateados avançava para mim em passadas largas como um enorme corvo dourado. Por segundos tive a certeza de que ia tentar atingir-me, mas eu era mais novo e mais rápido e ele não ia pôr em risco a sua dignidade falhando um golpe. Mesmo agora, percebo que ele estava convencido de que não passava de uma brincadeira de uma impudência inaudita. Estava demasiado preocupado com Isabelle e com a presença agora indesejável do arcebispo para ponderar os meus mais íntimos motivos.

— Este homem não é sacerdote! — disse, virando-se para se dirigir às irmãs numa voz trémula de raiva. — É um impostor! Um embusteiro, um simples actor de teatro!

Não se meta por esse caminho, pai. Vai ficar a saber que estou muito à frente do meu tempo.

— Acham isto verosímil? — perguntei com um sorriso. — Não é mais credível que este... que esta abominação de mitra... seja o verdadeiro impostor? — As vozes delas disseram-me que acreditavam em mim, embora houvesse algumas exclamações dissonantes no meio das restantes.

— Há sem dúvida um escroque nesta sala — disse eu. — E quem poderá dizer onde? Falso sacerdote, falso bispo. Ou seremos *todos* nós falsos? Poderá alguma de vós dizer com toda a honestidade que se manteve fiel a si mesma? Diga-me, pai — e aqui dirigi-me ao bispo a meia voz —, até que ponto é que sois sincero? Mereceis usar essas vestes mais do que um actor... do que um devasso... ou do que um macaco?

Tal como eu contava, ele investiu contra mim nessa altura; rindo, evitei o golpe. Mas não passava de uma finta. Em vez de se arremessar contra mim, estendeu a mão para a cruz de prata que eu deixara esquecida no rebordo do púlpito e brandiu-a com um grito de triunfo.

No entanto, foi um breve triunfo. De súbito e com um grito de dor, deixou cair a cruz e olhou para a mão, cuja pele começava já a empolar como massa de pão acabada de fazer. Fora um truque simples: colocada muito perto do braseiro, o metal aquecera demasiado para se lhe poder tocar, mas há muito que o raciocínio lógico abandonara as minhas susceptíveis irmãs, e o grito ergueu-se da primeira fila, propagando-se até ao fundo numa questão de segundos.

— A cruz! Ele não pode tocar na cruz!
— É ridículo! — berrava o bispo por cima do barulho. — Este homem é um impostor! — Mas a multidão empurrava-se para a frente, confinada pelos bancos corridos. Os guardas estavam ainda demasiado afastados para poderem intervir e monsenhor preparava-se para usar os punhos, quando reflectiu melhor e deixou cair os braços, de dentes cerrados.

— Muito sensato — comentei, começando a sorrir. — Ponha uma mão em cima de mim... ou sequer um dedo... e o inferno inteiro liberta-se.

♥

A corda ficou presa à primeira tentativa. Senti o chumbo embater nos andaimes do lado oposto com um ruído seco. Puxei delicadamente a corda e senti-a firme. Óptimo. Não dispunha de tempo para mais testes ou precauções e prendi a outra extremidade da corda o melhor que fui capaz à estrutura apodrecida atrás de mim. Era mais bamba do que normalmente desejaria, mas não me podia arriscar a perder mais tempo. Afastei a capa dos ombros, retirei o hábito castanho que me tinha dissimulado e fiquei parada na estreita plataforma com a minha camisa branca. Uma faixa de pano azul cobria-me a cabeleira demasiado denunciadora. Um momento de terror — era demasiado tarde, passara demasiado tempo, eu ia cair, eu ia cair —, depois o manto glacial da Donzela Alada envolveu-me, incólume com o passar dos anos, e experimentei ao mesmo tempo um certo júbilo.

Com a cabeça bem erguida, com os pés nus agarrados à corda, os braços levemente abertos, a Donzela Alada avançou orgulhosa, suspensa no escuro.

♠

Reconheci-a imediatamente. Não acreditam? A minha primeira e melhor pupila — a minha única obra perfeita —, claro que a reconheci. Mesmo sem as asas brilhantes de lantejoulas, velada e com um pano a tapar-lhe a cabeleira, reconheci a sua graciosidade, a sua segurança, o seu estilo. Eu fui o primeiro a vê-la; segundos depois os outros também a viram. Vivi um momento de orgulho — sim, ali estava a minha Donzela Alada, todos os olhares fixos nela com inveja e ânsia — apesar do assombro e da crescente compreensão do que estava a suceder.

Devia ter calculado. Fazia parte da sua audácia. Interrogava-me o que a teria alertado para o meu plano — puro instinto, talvez, aquele malicioso instinto que a faz intrometer-se sempre e rebaixar-me —, embora condenada ao fracasso como era o caso nem por isso deixava de ser uma tentativa corajosa.

Deste ângulo, não podia ver nenhuma corda a sustentá-la. A luminosidade difusa das velas tornava o seu vulto indistinto e vago, uma aparição ardente e esfumada que parecia brilhar com uma luz interior. O troar distante de um trovão do outro lado do mar serviu-lhe de rufar do tambor de apresentação.

Do meio da atmosfera de delírio ergueu-se uma voz:

— Olhem! Por cima de vós! Olhem!

Mais rostos viraram-se para olhar. Mais vozes, clamorosas de início e depois convertidas num sussurro assustado enquanto o vulto branco deslizava na atmosfera sombria, aparentemente para pairar sobre as suas cabeças.

— Mère Marie! — gemeu uma voz das profundezas da congregação.

— O fantasma de Germaine!

— A Freira Ímpia!

A figura velada deteve-se por instantes na sua travessia aérea e fez o sinal da cruz. Silêncio, um silêncio receoso, abateu-se de novo, quando ela se preparou para falar.

♥

— Minhas filhas. — A minha voz parecia vinda de muito longe e as palavras ressoavam tão distantes na abertura estreita da torre que eram quase irreconhecíveis. Ouvia o bater da chuva contra as tábuas a menos de metro e meio da minha cabeça e, algures para lá da água que caía, um rugido de trovão. — Minhas filhas, não me reconhecem? Sou Sainte Marie-de-la-mer. — O tom de voz que eu tinha escolhido era profundo e ressonante como o dos actores trágicos dos meus tempos de Paris. Um arrepio agitou as irmãs como um sopro de vento no mar. — Minhas pobres e enganadas filhas. Foram vítimas de uma cruel ilusão.

LeMerle observava-me. Interrogava-me em que altura iria perceber que estava tudo perdido para ele. E o que faria.

— O Père Colombin não é aquilo que pensais, minhas filhas. O homem que tendes diante de vós é um cruel impostor. Não é sacerdote. É um embusteiro, cujo verdadeiro nome eu conheço.

O olhar de todos movia-se do homem para a mulher, da mulher flutuante para o homem... O silêncio era terrível. Então, LeMerle levantou os olhos para mim e pude ver o desafio no seu rosto, lá em baixo.

Queres então guerra, Harpia?

Não havia rancor na pergunta silenciada, simplesmente uma expectativa ardente, a febre do jogador levada ao rubro.

Assenti com a cabeça, de modo quase imperceptível, mas sabia que ele tinha percebido.

♠

O trovão pegou na deixa. Foi uma sorte, Juliette. Também podia ter sido a minha deixa.

Ela estava à espera que eu fugisse?, perguntava a mim próprio. Esperava que me ocultasse nas sombras? Devia conhecer-me melhor. E, no entanto, causava-me um certo prazer absurdo que a minha pupila quisesse ultrapassar o mestre no seu próprio jogo de ilusões. Ela olhou-me lá de cima, a minha encantadora ave de rapina, e entendemo-nos um ao outro por completo. Contra a minha própria vontade. A despeito do perigo, aceitei o teu jogo, ansioso por saber quão excelentemente te tinha ensinado.

♥

A multidão era um mar de rostos e de bocas abertas como se à espera de colherem o mel caído do céu. Por cima da minha cabeça, a tempestade aproximava-se rapidamente. A chuva transformara-se em granizo que fustigava as placas de ardósia como dados. Embora estivesse parcialmente protegida pelo telhado, este estava em más condições e eu tinha a sensação desconfortável de que bastaria uma dessas pequenas pedras de granizo para me desconcentrar e cair. Era disso que ele estava à espera? Eu sempre contara que ele, pelo menos, desmentisse as minhas acusações, mas parecia estar à espera, quase como se tivesse planeado outra coisa...

Quando percebi, o facto quase me custou a perda de equilíbrio. Evidentemente! Mesmo da minha posição privilegiada, com tudo exposto à minha frente, eu tinha sido iludida como os demais. Tinha estado tão preocupada a observar LeMerle que quase nem reparara em Isabelle, eclipsada na sua sombra. Só agora, enquanto perscrutava toda a cena, é que compreendia todo o seu desígnio. O rastilho seria a própria Isabelle. O que ele queria não era ser ele a atear o fogo, mas observar a cara do bispo quando a sobrinha sacrificasse a própria vida, e sabe Deus quantas outras mais, numa tentativa desesperada de vencer o Diabo. Ela estava preparada para o fazer; uma palavra seria o suficiente para desencadear a sua reacção. Percebia agora os repetidos sermões, as constantes referências a algumas mártires como as Santas Ágata, Perpétua, Margarida de Alexandria, ou a algumas taumaturgas como Cristina Mirabilis que atravessou incólume o fogo para a felicidade celestial.

Imaginava a cena no meu espírito: fortemente paramentada e ungida com óleos, ela transformar-se-ia numa chama viva com a rapidez de restolho de Verão. Tinha ouvido contar que já tinha acontecido em palco, no *ballet*, quando uma saia de tule roça o vidro sobreaquecido de uma das luzes da ribalta e o fogo salta como um acrobata de uma bailarina para outra, transformando-as todas em lanternas, incendiando-lhes as cabeleiras, elevando-se à altura do tecto numa torre trémula de fogo e de fumo. Trupes inteiras devoradas em escassos segundos, disse LeMerle, que assistira uma vez a um caso desses, mas — meu Deus! — que espectáculo!

Sentia os olhos dela fixos em mim, agora que estava consciente do seu olhar pasmado. Tinha de avançar com mais cautelas do que nunca. Não bastava ter interrompido a oratória de LeMerle ou ter libertado as freiras da sua dança frenética, nem sequer era suficiente ter suscitado dúvidas quanto ao Père Colombin ao confirmar a acusação do bispo contra ele. Era Isabelle que eu tinha de convencer... apenas Isabelle. A questão era: o que restava da Isabelle original?

— Não existe nenhuma Santa Marie-de-la-mer.

Era como se ela tivesse lido os meus pensamentos. À sua volta, as irmãs aguardavam a sua deixa e LeMerle observava a sua pupila com o sorriso de um homem na posse de uma mão de ases.

— Como já vos disse antes — disse ele, numa voz calma — há aqui, pelo menos, um embusteiro. Quem? Em quem é que vós confiais? Quem é que jamais vos mentiu?

Isabelle levantou os olhos para mim e em seguida para LeMerle.

— Eu confio em vós — disse ela tranquilamente e estendeu a mão para o braseiro.

♠

A corda é demasiado frouxa. Percebi logo. Há pouco via-a mudar de posição e vacilar, agarrando-se à corda invisível com os dedos grandes dos pés para não perder o controlo. E agora, minha harpia? Mais dez segundos e este lugar estará em chamas. Foi uma tentativa corajosa, Juliette, mas tardia, demasiado tardia. A angústia que sinto por ti é autêntica, mas tu assim o quiseste. Devo dizer que nunca imaginei que fosses capaz de me atraiçoar, mas um homem prudente prevê todas as eventualidades. Vais voar do teu poleiro em chamas, minha avezinha. Talvez seja um final mais feliz do que viver, de asas cortadas, entre gansos domesticados.

— *Vade retro, Satanas!*

A mão de Isabelle hesitou a escassos centímetros das brasas. Mesmo nessa altura poderia ter sido o suficiente se não fosse uma súbita corrente de ar da porta lateral aberta. Raios, Antoine! Disse-te para não abandonares o teu posto, acontecesse o que acontecesse.

Em qualquer dos casos, a rapariga hesitou, olhou para cima contra vontade, ao reconhecer a linguagem da antiga autoridade. Foi um golpe baixo, Juliette. Servires-te das minhas armas contra mim. Mas será bom? E, vendo a tua vantagem, vais jogar ou vais ceder?

— O Diabo também sabe latim — lembrei suavemente a Isabelle. Comecei a deslocar-me, muito devagar, para a porta lateral e para o segundo braseiro. Um indivíduo avisado cobre sempre as suas apostas e se um dos rastilhos não arder, é mais seguro ter um segundo de reserva. Porém, Antoine estava especada junto à porta lateral, barrando-me o caminho com o seu corpo volumoso e percebi que também ela observava a falsa Virgem com uma expressão estranha no rosto.

— Ouçam-me todas. — A Donzela Alada volta a falar e posso detectar uma nota rouca na sua voz. — O Père Colombin mentiu-vos. Ele enganou-vos e troçou de vós desde que aqui chegou. Recordam-se da maldição do sangue? Era apenas tinta, tinta vermelha, que deitou no poço para vos assustar. E a Freira Ímpia? Era... — Fez uma pausa ao aperceber-se do erro, e eu sorri e comecei a recitar o rito do exorcismo.

— *Praecipio tibi, quicumque es, spiritus immunde...*

— Vejam o braço dele! — gritou a falsa Marie com a voz de Juliette. — Obriguem-no a mostrar-vos a marca da Virgem que tem no braço esquerdo!

Timing, minha querida, *timing*. Se te tivesses lembrado disso no princípio, talvez me tivesses atingido gravemente. Mas já passou o momento dos sinais e dos símbolos. Nesta fase, precisamos de algo mais visceral, de algo mais próximo dos nervos.

— Diz o teu nome — disse-lhe eu, sem deixar de sorrir. — Diz o teu nome, porque não creio que haja aqui alguém que acredite que és a Mãe de Deus.

— Ele é Guy LeMerle, é um actor de teatro e um...

— Disse-te para dizeres o teu nome! — Mais uma vez a mão de Isabelle começou a deslizar em direcção ao braseiro. — Em nome do Pai!

— Ele está a fazer isto por vingança...

— Em nome do Filho!

— Contra o bispo de Evreux!

— Em nome do... — Ela ia fazer aquilo; a sua mão estava a uma polegada das brasas e a manga comprida começava a chamuscar-se...

— O bispo, *o pai dele!*

Era um golpe tão inesperado que cambaleei. À minha volta as irmãs quedaram-se imóveis e hirtas. Isabelle olhava para mim; o rosto do bispo estava aturdido pelo choque. Os guardas de libré começaram mais uma vez a tentar abrir caminho por entre a multidão, com as espadas pendentes dos cintos. A minha Donzela Alada prosseguia:

— Admite-o, LeMerle — gritou. — Não é? *Não é?*

Meu Deus, pensei, ela é excelente. Desperdiçada nestas cenas desinteressantes, era capaz de inflamar os palcos dos teatros de Paris. Inclinei-me numa pequena vénia de reconhecimento e em seguida virei-me para o bispo, que me observava com uma expressão de indizível horror.

— Pois bem, pai — disse eu, sorrindo. — Não é?

♥

A trovoada estava agora quase sobre as nossas cabeças. Através das frestas do telhado via-a aproximar-se, o circo negro do inferno a atravessar os terrenos baixios. Lá em baixo, as velas tremeluziram de repente quando uma lufada de ar frio penetrou por baixo das portas. Elevou-se um som do meio da multidão, latejante como um dente cariado. Os olhos moviam-se rápidos do bispo para o sacerdote, da virgem para o bispo. O tornozelo começava a vacilar com a tensão por estar imobilizada durante tanto tempo, e mudei levemente de posição para o aliviar.

— Então? — disse LeMerle quase numa carícia. — Não é?

Houve uma pausa. Percebia agora como LeMerle usara inteligentemente a minha intervenção. Se o bispo negasse a acusação da virgem, confirmava a impostura de LeMerle e Isabelle acendia o rastilho. Se o admitisse, era publicamente desacreditado perante o arcebispo, a sua comitiva e toda a abadia cheia de freiras. Havia, porém, um pormenor que LeMerle esquecera, embora eu ainda não tivesse a certeza de como ou se o podia virar em meu benefício.

Junto à porta lateral, quase invisível no fumo do braseiro, estava Sœur Antoine, de cabeça baixa como um touro prestes a investir.

♠

Suponho que devia estar grato, minha Juliette. Como é que soubeste, não consigo imaginar... bruxaria, talvez. Mas que maneira de o forçar a confessar! O meu plano tinha mais dramatismo, talvez — aprecio sempre um fogo, como sabes —, mas devia ter previsto que tentarias proteger estas pobres ovelhas a quem tratas por irmãs. Muito bem, minha querida, seja como queres. Elas que conservem as suas vidas... se é que se lhe pode chamar vida. De qualquer modo, fez-se justiça.
— Então, pai?
Arnault responde com um único aceno de cabeça.
Ahhh. O som assemelha-se a um castelo de cartas a cair.

♥

— É mentira — disse Isabelle.
— Não, minha cara. É a verdade.
LeMerle, observando o bispo, com um gesto súbito, abriu a sua túnica de sacerdote e deixou-a cair aos pés. As irmãs soltaram um grito. Por baixo da túnica arrojada para o chão, vestia um traje de viagem: botas e esporas, um colete de couro que deixava a descoberto o braço esquerdo com a marca do ferro em brasa. Era o *Melro* dos velhos tempos que se apresentava agora, sorridente, diante da assembleia e, como que para completar o quadro, um relâmpago escolheu aquele momento para fazer estalar o seu chicote luminoso através do céu, emoldurando-o num súbito clarão esbranquiçado.

O gemido da multidão atingira uma intensidade quase intolerável, puxando-me pelos calcanhares como uma corrente subterrânea. Por um segundo olhei directamente para baixo e o mundo pareceu-me guinar subitamente. Senti o princípio de uma tremura na perna esquerda, um leve latejar do músculo da barriga da perna que, se não tivesse cuidado, atiraria a corda onde estava suspensa com um sacão para o ar.

Percebi que era precisamente disso que LeMerle estava à espera, que a aparente temeridade e ousadia da minha revelação tinha sido friamente calculada tal como o resto do seu plano. Um contra sessenta era uma aposta que mesmo ele teria hesitado em arriscar, mas se eu caísse...

Mudei de posição uma vez mais, desconfortavelmente consciente da corda lassa e das coifas brancas lá em baixo, à espera como gaivotas num mar de olhos.

♠

Mais dez segundos e ela vai cair. Mais dez segundos, os olhos fixos no vulto branco suspenso no ar. A diversão deve ser suficiente — o momento da queda, o vulto despedaçado no chão de mármore — o tempo necessário para preparar a minha saída de cena. Se não for assim, terei de deitar mão a uma arma. Qualquer uma destas irmãs poderia servir para cobrir a minha fuga, embora preferisse levar Isabelle como refém. Uma espada, um cavalo, e a travessia a galope até ao continente. Talvez deixe o corpo da fedelha abandonado numa vala para ele a encontrar, ou se calhar é melhor levá-la comigo. Posso servir-me dela para vários fins, para onde for e todos os dias deixar-lhe marcadas na carne as farpas da minha vingança. Não por mim — não desta vez. Mas por ela, por Juliette, a minha doce embusteira.

Ter vivido para ver chegar o dia em que desejei que a minha Donzela Alada caísse! Ele também há-de pagar por isso, vão ver, e na mesma moeda. A congregação transformou-se num coro. A toada — a vogal longa e arrastada do seu desespero eleva-se, desce de súbito, volta a subir. Algumas choram de perplexidade, outras arranham as faces. Mas todos os olhares estão agora fixos em nós dois, eu a observá-la e ela a observar-me. Uma reviravolta da carta propícia — Valete por baixo, Dama por cima — e os nossos papéis podem inverter-se de novo. Os próprios guardas permanecem imóveis, à espera de uma ordem que nunca mais chega.

♥

Sei o que estás a fazer, LeMerle. Estás à espera que eu caia. A queimar tempo. Posso sentir-te a quereres, a *desejares* que eu escorregue, que tropece, com a corda a descrever uma arco no ar sem mim, e a longa mancha escura estatelada no chão. Sinto os teus pensamentos a pressionaram-me. Estou ensopada da água da chuva que agora esguicha do algeroz para a torre. O sino, a cerca de um metro por cima da minha cabeça, salpica o seu toque em milhares de gotas de sons. Eu não vou cair... *não* vou cair. Porém, o abismo lá em baixo atrai-me e os músculos atingidos pelas cãibras gritam por descanso. Sinto-me como se estivesse aqui imobilizada há horas.

A corda volta a deslocar-se em resposta a um espasmo involuntário. As lamentações fúnebres das minhas irmãs deixam-me atordoada. No entanto não vou...

    ...não

      posso...

        cair...

♠

Vejo aquilo acontecer com uma clareza de sonho. Uma série de quadros, cada um fixo pelos relâmpagos que caem nas proximidades — por diversas vezes, numa rápida sucessão. Ela escorrega, esperneia com o baloiçar da corda e perde o equilíbrio — por instantes vejo os seus braços abertos, a abraçarem a escuridão. *O relâmpago.* O ribombar do trovão, mais forte do que nunca, tão próximo por cima das nossas cabeças que, por um momento, julgo que o raio atingiu a torre... E no breve intervalo de trevas que se segue, ouço a corda ceder.

Sei que devia pôr-me em fuga agora, enquanto têm a atenção dispersa. Mas não posso; tenho de ver por mim próprio. Sœur Antoine está de guarda à porta. Tem uma expressão ameaçadora no rosto, mas é com certeza demasiado estúpida para me impedir a saída. Quando olho para ela, começa a avançar na minha direcção. Tem o rosto duro como uma pedra e lembro-me da força dos seus grandes braços e da grossura dos seus pulsos carnudos. Todavia, não passa de uma mulher e está sozinha. Mesmo que se tenha virado contra mim agora, o que pode fazer?

As irmãs formam um círculo compacto, sem dúvida para verem o corpo que jaz no chão. A gritaria vai começar a qualquer momento, a confusão e, no meio da confusão, ponho-me em fuga. Sœur Virginie está a olhar para mim, de punhos cerrados; a seu lado, Sœur Tomasine, tem os olhos semicerrados. Dou de novo um passo em frente e as freiras cacarejam como galinhas assustadas, demasiado estúpidas para se afastarem. Sei que o pavor súbito que me invade é absurdo. É ridículo pensar que possam tentar deter--me; seria o mesmo que esperar que um bando de gansos domésticos atacasse a raposa.

Mas houve qualquer coisa que correu mal. Os olhos que deviam estar a contemplar o corpo estatelado no chão viram-se para mim. Recordei os tempos da minha infância e lembrei-me que mesmo os gansos podem ser selvagens quando espicaçados. E agora ousam barrar-me o caminho, darem-me bicadas, cercarem-me com o seu cheiro fedorento e as suas recriminações... Quando as empurro para abrir caminho, Sœur Antoine levanta um punho que consigo evitar com os braços atrás das costas, mas sou apanhado pela surpresa e perplexidade, tropeçando mesmo antes de um soco me atingir. Que feitiçaria é esta? Deixo-me cair de joelhos, com a cabeça a tinir com o murro violento na nuca, mas só consigo sentir uma estupefacção remota e muda.

Não há nenhum corpo no chão.
Outro relâmpago.
E a torre está vazia.

15
♥

7 de Setembro de 1611
Théâtre Ambulant du GrosJean,
Carêmes

Algumas recordações nunca se esbatem. Mesmo no calor deste belo Outono, nesta bela vila, alguma parte de mim permanece *lá*, na abadia, sob a chuva. Talvez alguma parte de mim tenha morrido lá — morrido ou renascido, não tenho a certeza de qual. De qualquer forma, eu, que não acreditava em milagres, testemunhei *algo* que me modificou — apenas um pouco, mas para sempre. Talvez naquele momento Sainte Marie-de-la-mer estivesse connosco. Agora, sentada aqui, mais de um ano depois, quase consigo acreditar nisso.

Senti a corda desprender-se. Talvez devido a um espasmo muscular ou à lassidão da corda, ou à madeira podre dos andaimes. Vivi um momento de extraordinária calma, imobilizada na luz do relâmpago como uma mosca no âmbar. Depois estendi a mão para o nada num derradeiro gesto de desespero, com a mente vazia salvo o pensamento *Se eu fosse um pássaro*, com os dedos abertos mas sem encontrar nada, nada.

E então vi qualquer coisa em frente do meu rosto: uma teia de aranha, uma ilusão, uma corda. Não questionei a sua presença miraculosa; enquanto caía, estava quase fora do alcance das minhas mãos até ter presença de espírito para a apanhar. Falhei com a mão direita, mas os meus reflexos ainda eram bons e agarrei-a com firmeza com a esquerda, ficando a balouçar suspensa por segundos no ar, sem nada no espírito a não ser uma estúpida incredulidade — e depois vi um rosto pálido, contorcido num esgar urgente enquanto movia os lábios do buraco no telhado e compreendi.

Perette não me tinha abandonado. Devia ter trepado pelos andaimes deixados pelos operários e observou tudo através das fendas nas placas de ardósia. Icei-me — a capacidade de subir por uma corda, como a de balançar sobre uma linha, não se perde com facilidade — e arrastei-me como um peixe encharcado para o telhado escorregadio.

Permaneci ali por instantes, exausta, enquanto Perette me abraçava, soltando pios de alegria. Lá em baixo, ouvia uma vaga de sons incompreensíveis como as marés. Creio que perdi a consciência; por momentos andei à deriva, fustigada pela chuva, com o cheiro do mar nas narinas. Nunca mais voltaria a voar. Sabia-o. Esta tinha sido a última aparição da Donzela Alada.

Mas agora Perette estendia a mãozita pequena e abanava-me com insistência. Abri os olhos; vi-a desenhar uma das suas rápidas mímicas. Um cavalo; o sinal de «depressa»; o gesto que sempre usara para indicar Fleur. Outra vez: Fleur, cavalgar, depressa. Endireitei-me, com a cabeça a andar à roda. A rapariga tinha razão. Quaisquer que fossem as consequências do drama de LeMerle, não seria prudente ficar. Sœur Auguste também tinha apresentado a sua derradeira actuação e pensei que, apesar de tudo, não o lamentava.

Perette pegou-me na mão, guiando-me habilmente para a escada, que continuava no mesmo lugar a cerca de cinco metros do declive íngreme por baixo de nós. Parecia não ter medo do perigo e desceu com uma agilidade felina, equilibrando-se delicadamente numa saliência dos algerozes partidos enquanto se afastava para me dar passagem. A chuva batia-nos no rosto e martelava-nos a cabeça, os trovões ribombavam por cima de nós como rochedos e a uma centena de metros uma árvore atingida por um raio estava em chamas, iluminando tudo à volta com uma claridade vaga e apocalíptica. E no meio de tudo aquilo nós ríamo-nos, Perette e eu, como duas loucas. Ríamos pelo puro júbilo da chuva e da trovoada, pelo alívio da minha fuga, mas sobretudo pela expressão do rosto dele, a expressão do rosto de LeMerle quando se preparava para receber o soco da sua vida de um bando de freiras em fúria...

Soube mais tarde que ele se submetera sem lutar e apenas com um leve protesto de inocência, olhando perplexo o sítio onde eu tinha estado. Era como se o chão se lhe tivesse aberto debaixo dos pés, segundo ouvi dizer, e as suas palavras perderam a magia perante esta feitiçaria nova e mais assombrosa. Deve-lhes ter parecido que eu desaparecera no ar. Milagre, ouviu-se gritar, milagre e, com toda a certeza, aquela senhora flutuante era na verdade Sainte Marie-de-la-mer, que viera para redimir os seus, como nas antigas lendas.

A descoberta de uma árvore atingida por um raio a menos de uma centena de metros da igreja também espalhou rumores de milagre. Consta que existe hoje um pequeno santuário à Virgem Mãe do Mar, que a nova Marie voltou para o continente e que uma nova sereia, tão parecida com a antiga que chega a ser quase idêntica, reapareceu na igreja da abadia. Também já se diz que possui poderes curativos e vêm peregrinos até de Paris para visitarem o lugar onde ela apareceu diante de mais de sessenta testemunhas.

O bispo de Evreux apressou-se a corroborar a história da aparição, denunciando LeMerle como um impostor numa série de embustes e de corrupção. A miraculosa aparição da flor-de-lis, símbolo da Virgem, no braço do homem acusado foi interpretada como uma prova concludente da autenticidade da aparição e da sua aliança com as forças das trevas, tendo sido levado, aturdido e sem protestar, e deixado sob custódia do tribunal secular.

Não posso deixar de sentir algum pesar. Odiei-o no passado, mas desde então creio que passei a conhecê-lo melhor e, embora sem o perdoar, pelo menos a compreendê-lo. Ouvi dizer que foi levado para o continente para ser interrogado pelo juiz de Rennes. Eu própria estive em Rennes durante algum tempo e vi a cadeia onde o mantinham prisioneiro e li os editais afixados nas portas relatando a sua prisão. Anunciavam a sua execução para breve — julguei detectar aí a mão vingativa do bispo nalguns pormenores, que rivalizavam com a execução de Ravillac, o assassino do rei, no seu engenho e brutalidade.

O bispo e a sobrinha regressaram a Montauban, a casa ancestral dos Arnault. Aparentemente, Isabelle manifestara o desejo de uma vida mais simples, longe da costa, e professara numa ordem contemplativa — desta vez como irmã comum, onde, espero, aprendeu a viver em paz e no esquecimento.

O bispo não se safou tão bem. Embora protestasse que a sua falsa confissão na capela lhe tinha sido arrancada pelo medo, nunca recuperou dos seus efeitos. Os rumores sobre a sua cobardia espalharam-se de forma insidiosa. Viu fecharem-se-lhe algumas portas, afastarem-se amizades, serem sufocadas ambições. Ouvi alguns boatos de que está a pensar retirar-se — pretensamente por razões de saúde — para o mesmo mosteiro de que o seu falecido irmão foi abade.

Quanto a mim, abandonei a abadia naquele dia. Não podia ficar e arriscar-me a ser presa — além disso, tinham-se passado tantas coisas naquele lugar que já não era possível voltar a ser um lar para mim. Por isso, parti, levando comigo o belo cavalo de LeMerle além do dinheiro e das provisões que encontrei nos alforges.

Encontrei Fleur à minha espera no lugar combinado, e a expressão de órfã desaparecera do seu rosto — teria lá estado alguma vez? Fugimos atravessando a passagem, perseguidas durante todo o percurso pela maré e chegámos a Pornic três horas depois.

Não creio que fossem à minha procura muito longe. O bispo já tinha o seu homem e não o ia beneficiar andar a proclamar mais ainda a desgraça de Isabelle. Penso que preferiu deixar-me à solta do que ter de enfrentar a história que eu tinha para contar. Além disso, tinha a maré entre nós e a ilha, com uma espera de onze horas até à próxima travessia segura através da costa.

As viagens com LeMerle ensinaram-me a dar o devido valor à prudência. Vendi o cavalo como fizera antes com a mula de Giordano e com esse dinheiro comprei uma carroça e uma mula para a puxar. Vivíamos à vontade, Fleur e eu, com o dinheiro que tínhamos, parávamos para nos abastecermos em cidades com mercados, mas sem nos afastarmos das estradas secundárias o resto do tempo, com medo dos homens do bispo. Perto de Perpignan encontrámos um grupo de ciganos que, depois de ouvirem a minha história, nos receberam como se fôssemos dos seus. Viajávamos com eles há cerca de três meses quando encontrámos um grupo de teatro italiano, que aceitou receber-nos às duas.

Desde então, temos percorrido cidades da província por todo o distrito. A *commedia dell'arte* começa a granjear popularidade à medida que a moda italiana volta a estar em voga e, com a máscara, não tenho de recear ser reconhecida como a Donzela Alada de outros tempos. Somos felizes, Fleur e eu, com os nossos novos amigos: Fiorello, que interpreta Scaramouche, e Domenico, que representa Arlequim. Fleur toca tambor e dança e eu voltei a ser a piedosa Isabelle. O facto de me terem dado esse papel — esse nome — enche-me sempre de uma espécie de riso tão próximo das lágrimas que às vezes quase não consigo distinguir um das outras. A máscara esconde os meus sorrisos — e o resto — e Beltrame, que dirige a trupe, diz-me que nunca viu uma Isabelle tão ardente.

No entanto, há momentos — muito frequentes neste último Inverno — em que me interrogo se não é tempo de pôr termo a isto tudo. Um chão de tábuas não é tão firme como um chão de terra, e a ideia de um pedaço de terra meu volta a obcecar-me mesmo na minha felicidade presente. Fleur precisa de um lugar seguro, de um lar. De uma casa perto de uma aldeia, de uma lareira, de uns patos e de uma cabra, de uma horta... Talvez a minha vida na abadia me tenha feito perder o gosto pela vagabundagem ou talvez comece a pressentir a chegada do Inverno. Conto o dinheiro com o coração cheio de cupidez e prometo a mim mesma que antes que chegue o Inverno terei a minha casa, a minha lareira... Fleur rufa no seu tambor, a rir.

Passou mais de um ano desde que deixei a abadia. Às vezes ainda sonho com ela, com as amigas que lá deixei, com a minha doce Perette — como gostaria de a ter trazido connosco! De certo modo sinto saudades da vida na abadia. Sinto a falta do meu jardim de ervas, da camaradagem na casa do capítulo, da biblioteca, das lições de latim, dos longos passeios pelos baixios até ao mar. Mas aqui somos livres. Os pesadelos de Fleur há muito que desapareceram e este ano cresceu muito, o cabelo escureceu para um tom castanho-avermelhado embora ainda descolorido nas pontas pelo sol da ilha e apesar de às vezes ficar triste por saber que cada minuto que passa a vai afastando de mim para se tornar a rapariga — a mulher — que será um dia, continua a ser a mesma doce Fleur, voluntariosa e ao mesmo tempo confiante e maravilhada com a descoberta do mundo.

A semana passada, um mensageiro que viajava com um grupo de actores do norte, trouxe-me um embrulho. Estava dirigido a *Juliett Ser Auguste, Bailarina*, numa caligrafia redonda que não reconheci e tinha sinais de andar a viajar há muitos meses antes de os actores me encontrarem por mero acaso. Não havia nenhuma morada no embrulho, mas o mensageiro disse-me que lhe tinha sido entregue por uma freira da Bretanha há cerca de cinco meses.

Abri-o. O embrulho continha uma folha de papel grosso, escrita na mesma caligrafia arredondada desconhecida, mais duas folhas impressas com notícias. Ao desdobrá-las caiu qualquer coisa dentre os papéis, que fez barulho ao tocar no chão. Inclinei-me para a apanhar. Era um pequeno medalhão esmaltado que conhecia muito bem: nele via-se Cristina Mirabilis, a fazedora de milagres, flutuando de braços estendidos dentro de um círculo de chamas alaranjadas.

Li a carta. Dizia assim:

Querida Auguste,
Espero que esta Carta te emcontre, assim eu Reso todos os Dias. Penso em Ti e Lembro-me de Ti nas minhas Orações, de Ti e de Flore. Eu trato do Teu Jardim aqui e Sœur Perpétue, que é muito Boa para Mim, ensina-me a Cuidar dele e das Aves que são a Minha Tarefa. Margerit é agora a nova Abadessa e corre Tudo bem. É Outra Vez a Abadia de Marie-de-la-Mer e eu fico Contente. Estou a Aprender a Ler e a Escrever com a Ajuda da Irmã Perpétue. Ela é Muito Paciente e não se importa que eu seja Lenta. Esta é a Primeira Carta que eu Escrevo e Peço-Te que me Desculpes os Erros. Vou Mandá-la pelos Actores na Terça-feira Gorda. Amo--te Juliette e à Pequena Flore. Mando-te também Notícias do Padre Colombin. Espero que não seja Pecado ficar Contente com o Que se Passou. Desejo Felicidades para as Duas,
Vossa Perett

Texto impresso, com data de Setembro de 1610,
Prisão de Rennes.

Uma Maravilhosa e Terrível História de Bruxaria!
Neste Dia Vinte e Um de Agosto, na Abadia de Sainte-Marie Mère foi Preso um Terrível Feiticeiro, Acusado, Julgado e Considerado Culpado de Várias Ofensas contra Deus e a Santa Igreja. Simulando ser um Santo Clero, Descobriu-se que o Acusado, Guy

LeMerle chamado *O Melro*, tinha um Pacto com as Forças das Trevas, estava Ligado a Familiares sob o Disfarce de Pássaros e que Conjurava Satã, levando à Morte por Bruxedo Várias Irmãs da Abadia através dos mais Hediondos Meios, e Culpado de Vários Envenenamentos e Actos de Horrível Profanação na Abadia. Ao ser Interrogado, o Miserável Confessou com Toda a Sinceridade os Crimes de que era Acusado, demonstrando um Orgulho Condenável nos seus Actos e Recusando-se a Abjurar da sua Fidelidade ao Príncipe do Mal, mesmo sob Interrogatório. Os Guardas encarregados de Assegurar a Segurança do Prisioneiro relataram Visões Prodigiosas e Assombrosas durante aquela fatídica Noite, em que Familiares, incarnando Diversas Formas de Aves ou de Bestas, o Visitaram na sua cela e Falaram com ele durante toda a Noite, Suplicando-lhe que fugisse com eles daquele Lugar, mas em vão. O Prisioneiro foi Mantido em Segurança, tendo a cela Sido Abençoada por Sua Santidade o Bispo de Evreux e Trancada Três Vezes com Ferros. No Dia Nove de Setembro Será Feita Justiça na Praça do Mercado na Presença do Bispo, do Juiz René Durant e do Povo da Cidade. Em Nome de Deus e de Sua Majestade, Louis Dieudonné.

Segundo Texto Impresso, com data de Setembro de 1610, Rennes.

O Relato Monstruoso e Condenável de uma Aparição.
Neste Dia Sete de Setembro, em Rennes, o Feiticeiro Criminoso e Condenado Guy *O Melro* Realizou uma Ousada e Monstruosa Fuga da Reclusão na Prisão desta Cidade, Tendo um pacto com os Espíritos e as Forças da Magia Negra. À meia-noite os Guardas postados à Porta para Manterem Apertada Vigilância sobre o Prisioneiro foram abordados por uma Mulher Encapuçada com uma Lanterna, que os avisou que se Afastassem se zelavam pelas suas Almas.

Então os Guardas, Philippe Legros e Armand Nuillot, perguntaram o Nome à Estranha Visitante e foram imediatamente Imobilizados por Bruxaria, e apesar de Orações e Corajosa Resistência caíram como que Drogados por Terra.

Tremendo de Justificado Pavor Observaram a Mulher entrar na Prisão através de Meios Demoníacos e na Companhia de Vários Espíritos Malignos e de Familiares, e embora não tivessem Ficado completamente Insensíveis, foram Impedidos de Interferir por essa Estranha e Infernal Magia.

A Mulher abandonou a Prisão pouco Tempo Depois, seguida por um Vulto Embuçado, oculto por um manto, que então Revelou ser Guy LeMerle, tirando o seu Disfarce com Gargalhadas e grandes Manifestações de Júbilo. A Bruxa fê-lo montar numa Forquilha que se encontrava ao lado do Estábulo do Feno e Voou pelos Ares, com muitos Gritos de Troça para os Infelizes cá em baixo, que avistaram vários Espíritos e Familiares sob a aparência de Pássaros, Morcegos e Corujas. Que se Juntaram a Ele na sua Fuga. Monsenhor o Bispo de Evreux faz Saber que Qualquer Homem que tenha Conhecimento deste Indivíduo ou dos seus Associados, deve Divulgar com a máxima Rapidez esse Conhecimento, bem como qualquer Suspeita que Haja sobre o seu Paradeiro, para que este Bruxo possa ser Levado à Justiça de Deus e da Igreja. Oferece-se uma Recompensa de Cinquenta Luíses por Essa Informação.

Não me lembro de quaisquer familiares. Nem do voo louco em cima de uma forquilha. Certamente que os guardas inventaram o resto para escaparem ao castigo. Pela minha parte — sim, Perette, era eu a Mulher com a Lanterna — não consigo explicar. No entanto, tal como tu, sinto uma satisfação relutante por saber que ele se salvou. Talvez seja um resquício da minha antiga lealdade ou o desejo de pôr termo a este longo, longo sonho.

Sempre soube que as alquimias de Giordano um dia acabariam por me ser úteis. A prisão, com os seus muros espessos e janelas com grades, estava longe de ser fácil, mesmo para os seus pós explosivos, mas devidamente colocados e com um rastilho feito com um bocado de guita coberta de pólvora e ligado a um conjunto central, tinha a certeza de que serviria os meus propósitos. Comecei por abordar os guardas, ofereci-lhes cerveja e a minha companhia, e esvaziei-lhes as algibeiras nesse entrementes. Podia ter-lhes cortado o pescoço — a antiga Juliette talvez o tivesse feito — mas queria evitá-lo se possível. Já vi demasiadas crueldades para querer aumentar mais ainda o seu rol. A verdade é que os guardas fugiram no momento em que a pólvora explodiu e, a julgar pela cobardia demonstrada, esperei que não voltassem a aparecer senão daí a uns dois minutos, pelo menos.

LeMerle estava ainda meio adormecido quando entrei na cela, enroscado em cima da palha, coberto pela capa esfiapada. Disse para comigo que era melhor não olhar para ele. Deixar-lhe simplesmente a lanterna e as chaves e ele que se pusesse a salvo se pudesse. Vi-o espreguiçar-se como um gato a acordar e virei-me para sair, talvez receosa de que se não o fizesse, nunca mais tivesse a coragem de voltar a deixá-lo. Mas demasiado tarde; ele murmurou algo indistinto e levantou o braço para proteger a cara e, como Orfeu, eu olhei para trás.

Era evidente que tinha sido torturado, como eu esperava. Sei o que acontece durante os interrogatórios. Mesmo uma confissão total só conta sob tortura. O seu rosto, visto de perfil à luz da lanterna, era uma máscara de imundície e de nódoas negras. A mão levantada parecia uma garra, com todos os dedos partidos.

— Juliette? — Quase não chegava a ser um murmúrio, nem uma voz. — Meu Deus, que sonho é este?

Não consegui responder. Olhava para ele, estendido no chão da prisão, e via-me a mim — na cela de Epinal e na cave da abadia — e lembrei-me de como tinha jurado eterna vingança, jurado que havia de o fazer sofrer. Fiquei dolorosamente surpreendida ante a ideia de que o sofrimento dele não me alegrava como antes havia imaginado.

— Não é um sonho. Despacha-te, se queres ficar livre.

— Juliette? — Estava mais desperto agora, apesar dos danos sofridos. — Meu Deus, é bruxaria de verdade?

Não lhe ia responder, disse para mim.

— Minha Donzela Alada. — E agora quase juraria que havia uma gargalhada no tom da sua voz. — Eu sabia que isto não podia acabar desta maneira. Depois de tudo o que nós fomos um para o outro...

— Não — disse eu. — Tu nasceste para seres enforcado e não queimado numa pira. É o destino.

Riu alto com as minhas palavras. Podiam ter-lhe cortado as asas, pensei, mas o meu *Melro* ainda cantava. Fiquei perplexa quando percebi quanto esse pensamento me era agradável.

— Porque te demoras? — A minha voz era áspera. — Sentes-te assim tão confortável aqui?

Silenciosamente, estendeu os pulsos algemados de modo a que a luz os iluminasse. Atirei-lhe o molho de chaves.

— Não consigo. As minhas mãos.

A pressa tornava-me desajeitada e devo tê-lo magoado enquanto soltava as correntes. Mas os olhos dele tranquilizaram-me, brilhantes e trocistas como sempre.

— Podia voltar a ser como dantes — disse ele, sorrindo na antecipação de triunfos imaginados. — Tenho dinheiro escondido. Podíamos recomeçar de novo. A Donzela Alada podia voar mais uma vez. Esquece a fantochada, esquece as sortidas nos dias de mercado... o teu truque na torre valeu *ouro*...

— És louco. — Era o que eu pensava, aliás. A tortura, a prisão, a falência, o desaire, a desgraça... Nada perturbara a sua segurança arrogante. Aquela expressão de «não deixo que me digam não». Nunca lhe passou pela cabeça a possibilidade de uma recusa, de rejeição. Peguei na lanterna, disposta a ir-me embora.

— Sabes bem que ias gostar — disse ele.

— Não. — Encaminhava-me já em direcção à porta. Dispúnhamos, no máximo, de poucos segundos até os guardas voltarem. E talvez já tivesse acontecido o irremediável: o derradeiro vislumbre do seu rosto na claridade suave da lanterna gravado a fogo e para sempre no meu coração.

— Por favor, Juliette. — Pelo menos agora estava de pé, seguindo-me a caminho da segurança. — Todos esses anos em que percorri estradas, tentando encontrar o meu caminho, sem nunca saber para onde até agora. De todas essas vezes trabalhei para algo que julgava que queria e que se revelou não passar de um capricho passageiro na busca da outra ponta do arco-íris; todas as mulheres que desejei, com quem desperdicei tempo em frivolidades e que acabei por castigar ou porque eram muito baixas, ou demasiado brandas, ou demasiado jovens, ou demasiado belas...

— Não temos tempo para isso — disse eu. Afastei a mão dele do meu ombro, mas não o consegui calar. Cada palavra sua reavivava mais a dor.

— Vá lá, admite isto. Que outra razão te trouxe até mim? Eras tu, Juliette. Sempre tu. Não importava que me amasses ou odiasses, nós somos duas partes de um todo. Nós fomos feitos um para o outro. Completamo-nos.

Sem olhar para ele, e com um terrível esforço, comecei a afastar-me.

— Teimosa! Não te persigo há tempo suficiente?

Percebia agora o tom irritado, uma espécie de desespero. Estuguei o passo. Avistei a porta entreaberta da prisão sob a luz das tochas. Corri para o ar fresco. Ouvia ainda LeMerle atrás de mim, sem conseguir acompanhar-me, praguejando no escuro. A minha sombra corria à minha frente como um animal bravio.

— Louca! — Gritava agora, sem se preocupar com quem poderia alertar. — Não percebes? Juliette! Quantas palavras são necessárias para to dizer?

Não podia ouvi-lo. Não ia ouvi-lo. Corri, embrenhando-me na noite, pressionando os ouvidos, embora por baixo da pressão das palmas das minhas mãos imaginasse ouvi-lo ainda, um espectro dele, um eco de desejo.

Fugi rápida e temerariamente de Rennes. Só eu sabia que estava a fugir de dois caçadores. E, Perette, se é pecado estar contente, então somos ambas pecadoras, porque a ideia de um mundo sem LeMerle algures nele não me parece um mundo que valha a pena. Escrevo-te, minha querida, e mando-te a carta pelos viajantes da próxima temporada. Cuida bem das minhas ervas, mas não plantes campainhas. A camomila traz sonhos doces e a alfazema pensamentos tranquilos. Desejo-te ambos, querida Perette, e também todo o amor que mereces.

EPÍLOGO

Acaba como começou: com os actores. Por breves segundos, olhando para fora para a carroça escarlate que se aproxima da minha, pareceu-me ser a mesma trupe que nos visitou naquele dia. Os Actores Universais de Lazarillo, Tragédia e Comédia, Feras e Maravilhas. Penso para mim que já vi imensas trupes de artistas. Porém, o sol reflectido nas roupas, as lantejoulas, as peles, as rendas, e os tons de escarlate, ouro, esmeralda, vermelho e rosa seco, o tocar das flautas e o rufar dos tambores, as máscaras, as andas e as bailarinas, todas elas pintadas e cobertas da poeira dos caminhos, tocaram-me o coração de um modo tão doce e tão autêntico que abri uma nesga da janela da minha caravana para os ouvir.

Fleur estava com eles, com o vestido azul a esvoaçar na brisa e os pés descalços sujos de terra. Soltava pequenos gritos e batia as palmas enquanto o devorador de fogo cuspia labaredas para o sol, os acrobatas saltavam dos ombros de uns para os de outro, Géronte lançava de esguelha um olhar lúbrico a Isabelle, Arlequim e Scaramouche se defrontavam em duelo com espadas de madeira enfeitadas de fitas multicolores.

Fleur viu que eu estava a observar. Acenou-me com a mão e vi que segurava numa das mãos uma coisa branca, talvez um lenço ou um bocado de papel. Vi-a falar com Scaramouche — um Scaramouche alto que coxeava da perna esquerda e com o cabelo atado na nuca com uma fita — e ele segredar-lhe ao ouvido e pareceu-me que sorria por baixo da máscara de nariz comprido. Fleur escutava, assentiu com a cabeça, começou a correr na minha direcção, com o objecto branco — via agora que era realmente um pedaço de papel — a esvoaçar na mão. Afastou para o lado a cortina de brocado que nos serve de porta no Verão.

— *Maman*, o homem da máscara disse para te dar isto.

Outra carta? Peguei na folha de papel, quente por ter estado ao sol e ligeiramente amarrotada pela mãozita de Fleur, e vi que não era uma carta, mas um cartaz de teatro, que dizia:

Le Théâtre du Phénix apresenta:
La Belle Harpie
Uma Comédia em Cinco Actos

Por baixo da inscrição em cursivo via-se o desenho de uma mulher alada, de cabelos revoltos, de pé no cimo de uma torre enquanto uma multidão de espectadores embasbacados olhava para ela, assombrados. O desenho era encimado por um brasão que representava um pássaro em chamas sobre uma flor-de-lis e uma divisa impressa, que fiquei a olhar muito, muito tempo:

O meu canto resiste.

Depois, comecei a rir, quase sem fôlego. Quem poderia duvidar? A Fénix sobre a flor-de-lis. Já não era um Melro, mas uma ave renascida das cinzas... A sua audácia não conhecia limites e a sua arrogância era ilimitada!

Fleur olhava para mim com ansiedade.

— Estás a chorar, *Maman*? — perguntou num sussurro. — Estás triste?

— Não é nada — respondi, limpando os olhos. — É só o reflexo do sol no papel. Faz arder os olhos.

— O homem da máscara disse para to dar — continuou, tranquilizada. — Ele disse que ficava à espera da resposta.

De uma resposta? Aproximei-me devagar da janela. Olhando com mais atenção podia ver o brasão pintado a ouro sobre os painéis laterais da caravana em frente: *Théâtre du Phénix*. Os actores estavam ainda a representar, num turbilhão de cores: fogo, púrpura, esmeralda e carmesim. Apenas Scaramouche estava imóvel, despretensioso no seu gibão preto, a olhar para a minha janela, com o olhar indecifrável por detrás da máscara.

— Ele disse que se ia embora se tu lhe dissesses para ir — disse Fleur atrás de mim. Depois, ao ver que eu não lhe respondia, acrescentou: — Porque é que, ao menos, não o convidas a entrar? Ele diz que veio de muito longe, andou centenas de léguas para falar contigo. Não seria educado mandá-lo embora, pois não?

Uma pausa, longa como a eternidade. Fleur olhava-me com os seus olhos inquiridores e inocentes.

— Não — disse eu, por fim. — Suponho que não seria.

O meu coração associara-se ao rufar do tambor. Sinto a respiração mais ofegante. Vejo o pequenino vulto azul a correr pela relva em direcção aos actores. Scaramouche inclina-se para ouvir a sua mensagem, aperta-a nos braços e ergue-a no ar. Ouço o seu pequeno grito de prazer ao longe. Volta a poisá-la no chão, vira-se de novo, apontando para a sua caravana, para o anão trajado de veludo sentado nos degraus com um macaco no joelhos... Em seguida, olha para mim, os olhos invisíveis por detrás da máscara mas mesmo assim insuportavelmente brilhantes.

Sinto uma ânsia desesperada de correr ao seu encontro e, ao mesmo tempo, o desejo igualmente desesperado de fugir para muito longe na direcção oposta. Não me mexo. Estremeço, com o estômago apertado, sentindo as vertigens que nunca senti quando andava lá no alto, na corda bamba.

Muito devagar, quase que por acaso, a figura mascarada dirige-se para mim. A meio caminho do relvado, despe o gibão e atira-o sobre o ombro. O sol capta uma marca, na parte superior do seu braço esquerdo, com um brilho prateado. Depois estende a mão, com um leve sorriso nos lábios, num gesto simultaneamente terno e trocista.

Da minha janela quase parece um convite para dançar.

AGRADECIMENTOS

Agradeço a todos os que contribuíram generosamente com tempo, trabalho e encorajamento para tornar este livro possível. A Serafina, Princesa Guerreira, a Jennifer, Guerreira Transatlântica e a todos os amigos na Transworld; a Louise Page, por serviços muito para além do dever; a Stuart Haygarth, por mais uma belíssima capa; a Anne Reeve, pelo dom da organização; e a todos os amigos e família, por me manterem na linha. Por fim, agradeço aos representantes de vendas, livreiros e distribuidores que continuam a trabalhar tão arduamente nos bastidores para assegurar que os meus livros chegam às prateleiras.

*Este livro foi composto por
Maria da Graça Samagaio, Porto,
e impresso e acabado por*
GRAFIASA,
*Rua D. Afonso Henriques, 742 – 4435-006 Rio Tinto
PORTUGAL*